上海大学教材建设专项经费资助

中国古代文章选注

李　翰　选注

上海大学出版社
·上海·

图书在版编目(CIP)数据

中国古代文章选注/李翰选注. —上海：上海大学出版社，2015.12

ISBN 978-7-5671-1792-1

Ⅰ.①中… Ⅱ.①李… Ⅲ.①古典散文-散文集-中国 Ⅳ.①I262

中国版本图书馆 CIP 数据核字(2015)第 164313 号

责任编辑 焦贵平 徐雁华

封面设计 施羲雯 倪天辰

技术编辑 金 鑫 章 斐

古代文学精品课程

中国古代文章选注

李 翰 选注

上海大学出版社出版发行

(上海市上大路 99 号 邮政编码 200444)

(http://www.press.shu.edu.cn 发行热线 021—66135112)

出版人：郭纯生

*

南京展望文化发展有限公司排版

上海华业装潢印刷厂印刷 各地新华书店经销

开本 787×960 1/16 印张 17.5 字数 277 千

2015 年 12 月第 1 版 2015 年 12 月第 1 次印刷

ISBN 978-7-5671-1792-1/I·297 定价：36.00 元

前　言

本书择选中国古代文章名篇，按时代编排，并作简要介绍与注释。

按现代的文学概念，文学体式无非四类：诗歌、小说、散文、戏剧，本书当为古代散文选注。实则不然。现代文学概念上的“散文”，多为纯文学范畴的文学散文，而古文中的不少名篇，可以是子、史等非文学范畴，也可以是诏告、章奏、策论等应用文，此其一；其二，在古代的文学概念中，散文又多指与骈文相对的散体文。故以“散文”为名，在古代文学语境中，一是骈体文不好安排，二是与古代泛文学的实际情状多有扞格。

相对来说，“文章”一词更具统括性。虽然在笼统语境中，“文”或“文章”，常被古人用来指称一切文学体式，涵盖稍广。如萧统《文选》，就包括诗、赋；杜甫诗“名岂文章著，官应老病休”（《旅夜书怀》），而我们都知道，杜甫的名气主要是来自诗歌。不过，在具体情境中，特别是在各类文学体式同时出现的情况下，“文”或“文章”，还是会与诗、赋分述。如苏轼谓“杜诗韩文，颜书左史，皆集大成者也”（见《后山诗话》），文与诗就分开了。越到后代，人们越少笼统以“文”来指称一切文学体式。比如文章家、诗人，人们都能很清楚地知道，一个指各类文章写得好，一个指押韵的诗歌写得好。

大可以容小，小不可兼大，鉴于“文章”一词既具有相对的统括性，且在一般语境下的使用习惯，这种统括又是排除了诗、赋等文学体式的。故揆之再三，当以“文章”统名较佳，既包括散体文，也包括骈体文，即除了诗赋、小说、戏剧之外，凡具文学性之一切古代文体。

本书所选文章自先秦至民前，琳琊汗漫，何可适从。浅取一脔，敢云知鼎？所以聊陈梗概，粗显脉络，不过欲学子自入宝山，更思精进也。

本书受上海大学教材建设专项经费资助，特此致谢。

目　录

先秦两汉

明清近代

先秦两汉

《左传》

郑伯克段于鄢

【题解】 《左传》又称《春秋左氏传》或《左氏春秋》，是《春秋》三传之一（另两传为《春秋公羊传》《春秋穀梁传》），是我国早期的一部编年体史书。作者相传为春秋末年鲁国史官左丘明，但也有人对此表示怀疑。

该书记叙了春秋时期自鲁隐公元年（前722）至鲁悼公四年（前464）二百五十多年间各诸侯国的政治、军事、经济、外交等方面的历史事实，着重记叙当时诸侯列国之间的矛盾和争夺，内容非常丰富。《左传》记事线索清晰，描述详略得当，尤其擅长描写战争。作者将许多重大战役的起因、过程、双方的谋划、战场内外的斗争和战役的结果叙写得异常清楚，笔法又多变化，对历史事件中人物的言行、心理活动，往往均有生动描述。

本篇记述郑国内部权力斗争，情节曲折，明线、暗线交替，且多以对比、映衬、烘托之手法表现人物，武姜之溺宠、共叔段之骄佚，郑国群臣之纷纭，无不毕肖，尤以郑庄公形象最为刻削入神。宋儒吕祖谦云："公之于段，始如处女；敌人开户，后如脱兔。敌不及拒者……然庄公此等术，施于敌国则为巧，施于骨肉则为忍。"堪称诛心之论。

初[1]，郑武公娶于申，曰武姜，生庄公及共叔段。庄公寤生[2]，惊姜氏，故名曰寤生，遂恶之。爱共叔段，欲立之，亟请于武公，公弗许。

及庄公即位，为之请制。公曰："制，岩邑也，虢叔死焉；佗邑唯命[3]。”请京，使居之，谓之京城大叔。祭仲[4]曰：“都城过百雉[5]，国之害也。先王之制，大都不过参国之一；中，五之一；小，九之一。今京不度，非制也，君将不堪。”公曰：“姜氏欲之，焉辟害？”对曰：“姜氏何厌之有！不如早为之所，无使滋蔓！蔓，难图也。蔓草犹不可除，况君之宠弟乎！”公曰：“多行不义，必自毙。子姑待之。”

既而大叔命西鄙北鄙贰于己[6]。公子吕曰：“国不堪贰，君将若之何？欲与大叔，臣请事之。若弗与，则请除之，无生民心[7]。”公曰：“无庸，将自及[8]。”

大叔又收贰以为己邑，至于廪延。子封曰：“可矣！厚将得众[9]。”公曰：“不义不昵[10]，厚将崩。”

大叔完聚[11]，缮甲兵[12]，具卒乘[13]，将袭郑。夫人将启之[14]。公闻其期，曰：“可矣！”命子封帅车二百乘以伐京。京叛大叔段，段入于鄢。公伐诸鄢。五月辛丑，大叔出奔共。

…………

遂置姜氏于城颍，而誓之曰：“不及黄泉，无相见也！”既而悔之。颍考叔为颍谷封人[15]，闻之，有献于公[16]。公赐之食，食舍肉。公问之，对曰：“小人有母，皆尝小人之食矣，未尝君之羹，请以遗之。”公曰：“尔有母遗，繄我独无！”颍考叔曰：“敢问何谓也？”公语之故，且告之悔。对曰：“君何患焉！若阙地及泉[17]，隧而相见，其谁曰不然？”公从之。公入而赋：“大隧之中，其乐也融融[18]！”姜出而赋：“大隧之外，其乐也泄泄[19]！”遂为母子如初。

君子曰：“颍考叔，纯孝也，爱其母，施及庄公[20]。《诗》曰：‘孝子不匮，永锡尔类。[21]’其是之谓乎？”

【注释】

[1] 初：当初。史著惯用此词，或插叙、或倒叙，以追溯前事。此处追叙郑庄公与武姜产生矛盾的因由。

[2] 寤生：逆生，指胎儿出生时脚先出，即难产。寤：通“牾”，逆，倒着。

[3] “虢叔”两句：东虢国君曾仗恃地势险要，不修德政，后为郑武公所灭，死于制这个地

方。郑庄公怕共叔段占据险地不好对付，表示其他地方都可给共叔段，唯独制邑不可。

[4] 祭(zhài)仲：字足，郑国大夫。

[5] 雉：古代度量单位，长三丈高一丈为一雉。当时制度，侯伯一级的国之都城只能方五里，径三百雉，其下属城市，大的不能超过国都三分之一，中的不能超过五分之一，小的不能超过九分之一。

[6] 鄙：边邑。贰于己：指本来只属于庄公，现在又同时属于共叔段。贰：两属。

[7] 无生民心：不要使郑国人民生二心。无：通“毋”。

[8] 将自及：将会自己遭殃。

[9] 厚：指土地扩大。

[10] 不义不昵：对君不义，对兄不亲。昵：亲近。

[11] 完聚：修治城郭，聚集民众。完：修治。

[12] 缮甲兵：修整盔甲武器。缮：修理整治。

[13] 具卒乘：准备好步兵和战车。

[14] 夫人将启之：指郑武公夫人武姜准备打开城门为共叔段做内应。

[15] 颍考叔：郑国大夫。封人：管理疆界的官。

[16] 有献于公：指将土产献给庄公，“献”在此为名词。

[17] 阙：通“掘”，挖掘。

[18] 融融：和乐自得的样子。

[19] 泄(yì)泄：舒畅快乐的样子。

[20] 施(yì)：延续，推及。

[21] “孝子”两句：出自《诗经·大雅·既醉》，孝子的孝道没有穷尽，永久地把它赐予你同类的人。匮：竭尽。锡：通“赐”。

秦晋殽之战

【题解】 晋文公去世，秦国趁机攻晋，与晋在殽发生战争，结果为晋所败。秦晋之间的这场战争，矛盾颇为复杂。有秦与郑的矛盾，也有秦与晋的矛盾。秦方面有主张出师与反对出师的矛盾；晋方面有主张伐秦师与反对伐秦师、同意纵秦囚与反对纵秦囚的矛盾。作者能抓住主要矛盾，先叙秦与郑，后写秦与晋的矛盾，以之为记叙主干，围绕这一主干，进行选材和组织，把从属于此的其他矛盾组织进去。《左传》认为，战争是政治的延续，政治的曲直是非直接影响到军事的胜败。因此，作者写战争，却以大部篇幅交代战争背景及相关各方的情况，显示各方的道义是非，也就预伏了战争结果。以短短一千余字，叙述了一场决定当时诸侯国生存格局的战争，不仅将各方面的复杂因素交代清楚，而且寓含了明确的政治评价，最能体现作者擅写战争的特点，表现出其高超的叙事艺术。

冬，晋文公卒。庚辰，将殡于曲沃[1]。出绛[2]，柩有声如牛[3]。卜偃使大夫拜[4]，曰："君命大事[5]，将有西师过轶我[6]，击之，必大捷焉。"

杞子自郑使告于秦，曰："郑人使我掌其北门之管[7]，若潜师以来[8]，国可得也[9]。"穆公访诸蹇叔[10]，蹇叔曰："劳师以袭远[11]，非所闻也[12]。师劳力竭，远主备之，无乃不可乎？师知所为，郑必知之；勤而无所[13]，必有悖心[14]；且行千里，其谁不知！"公辞焉。召孟明、西乞、白乙[15]，使出师于东门之外。蹇叔哭之曰："孟子！吾见师之出，而不见其入也！"公使谓之曰："尔何知？中寿[16]，尔墓之木拱矣[17]！"

蹇叔之子与师[18]，哭而送之[19]，曰："晋人御师必于殽[20]。殽有二陵焉[21]：其南陵，夏后皋之墓也[22]；其北陵，文王之所辟风雨也[23]。必死是间[24]，余收尔骨焉。"

秦师遂东[25]。

三十三年，春，秦师过周北门[26]。左右免胄而下，超乘者三百乘[27]。王孙满尚幼[28]，观之；言于王曰："秦师轻而无礼[29]，必败。轻则寡谋，无礼则脱[30]。入险而脱，又不能谋，能无败乎？"

及滑[31]，郑商人弦高将市于周[32]，遇之。以乘韦先[33]，牛十二，犒师[34]。曰："寡君闻吾子将步师出于敝邑[35]，敢犒从者。不腆敝邑[36]，为从者之淹，居则具一日之积，行则备一夕之卫[37]。"且使遽告于郑[38]。

郑穆公使视客馆[39]，则束载、厉兵、秣马矣[40]。使皇武子辞焉[41]，曰："吾子淹久于敝邑，唯是脯、资、饩、牵竭矣[42]。为吾子之将行也，郑之有原圃[43]，犹秦之有具囿也[44]，吾子取其麋鹿，以间敝邑[45]，若何？"杞子奔齐，逢孙、杨孙奔宋。

孟明曰："郑有备矣，不可冀也[46]。攻之不克，围之不继[47]，吾其还也。"灭滑而还。

晋原轸曰[48]："秦违蹇叔，而以贪勤民[49]，天奉我也[50]。奉不可失，敌不可纵。纵敌患生[51]，违天不祥，必伐秦师。"栾枝曰："未报秦施而伐其师[52]，其为死君乎[53]？"先轸曰："秦不哀吾丧而伐吾同姓[54]，秦则无礼，何施之为[55]？吾闻之，一日纵敌，数世之患也。谋及子孙[56]，可谓死君乎？"遂发命，遽兴姜戎[57]。子墨衰绖[58]，梁弘御戎[59]，莱驹为右[60]。

夏四月，辛巳，败秦师于殽。获百里孟明视、西乞术、白乙丙以归。遂墨以葬文公。晋于是始墨[61]。

文嬴请三帅[62]，曰："彼实构吾二君[63]，寡君若得而食之，不厌[64]。君何辱讨焉[65]？使归就戮于秦，以逞寡君之志[66]，若何？"公许之。

先轸朝，问秦囚。公曰："夫人请之，吾舍之矣。"先轸怒曰："武夫力而拘诸原[67]，妇人暂而免诸国[68]。堕军实而长寇仇[69]，亡无日矣[70]。"不顾而唾[71]。

公使阳处父追之[72]。及诸河，则在舟中矣[73]。释左骖，以公命赠孟明[74]。孟明稽首曰："君之惠，不以累臣衅鼓[75]，使归就戮于秦；寡君之以为戮[76]，死且不朽[77]。若从君之惠而免之[78]，三年将拜君赐[79]。"

秦伯素服郊次[80]，乡师而哭曰[81]："孤违蹇叔，以辱二三子，孤之罪也。"不替孟明[82]，"孤之过也，大夫何罪？且吾不以一眚掩大德[83]。"

【注释】

[1] 殡：埋葬。曲沃：今山西省闻喜县，晋军祖坟所在之地。

[2] 绛：晋的国都，故城在今山西省翼县城东。

[3] 柩(jiù)：棺木。这句是说棺木发声像牛鸣一样。

[4] 卜偃：晋卜筮之官，名偃。

[5] 君命大事：文公发布大事的命令，此处假托柩所发之声为文公旨令。

[6] 西师：指秦师。轶：超前。这句是说秦国的军队将要越境而过。

[7] 管：锁钥。郑国请秦人杞子、杨孙、逢孙等三人帮助戍守都城。

[8] 潜师以来：秘密派军队来郑。

[9] 国可得也：可以取得郑国。

[10] 访诸蹇叔：就此事征询蹇叔意见。蹇叔：秦国的老臣。

[11] “劳师以袭远”句：辛辛苦苦地调动军队去袭击远方的国家。

[12] 非所闻也：不是一向听到的。

[13] 勤而无所：辛苦而无所得。

[14] 悖心：怨恨之心。

[15] 孟明、白乞、白乙：秦国的将领百里孟明视、西乞术、白乙丙。

[16] 中寿：一般老年人的寿命。

[17] “尔墓”句：拱：两手合抱。倘使你只活到一般老年人的寿命，你墓地上的树木已经合抱了。意思是说你早该死了，穆公忿怒语。

[18] 与师：参加这次的军队。

[19] 哭而送之：这里指蹇叔哭着送自己的孩子参军出征。

[20] 御师：伏兵阻击秦师。殽：同“崤”，山名，在今河南省洛宁县北，西北接陕县，东接渑池县。

[21] 二陵：崤有西北两山，相距三十五里，故称二崤。其山上有峻坡，下有绝涧，山路奇险，不能容两车并行，故为绝险之地。

[22] 夏后皋：夏代的君主，名皋，夏后桀的祖父。

[23] 辟：同“避”。

[24] 必死是间：必死于二陵之间，指晋师必于此伏兵出击。

[25] 东：东进。

[26] 周北门：周都洛邑的北门。

[27] “左右”两句：左右：战车的御者在中间，左右指御者左右两旁的武士。胄：头盔。而下：下车步行，表示对周王的敬礼。超乘：一跃上车。脱了头盔而下有礼，但一跃上车是无礼。

[28] 王孙满：周襄王之孙。

［29］ 轻：轻狂放肆。

［30］ 脱：脱略，指粗心大意。

［31］ 滑：姬姓国名，在今河南滑县。

［32］ 将市于周：将到周地进行贸易。

［33］ 乘韦：四张熟牛皮。先秦四匹马所驾车为一乘，因此乘在这里指四。韦：熟牛皮。以乘韦先：古人送礼必有先行礼物，这里指以四张熟牛皮作为先行礼物。

［34］ 犒师：慰劳军队。

［35］ 步师：行军。出于敝邑：经过敝国。

［36］ 不腆(tiǎn)，不富厚。不腆敝邑：即敝邑不腆，不富厚，谦辞。

［37］ "为从者之淹"三句：淹：留。居：留居郑地。一日之积：供一日用的柴米油盐等物。一夕之卫：一晚的保卫工作。

［38］ 遽：驿车，古代每过一次驿站，即换一次马。这句是说，弦高使人用快马接力到郑国报信。

［39］ 客馆：招待外宾的住所。杞子、杨孙、逄孙等都在此。

［40］ 束载、厉兵、秣马：捆束行装，磨砺兵器，喂饱马匹。

［41］ 皇武子：郑大夫。辞：辞谢戍郑的秦大夫，要他们离开。

［42］ 脯、资、饩、牵：干肉、干粮、已经宰杀的牲畜和尚未宰杀的牲畜。

［43］ 原圃：郑国的兽苑，在今河南省中牟县西北。

［44］ 具囿：秦国的兽苑，在今陕西省凤翔县境内。

［45］ "吾子"两句：麋：似鹿而大。这两句是说，您们可以猎取麋鹿而行，给敝邑休息的机会。

［46］ 不可冀也：不能希望什么了。

［47］ "攻之不克"两句：进攻不能取胜，包围又没有增援的军队。

［48］ 原轸：即先轸，封地在原(地名)，故又称原轸。

［49］ 以贪勤民：因为贪得而劳累了人民。

［50］ 奉：给予。

［51］ 纵敌患生：放走敌人就会发生后患。

［52］ 施：给予恩惠。秦施：指秦资助晋文公回国事。

［53］ 君：指晋文公。死君：指忘却晋文公。"其为死君乎"句：不报答秦国资助的恩惠而讨伐秦国的军队，那不是忘却文公吗？

［54］ "秦不哀吾丧"句：秦国不哀悼我国的丧事而进攻和晋同为姬姓诸侯的郑国和滑国。

[55] 何施之为：还报什么恩呢？

[56] 谋及子孙：为后世子孙打算。

[57] 遽兴姜戎：急遽发动姜戎的军队。姜戎是秦晋之间的一个部族，和晋国友好。

[58] 子墨衰(cuī)绖(dié)：子指晋文公之子襄公，因文公未葬，故称子。衰：麻衣。绖：麻的腰带。因都是白色，古代以白色为不利，故用墨染之以免不利。

[59] 梁弘：晋大夫。御戎：驾战车。

[60] 莱驹：晋大夫。为右：为车右武士。

[61] 晋于是始墨：晋国于此开始以墨色为丧服。

[62] 文嬴：晋文公夫人，襄公嫡母，秦穆公女。请三帅：为孟明等三人请求。

[63] 构：挑拨离间。

[64] 不厌：不能满足。

[65] 君何辱讨焉：您何必委屈自己惩罚他们呢？

[66] 逞：满足。

[67] 武夫力而拘诸原：武夫在战场上奋力擒获他们。

[68] 妇人暂而免诸国：妇人刹那间从朝廷里把他们放走了。

[69] 堕军实而长寇仇：毁灭了战争的果实而助长了敌人的气焰。

[70] 亡无日矣：亡国不需要多时了。

[71] 不顾而唾：不顾襄公在前，随地吐痰，极写先轸愤怒之状。

[72] 阳处父：晋大夫。

[73] 则在舟中矣：主语为孟明等，他们已经登舟离岸了。

[74] “释左骖”两句：解下靠左岸的马，用晋襄公的名义赠给孟明，打算待其靠岸拜谢，再行逮捕。

[75] 不以累臣衅鼓：不将俘虏杀死，以其血涂鼓。累：囚禁。累臣：孟明自称。

[76] 寡君：指秦穆公。之以为戮：以之为戮，对俘虏执行刑罚。

[77] 死且不朽：身虽死，这个大恩是不会腐朽的。

[78] 若从君惠：倘使尊重晋君的好意。

[79] 三年将拜君赐：三年后将来拜答晋君的恩赏。言外之意是说三年以后，要兴兵讨伐晋国。

[80] 秦伯素服郊次：秦伯穿了丧服在郊外等待。

[81] 乡师：面对军队。乡：同“向”。

[82] 替：废。不替孟明：不撤去孟明的职务。

[83] 眚(shěng)：目病，借指一般疾病，引申为行动中的过失。

《国语》

王孙圉论国之宝

【题解】 《国语》是我国最早的一部国别体史书。全书二十一卷，上起周穆王，下至周贞定王，时跨四五百年，记叙周、鲁、齐、晋、郑、楚、吴、越八国史实，除《周语》稍涉西周外，绝大部分均记春秋时事。其体裁特点是“以国分类”，“以语为主”，即分国别记载当时一些重要上层人物的言论。所记八国之事，起讫详略不一，故《国语》实为春秋时期八国史料的选编。其作者，司马迁、班固等人以为是左丘明。然自唐以来，反对者大有其人。现代学者多认为《国语》非作于一时一人。至于其成书，则当在战国初。

本文选自卷十八《楚语下》，通过楚大夫王孙圉聘问晋国时与晋卿赵简子的一番对话，表述了人以贤才为宝、物以有利于国计民生者为宝的思想。

王孙圉聘于晋[1]，定公飨之[2]。赵简子鸣玉以相[3]，问于王孙圉曰：“楚之白珩犹在乎[4]？”对曰：“然。”简子曰：“其为宝也，几何矣？”

曰：“未尝为宝。楚之所宝者，曰观射父[5]，能作训辞[6]，以行事于诸侯[7]，使无以寡君为口实[8]。又有左史倚相[9]，能道训典[10]，以叙百物[11]，以朝夕献善败于寡君，使寡君无忘先王之业；又能上下说于鬼神[12]，顺道其欲恶[13]，使神无有怨痛于楚国[14]。又有薮曰云连徒洲[15]，金木竹箭之所生也[16]。龟、珠、角、齿、皮、革、羽、毛[17]，所以备赋[18]，以戒不虞者也[19]。所以共币帛[20]，以宾享于诸侯者也[21]。若诸侯之好币具[22]，而导之以训辞，有不虞之备，而皇神相之[23]，寡君其可以免罪于诸侯，而国民保焉。此楚国之宝也。若夫白珩，先王之玩也[24]，何宝之焉[25]？

圉闻国之宝六而已：明王圣人能制议百物[26]，以辅相国家，则宝之；玉足以庇荫嘉谷[27]，使无水旱之灾，则宝之；龟足以宪臧否[28]，则宝之；珠足以御火灾，则宝之；金足以御兵乱，则宝之；山林薮泽足以备财用,则宝之。若夫哗嚣之美[29],楚虽蛮夷,不能宝也。"

【注释】

[1] 王孙圉(yǔ):楚国大夫。聘:聘问,古代诸侯间的遣使互访。

[2] 定公:晋定公,晋国国君,名午。飨(xiǎng):以隆重的礼仪宴请宾客。

[3] 赵简子:即赵鞅,晋卿。鸣玉:腰间佩带成串玉饰,行走时使之相互碰撞以发声。此处是佩带鸣玉的意思。相:祭祀或盟会仪式上的赞礼司仪之人。

[4] 珩(héng):玉佩上端的横玉,形似磬而小。白珩:白玉之珩。

[5] 观射(yè)父:楚国大夫。

[6] 训辞:训教之言,此当指包含一定训教意味的外交辞令。

[7] 行事:办事,此指从事外交活动。

[8] 寡君:寡德之君。人臣对别国称自己国君的谦词。口实:话柄。

[9] 左史:官名,史官之一种。倚相:楚国史官。

[10] 训典:关于先王典章制度之书。

[11] 叙:陈述,说明。

[12] 说:通"悦",取悦。

[13] 顺道(dǎo):顺应。

[14] 怨痛:怨恨。

[15] 薮(sǒu):湖泽。云连徒洲:泽名,相传即云梦泽,其位置、范围说法不一。

[16] 箭:竹名,即箭竹,细小劲实,可做箭杆。

[17] 龟:龟甲,古代用以占卜吉凶。角:兽角,可做弓弩。齿:象牙,可用以装饰弓的两端。皮:带毛的兽皮,如虎豹之皮,可做皮裘。革:不带毛的兽皮,如犀牛皮,可做盔甲。羽:鸟羽。毛:旄牛尾。

[18] 赋:军赋。

[19] 戒:准备。不虞:意料不到的事。

[20] 共:通"供",供给。币帛:财物。

[21] 宾享:敬献。

[22] 好(hào):喜欢。币具:财物。

[23] 皇神:天神。相:助。

[24] 玩:玩赏之物。

[25] 宝:珍爱,珍视。

[26] 明王：圣明的君主。制议：控制判断。这句意谓圣贤之人能正确地判断处理各种有关国计民生之事。

[27] 玉：此指用以祭祀之玉。庇荫：庇护。嘉谷：五谷。

[28] 宪：通“显”，彰显。臧否(pǐ)：吉凶。

[29] 哗嚣：嘈杂。哗嚣之美：指前文相击以发声的玉饰。

墨翟

兼　爱

【题解】 墨子(约前468—前376)，名翟，春秋战国之际的思想家、政治家，墨家学派的创始人。宋国人，但长期居住鲁国。他主张简朴节俭，反对崇礼隆乐；主张勤劳刻苦，反对声色逸乐；主张重质务实，反对繁文华饰。他的“尚同”、“尚贤”、“非攻”、“尊天”等思想，与儒家有相似之处；他的“兼爱”、“非乐”、“非命”、“节用”等思想，则与儒家有明显不同。墨家学派与儒家同为战国时期的显学，信徒颇众。“兼爱”是墨子思想的核心，故其特用三篇文字予以阐发，这里所选为上篇。

圣人以治天下为事者也，必知乱之所自起，焉能治之[1]；不知乱之所自起，则不能治。譬之如医之攻人之疾者然，必知疾之所自起，焉能攻之；不知疾之所自起，则弗能攻。治乱者何独不然！必知乱之所自起，焉能治之；不知乱之所自起，则弗能治。

圣人以治天下为事者也，不可不察乱之所自起，当察乱何自起[2]？起不相爱。臣子之不孝君父，所谓乱也。子自爱不爱父，故亏父而自利；弟自爱不爱兄，故亏兄而自利；臣自爱不爱君，故亏君而自利，此所谓乱也。虽父之不慈子，兄之不慈弟，君之不慈臣，此亦天下之所谓乱也。父自爱也不爱子，故亏子而自利；兄自爱也不爱弟，故亏弟而自利；君自爱也不爱臣，故亏臣而自利。是何也？皆起不相爱。虽至天下之为盗贼者亦然，盗爱其室不爱其异室，故窃异室以利其室；贼爱其身不爱人身，故贼人身以利其身[3]。此何也？皆起不相爱。虽至大夫之相乱家、诸侯之相攻国者亦然。大夫各爱其家，不爱异家，故乱异家以利其家；诸侯各爱其国，不爱异国，故攻异国以利其国。天下之乱物，具此而已矣[4]。察此何自起？皆起不相爱。

若使天下兼相爱，爱人若爱其身，犹有不孝者乎？视父兄与君若其身，恶施不孝？犹有不慈者乎？视弟子与臣若其身，恶施不慈？故不孝不慈亡有，犹有盗贼乎？故视人之室若其室，谁窃？视人身若其身，谁贼？故盗贼亡有。犹有大夫之相乱家、诸侯之相攻国者乎？视人家若其家，谁乱？视人国若其国，谁攻？故大夫之相乱家、诸侯之相攻国者亡有。若使天下兼相爱，国与国不相攻，家与家不相乱，盗贼无有，君臣父子皆能孝慈，若此则天下治。故圣人以治天下为事者，恶得不禁恶而劝爱？故天下兼相爱则治，交相恶则乱。故子墨子曰："不可以不劝爱人"者，此也。

【注释】

[1] 焉能：这里作"乃能"讲，"于是能"之意。以下三个"焉能"均同（据孙诒让《墨子闲诂》引王引之《经传释词》）。

[2] 当：通"尝"，尝试。

[3] "贼爱其身"两句：据俞樾《诸子平议》，于二"人"字下各补一"身"字。二"贼"字，前为名词，后为动词，指残害。

[4] 天下之乱物，具此而已矣：天下的乱事毕尽于此了。

孟轲

养　气　说

【题解】 孟子（约公元前 372—前 289），名轲，邹（今山东邹城）人，战国时的思想家、教育家。“受业于子思(孔子之孙)之门人”(《史记·孟轲列传》),继承孔子思想体系,历史上有“亚圣”之称。《孟子》一书由孟轲主持、弟子万章等人参与共同完成。宋人把它与《论语》《大学》《中庸》合为“四书”,成为儒家教育的经典。孟子以孔子“仁”的思想为核心,发展为“仁政”的学说,提出了“民贵君轻”的观念。孟子还提出“性善说”,在此基础上强调养心寡欲及发扬善性的“养气”说。

本篇节选自《孟子·公孙丑上》,题目为编者所加。《公孙丑》以论述为政之道为主,提出“行仁政而王,莫之能御也”,并认为“人皆有不忍之心”是行仁政的现实基础,人们应该时时保持修养,发扬这种“不忍”之心。“我善养吾浩然之气”是其中关于培养理想人格的相对独立的内容。它是修身养德的具体方法,强调精神力量和意志力的锤炼,对中国历代知识分子具有深刻的影响。

(公孙丑)曰:“敢问夫子之不动心与告子之不动心,可得闻与?”

“告子曰:‘不得于言,勿求于心[1];不得于心,勿求于气。’不得于心,勿求于气,可;不得于言,勿求于心,不可。夫志,气之帅也;气,体之充也。

夫志至焉,气次焉[2];故曰:‘持其志[3],无暴其气[4]。’”

“既曰‘志至焉、气次焉’,又曰‘持其志,无暴其气’者,何也?”

曰:“志一则动气[5],气一则动志也。今夫蹶者趋者[6],是气也,而反动其心。”

“敢问夫子恶乎长?”

曰:“我知言[7],我善养吾浩然之气[8]。”

“敢问何谓浩然之气?”

曰:“难言也。其为气也,至大至刚,以直养而无害[9],则塞于天地之间。其为气也,配义与道[10],无是,馁也[11]。是集义所生者,非义袭而取之也,行有不慊于心[12],则馁矣。我故曰,告子未尝知义,以其外之也[13]。必有事焉,而勿正[14],心勿忘,勿助长也。无若宋人然:宋人有闵其苗之不长而揠[15]之者,芒芒然归[16],谓其人曰[17]:‘今日病矣[18]!予助苗长矣!’其子趋而往视之,苗则槁矣[19]。天下之不助苗长者寡矣，以为无益而舍之者，不耘苗者也；助之长者，揠苗者也——非徒无益，而又害之。”

【注释】

[1] 勿求于心：不必求助于思想。朱熹《孟子集注》云：“告子谓于言有所不达，则当舍置其言而不必反求其理于心。”

[2] 气次焉：气随其后。赵岐《孟子章句》注云：“志为至要之本，气为其次。”焦循《正义》引毛奇龄说云：“心为气之志，气为心之辅，志与气不相离也。然而心之所至，气即随之，志与气又适相须也。”

[3] 持：保也，守也。

[4] 暴：又猛又急，此处意指乱也。

[5] 一：专一。朱熹《集注》云：“专一也”，“孟子言志之所向专一则气固从之，然气之所在专一则志亦反为之动人”。

[6] 蹶者趋者：跌倒和奔跑。朱熹《集注》云：“撅，颠跪也；趋，走也”，“如人颠蹶趋走，则气专在是而反动其心焉，所以既持其志而又必无暴其气也”。

[7] 知言：赵注云：“闻人言能知其情所趋也。”

[8] 浩然：朱熹《集注》云：“盛大流行之貌。”

[9] 以直养而无害：靠正直去培养它，而不去伤害它。赵注云：“养之以义，不以邪事干言之。”

[10] 配：合也。朱熹《集注》云：“合而有助之意。”

[11] 馁：饥饿。朱熹《集注》云：“饥乏而气不充体也”，“若无此气，则其一时所为虽未必不出于道义，然其体育所不充，则亦不免干疑惧而不足以有力矣。”

[12] 慊：慊(qiān)，嫌疑，谓有愧于心。

[13] 以其外之也：外，意动用法。

[14] 正：有两种解释。朱熹《集注》云：“正，预期也。”焦循《正义》云：“正之义通于止也。”

[15] 闵：忧也。揠：拔也。

[16] 芒芒然：疲倦的样子。罢：通“疲”。

[17] 其人：此处指家人。

[18] 病：此处含疲倦之意。

[19] 槁：干枯。

庄周

逍 遥 游

【题解】 庄子(约前369—前286),名周,战国时宋国蒙(今河南商丘东北)人。系继老子之后道家学派的又一重要代表人物。曾为蒙地漆园吏。庄子的思想较为复杂:政治上,他激烈而深刻地抨击统治阶级,赞同老子的"无为而治",主张摈弃一切社会制度和文化知识;生活态度上,他主张顺应自然,追求绝对的自由。庄子一生隐默无闻,却著述甚丰,作为道家思想的集大成者,他在中国哲学史、文学史以及各艺术领域都有极大的影响。

《庄子》一书,凡三十三篇,其中内篇七、外篇十五,杂篇十一。一般认为内七篇系庄子自作,外、杂篇乃其门人及道家后学所作。

《逍遥游》是《庄子》内篇中的首篇,表现了庄子摆脱羁累,对生命绝对自由的追求。文章用诸多寓言故事说明自然万物,从动物到人类,各有其自由,但也都各有其局限,故很难达到绝对自由。只有真正得"道"者,无所依待,做到"无己"、"无功"、"无名",才能逍遥于绝对自由之境。文章不仅富含深邃的人生哲理,其构思新奇、叙事奇谲、意境汗漫,语言更是汪洋恣肆,具有极高的文学艺术价值。本文为节选。

北冥有鱼,其名为鲲[1]。鲲之大,不知其几千里也。化而为鸟,其名为鹏[2]。鹏之背,不知其几千里也,怒而飞,其翼若垂天之云[3]。是鸟也,海运则将徙于南冥[4]。南冥者,天池也。《齐谐》者,志怪者也[5]。《谐》之言曰:"鹏之徙于南冥也,水击三千里,抟扶摇而上者九万里,去以六月息者也。[6]"野马也,尘埃也,生物之以息相吹也[7]。天之苍苍,其正色邪?其远而无所至极邪?[8]其视下也,亦若是则已矣[9]。且夫水之积也不厚,则其负大舟也无力[10]。覆杯水于坳堂之上,则芥为之舟;置杯焉则胶,水浅而舟大也[11]。风之积也不厚,则其负大翼也无力[12]。故九万里,则风斯在下矣,而后乃今培风[13];背负青天而莫之夭阏者，而后乃今将图南[14]。

蜩与鸴鸠笑之曰[15]：“我决起而飞，抢榆枋而止，时则不至，而控于地而已矣，奚以之九万里而南为[16]？”适莽苍者，三飡而反，腹犹果然[17]；适百里者宿舂粮，适千里者，三月聚粮[18]。之二虫又何知[19]？

小知不及大知，小年不及大年[20]。奚以知其然也？朝菌不知晦朔，蟪蛄不知春秋，此小年也[21]。楚之南有冥灵者，以五百岁为春，五百岁为秋[22]。上古有大椿者，以八千岁为春，八千岁为秋[23]。而彭祖乃今以久特闻，众人匹之。不亦悲乎[24]！

汤之问棘也是已[25]：“穷发之北有冥海者，天池也[26]。有鱼焉，其广数千里，未有知其修者，其名为鲲[27]。有鸟焉，其名为鹏。背若泰山，翼若垂天之云。抟扶摇羊角而上者九万里，绝云气，负青天，然后图南，且适南冥也[28]。斥鴳笑之曰：‘彼且奚适也？我腾跃而上，不过数仞而下，翱翔蓬蒿之间，此亦飞之至也。而彼且奚适也？[29]’”此小大之辩也[30]。

故夫知效一官，行比一乡，德合一君而征一国者，其自视也，亦若此矣[31]。而宋荣子犹然笑之[32]。且举世而誉之而不加劝，举世而非之而不加沮，定乎内外之分，辩乎荣辱之境，斯已矣[33]。彼其于世，未数数然也[34]。虽然，犹有未树也[35]。夫列子御风而行，泠然善也[36]。旬有五日而后反[37]。彼于致福者，未数数然也[38]。此虽免乎行，犹有所待者也[39]。若夫乘天地之正，而御六气之辩，以游无穷者，彼且恶乎待哉[40]？故曰：至人无己，神人无功，圣人无名[41]。

【注释】

[1] 北冥：北海。冥：通“溟”。鲲：大鱼名。

[2] 鹏：即古“凤”字，一种大鸟。

[3] 怒而飞：奋力而飞。怒：奋力、勉力。

[4] 海运：海上的气流运动。陆西星云：“海运者，海气动也。海气动则飓风作，故大鹏乘此风力，怒飞而徙于南冥。”（《南华经副墨》）南冥：南海。

[5] 天池：天然形成的大池，这里指南海是天然之海。池：即谓海。《齐谐》：记录怪

异之事的书籍，出自齐国，故名《齐谐》。

[6] 抟(tuán)：环绕、盘旋。扶摇：飙风，从下盘旋而上的旋风。息：歇息。六月息：指大鹏飞了六个月才歇息一下。

[7] 野马：游气，在日光中望见夹杂着尘埃的游气，好像是野马在奔腾。野马、尘埃实为一物，用以代指空气。

[8] 苍苍：深蓝色。正色：本色，本来的颜色。其正色邪：是天的本来的颜色么？这里为反问，意思是说"苍苍"并非是天的正色。"其远"句：还是因为天远得看不到尽头呢？整句话是说，"苍苍"只是因为天的深远而引起人们的错觉，并不是天的本来颜色。

[9] 其：指大鹏。这句是说大鹏在高处往下看，如同人看深远的天，一样会有错觉。

[10] 不厚：不深。负大舟也无力：没有足够的浮力负载起大的船只。负：载。

[11] 坳堂：室内低洼处。芥：小草，轻微纤细之物。胶：粘住，也就是搁浅。整句话是说，在室内低洼处倒一杯水，小草可以浮在上面就像一只船一样，但如果要是放上一只杯子就粘住沉下了，这是由于水太浅，而杯子过大过重了。

[12] 风之积也不厚：风力不足。大翼：代指大鹏。风力不足，也就没有足够的浮力托起大鹏。

[13] 斯在下：尽在下，皆在下。培风：谓乘风。培：通"凭"。

[14] 莫之夭阏(è)：没有阻碍。夭阏：阻碍。图南：向南飞去，即前文所谓飞向南海。

[15] 蜩(tiáo)：蝉。鸴(xué)鸠：小斑鸠。笑之：指讥笑大鹏。

[16] 决起：疾飞，突然飞起。抢：突、冲。榆：榆树。枋：檀树。时则不至：有时也许飞不上去。控于地：落到地面；控：投。奚以：何以。之：到。南：向南飞。为：表示反诘语气的语气词。本句是说我疾飞而起，遇到榆树和檀树就停在枝头上；有时也许飞不上去，那就落在地上。为何一定要到九万里的高空向南飞去呢？

[17] 适：到。莽苍：本指郊野莽苍之色，这里代指郊野。湌：通"餐"。三湌：三餐饭，指一天。反：通"返"，返回。果然：很饱的样子。这句是说到近郊去，带三餐的食物，回来肚子还是饱的。即往返时间很短，不到三餐饭的工夫。

[18] 宿舂粮：携带一宿的粮食。舂粮：舂捣粮食，除去皮壳。这句是说到百里远的地方，就要准备一宿的粮食；而要到千里远的地方，就得准备三个月的粮食。

[19] 之二虫：指前面提到的蜩与鸴鸠。何知：知道什么。是说这两种虫子不知道远和近的区别。

[20] 知：通"智"。不及：比不上。小年、大年：指寿命的短长。小智慧不如大智慧(知道得多)，寿命短的不如寿命长的(知道得多)。

［21］ 朝菌：朝生暮死的菌类植物，寿命很短。晦：每月最后一天。朔：每月的第一天。此类植物生命极短，所以说不知晦朔。蟪蛄：寒蝉，春生夏死，夏生秋死，所以说不知春秋。

［22］ 冥灵：海龟，也有说是大树，总之是寿命很长的东西。所以说它过完五百年才相当于一个春秋。

［23］ 大椿：大椿树，被古人认为是一种神木。上古的大椿树寿命极长，经历八千年才相当于一年。

［24］ 彭祖：传说中长寿之人，生活在商周时代，享寿八百余岁。以久特闻：因长寿而闻名于世。

［25］ 汤：商汤，商朝开国之君。棘：夏革，商朝大夫，商汤曾拜他为师。是已：是也。意思是说商汤问夏革的话是这样的。

［26］ 穷发之北：北极草木不生之地。发：指草木。冥海：深远窅眇之海。

［27］ 广：宽。修：长。

［28］ 羊角：羊角风，即旋风。绝：穿越。负：依靠。穿越云气，背负青天。

［29］ 斥鴳(yàn)：草泽中的小鸟。斥：草泽。鴳：一种小鸟，有说即鹌鹑。数仞：十多尺高。仞：古代长度单位，周制八尺为一仞，汉制七尺为一仞。飞之至：飞的最高最远的地方，指飞翔所达到的最高境界。

［30］ 小大之辩：辩：通“辨”，这就是小和大的区别。

［31］ 知效一官：才能胜任某一官职。知：通“智”，才能。效：胜任。行比一乡：行为能够适合一乡人的心意，意谓德行能够符合一乡人所望。比：适合。德合一君而征一国：德行能使国君满意同时又能取信一国之人。合：投合。征：取信。自视：自己看待自己。亦若是：也是这样。意思是说这三种人和上面提到的蜩与鸴鸠并无区别，都受到自身不同程度的局限。

［32］ 宋荣子：战国时人，跟庄子差不多时期。犹然笑之：嗤笑这三种人。

［33］ 举世而誉之而不加劝：所有人都赞扬他，他也不认为受到特别的激励。誉：赞扬。劝：奋勉。举世而非之而不加沮：所有人都批评他，他也不会沮丧。非：批评。沮：沮丧。定乎内外之分，辩乎荣辱之境：明白自身与身外之物的区别，荣与辱的界限。定：明白。辩：通“辨”，也是明白、清楚的意思。斯已矣：如此而已。这几句是指宋荣子能做到超越前述三种人，但也不过如此罢了。

［34］ 数数然：汲汲在意的样子。指宋荣子没有汲汲追求虚名。

［35］ 虽然：即便如此。树：树立。宋荣子即便做到不汲汲追求虚名，但还是没有达到超然物外的逍遥之境。

[36] 御风：乘风、驾驭着风。泠(líng)然：轻妙的样子。

[37] 旬有五日：十五天，十天为一旬。反：通“返”，返回。

[38] 致福：求福。列子对于求福，也不是汲汲追求。

[39] 指列子能驭风而行，不需要在地上行走，但也还不是无所依待(因为还是要驭风才能行)。

[40] 乘天地之正：因循天地间的法则。乘：因循。正：法则。御六气之辩：遵循大自然之气的变化。御：驾驭。辩：通“变”。整句是说要遵守天地自然间的规则，因循其中的变化，这样才能遨游于无穷无尽的境界而不需要有依待。

[41] 至人无己：“至人”忘我。神人无功：“神人”忘却功利。圣人无名：“圣人”忘却名利。三者其实都是指一类人，他们能忘却外在的荣辱功利，从而达到逍遥自由的境界。

庖丁解牛

【题解】 本篇原列内篇第三，题目为编者所加。文章阐述了顺乎自然以养生的思想，也寓含人生处世之道，对后人多有启发。

吾生也有涯，而知也无涯。以有涯随无涯，殆已[1]；已而为知者，殆而已矣[2]。为善无近名[3]，为恶无近刑，缘督以为经[4]，可以保身，可以全生[5]，可以养亲，可以尽年[6]。

庖丁为文惠君解牛[7]，手之所触，肩之所倚，足之所履，膝之所踦[8]，砉然响然[9]，奏刀騞然[10]，莫不中音[11]。合于桑林之舞[12]，乃中经首之会[13]。

文惠君曰：“嘻[14]，善哉！技盖至此乎[15]？”庖丁释刀对曰[16]：“臣之所好者，道也，进乎技矣[17]。始臣之解牛之时，所见无非牛者[18]；三年之后，未尝见全牛也；方今之时，臣以神遇而不以目视，官知止而神欲行[19]。依乎天理[20]，批大郤[21]，导大窾[22]，因其固然。技经肯綮之未尝[23]，而况大軱乎[24]！良庖岁更刀，割也；族庖月更刀[25]，折也[26]；今臣之刀十九年矣，所解数千牛矣，而刀刃若新发于硎[27]。彼节者有间，而刀刃者无厚[28]，以无厚入有间，恢恢乎其于游刃必有余地矣[29]。是以十九年而刀刃若新发于硎。虽然，每至于族[30]，吾见其难为，怵然为戒[31]，视为止[32]，行为迟，动刀甚微。謋然已解[33]，如土委地[34]。提刀而立，为之四顾，为之踌躇满志[35]，善刀而藏之[36]。”文惠君曰：“善哉！吾闻庖丁之言，得养生焉。”

【注释】

[1] 涯：边际，界限。随：追逐。殆：危险。已：通“矣”。

[2] 已：上句“殆已”的省略。为知：求知。“已而”两句是说既知危险，仍要求知不已，那就更危险了。

[3] 无：通“毋”，不要。“为善”两句是说做好事不要贪图名声，做坏事不要触犯法律。

[4] 缘：沿着，顺着。督：通“裻”，衣中之缝，引申为中。一说，指人体之督脉，因在身后之中，故亦引申为中。经：常。此句是说以自然中正之道为养生之常法。

[5] 全生：保全自然本性。

[6] 尽年：终其天年。

[7] 庖丁：厨师。一说名丁的厨师。文惠君：不详。或以为即梁惠王。解：分解，剖析。

[8] 踦(yǐ)：弯曲一腿，以膝盖抵住。

[9] 砉(huā)然、响然：均系形容手触、肩倚、足履、膝踦所发出的声音。

[10] 奏刀：进刀。騞(huō)然：形容进刀的声音。

[11] 中(zhòng)音：合乎音乐节奏。

[12] 桑林：商汤乐舞名。

[13] 经首：尧时乐曲《咸池》中的一个乐章。会：韵律，节奏。

[14] 嘻(xī)：同“嘻”，赞叹声。

[15] 盖：通“盍”，何。

[16] 释：放下。

[17] 进：超过。

[18] 无非牛者：不过是牛罢了。

[19] 官知(zhì)：器官功能。神欲：精神的意向。这句是说器官的作用都停止了，只有心神在起作用。

[20] 天理：自然的纹理。

［21］ 批：插入。按：旧注皆作“击”解，似欠妥。郤(xì)：通“隙”，间隙。

［22］ 导：引入，此谓引刀而入。窾(kuǎn)：空隙，此指骨节空处。

［23］ 技：当作“枝”，即枝脉。技经：经络纠结处。肯：附着在骨上的肉。綮(qìng)：筋骨结合处。

［24］ 軱(gū)：大骨。连上句是说连经络筋骨盘结之处都不敢贸贸然地用刀砍劈，何况是坚硬的大骨呢！

［25］ 族：一般。

［26］ 折：砍劈。

［27］ 发：磨。硎(xíng)：磨刀石。

［28］ 节：骨节。间：间隙。无厚：没有厚度。

［29］ 恢恢乎：宽绰的样子。

［30］ 族：筋骨交错聚结处。

［31］ 怵(chù)然：警惧的样子。

［32］ 视为止：眼神为之专注。

［33］ 謋(huò)然：迅速裂开的样子。

［34］ 委：散落。

［35］ 踌躇：从容自得的样子。满志：心满意足。

［36］ 善：通“缮”，修治。这里指擦拭。

《战国策》

庄辛说楚襄王

【题解】 《战国策》是战国史官所录谋臣策士纵横捭阖之说，保存了战国时期诸多重要史料，反映了当时各国间的政治斗争和社会风貌。全书语言犀利，文笔恣肆，吸取当时辞赋家的手法，以及诸子论辩的论述技巧、语言气势，辩丽流畅，曲折尽意。又善于运用寓言故事与新奇的比喻来说理，生动精彩，具有很高的文学价值。所以该书既是国别体的历史著作，又是文学名著，对后代史传及政论文学乃至诗歌创作都有重要影响。

现在流传的版本，经西汉学者刘向整理校订。全书三十三篇，分《东周》《西周》《秦》《齐》《楚》《赵》《魏》《韩》《燕》《宋》《卫》《中山》十二策。本文选自《战国策·楚策四》。通过庄辛对襄王的劝告，以生动的设喻，说明国君必须励精图治，才能振兴国家；若一味贪图享乐，与佞幸为伍，则将招致严重的灾祸。

庄辛谓楚襄王曰："君王左州侯，右夏侯[1]，辇从鄢陵君与寿陵君[2]，专淫逸侈靡，不顾国政，郢都必危矣！"襄王曰："先生老悖乎？将以为楚国祆祥乎？[3]"庄辛曰："臣诚见其必然者也，非敢以为国祆祥也。君王卒幸四子者不衰，楚国必亡矣！臣请辟于赵[4]，淹留以观之。"

庄辛去之赵，留五月，秦果举鄢、郢、巫、上蔡、陈之地。襄王流揜于城阳[5]。于是使人发驺征庄辛于赵[6]。庄辛曰："诺。"

庄辛至。襄王曰："寡人不能用先生之言，今事至于此，为之奈何？"庄辛对曰："臣闻鄙语曰[7]：'见兔而顾犬，未为晚也；亡羊而补牢，未为迟也。[8]'臣闻昔汤武以百里昌，桀纣以天下亡[9]。今楚国虽小，绝长续短[10]，犹以数千里，岂特百里哉[11]？

"王独不见夫蜻蛉乎[12]？六足四翼，飞翔乎天地之间，俯啄蚊虻而食之[13]，仰承甘露而饮之，自以为无患，与人无争也。不知夫五尺童子，方将调饴胶丝[14]，加己乎四仞之上[15]，而下为蝼蚁食也[16]。

"蜻蛉其小者也，黄雀因是以[17]。俯噣白粒[18]，仰栖茂树，鼓翅奋翼，自以为无患，与人无争也。不知夫公子王孙，左挟弹，右摄丸，将加己乎十仞之上，以其类为招[19]。昼游乎茂树，夕调乎酸醎，倏忽之间，坠于公子之手。

"夫雀其小者也，黄鹄因是以。游于江海，淹乎大沼，俯噣鰋鲤，仰啮陵蘅[20]，奋其六翮，而凌清风，飘摇乎高翔，自以为无患，与人无争也。不知夫射者，方将修其碆卢，治其缯缴[21]，将加己乎百仞之上，被礛磻[22]，引微缴，折清风而抎矣[23]。故昼游乎江河，夕调乎鼎鼐。

“夫黄鹄其小者也，蔡灵侯之事因是以。南游乎高陂[24]，北游乎巫山，饮茹溪之流，食湘波之鱼，左抱幼妾，右拥嬖女[25]，与之驰骋高蔡之中，而不以国家为事。不知夫子发方受命乎灵王[26]，系己以朱丝而见之也[27]。

“蔡灵侯之事其小者也，君王之事因是以。左州侯，右夏侯，辇从鄢陵君与寿陵君，饭封禄之粟，而载方府之金[28]，与之驰骋乎云梦之中，而不以天下国家为事。不知夫穰侯方受命乎秦王[29]，填黾塞之内[30]，而投己乎黾塞之外。”

襄王闻之，颜色变作，身体战栗。于是乃以执珪而授之为阳陵君[31]，与淮北之地也[32]。

【注释】

[1] “君王左州侯”两句：州侯、夏侯，楚王宠臣。

[2] 辇：古代君王坐的人拉小车。鄢陵君、寿陵君：楚王宠臣。

[3] 老悖：年老而头脑糊涂。悖：昏乱。祆(yāo)祥：凶兆与吉兆，这里用作偏义复词，义偏于“祆”，指预言灾祸。

[4] 辟：同“避”。举：攻取。

[5] 流揜：流：流亡。揜(yǎn)：藏匿。

[6] 驺(zōu)：驺从，侍从车驾的骑士。

[7] 鄙语：俗语。

[8] “见兔而顾犬”两句：发生问题后才采取措施，虽然不及时，却能避免更大的损失。

[9] 桀：夏代最后的国君。纣：商代最后的国君。两人都是历史上传说的暴君。

[10] 绝长续短：截长补短。绝：截。此指把楚国土地拼凑在一起进行计算。

[11] 岂特：岂但，岂止。

[12] 独：难道。夫(fú)：那。下文“不知夫”的“夫”同。蜻蛉(líng)：即蜻蜓。

[13] 虻(méng)：昆虫名，蝇类小昆虫。

[14] 方将：正要。调饴(yí)胶丝：调好饴糖，黏上蛛丝。饴：饴糖，麦芽糖。胶：黏。丝：蛛网。

[15] 加己：加在自己身上。仞：长度单位，参《逍遥游》注[29]。这句是说童子以饴糖、蛛丝捕捉飞翔于四仞之上的蜻蜓。

[16] 蝼：蝼蛄。蚁：蚂蚁。

[17] 夫蜻蛉其小者也：那蜻蛉的事是其中的小事啊。其：其中的，指只贪图享乐，以致遭遇灾祸的事。黄雀因是以：意与“犹是也”同（据王引之《经传释词》卷一说）。这句是说黄雀自以为无患，也是同蜻蛉一样啊。

[18] 噣：同“啄”。白粒：米粒。

[19] 以其类为招：把黄雀的颈作为弹射的目的物。类：当作“颈”。招：射击的目的物（据王引之《经传释词》卷三之二说）。

[20] 啮（niè）：咬。陵：同“菱”，指菱叶。蘅：就是荇（xìng），水草。

[21] 治：整治，与修同义。缯缴（zēng zhuó）：系有生丝缕的箭。矰：弋射的箭。缴：系砸箭上的生丝线，箭射后可靠它收回。

[22] 被：遭受，带着。礛（jiān）磻（bō）：锐利的石箭头。礛：锐利。磻：射鸟用的拴在丝绳上的石箭头。

[23] 折清风而抎（yǔn）矣：从清风中掉下来了。折：折回。折清风：从清风中折下。抎：同“陨”，坠落。

[24] 陂（bēi）：高丘。

[25] 嬖（bì）：宠爱。

[26] 子发：楚大夫。鲍本“宣王”作“灵王”，今据改。按《左传》昭公十一年，受楚灵王之命围蔡的是公子弃疾，不是子发。

[27] 系己以朱丝而见之也：用红绳拴上蔡灵侯带他去见楚王。己：指蔡灵侯。朱丝：红绳。见：使见，使蔡灵侯见楚王。

[28] 方府之金：四方所贡，纳于国库的货币。载：指载金于楚王出游的车中。这是为了随时赏赐左右宠幸。

[29] 穰（ráng）侯：秦昭王舅父，昭王母宣太后之弟，姓魏名冉，封于穰，故称穰侯。穰地在今河南邓县东南。秦王：秦昭王。

[30] 填：指充满军队。黾（mǐn）塞：即今河南平靖关，在河南信阳市东南。内：白起破楚，兵入黾塞而南拔郢都，所以说内。

[31] 执珪（guī）：楚国的爵位名。据《淮南子·道应训》高诱注说：“功臣赐以圭，谓之执圭，比附庸之君。”圭：即“珪”，瑞玉。阳陵君：给庄辛的封号。

[32] 与淮北之地：疑“与”下脱“举”字。刘向《新序·杂事二》载此事说：“乃封庄辛为成陵君，而用计焉，与举淮北之地。”当是楚王用庄辛之计，重新收复淮北之地。

宋玉

风　　赋

【题解】 宋玉，生卒年不详，战国时楚之鄢（今湖北宜城县东南）人，辞赋家。其时代稍后于屈原，或称屈原弟子。曾事顷襄王，以为小臣，后失职，以贫士终。《汉书·艺文志》有宋玉赋十六篇，《隋书·经籍志》有《宋玉集》三卷，新旧《唐书》均作二卷。今题宋玉所作辞赋十余篇，除《九辩》外，余之真伪皆聚讼纷纭。近年来大多数学者以为《风赋》《高唐赋》《神女赋》仍当系其名下。本篇籍“雄风”、“雌风”的叙述，间接表现统治者和人民在生活上的差异，隐寓讽刺之意。

楚襄王游于兰台之宫[1]，宋玉、景差侍[2]，有风飒然而至[3]，王乃披襟而当之[4]，曰：“快哉此风！寡人所与庶人共者邪[5]？”宋玉对曰：“此独大王之风耳，庶人安得而共之？”

王曰：“夫风者，天地之气，溥畅而至[6]。不择贵贱高下而加焉[7]。今子独以为寡人之风，岂有说乎？”宋玉对曰：“臣闻于师：‘枳句来巢，空穴来风[8]。’其所托者然[9]，则风气殊焉[10]。”

王曰：“夫风始安生哉[11]？”宋玉对曰：“夫风生于地，起于青苹之末[12]。侵淫溪谷[13]，盛怒于土囊之口[14]。缘泰山之阿[15]，舞于松柏之下。飘忽淜滂[16]，激扬熛怒[17]。耾耾雷声[18]，回穴错迕[19]。蹷石伐木[20]，梢杀林莽[21]。至其将衰也，被丽披离[22]，冲孔动楗[23]。眴焕粲烂[24]，离散转移。故其清凉雄风，则飘举升降[25]，乘凌高城[26]，入于深宫，邸华叶而振气[27]，徘徊于桂椒之间，翱翔于激水之上[28]，将击芙蓉之精[29]，猎蕙草[30]，离秦蘅[31]，槩新夷[32]，被荑杨[33]。迴穴冲陵[34]，萧条众芳[35]。然后倘佯中庭，北上玉堂。跻于罗帷[36]，经于洞房[37]。乃得为大王之风也。故其风中人状，直憯凄惏栗[38]，清凉增欷，清清泠泠，愈病析酲[39]，发明耳目[40]，宁体便人[41]。此所谓大王之雄风也。”

王曰：“善哉论事！夫庶人之风，岂可闻乎？”宋玉对曰：“夫庶人之风，塕然起于穷巷之间[42]，堀堁扬尘[43]，勃郁烦冤[44]，冲孔袭门。动沙堁，吹死灰，骇溷浊[45]，扬腐余。邪薄入瓮牖[46]，至于室庐。故其风中人状，直憞溷郁邑[47]，殴温致湿[48]，中心惨怛[49]，生病造热[50]，中唇为胗[51]，得目为蔑[52]，啖齰嗽获[53]，死生不卒[54]。此所谓庶人之雌风也。”

【注释】

[1] 楚襄王：即楚顷襄王，名横，楚怀王之子。兰台：台名，旧址在今湖北省钟祥县。

[2] 景差：传为楚大夫。《史记·屈原贾生列传》云：“屈原既死之后，楚有宋玉、唐勒、景差之徒者，皆好辞而以赋见称。”

[3] 飒：风声。

[4] 披襟而当：为披衣以受风。披：张开之意。

[5] 寡人：古代君主的自称。庶人：众人，谓人民。共：指共同享受。邪：同“耶”。

[6] 溥(pǔ)：普遍。畅：畅通。

[7] 加：犹言施，指风吹到身上。

[8] “枳(zhǐ)句”两句：枳：树木名。句：曲。句即今勾字。来巢：言因枳树多曲，致使鸟来做巢。此两句当古代常语，《庄子》说：“空阅来风，桐乳致巢。”与此略同。

[9] 然：如此。

[10] 则风气殊焉：殊：别，不同。这句是说由于地位不一样，风也就不一样。

[11] 始：最初。安生哉：怎样产生的呢？

[12] 青苹之末：清苹的末梢。苹：大萍。

[13] 侵淫：逐渐而进。

[14] 土囊：大穴。

[15] 缘：沿着。阿：山曲。

[16] 飘忽：风急的样子。淜(píng)滂(pāng)：风击物声。

[17] 激扬：疾飞的样子。熛(biāo)：火焰迸飞。熛怒：言其震撼之声，犹如怒火飞于空中。

[18] 耾(hóng)耾：风声。雷声：形容风如雷声。

[19] 迴穴：风不定的样子。错迕：交错相杂。

[20] 蹷(jué)：动，此处为震撼之意。

[21] 梢：击。莽：草木深邃之处。

[22] 被丽、披离：形容风四面吹散的样子。

[23] 孔：穴。楗(jiàn)：门栓。

[24] 眴(xuàn)焕：鲜明的样子。

[25] 飘举：飘飞、飘动。

[26] 乘：升。凌：越。乘凌：上升和凌越。

[27] 邸：通“抵”，触。振：谓震动，震荡。

[28] 激水：受激之水，犹言急水。

[29] 芙蓉：指荷花。精：通“菁”，华。

[30] 猎：通“躐”，践踏，这里是吹掠的意思。

[31] 离：历，经过之意。秦衡：产于秦地的香木。

[32] 槩(gài)：取。心夷：即辛夷，香木名。

[33] 被：加。荑(tí)杨：初生的杨。草木初生叫作荑。被荑杨：加于荑杨之上。

[34] 冲陵：犹言突击。冲：突。陵：突击。

[35] 萧条众芳：使众香草香木凋零而致寂寥。萧条：寂寥。

[36] 跻(jī)：升。罗帷：罗制的帷幔。

[37] 洞房：深邃之室。

[38] 憯(cǎn)凄：悲痛的样子。惏栗：寒冷的样子。憯凄惏栗：谓受自然环境的影响而心中有所感触之状。

[39] 愈病：治好疾病。析：解。酲(chéng)：酒病。

[40] 发明耳目：谓使耳目聪明。

[41] 宁：安。便：利。

[42] 塕(wěng)：忽起的样子。

[43] 堀(jué)：突起。堁(kè)：尘埃。堀堁：尘埃突起的样子。

[44] 勃郁烦冤：风回旋的样子。一说勃郁，即愤怒。勃郁烦冤：形容风在堀堁扬尘时显得愤怒不平。

[45] 骇：原意是惊起，这里作搅起解。溷：同混。溷浊，污秽肮脏之物。

[46] 邪：偏斜。薄：迫。瓮：一种陶制的器具。牖(yǒu)：壁上之窗。瓮牖：以破瓮之口为牖，谓房屋简陋。

[47] 憞(duì)溷(hùn)：恶乱、烦乱的样子。郁邑：忧也。

[48] 殴：通“驱”。殴温致湿：《文选》李善注：“言此风殴温致湿气来，令致湿病也。”

[49] 惨怛(dá)：忧劳。

[50] 热：谓热病。

[51] 胗(zhěn)：唇疡。

[52] 蔑：目伤而赤。

[53] 唊：吃。齰(zé)，嚼。嗽(sòu)：吮。获：通"嚄"(huò)，大声呼唤。唊齰嗽获：此处指中风口动的样子。

[54] 生：指病愈。卒：同"猝"，仓猝的意思。死生不卒：言人患风疾后，既不会在短时期内死去，也不会在短时期内痊愈，弄的不死不活。

晁错

论贵粟疏

【题解】 晁错(前200—前154)，颍川(今河南禹县)人，西汉文帝、景帝时期的政治家。初从张恢学申不害、商鞅的法家学说。文帝时任太常掌故，曾奉命从故秦博士伏生受《尚书》。后为太子家令，得太子(即景帝)信任，号"智囊"。景帝即位，任为御史大夫。他坚持"重本抑末"(即重农抑商)政策，主张纳粟受爵，建议募民充实边塞，积极备御匈奴贵族的攻掠，并进言削藩以巩固中央集权，得到景帝采纳。以吴王刘濞为首的七国诸侯因此以"请诛晁错，以清君侧"为名，举兵反叛。景帝畏于七国连兵，遂将其处死。晁错的著作较为完整的现存有八篇，散见于《汉书》的《爰盎晁错传》《荆燕吴传》和《食货志》。他的文章被称为"疏直激切，尽所欲言"，其中《贤良对策》《言兵事疏》《守边劝农疏》等，皆为"西汉鸿文，沾溉后人，其泽甚远"。(鲁迅《汉文学史纲要》)

本篇集中体现了晁错重视农业、务存国本的"重本抑末"的思想，在漫长的古代社会，农业为国民经济支柱，本篇所代表的观点，正是这一经济特点的体现。

圣王在上，而民不冻饥者，非能耕而食之，织而衣之也，为开其资财之道也。故尧、禹有九年之水[1]，汤有七年之旱[2]，而国亡捐瘠者，以畜积多而备先具也[3]。

今海内为一，土地人民之众不避汤、禹[4]，加以亡天灾数年之水旱，而畜积未及者，何也？地有遗利，民有余力，生谷之土未尽垦，山泽之利未尽出也，游食之民未尽归农也[5]。民贫，则奸邪生。贫生于不足，不足生于不农，不农则不地著，不地著则离乡轻家，民如鸟兽[6]。虽有高城深池，严法重刑，犹不能禁也。夫寒之于衣，不待轻暖[7]；饥之于食，不待甘旨[8]；饥寒至身，不顾廉耻。人情一日不再食则饥，终岁不制衣则寒。夫腹饥不得食，肤寒不得衣，虽慈母不能保其子[9]，君安能以有其民哉？明主知其然也，故务民于农桑[10]，薄赋敛，广畜积，以实仓廪，备水旱，故民可得而有也。

民者，在上所以牧之，趋利如水走下，四方无择也[11]。夫珠玉金银，饥不可食，寒不可衣，然而众贵之者，以上用之故也[12]。其为物轻微易藏，在于把握，可以周海内而无饥寒之患[13]。此令臣轻背其主，而民易去其乡，盗贼有所劝，亡逃者得轻资也[14]。粟米布帛生于地，长于时，聚于力，非可一日成也[15]。数石之重，中人弗胜[16]，不为奸邪所利；一日弗得而饥寒至。是故明君贵五谷而贱金玉。今农夫五口之家，其服役者不下二人[17]，其能耕者不过百亩，百亩之收不过百石。春耕，夏耘，秋获，冬藏，伐薪樵，治官府，给徭役[18]；春不得避风尘，夏不得避暑热，秋不得避阴雨，冬不得避寒冻，四时之间，无日休息。又私自送往迎来，吊死问疾，养孤长幼在其中[19]。勤苦如此，尚复被水旱之灾，急政暴赋，赋敛不时，朝令而暮改[20]。当具有者半贾而卖，无者取倍称之息；于是有卖田宅、鬻子孙以偿债者矣[21]。而商贾大者积贮倍息，小者坐列贩卖，操其奇赢[22]，日游都市，乘上之急，所卖必倍[23]。故其男不耕耘，女不蚕织，衣必文采，食必粱肉[24]；无农夫之苦，有阡陌之得。因其富厚，交通王侯，力过吏势，以利相倾[25]。千里游遨，冠盖相望，乘坚策肥，履丝曳缟[26]。此商人所以兼并农人，农人所以流亡者也。今法律贱商人[27]，商人已富贵矣；尊农夫，农夫已贫贱矣。故俗之所贵，主之所贱也；吏之所卑，法之所尊也。上下相反，好恶乖迕，而欲国富法立，不可得也[28]。

方今之务，莫若使民务农而已矣。欲民务农，在于贵粟；贵粟之道，在于使民以粟为赏罚[29]。今募天下入粟县官，得以拜爵[30]，得以除罪。如此，富人有爵，农民有钱，粟有所渫[31]。夫能入粟以受爵，皆有余者也。取于有余，以供上用，则贫民之赋可损[32]，所谓损有余、补不足，令出而民利者也。顺于民心，所补者三：一曰主用足，二曰民赋少，三曰劝农功[33]。今令民有车骑马一匹者，复卒三人。车骑者，天下武备也，故为复卒[34]。神农之教曰："有石城十仞，汤池百步，带甲百万，而无粟，弗能守也。"以是观之，粟者，王者大用[35]，政之本务。令民入粟受爵，至五大夫以上，乃复一人耳，此其与骑马之功相去远矣[36]。爵者，上之所擅，出于口而无穷[37]；粟者，民之所种，生于地而不乏[38]。夫得高爵也免罪，人之所甚欲也。使天下人入粟于边，以受爵免罪，不过三岁，塞下之粟必多矣。

【注释】

[1] 《尚书·尧典》《史记·夏本纪》皆载尧时洪水滔天事。《夏本纪》说："尧听四岳（四方诸侯之长），用鲧治水，九年而水不息，功用不成。"后来洪水终于由禹治理，故此并言"尧禹"。

[2] 汤时大旱，有的说是五年，有的说七年。《吕氏春秋·顺民》云："昔者汤克夏而正（君）天下，天大旱，五年不收。汤乃以身祷于桑林。"《说苑·君道》云："汤之时，大旱七年，雒坼川竭，煎沙烂石，于是使人持三足鼎祝山川。"《贾子·新篇》也说："禹有十年之畜，故免九年之水；汤有十年之积，故胜七年之旱。"可与晁错此文互相参考。

[3] 亡（wú）：同"无"，下同。捐：弃。瘠：借用为"胔"（zī），饿死的腐尸。畜：同"蓄"。

[4] 避：让。不避：不差于。不避汤、禹：不比汤和禹的时代差。

[5] 遗：未经开发的。遗利：余利，引申为潜力。游食：游手好闲，不从事劳动。

[6] 地著：汉代后也叫作"土著"，指农业人口有固定的户籍和土地。如鸟兽：喻人民行动入鸟兽飞走无常。

[7] 轻暖：指丝绸与狐裘等类贵重衣物。

[8] 甘旨：甜美，指一切好吃的东西。

[9] 保：养。

[10] 务民于农桑：使百姓尽力于种田养蚕。

[11] 在上所以牧之：要看国君怎样去治理。牧：治理。统治者视民如牛羊，故治民谓为牧民。走：流。无择：并不选择方向和地域。

[12] 贵：看重。以：因为。上：指人君。秦汉以后通常以“上”为称皇帝之术语。用：这里有重用意。

[13] 在于把握：拿在手中。周海内：走遍海内之地。

[14] 轻：轻易。轻背其主：臣对待背叛其君，不当一回事。劝：鼓励。亡逃：犯法逃亡者。轻资：携带轻便的货物。

[15] 聚于力：集合劳力。

[16] 石(dàn)：衡量轻重之单位，百二十斤为“石”。又以“石”为衡量的之名称，如以十斗为一石(石即斛之故名称)。“数石”是指的若干的粮食。中人：力量中等的人。弗：通勿。胜：指担负。

[17] 服役：从事于官府劳役。不下：不少于。

[18] 徭役：古时人民为官府服的劳役。

[19] “私自”三句：指农民私人生活。送往迎来：指亲友间交际往来。孤：无父的孩子。长有：养育幼儿。在其中：指上述开支都出在农田收入当中。

[20] 急政：即急征，征，是征收赋税。赋：是敛取土地收入，暴赋，猛烈严急的征取。赋敛不时：指征收土产不按生长季节。

[21] 贾：古“价”字。当具有者：当他具有这种东西的时候(如新收谷物)，官家却征收别的，不得不半价而卖。亡者：当他缺乏此物时，管家却正要征收，不得不以加倍的利息借贷，购买以应征。倍称(chèn)之息：指借一还二的高利贷，称：指本、利相等。鬻(yù)：卖。责：古“债”字。

[22] 积贮倍息：囤积物资获得加倍的利息。坐列：坐于列肆之中。奇赢：商贾所获余物及赢利。

[23] 上之急：君主所迫切需要之物。必倍：必使超过应得之价一倍始肯卖出。

[24] 文采：与纹彩的锦绣。粱：质量上好的粟米。

[25] 阡陌：田间道路。《汉书·食货志》云：“富者田连阡陌。”阡陌之得：是说商贾盈利可抵很多田地的收入。交通：尤今语“交接”、“交际”。吏势：官吏所擅有的威势。倾：凌驾压倒之意。游遨：游行各地。冠：指官服。盖：车盖。古者仕宦始有车，这是说商人坐着车子，穿着考究的服装，一批批地往来于道路上。

[26] 两句承上冠盖而说。坚：坚固的车辆。肥：肥马。履丝：穿丝织的鞋。曳：拖着。缟：丝织白绢。古衣裾长拖地，故云曳缟。

[27] 《史记·平准书》云:"天下已平,高祖乃令:古人不得衣丝乘车。重租税以困辱之。孝惠高后时,为天下初定,复弛商贾之律。"晁错上书时,大概还留存着一些限制商人社会地位的律令。

[28] 俗之为贵:指商人。吏之所卑:指农夫。乖迕:互相矛盾违背。

[29] 以粟位赏罚:指下文拜爵除罪等贯彻贵粟政策的具体措施。

[30] 入粟县官:就是说缴纳粮食给国家。汉代每以"县官"为皇帝的代称,《史记·绛侯世家》:"盗买县官器",《索隐》:"县官,谓天子也。"爵:指无实职的秩位。《史记·平准书》云:"北边屯戍者多,边粟不足给粮当食者。于是募民:能轮及转粟于边者,拜爵。爵得至打庶长。"(第八十等爵,须输粟万二千石)就是因为晁错的这一陈请而实行的。

[31] 渫(xiè):分散出去,这里指流通。

[32] 损:减。

[33] 功:事。劝农功:鼓励人从事农业劳动。

[34] 复:免除赋役,这里作名词,一种赋役形式。《汉书·高帝纪》云:"复,勿租税二岁。"复有轻重,此言"复卒三人",免除应当服兵役者三人。如系不适兵役的人口,则免除其应出的"算钱"。(民年十五至五十六,出丁口税。人百二十钱,为一算,故名"算钱"或"算赋"。用以治兵器车马。)为复卒:因他已出了车骑,所以为他施行复卒的法令。

[35] 用:指财物。王者大用:粮食是治理天下者最重要的物资。

[36] 五大夫:第九等爵。骑马之功:指出车骑的功劳。这句连以上三句大意是,入粟受爵者入粟多而复卒少,其功远比出车骑者为大。

[37] 擅:专有。这句大意是,爵位只处于皇帝之口,是用不完的。

[38] 乏:短缺。

司马迁

报任少卿书

【题解】 司马迁(前145—前87),字子长,生于龙门(今山西河津)。父司马谈，汉武帝时太史令，通历史、天文、星历及黄老。司马迁少承家学，又亲炙董仲舒议论，从孔安国问古文《尚书》故训。二十岁后，多次漫游全国，考察史迹，采访史料。所有这些，为日后写作《史记》打下扎实基础。司马谈去世后两三年，司马迁继父职为太史令，四十二岁左右开始写作《史记》。天汉二年（前99年），汉将李陵与匈奴战败被俘，司马迁为李陵仗义执言，触恼汉武帝，遭受腐刑。出狱后为中书令，以刑余之身，发愤著作，终于完成一百三十篇、五十二万余字的史家巨著《史记》，上起黄帝，下迄汉武，分八书、十表、十二本纪、三十世家、七十列传，开辟了我国史著的体制、例法，成为中华文化史上的巍巍丰碑。

《报任少卿书》是司马迁在刑余被赦，任中书令时所写。任少卿名安，荥阳人，司马迁之友。任安曾经写信给司马迁，劝他利用中书令的地位"推贤进士"，司马迁回信委婉叙说了自己何以不能如任安所嘱，真切地写出司马迁在身受腐刑之后内心的痛苦，以及他忍辱负重、立志著述的坚韧意志。本文是了解司马迁思想、心态及《史记》写作背景的重要材料。

太史公、牛马走、司马迁，再拜言[1]。少卿足下[2]：曩者辱赐书，教以慎于接物，推贤进士为务[3]。意气勤勤恳恳[4]，若望仆不相师用，而流俗人之言[5]。仆非敢如是也！虽罢驽，亦尝侧闻长者遗风矣[6]。顾自以为身残处秽，动而见尤，欲益反损[7]，是以抑郁，而无谁语[8]。

…… ……

仆少负不羁之才，长无乡曲之誉[9]。主上幸以先人之故，使得奉薄技，出入周卫之中[10]。仆以为戴盆何以望天？故绝宾客之知，忘室家之业，日夜思竭其不肖之才力，务一心营职，以求亲媚于主上。而事乃有大谬不然者[11]！

夫仆与李陵，俱居门下，素非能相善也[12]。趣舍异路，未尝衔杯酒接殷勤之欢[13]。然仆观其为人自奇士，事亲孝，与士信，临财廉，取予义，分别有让，恭俭下人[14]。常思奋不顾身，以徇国家之急[15]。其素所蓄积也，仆以为有国士之风[16]。夫人臣出万死不顾一生之计，赴公家之难，斯已奇矣。今举事一不当，而全躯保妻子之臣，随而媒孽其短[17]，仆诚私心痛之！且李陵提步卒不满五千，深践戎马之地，足历王庭[18]，垂饵虎口，横挑强胡[19]。印亿万之师，与单于连战十有余日，所杀过当，虏救死扶伤不给[20]。旃裘之君长咸震怖[21]，乃悉征其左右贤王，举引弓之民，一国共攻而围之[22]。转斗千里，矢尽道穷，救兵不至，士卒死伤如积。然陵一呼劳军，士无不起躬自流涕，沫血饮泣，张空弮，冒白刃，北首争死敌者[23]。陵未没时，使有来报，汉公卿王侯皆奉觞上寿[24]。后数日陵败，书闻，主上为之食不甘味，听朝不怡。大臣忧惧，不知所出。仆窃不自料其卑贱，见主上惨怆怛悼，诚欲效其款款之愚[25]。以为李陵素与士大夫绝甘分少[26]，能得人之死力，虽古之名将不能过也；身虽陷败，彼观其意，且欲得其当而报汉[27]；事已无可奈何，其所摧败，功亦足以暴于天下[28]。仆怀欲陈之，而未有路。适会召问，即以此指，推言陵之功[29]。欲以广主上之意，塞睚眦之辞[30]。未能尽明，明主不深晓，以为仆沮贰师，而为李陵游说[31]，遂下于理[32]。拳拳之忠终不能自列，因为诬上，卒从吏议[33]。家贫，财赂不足以自赎。交游莫救，左右亲近不为一言[34]。身非木石，独与法吏为伍，深幽囹圄之中，谁可告诉者[35]！此正少卿所亲见，仆行事岂不然乎？李陵既生降，隤其家声[36]，而仆又佴之蚕室，重为天下观笑[37]。悲夫悲夫！事未易一二为俗人言也[38]。

仆之先人，非有剖符丹书之功[39]，文史星历，近乎卜祝之间[40]，固主上所戏弄，倡优所畜，流俗之所轻也[41]。假令仆伏法受诛，若九牛亡一毛，与蝼蚁何以异？而世又不与能死节者比[42]，特以为智穷罪极，不能自免，卒就死耳。何也？素所自树立使然[43]。人固有一死，或，重于泰山，或轻于鸿毛，用之所趣异也[44]。太上，不辱先；其次，不辱身；其次，不辱理色；其次，不辱辞令；其次，诎体受辱；其次，易服受辱；其次，关木索、被箠楚受辱；其次剔毛发、婴金铁受辱，其次，毁肌肤、断肢体受辱；最下，腐刑极矣[45]！传曰：“刑不上大夫。”此言士节不可不厉也[46]。猛虎在深山，百兽震恐，及其在穽槛之中，摇尾而求食，积威约之渐也[47]。故士有画地为牢，势不可入；削木为吏，议不可对，定计于鲜也[48]。今交手足，受木索，暴肌肤，受榜垂，幽於圜墙之中[49]。当此之时，见狱吏则头抢地，视徒隶则心惕息[50]。何者？积威约之势也。及以至此，言不辱者，所谓强颜耳[51]，曷足贵乎？且西伯，伯也，拘于羑里[52]；李斯，相也，具五刑[53]；淮阴，王也，受械于陈[54]；彭越、张敖，南面称孤，系狱具罪[55]；绛侯诛诸吕，权倾五伯，囚于请室[56]；魏其，大将也，衣赭、关三木[57]；季布为朱家钳奴[58]；灌夫受辱居室[59]。此人皆身至王侯将相，声闻邻国，及罪至罔加，不能引决自裁，在尘埃之中[60]。古今一体，安在其不辱也！由此言之，勇怯，势也；强弱，形也。审矣[61]！曷足怪乎？且人不能早自裁绳墨之外，以稍陵迟，至于鞭箠之间，乃欲引节，斯不亦远乎！古人所以重施刑于大夫者，殆为此也[62]。

夫人情莫不贪生恶死，念亲戚，顾妻子。至激于义理者不然，乃有所不得已也[63]。今仆不幸早失父母，无兄弟之亲，独身孤立。少卿视仆于妻子何如哉？且勇者不必死节，怯夫慕义，何处不勉焉[64]。仆虽怯懦欲苟活，亦颇识去就之分矣，何至自沉溺缧绁之辱哉[65]！且夫臧获婢妾，犹能引决，况仆之不得已乎[66]？所以隐忍苟活，幽于粪土之中而不辞者，恨私心有所不尽，鄙陋没世，而文采不表于后世也[67]。

古者富贵而名摩灭，不可胜记，唯倜傥非常之人称焉[68]。盖文王拘而演《周易》[69]；仲尼厄而作《春秋》[70]；屈原放逐，乃赋《离骚》[71]；左丘失明，厥有《国语》[72]；孙子膑脚，兵法修列[73]；不韦迁蜀，世传《吕览》[74]；韩非囚秦，《说难》《孤愤》[75]；《诗》三百篇，大抵贤圣发愤之所为作也。此人皆意有所郁结，不得通其道，故述往事，思来者[76]。及如左丘明无目，孙子断足，终不可用，退而论书策，以舒其愤，思垂空文以自见[77]。

仆窃不逊，近自托于无能之辞，网罗天下放失旧闻，略考其行事，综其终始，稽其成败兴坏之纪[78]，上计轩辕，下至于兹，为十表，本纪十二、书八章、世家三十、列传七十，凡百三十篇[79]。亦欲以究天人之际，通古今之变，成一家之言[80]。草创未就，会遭此祸。惜其不成，是以就极刑而无愠色[81]。仆诚已著此书，藏之名山，传之其人，通邑大都[82]，则仆偿前辱之责，虽万被戮，岂有悔哉[83]！然此可为智者道，难为俗人言也。

且负下未易居，上流多谤议[84]。仆以口语遇遭此祸，重为乡党所戮笑，以污辱先人，亦何面目复上父母之丘墓乎？虽累百世，垢弥甚耳[85]！是以肠一日而九回，居则忽忽若有所亡，出则不知其所往[86]。每念斯耻，汗未尝不发背沾衣也！身直为闺阁之臣，宁得自引深藏岩穴邪[87]？故且从俗浮沉，与时俯仰，以通其狂惑[88]。今少卿乃教之以推贤进士，无乃与仆私心刺谬乎[89]？今虽欲自彫琢，曼辞以自饰，无益，于俗不信，适足取辱耳[90]。要之，死日然后是非乃定。书不能悉意，故略陈固陋[91]。谨再拜。

【注释】

[1] 太史公：太史令通称，司马迁所任职。《史记》中的“太史公”，有的是指他父亲司马谈，有的是指他自己，皆以职称。牛马走：如牛马般供奔走驱驰的仆人。供奔走是阶级社会仆人的职役，所以走字的义等于仆。（下文皆自称仆）古人书信格式，先具列职官姓名于前，所以此书开端言“太史公牛马走司马迁”。汉代以后通常书信仍然沿用列具官衔姓名的形式。再拜言：就是说“再拜陈言”。以上十二字，是此书的冒头，在《汉书·司马迁传》中已删去，而本《文选》中则保留，并保留信末尾“谨再拜”。

[2] 任安：字少卿。足下：敬称。

[3] 曩：从前。辱赐书：承您不以给我这样的人写信为羞辱。顺：《汉书》作“慎”，《文选》作“顺”。古书“顺”、“慎”通用，遵循意。物：事。“顺于接物”，就是说应当遵循实际情况看待事物。就是叫司马迁按照当前“尊宠，认职事”的政治地位，来推荐人才。务：事务、任务。推贤进士为务：以推荐人才作为自己的工作。

[4] 意、气：均作单字使用。意：指来信的用意。气：指信中语气。

[5] 望：怨望、埋怨。师用：效法他人，并能按他人意见行事。“若望仆不相师用”，好像抱怨我没能遵照您的意见行事。流：迁移或转移的意思。“而流俗人之言”，随着一般人的意见而改变自己的主张。另一解释，“而”字在此作“如”字用。清代王念孙说：“不相师用而流俗人之言，谓视少卿之言如流俗人之言，而不相师用也。”（《读书杂志》）此两句《文选》作“若望仆不相师，而用流俗人之言”，与《汉书》不同。

但李善引苏林注，也解“而”为“如”。

[6] 罢：同“疲”。驽：劣马。罢驽，自比为疲弱无用的劣马。侧闻：即古人常用的“伏闻”，谦语。长者：有品德有气度，为大家所敬爱的人。

[7] 身残：指己遭受宫刑，形骸残缺。处秽：处于可耻的污秽地位。尤：过错。动而见尤，欲益反损，是说自己行动容易受人指责，本来想做点有贡献的事，反而会把事情搞坏。

[8] 抑郁：内心怀抱难以申说的感情。无谁语：无知己的人可以诉说情怀。《文选》作“是以独忧郁而与谁语”。

[9] 不羁之才：指才华横溢。乡曲之誉：同乡同里间的好口碑。

[10] 周卫：宫禁。周：环绕。卫：宿卫。“周卫之中”，指宫禁之中。

[11] 戴盆望天：头戴盆子，则遮挡视线，看不到天空，故戴盆与望天，两者不可得兼，这里比喻自己忙于职务，无暇他顾。亲媚：接近讨好之意。大谬：大错。不然：不是像所想的那样。是说自己在忠勤供职的愿望中出现了意外的乱子。

[12] 门下：司马迁与李陵俱官“侍中”，同居“门下”（官署名）内，故云俱居门下。西晋后改“侍中曹”为“门下省”。善：交好。

[13] 趣：同“趋”，趋向。舍：同“捨”。趣舍异路：即取舍不同，彼此志向不同，非同类人。衔杯酒：一起饮酒，指关系亲密。

[14] 分别有让：事物有高低甘苦等差别的时候，则将好的方面让给别人，苦或重的工作留给自己。恭俭下人：无论在态度或生活方面，皆谦恭自约，甘居人后。

[15] 徇：舍身从事某种事业。

[16] 蓄积：指其言行志向。国士：整个国家都推重的人才。

[17] 媒孽：亦作媒蘖，即曲饼，用以酿酒的酵母。这里作动词，酝酿之意。媒孽其短：像酵母一样把过失放大。

[18] 王庭：匈奴单于所居住之处。

[19] 垂饵虎口，横挑强胡：李陵想诱敌深入，故曰垂饵。古人以诱敌作战曰挑战。横挑：气概凌厉地挑战。战国秦汉间称匈奴为“胡”。

[20] 匈奴于群山之间围攻李陵，陵对敌形式为仰攻。印，《李陵传》作“抑”，则是抑制亿万之师的气焰。过当：所杀死的敌人，超过己方的兵数。当：相当，相等的。不给：是说匈奴对于死伤的人来不及担运。

[21] 旃（zhān）：《文选》作“氈”，毛织品。

[22] 左右贤王：匈奴最高官位。“贤王”是中国的译名，匈奴语谓“贤”为“屠耆”（译音），常以其太子为左屠耆。其最高的屠耆王各统帅万余骑兵。

[23] 李陵引敌南行至居延塞外百里,故云“转斗千里”。道穷:言匈奴围困李陵于山谷中。起躬:士卒已负伤仆地,仍然爬起来作战。躬:身。沬(huì):以手掬水洗脸。沬血:指血流满脸。拳(quān):强有力的弩弓。矢已射尽,故张空弓以表现愤怒杀敌之情。北首:北向。争死敌:即争死于敌,意味跟敌人拼命。

[24] 未没:军未覆亡时。奉觞上寿:向皇帝祝贺进军胜利。

[25] 书闻:边塞以陵战败消息报告。料:量。怛:痛。效:献。款款:恳切忠实之意。

[26] 绝甘分少:即上文“分别有让”的事例。将甘美之物推让给别人,故云“绝甘”;分用财物时,取最小最少的部分,故云“分少”。

[27] 陷败彼:是说李陵战败投降,陷身匈奴中。彼:指匈奴。当:合。得其当:得到合适的时机。

[28] 暴:暴露。这里引申作昭示之意。

[29] 指:意。推:举。

[30] 广主上之意:宽皇帝的胸怀。睚(yá)眦(zì):怒目相视。凡人平素有恨怨,以“睚眦”示其忿,世称“睚眦之怨”。“塞睚眦之辞”,是说想堵塞怀恨李陵者的一些坏话。

[31] 沮:毁坏。贰师:指贰师将军李广利,汉武帝所宠爱的李夫人的哥哥。天汉二年(前99年),武帝派李广利征匈奴,出兵天山(祁连山);李陵率卒五千出居延北,以分散匈奴兵势。李陵被匈奴主力围困,而李广利却按兵不救。现在司马迁极力替李陵说话,无意中贬低了李广利,因而引起了武帝的忌恨,认为他是在有意中伤贰师。

[32] 理:古代司法官的名称。遂下于理:是说把司马迁交到法庭审判。

[33] 拳拳:忠谨的样子。列:陈,陈述。因为:因此就成为。诬:欺蒙。封建时代“欺君罔上”是很大的罪状。吏议:法庭官吏所判决的罪名。

[34] 财赂:即财货。左右亲近:皇帝身边的近臣。

[35] 囹(líng)圄(yǔ):监狱。

[36] 隤(tuí):坠毁、毁坏。

[37] 佴(èr):置,推置其中。蚕室:受腐刑后因畏风寒,所居温密之室,犹如养蚕的屋子,故称蚕室。重:复,又。

[38] 一二:委屈详尽罗列情状。

[39] 剖符丹书:汉代对于有功大臣的特殊待遇。符:是用竹做的契约,剖而为二,皇帝与受赐大臣各执一半。先剖符作誓以封之,再申以丹书铁卷以示坚守。丹书:

用铁制为卷契，用丹色书写盟誓之词于契上。《汉书·高祖本纪》："又与功臣剖符作誓，丹书铁卷，金匮，石室藏之宗庙。"凡受剖符丹书的，他的后人有罪可以赦免。

[40] 文史星历：史籍和天文历法之学，皆太史令所执掌。卜祝：占卜和祭祀之职。

[41] 倡优：即乐工伶人，在古代社会中地位极低下。文史星历在封建君主看来，不过是政治上的装饰品，视同玩物，因而对这方面的人也如同蓄养倡优一样对待；流俗人重视政治地位，故对文史星历方面的人也不重视。

[42] "假令"两句：伏法受诛，指按原先"吏议"判司马迁死罪。死节者：守节操而死者。比：并列。而世又不与能死节者比：是说世俗的人也不能拿我和死节者并列。

[43] 素所自树立使然：自己的工作和职业本来为人所轻视。

[44] 用：因。之：代词，指死。趋：趋向。这句是说，因死的趋向不一样。

[45] 不辱理色：道理和颜面上都没受到屈辱。不辱辞令：没有被人用文辞教令来申斥。诎：同"屈"。诎体：身体被捆绑起来。易服：这里指换上罪人的衣服。古代罪人衣赭(深红色)。关索木：戴上刑具。婴：环绕。颈上戴着铁链去做工，古人叫钳刑。腐刑：即宫刑。

[46] 刑不上大夫：《礼记·曲礼》篇中的话。谓大夫以上官员犯法，可不受刑罚。士节：士的气节。厉：磨砺和勉励。

[47] 穽：同"阱"，捕兽的陷坑。槛(jiàn)：关兽的笼子。积威约之渐也：长期的威力约制，能将虎豹驯服下来。

[48] "画地为牢"句：即使在地上画个范围作为监牢，也势不能进入，极言监牢的可怖。画：同"划"。削木为吏句：即使刻个木头人做狱吏，也不可能面对。极言封建狱吏的凶残。鲜：指态度鲜明爽朗。全句是说不必等到受欺凌耻辱，就应引身自杀。

[49] 暴：露。榜：鞭打。圜(huán)墙：指牢狱。

[50] 抢地：叩头触地。惕息：战兢恐惧，不敢喘气。

[51] 强颜：强为厚颜。即今语"厚着脸皮"。

[52] 伯：方伯，一方诸侯之长，周文王为西方诸侯之长，故称"西伯"。羑(yǒu)里，周文王被囚之地，在今河南省汤阴县境内。

[53] 李斯：秦相。具五刑：受遍五刑。

[54] 械：拘束手足的刑具。汉高祖为防韩信谋反，用陈平计，伪游云梦，至陈地(楚西界)，韩信来见，因令武士缚之。后来韩信和彭越皆"具五刑"而死。这里所说"受

械于陈”，是指他们最初受拘辱的事。

[55] 孤：春秋战国间侯王自称之辞。彭越：汉高祖功臣，封梁王。张敖：张耳之子，继嗣父亲的赵王爵位。两人皆因被诬谋反，下狱定罪。

[56] 绛侯：汉初功臣周勃，封绛侯。诸吕：吕太后家族吕禄、吕产之属。倾：超过。惠帝死后，诸吕想作乱，周勃和陈平这时拥有立新皇帝的权利，其权之大实可凌驾春秋时五霸，因此说“权倾五伯”。请室：官署特设的监狱，周勃被诬告谋反，曾囚于此。一说请罪之室。

[57] 魏其：景帝时窦婴为大将军，封魏其侯。武帝时以救灌夫事被诬下狱判决死罪。赭：罪人服。三木：头、手、脚皆带刑具。

[58] 季布：项羽部将，数困辱汉高祖。项羽败死，高祖悬重金购求季布，季布髡钳为奴，变姓名，卖身为鲁人朱家家奴，以此藏身。钳：用铁箍束住脖子，对待奴隶的刑罚。

[59] 灌夫：景帝时为郎中将，武帝时官太仆，与窦婴相善，得罪丞相田蚡，被劾，系于居室。居室：是少府所属官署名。

[60] 罔加：即法网加身。罔：同“网”。引决、自裁：都是自杀的意思。尘埃之中：指监狱。

[61] 势：权力地位。形：具体表现。勇怯是在权位的对比中形成的，强和弱是在具体情况中表现出来的。审：明白。

[62] 绳墨之外：法网没有加身之前。绳墨：指法律。陵迟：衰颓，指志气衰微。引节：引决从节，即自杀以殉节。重：慎重考虑。殆：大概。

[63] 亲戚：古谓父母为亲戚。念、顾：顾及。不然：不这样，这里指不顾念父母妻子。不得已：即是说受义理信念的激动，能挺身就义。

[64] 何处不勉：在任何情况下都应勉励自己不要受辱。

[65] 去就：何去何从，这里有舍身就义之意。沉溺：陷身其中，不能自拔。缧：系囚犯的绳索，引申为囚禁。

[66] 臧获：古人骂奴婢的称呼。《方言》：“海岱之间，骂奴曰臧，骂婢曰获。”不得已：受辱的情况，叫人不能制止自杀的想法。

[67] 函：包围其中。粪土之中：与上文“尘埃之中”同义，皆指监狱污秽之地。私心有所不尽：内心想做的事尚未成功。没世：身死之后。《论语》说：“君子疾没世而名不称。”

[68] 摩：拭去。倜傥：才气豪迈不拘束。

[69] “盖西伯拘”句：相传文王囚拘于羑里的时候，推演古代的八卦为六十四卦，成为

《周易》一书的骨干。

[70] 厄：困厄。指孔子周游列国，受到围攻和绝粮的困厄，这才回到鲁国编《春秋》。

[71] 《史记·屈原传》中说《离骚》作于怀王疏屈原之后。这里所说，是根据流传的另一种说法。

[72] 左丘：春秋时鲁国史官左丘明。称左丘明为左丘，等于后世称司马迁为马迁，诸葛亮为葛亮。左丘失明后乃著《国语》事，此文外不见他书。

[73] 孙子：这里指孙膑，战国军事家。膑脚：古代断足之刑。孙膑与庞涓俱学兵法，涓为魏惠王将军，自以不及孙膑，召膑至魏，以法断其两足而黥之。

[74] 不韦：吕不韦，战国末大商人。秦始王初年，为相国。使其门客著《吕氏春秋》，亦名《吕览》。迁：因罪谪贬。始皇十年，令不韦与家属徙处蜀，不韦自杀。这里是说不韦有罪迁蜀后，《吕览》始流布于世。

[75] 韩非：韩之贵公子，为李斯所谗，下狱死。《说难》《孤愤》是《韩非子》中的篇名。

[76] 不得：即不能。通其道：行其道。思来者：希望得到后世之知音，以书遗之，使见其志行。

[77] 及如：即至如。就上所举往事，更陈说其中尤为突出的人物。退论书策：退而论列己见写为书策。策：书简。

[78] 失(yì)：同“佚”。放佚：散亡。稽：考察。

[79] “上计轩辕”至“列传七十”二十六字，《汉书》删去，此从《文选》补入。

[80] 究天人之际：天人之间的关系，即自然界和人类社会之间的关系。

[81] 会：遭遇。惜：悲痛。极刑：污辱至极的刑罚。愠：恨怒流露于外。

[82] 其人：能传己书的人。通：流布。通邑大都：交通发达、人口繁盛的大城市。

[83] 责：同“债”。戮：辱。《国语·晋语》：“魏绛戮寡君之弟”，即辱寡君之弟。这是说明为著书而受辱不死的意思。

[84] 负下未易居：负污辱之名的人甚不易处。上流：向上游行。负污辱之名的人如果不衡量自己的卑贱，而做推贤进士的事，将更招来谤辱。

[85] 戮笑：辱笑。累：积累。指积至百世也难洗去污秽的耻辱。

[86] 如往：去、到。

[87] 闺阁：宫中小门，指皇帝内廷深密之地。直为闺阁之臣：简直像做了宦官。宁得自引深藏岩穴：哪能自己引身而退，过山居穴处的隐士生活呢？

[88] 通：顺适。以通其狂惑：顺适自己的狂惑之性，不自振作。这里是愤激语。

[89] 私心：自己的态度和意向。剌(là)谬：违背。剌：乖戾。谬：错误。

[90] 彫(diāo)琢：雕刻成连绵状的花纹。自彫琢：自我装饰，意思是指用推贤进士的

行动来遮盖自己的耻辱。曼辞：美辞。不信：不见信于人。

[91] 要(yāo)之：总之。悉意：尽意。固陋：愚蠢鄙陋，谦指自己没有什么高明的见解。

屈原列传

【题解】 本文是《史记·屈原贾生列传》中有关屈原的部分，删去其中所引《怀沙》全文。这是现存关于屈原最早的完整的史料，是研究屈原生平的重要依据。

屈原是战国中后期楚国人，早年深得楚怀王信任，在楚国内政、外交方面发挥了重要作用，后因佞臣谗言被怀王疏远，两度遭受流放(第二次是在顷襄王朝)。因不忍看到楚国被秦国灭亡，自沉汨罗江，以身殉国。屈原将自己的身世遭遇发为歌吟，是我国文学史上第一位传名后世的伟大诗人。以《离骚》《九歌》《九章》为代表的骚体诗，承传《三百篇》的雅怨情怀及比兴寄托精神，创制香草美人的寓托模式，对后代诗歌的抒情体式产生重要影响。司马迁所抱理想及所遭冤屈与屈原极为近似，本篇夹叙夹议，歌颂了屈原卓越的才华、执着追求理想的崇高精神，同情其迁谪流离的命运，倾注了极其浓烈的感情。文笔沉郁顿挫，反复咏叹，最能体现《史记》作为“无韵之《离骚》”的孤愤之书的特色。

屈原者，名平，楚之同姓也[1]。为楚怀王左徒[2]。博闻强志，明于治乱，娴于辞令。入则与王图议国事，以出号令；出则接遇宾客，应对诸侯。王甚任之。上官大夫与之同列，争宠而心害其能[3]。怀王使屈原造为宪令[4]，屈平属草稿未定[5]，上官大夫见而欲夺之，屈平不与，因谗之曰：“王使屈平为令，众莫不知。每一令出，平伐其功，曰以为‘非我莫能为也。’”王怒而疏屈平。

屈平疾王听之不聪也，谗谄之蔽明也，邪曲之害公也，方正之不容也，故忧愁幽思而作《离骚》[6]。“离骚”者，犹离忧也。夫天者，人之始也；父母者，人之本也。人穷则反本，故劳苦倦极，未尝不呼天也；疾痛惨怛，未尝不呼父母也[7]。屈平正道直行，竭忠尽智，以事其君，谗人间之，可谓穷矣。信而见疑，忠而被谤，能无怨乎？屈平之作《离骚》，盖自怨生也[8]。《国风》好色而不淫，《小雅》怨诽而不乱，若《离骚》者，可谓兼之矣[9]。上称帝喾，下道齐桓，中述汤、武，以刺世事[10]。明道德之广崇，治乱之条贯，靡不毕见[11]。其文约，其辞微，其志洁，其行廉。其称文小而其指极大，举类迩而见义远[12]。其志洁，故其称物芳[13]，其行廉，故死而不容。自疏濯淖污泥之中，蝉蜕于浊秽，以浮游尘埃之外，不获世之滋垢，皭然泥而不滓者也[14]。推其志也，虽与日月争光可也。

屈原既绌[15]。其后秦欲伐齐，齐与楚从亲，惠王患之[16]。乃令张仪详去秦，厚币委质事楚[17]，曰："秦甚憎齐，齐与楚从亲，楚诚能绝齐，秦愿献商、於之地六百里[18]。"楚怀王贪而信张仪，遂绝齐，使使如秦受地。张仪诈之曰："仪与王约六里，不闻六百里。"楚使怒去，归告怀王。怀王怒，大兴师伐秦。秦发兵击之，大破楚师于丹、淅，斩首八万，虏楚将屈匄，遂取楚之汉中地[19]。怀王乃悉发国中兵，以深入击秦，战于蓝田[20]。魏闻之，袭楚至邓[21]。楚兵惧，自秦归。而齐竟怒，不救楚，楚大困。明年，秦割汉中地与楚以和[22]。楚王曰："不愿得地，愿得张仪而甘心焉。"张仪闻，乃曰："以一仪而当汉中地，臣请往如楚。"如楚，又因厚币用事者臣靳尚[23]，而设诡辩于怀王之宠姬郑袖。怀王竟听郑袖，复释去张仪。是时屈原既疏，不复在位，使于齐，顾反[24]，谏怀王曰："何不杀张仪？"怀王悔，追张仪，不及。

其后，诸侯共击楚，大破之，杀其将唐眛[25]。时秦昭王与楚婚[26]，欲与怀王会。怀王欲行，屈平曰："秦，虎狼之国，不可信，不如毋行。"怀王稚子子兰劝王行："奈何绝秦欢！"怀王卒行。入武关[27]，秦伏兵绝其后，因留怀王，以求割地。怀王怒，不听。亡走赵，赵不内[28]。复之秦，竟死于秦而归葬。

长子顷襄王立，以其弟子兰为令尹[29]。楚人既咎子兰以劝怀王入秦而不反也。屈平既嫉之，虽放流[30]，眷顾楚国，系心怀王，不忘欲反。

冀幸君之一悟，俗之一改也。其存君兴国，而欲反覆之，一篇之中，三致志焉。然终无可奈何，故不可以反。卒以此见怀王之终不悟也。

人君无愚智贤不肖，莫不欲求忠以自为，举贤以自佐。然亡国破家相随属，而圣君治国累世而不见者[31]，其所谓忠者不忠，而所谓贤者不贤也。怀王以不知忠臣之分，故内惑于郑袖，外欺于张仪，疏屈平而信上官大夫、令尹子兰，兵挫地削，亡其六郡，身客死于秦，为天下笑，此不知人之祸也。《易》曰："井渫不食，为我心恻，可以汲。王明，并受其福[32]。"王之不明，岂足福哉！令尹子兰闻之，大怒。卒使上官大夫短屈原于顷襄王。顷襄王怒而迁之。屈原至于江滨，被发行吟泽畔[33]。颜色憔悴，形容枯槁。渔父见而问之曰："子非三闾大夫欤[34]？何故而至此?"屈原曰："举世混浊而我独清，众人皆醉而我独醒，是以见放。"渔父曰："夫圣人者，不凝滞于物，而能与世推移。举世混浊，何不随其流而扬其波？众人皆醉，何不餔其糟而啜其醨[35]？何故怀瑾握瑜，而自令见放为[36]？"屈原曰："吾闻之，新沐者必弹冠，新浴者必振衣。人又谁能以身之察察，受物之汶汶者乎[37]？宁赴常流而葬乎江鱼腹中耳。又安能以皓皓之白，而蒙世之温蠖乎[38]？"乃作《怀沙》之赋[39]。于是怀石，遂自投汨罗以死[40]。

屈原既死之后，楚有宋玉、唐勒、景差之徒者，皆好辞而以赋见称[41]。然皆祖屈原之从容辞令，终莫敢直谏。其后楚日以削，数十年竟为秦所灭[42]。自屈原沉汨罗后百有余年，汉有贾生，为长沙王太傅[43]。过湘水，投书以吊屈原[44]。

太史公曰[45]："余读《离骚》《天问》《招魂》《哀郢》，悲其志[46]。适长沙，过屈原所自沉渊，未尝不垂涕，想见其为人。及见贾生吊之，又怪屈原以彼其材游诸侯，何国不容，而自令若是！读《鵩鸟赋》，同死生，轻去就，又爽然自失矣[47]。"

【注释】

[1] 楚之同姓：楚王族本姓芈(mǐ)，楚武王熊通的儿子瑕封于屈，他的后代遂以屈为

姓，瑕是屈原的祖先。

[2] 楚怀王：楚威王的儿子，名熊槐，公元前 328 年至前 299 年在位。左徒：楚国官名，职位仅次于令尹。

[3] 上官大夫：楚大夫。上官，复姓。

[4] 宪令：国家的重要法令。

[5] 属(zhǔ)：撰写。

[6] 《离骚》：屈原的代表作，自叙生平的长篇抒情诗。关于诗题，后人有二说。一释"离"为"罹"的通假字，离骚就是遭受忧患。二是释"离"为离别，离骚就是离别的忧愁。

[7] 反本：追思根本。反：通"返"。惨怛(dá)：忧伤。

[8] 盖：用以解释原因的连接词。

[9] 《国风》：《诗经》内《周南》《召南》等十五个地区的民歌的总称，共一百六十篇，其中多反映男女爱情的诗篇。《小雅》：也是《诗经》的组成部分之一。共七十四篇，其中多指斥朝政缺失，讽刺时事的作品。

[10] 帝喾(kù)：古代传说中的帝王名。相传是黄帝的曾孙，号高辛氏。齐桓：即齐桓公，名小白，春秋五霸之一，公元前 685 年至前 643 年在位。汤：商朝的开国君主。武：指周武王，灭商建立西周王朝。

[11] 条贯：条理，道理。见：同"现"。

[12] 指：同"旨"。迩(ěr)：近。

[13] 称物芳：指《离骚》中多用兰、桂、蕙、芷等香花芳草作比喻。

[14] 疏：离开。濯淖(zhuó nào)：污浊。蝉蜕(tuì)：蝉从幼虫发育到成虫时退下的壳，这里指摆脱污浊。获：玷污。滋：通"兹"，黑。皭(jiào)然：洁白的样子。滓(zǐ)：污黑。

[15] 绌(chù)：通"黜"，废，罢免。指屈原被免去左徒的职位。

[16] 从：同"纵"。从亲：合纵相亲。当时楚、齐等六国联合抗秦，称为合纵，楚怀王曾为纵长。惠王：秦惠王，公元前 337 年至 311 年在位。

[17] 张仪：魏人，主张"连横"，游说六国事奉秦国，为秦惠王所重。详：通"佯"。委：呈献。质：通"贽"，信物。

[18] 商、於(wū)：秦地名。商：在今陕西商县东南。於：在今河南内乡东。

[19] 丹、淅(xī)：二水名。丹水发源于陕西商县西北，东南流入河南。淅水发源于南卢氏县，南流而入丹水。屈匄(gài)：楚大将军。汉中：今湖北西北部、陕西东南部一带。

[20] 蓝田：秦县名，在今陕西蓝田西。

[21] 邓：春秋时蔡地，后属楚，在今河南邓县一带。

[22] 明年：指楚怀王十八年（公元前311年）。

[23] 靳尚：楚大夫。一说即上文的上官大夫。

[24] 顾反：回来。反：通“返”。

[25] 唐眛：楚将。楚怀王二十八年（公元前301年），秦、齐、韩、魏攻楚，杀唐眛。

[26] 秦昭王：秦惠王之子，公元前306年至前251年在位。

[27] 武关：秦国的南关，在今陕西省商县东。

[28] 内：同“纳”。

[29] 顷襄王：名熊横，公元前298年至前262年在位。令尹：楚国的最高行政长官。

[30] 虽放流：以下关于屈原流放的记叙，时间上有矛盾，文意也不连贯，可能有脱误。

[31] 世：三十年为一世。

[32] 《易》：即《周易》，又称《易经》。这里引用的是《易经·井卦》的爻辞。渫（xiè）：淘去泥污。这里以淘干净的水比喻贤人。

[33] 被：通“披”。披发：指头发散乱，不梳不束。

[34] 三闾大夫：楚国掌管王族昭、屈、景三姓事务的官。

[35] 餔（bū）：通“哺”，食。糟：酒渣。啜（chuò）：喝。醨（lí）：薄酒。

[36] 瑾、瑜：都是美玉。为：表示疑问的语气词。

[37] 察察：洁白的样子。汶（wèn）：昏暗的样子。

[38] 皓皓：莹洁的样子。温蠖（huò）：尘滓重积的样子。

[39] 《怀沙》：在今本《楚辞》中，《九章》的一篇，是屈原生前最后一篇，洪兴祖、朱熹皆认为题目意思是“怀抱沙石以自沉”，为屈原的绝命诗。

[40] 汨（mì）罗：江名，在湖南东北部，流经汨罗县入洞庭湖。

[41] 宋玉：相传为楚顷襄王时人，屈原的弟子，有《九辩》等作品传世。唐勒、景差：约与宋玉同时，都是当时的词赋家。

[42] “数十年”句：公元前223年秦灭楚。

[43] 贾生：即贾谊（前200—前168），洛阳（今河南洛阳东）人。西汉政论家、文学家。长沙王：指吴差，汉朝开国功臣吴芮的玄孙。太傅：君王的辅助官员。

[44] 湘水：在今湖南省境内，流入洞庭湖。书：指贾谊所写的《吊屈原赋》。

[45] 太史公：司马迁自称。

[46] 《天问》《招魂》《哀郢》：都是屈原的作品。《招魂》一说为宋玉所作。《哀郢》是《九章》中的一篇。

[47]《鵩鸟赋》：贾谊所作。去：指贬官放逐。就：指在朝任职。

项羽本纪

【题解】《项羽本纪》是《史记》传记中最精彩的一篇，达到了思想和艺术的高度统一。它犹如一幅逼真传神的英雄肖像画，色彩鲜明；又像一张秦汉之际的政治军事形势图，错综有序。通篇气势磅礴，情节起伏，场面壮阔，脉络清楚，疏密相间，语言生动，成为我国文学史上的一篇不朽佳作。文中破釜沉舟、鸿门宴、四面楚歌、乌江自刎等故事，家喻户晓，历代传诵不衰。

项籍者，下相人也[1]，字羽。初起时[2]，年二十四。其季父项梁[3]。梁父即楚将项燕，为秦将王翦所戮者也[4]。项氏世世为楚将，封于项，故姓项氏[5]。项籍少时，学书不成，去，学剑，又不成[6]。项梁怒之。籍曰："书足以记名姓而已。剑，一人敌，不足学，学万人敌。"于是项梁乃教籍兵法[7]，籍大喜，略知其意，又不肯竟学[8]。项梁尝有栎阳逮，乃请蕲狱掾曹咎书抵栎阳狱掾司马欣，以故事得已[9]。项梁杀人，与籍避仇于吴中[10]。吴中贤士大夫皆出项梁下。每吴中有大繇役及丧，项梁常为主办，阴以兵法部勒宾客及子弟，以是知其能[12]。秦始皇帝游会稽，渡浙江，梁与籍俱观[13]。籍曰："彼可取而代也[14]。"梁掩其口，曰："毋妄言，族矣[15]！"梁以此奇籍[16]。籍长八尺馀，力能扛鼎，才气过人，虽吴中子弟皆已惮籍矣[17]。

秦二世元年七月，陈涉等起大泽中[18]。其九月，会稽守通谓梁曰[19]："江西皆反，此亦天亡秦之时也。吾闻先即制人，后则为人所制[21]。吾欲发兵，使公及桓楚将[22]。"是时桓楚亡在泽中[22]。梁曰："桓楚亡，人莫知其处，独籍知之耳[23]。"梁乃出，诫籍持剑居外待[24]。梁复入，与守坐[25]，曰："请召籍，使受命召桓楚。"守曰："诺。"梁召籍入。须臾，梁眴籍曰："可行矣[26]！"于是籍遂拔剑斩守头。项梁持守头，佩其印绶[27]。门下大惊，扰乱，籍所击杀数十百人[28]。一府中皆慴伏[29]，莫敢起。梁乃召故所知豪吏，谕以所为起大事，遂举吴中兵[30]。使人收下县[31]，得精兵八千人。梁部署吴中豪杰为校尉、候、司马[32]。有一人不得用，自言于梁。梁曰："前时某丧，使公主某事[33]，不能办，以此不任用公。"众乃皆伏[34]。于是梁为会稽守，籍为裨将，徇下县[35]。

广陵人召平于是为陈王徇广陵，未能下[36]。闻陈王败走，秦兵又且至，乃渡江矫陈王命，拜梁为楚王上柱国[37]。曰："江东已定，急引兵西击秦。"项梁乃以八千人渡江而西。闻陈婴已下东阳，使使欲与连和俱西[38]。陈婴者，故东阳令史，居县中，素信谨，称为长者[39]。东阳少年杀其令，相聚数千人，欲置长，无适用，乃请陈婴[40]。婴谢不能[41]，遂强立婴为长，县中从者得二万人[42]。少年欲立婴便为王，异军苍头特起[43]。陈婴母谓婴曰："自我为汝家妇，未尝闻汝先古之有贵者。今暴得大名，不祥[44]。不如有所属，事成犹得封侯，事败易以亡，非世所指名也[45]。"婴乃不敢为王。谓其军吏曰："项氏世世将家，有名于楚。今欲举大事，将非其人不可。我倚名族，亡秦必矣。"于是众从其言，以兵属项梁。项梁渡淮，黥布、蒲将军亦以兵属焉[46]。凡六七万人，军下邳[47]。

当是时，秦嘉已立景驹为楚王，军彭城东，欲距项梁[48]。项梁谓军吏曰："陈王先首事，战不利，未闻所在[49]。今秦嘉倍陈王而立景驹，逆无道[50]。"乃进兵击秦嘉。秦嘉军败走，追之至胡陵。嘉还战，一日[51]，嘉死，军降。景驹走死梁地[52]。项梁已并秦嘉军，军胡陵，将引军而西。章邯军至栗，项梁使别将朱鸡石、余樊君与战[53]。余樊君死。朱鸡石军败，亡走胡陵。项梁乃引兵入薛[54]，诛鸡石。项梁前使项羽别攻襄城[55]，襄城坚守不下。已拔，皆坑之[56]。还报项梁。项梁闻陈王定死，召诸别将会薛计事[57]。此时沛公亦起沛，往焉[58]。

居鄛人范增，年七十，素居家，好奇计[59]，往说项梁曰："陈胜败固当[60]。夫秦灭六国，楚最无罪。自怀王入秦不反，楚人怜之至今[61]。故楚南公曰'楚虽三户，亡秦必楚'也[62]。今陈胜首事，不立楚后而自立，其势不长。今君起江东，楚蜂午之将皆争附君者，以君世世楚将，为能复立楚之后也[63]。”于是项梁然其言，乃求楚怀王孙心民间，为人牧羊，立以为楚怀王，从民所望也[64]。陈婴为楚上柱国，封五县，与怀王都盱台[65]。项梁自号为武信君。

居数月，引兵攻亢父[66]，与齐田荣、司马龙且军救东阿，大破秦军于东阿[67]。田荣即引兵归，逐其王假[68]。假亡走楚。假相田角亡走赵。角弟田间故齐将，居赵不敢归。田荣立田儋子市为齐王。项梁已破东阿下军，遂追秦军。数使使趣齐兵[69]，欲与俱西。田荣曰：“楚杀田假，赵杀田角、田间，乃发兵。”项梁曰：“田假为与国之王[70]，穷来从我，不忍杀之。”赵亦不杀田角、田间以市于齐[71]。齐遂不肯发兵助楚。项梁使沛公及项羽别攻城阳，屠之[72]。西破秦军濮阳东，秦兵收入濮阳。沛公、项羽乃攻定陶[74]。定陶未下，去，西略地至雍丘，大破秦军，斩李由[75]。还攻外黄[76]，外黄未下。

项梁起东阿，西，比至定陶，再破秦军，项羽等又斩李由，益轻秦[77]，有骄色。宋义乃谏项梁曰[78]：“战胜而将骄卒惰者败。今卒少惰矣，秦兵日益，臣为君畏之[79]。”项梁弗听。乃使宋义使于齐。道遇齐使者高陵君显[80]，曰：“公将见武信君乎?”曰：“然。”曰：“臣论武信君军必败。公徐行即免死，疾行则及祸[81]。”秦果悉起兵益章邯[82]，击楚军，大破之定陶，项梁死。沛公、项羽去外黄攻陈留[83]，陈留坚守不能下。沛公、项羽相与谋曰：“今项梁军破，士卒恐。”乃与吕臣军俱引兵而东[84]。吕臣军彭城东，项羽军彭城西，沛公军砀[85]。

……

汉王使御史大夫周苛、枞公、魏豹守荥阳。周苛、枞公谋曰：“反国之王，难与守城[86]。”乃共杀魏豹。楚下荥阳城，生得周苛。项王谓周苛曰：“为我将，我以公为上将军，封三万户。”周苛骂曰：“若不趣降汉，汉今虏若，若非汉敌也[87]。”项王怒，烹周苛，并杀枞公。汉王之出荥阳，南走宛、叶，得九江王布，行收兵，复入保成皋[88]。汉之四年，项王进兵围成皋。汉王逃，独与滕公出成皋北门，渡河走修武，从张耳、韩信军[89]。诸将稍稍得出成皋，从汉王。楚遂拔成皋，欲西。汉使兵距之巩[90]，令其不得西。

是时，彭越渡河击楚东阿，杀楚将军薛公。项王乃自东击彭越。汉王得淮阴侯兵，欲渡河南[91]。郑忠说汉王，乃止壁河内[92]。使刘贾将兵佐彭越，烧楚积聚[93]。项王东击破之，走彭越。汉王则引兵渡河，复取成皋，军广武[94]，就敖仓食。项王已定东海，来西[95]，与汉俱临广武而军，相守数月。

当此时，彭越数反梁地，绝楚粮食，项王患之。为高俎，置太公其上[96]，告汉王曰："今不急下，吾烹太公。"汉王曰："吾与项羽俱北面受命怀王，曰'约为兄弟'，吾翁即若翁，必欲烹而翁，则幸分我一杯羹[97]。"项王怒，欲杀之。项伯曰："天下事未可知，且为天下者不顾家，虽杀之无益，祇益祸耳[98]。"项王从之。

楚汉久相持未决，丁壮苦军旅，老弱罢转漕[99]。项王谓汉王曰："天下匈匈数岁者，徒以吾两人耳[100]，愿与汉王挑战决雌雄，毋徒苦天下之民父子为也[101]。"汉王笑谢曰："吾宁斗智，不能斗力。"项王令壮士出挑战。汉有善骑射者楼烦，楚挑战三合，楼烦辄射杀之[102]。项王大怒，乃自被甲持戟挑战。楼烦欲射之，项王瞋目叱之[103]，楼烦目不敢视，手不敢发，遂走还入壁，不敢复出。汉王使人间问之[104]，乃项王也。汉王大惊。于是项王乃即汉王相与临广武间而语[105]。汉王数之[106]，项王怒，欲一战。汉王不听，项王伏弩射中汉王[107]。汉王伤，走入成皋。

项王闻淮阴侯已举河北，破齐、赵，且欲击楚，乃使龙且往击之。淮阴侯与战，骑将灌婴击之[108]，大破楚军，杀龙且。韩信因自立为齐王。项王闻龙且军破，则恐，使盱台人武涉往说淮阴侯[109]。淮阴侯弗听。是时，彭越复反，下梁地，绝楚粮。项王乃谓海春侯大司马曹咎等曰[110]："谨守成皋，则汉欲挑战，慎勿与战，毋令得东而已。我十五日必诛彭越，定梁地，复从将军[111]。"乃东，行击陈留、外黄。外黄不下。数日，已降，项王怒，悉令男子年十五已上诣城东，欲坑之。外黄令舍人儿年十三[112]，往说项王曰："彭越强劫外黄，外黄恐，故且降，待大王。大王至，又皆坑之，百姓岂有归心？从此以东，梁地十余城皆恐，莫肯下矣。"项王然其言，乃赦外黄当坑者[113]。东至睢阳，闻之皆争下项王[114]。

汉果数挑楚军战，楚军不出。使人辱之，五六日，大司马怒，渡兵汜水[115]。士卒半渡，汉击之，大破楚军，尽得楚国货赂。大司马咎、长史翳、塞王欣皆自刭汜水上[116]。大司马咎者，故蕲狱掾，长史欣，亦故栎阳狱吏，两人尝有德于项梁，是以项王信任之。当是时，项王在睢阳，闻海春侯军败，则引兵还。汉军方围钟离眜于荥阳东，项王至，汉军畏楚，尽走险阻[117]。

是时，汉兵盛食多，项王兵罢食绝。汉遣陆贾说项王，请太公[118]，项王弗听。汉王复使侯公往说项王，项王乃与汉约，中分天下，割鸿沟以西者为汉，鸿沟而东者为楚[119]。项王许之，即归汉王父母妻子。军皆呼万岁。汉王乃封侯公为平国君。匿弗肯复见[120]。曰："此天下辩士，所居倾国[121]，故号为平国君。"项王已约，乃引兵解而东归。

汉欲西归，张良、陈平说曰："汉有天下太半，而诸侯皆附之[122]。楚兵罢食尽，此天亡楚之时也，不如因其机而遂取之[123]。今释弗击，此所谓'养虎自遗患'也。"汉王听之。汉五年，汉王乃追项王至阳夏南，止军，与淮阴侯韩信、建成侯彭越期会而击楚军[124]。至固陵，而信、越之兵不会[125]。楚击汉军，大破之。汉王复入壁，深堑而自守[126]。谓张子房曰[127]："诸侯不从约，为之奈何[128]？"对曰："楚兵且破，信、越未有分地，其不至固宜[129]。君王能与共分天下，今可立致也[130]。即不能，事未可知也[131]。君王能自陈以东傅海，尽与韩信[132]；睢阳以北至穀城，以与彭越[133]：使各自为战，则楚易败也。"汉王曰："善。"于是乃发使者告韩信、彭越曰："并力击楚。楚破，自陈以东傅海与齐王，睢阳以北至穀城与彭相国。"使者至，韩信、彭越皆报曰："请今进兵。"韩信乃从齐往，刘贾军从寿春并行，屠城父，至垓下[134]。大司马周殷叛楚，以舒屠六，举九江兵，随刘贾、彭越皆会垓下[135]，诣项王[136]。

项王军壁垓下，兵少食尽，汉军及诸侯兵围之数重。夜闻汉军四面皆楚歌[137]，项王乃大惊曰："汉皆已得楚乎？是何楚人之多也！"项王则夜起，饮帐中。有美人名虞，常幸从；骏马名骓，常骑之[138]。于是项王乃悲歌忼慨[139]，自为诗曰："力拔山兮气盖世，时不利兮骓不逝[140]。骓不逝兮可奈何[141]，虞兮虞兮奈若何[142]！"歌数阕，美人和之[143]。项王泣数行下，左右皆泣，莫能仰视。

于是项王乃上马骑，麾下壮士骑从者八百余人，直夜溃围南出，驰走[144]。平明[145]，汉军乃觉之，令骑将灌婴以五千骑追之。项王渡淮，骑能属者百余人耳[146]。项王至阴陵，迷失道，问一田父，田父绐曰："左"[147]。左，乃陷大泽中。以故汉追及之。项王乃复引兵而东，至东城，乃有二十八骑[148]。汉骑追者数千人。项王自度不得脱。谓其骑曰："吾起兵至今八岁矣，身七十余战，所当者破，所击者服，未尝败北，遂霸有天下[149]。然今卒困于此，此天之亡我，非战之罪也[150]。今日固决死，原为诸君快战，必三胜之，为诸君溃围，斩将，刈旗[151]，令诸君知天亡我，非战之罪也。"乃分其骑以为四队，四向[152]。汉军围之数重。项王谓其骑曰："吾为公取彼一将。"令四面骑驰下，期山东为三处[153]。于是项王大呼驰下，汉军皆披靡[154]，遂斩汉一将。是时，赤泉侯为骑将，追项王，项王瞋目而叱之，赤泉侯人马俱惊，辟易数里[155]，与其骑会为三处。汉军不知项王所在，乃分军为三，复围之。项王乃驰，复斩汉一都尉，杀数十百人，复聚其骑，亡其两骑耳。乃谓其骑曰："何如？"骑皆伏曰[156]："如大王言。"

于是项王乃欲东渡乌江[157]。乌江亭长檥船待[158]，谓项王曰："江东虽小，地方千里，众数十万人，亦足王也。愿大王急渡。今独臣有船，汉军至，无以渡。"项王笑曰："天之亡我，我何渡为！且籍与江东子弟八千人渡江而西，今无一人还，纵江东父兄怜而王我[159]，我何面目见之？纵彼不言，籍独不愧于心乎？"乃谓亭长曰："吾知公长者。吾骑此马五岁，所当无敌，尝一日行千里，不忍杀之，以赐公。"乃令骑皆下马步行，持短兵接战[160]。独籍所杀汉军数百人。项王身亦被十余创[161]。顾见汉骑司马吕马童[162]，曰："若非吾故人乎？"马童面之，指王翳曰[163]："此项王也。"项王乃曰："吾闻汉购我头千金，邑万户，吾为若德[164]。"乃自刎而死。王翳取其头，余骑相蹂践争项王，相杀者数十人。最其后，郎中骑杨喜，骑司马吕马童，郎中吕胜、杨武各得其一体[165]。五人共会其体，皆是。故分其地为五[166]：封吕马童为中水侯，封王翳为杜衍侯，封杨喜为赤泉侯，封杨武为吴防侯，封吕胜为涅阳侯[167]。

项王已死，楚地皆降汉，独鲁不下。汉乃引天下兵欲屠之，为其守礼义，为主死节，乃持项王头视鲁[168]，鲁父兄乃降。始，楚怀王初封项籍为鲁公，及其死，鲁最后下，故以鲁公礼葬项王穀城。汉王为发哀，泣之而去[169]。

诸项氏枝属[170]，汉王皆不诛。乃封项伯为射阳侯[171]。桃侯、平皋侯、玄武侯皆项氏[172]，赐姓刘。

太史公曰[173]：吾闻之周生曰[174]："舜目盖重瞳子[175]。"又闻项羽亦重瞳子。羽岂其苗裔邪[176]？何兴之暴也[177]！夫秦失其政，陈涉首难，豪杰蜂起，相与并争，不可胜数。然羽非有尺寸，乘势起陇亩之中，三年，遂将五诸侯灭秦，分裂天下，而封王侯，政由羽出，号为"霸王"，位虽不终，近古以来未尝有也[178]。及羽背关怀楚[179]，放逐义帝而自立，怨王侯叛己，难矣。自矜功伐，奋其私智而不师古，谓霸王之业，欲以力征经营天下，五年卒亡其国，身死东城，尚不觉寤而不自责，过矣[180]。乃引"天亡我，非战之罪也"，岂不谬哉！

【注释】

[1] 下相：秦县名，在今江苏省宿迁市西。

[2] 初起时：指初起兵的时候，即秦二世元年九月。

[3] 季父：小叔，指诸叔父中的最小者。

[4] 戮：杀，这里指失败自杀。

[5] 项：本周代姞姓子爵国，地在今河南省项县东北，又称项子国。初为鲁灭，楚灭鲁，以其封项氏。

[6] 书：文字。学书：指识字和写字。去：抛开。学剑法击刺之术。

［7］ 兵法：治军作战的法则，即军事学。

［8］ 竟学：指完成学业。

［9］ 栎阳：秦县名，在今陕西省西安市临潼区东北。逮：牵连。有栎阳逮：与栎阳某桩案件牵连。蕲：秦县名，在今安徽省宿县东南。狱掾：掌管诉讼的官吏。书抵：写信给。

［10］ 吴中：指吴地。今江苏省吴县，秦时为会稽郡治。

［11］ 贤士大夫：指有声望的人。皆出项梁下：指他们的才干都赶不上项梁。

［12］ 大徭役：指当时统治者强迫人民去做的一些大工程。丧：丧事。主办：主持者。阴：暗中。部勒：组织，调度。子弟：指年轻人。知其能：指项梁借此了解到宾客、子弟的才能。

［13］ 会稽：指会稽山，在今浙江省绍兴市东余杭县以下的钱塘江南。浙江：指今浙江省。这里只不过用会稽、浙江两个代表性的地名点明秦始皇的出巡路线。

［14］ 彼可取而代之：意思是说这个人可以被取代。彼：指秦始皇。

［15］ 族：灭族，杀尽罪人家族的封建酷刑。

［16］ 以此奇籍：因此认为项羽不平凡。

［17］ 扛鼎：举起大鼎。鼎：本为烹煮食物的器皿，后用为祭祀，成为礼器，青铜所铸，大者重逾千金。才气过人：才干和气概超过一般人。惮：畏惧，这里是敬畏的意思。

［18］ 秦二世：胡亥，秦始皇的小儿子。二世元年：公元前 209 年。大泽中：大泽乡中。

［19］ 会稽守：会稽郡守。通：人名，据晋灼《汉书注》及裴骃《史记集解》引《楚汉春秋》，此人是会稽假守（代理郡守）殷通。

［20］ 江西：长江自安徽省境至江苏镇江市一段，略偏为南北流向，古称这段江流两岸为江东、江西。江东，今称江南；江西，今称江北。江西皆反：指陈胜在大泽乡起义，江北地区纷纷响应。

［21］ 即：则，就。这两句可能是当时的俗语，意思是说先动手的就控制别人，后动手的就要受别人的控制。

［22］ 亡：逃亡。泽中：尤言江湖。亡在泽中：逃亡在江湖上。

［23］ 人：指一般人。一般人不知道桓楚逃亡的去处，唯独项籍知道。

［24］ 诫：叮嘱，吩咐。待：等候。

［25］ 与守坐：指同殷通坐在一起。

［26］ 须臾：一会儿。眴（xuàn）：以目示意，即丢眼色。可行矣：项梁的这句话是双

关。即暗示项羽可以动手杀殷通，但在殷通听来是让项羽出发找桓楚。

[27] 佩：佩带。印：指郡守的官印。绶：系印的丝带。项梁佩带郡守的官印，借以震慑人，号令所属，表示已代殷通为郡守。

[28] 门下：指郡守衙门里的人。数十百人：指大约百来人。

[29] 慴(zhé)：惧怕。皆慴伏：都吓得拜伏在地，表示服从。

[30] 故：从前，早先。谕：宣告，讲明。举吴中兵：指率领吴中军将起义。这三句话是说，项梁就召集他早先了解的豪杰官绅，把要起兵反秦的道理向他们讲明，于是吴县的军将举行起义。

[31] 收下县：指收取会稽所辖各县的武装力量。

[32] 部署：安排，分派。校尉：比将军低一级的军官。候：军候，军中管理事务的官吏。司马：执行军法的官吏。

[33] 某丧：某件丧事。主某事：主办丧事中的某件事情。

[34] 伏：通“服”。这句是说大家都服从项梁的安排。

[35] 裨将：副将。徇(xún)：略取。下县：本郡所属的各县。

[36] 广陵：今江苏省扬州市。召(shào)平：人名。于是：指在这时候。陈王：陈胜，陈胜在陈(今河南淮阳)地称王，故称陈王。下：指使之降服。

[37] 且至：将要到来。矫：假托。矫陈王命：假托陈胜的命令。拜：授予。上柱国：战国时楚国官名，属于上卿一级，比令尹略低，相当于后世的相国。陈胜称王，建国号为“张楚”，所以袭用楚国官名。

[38] 东阳：在今安徽省炳辉县西北。使使：派遣使者。连和俱西：合兵一道向西攻秦。

[39] 令史：县令属下管文书、狱讼等事的小吏。故：原来。素谨慎：一贯老实谨慎。长者：有道德的人。

[40] 欲置长：想推举一个头领。无适用：没有适合顶用的人选。乃请陈婴：就拥戴陈婴为长。

[41] 不能：无能。谢不能：指以已无能为理由来推辞。

[42] 强：不顾别人意愿，强加。强立：硬要推举陈婴为长。

[43] 异军：使其军与他军殊异。苍头：指青巾裹头。特起：指独立，不隶属于别的部队。这句是说，使其军殊异，成为头裹青巾的苍头军，不隶属于人，而独立起义。

[44] 未尝闻：从来没有听说过。暴：骤然。

[45] 易以亡：便于逃匿。非世所指名：不是社会上特别注意的有名之人。

[46] 淮：淮河。黥布：英布。因受黥刑(脸上刺墨字)，故称黥布。蒲将军：名不详。

[47] 军：驻军。下邳(pī)：在今江苏省邳县东。

[48] 秦嘉：今江苏省宿迁市东人，陈胜起义时，他起兵攻今山东省郯县西南响应陈胜，后与陈胜分裂。景驹：楚国贵族后裔，景氏，驹名。彭城：今江苏省徐州市。距：同"拒"。

[49] 先首事：最先领头起义。未闻所在：不知下落。

[50] 倍：同"背"。倍陈王：背叛陈胜。逆无道：大逆不道。

[51] 胡陵：在今山东省余台县东南。还站：回头再战。一日：指打了一整天。

[52] 梁：战国时魏国的地方。走死梁地：逃跑到梁地而死。

[53] 章邯(hán)：秦将。栗：秦县名，在今河南省夏邑县。别将：分统一支军队的将领。朱鸡石：今安徽省宿县人，响应陈胜而起的一支义军领袖。余樊君：姓名不详。与战：同章邯交战。

[54] 薛：在今山东省滕县东南。

[55] 前：指入薛以前。别攻：分领一支军队去攻打。襄城：今河南省襄城县。

[56] 拔：攻克。坑：活埋。这两句是说打下襄城后，把守城军民都屠杀了。

[57] 定死：指死的消息已证实。会：聚会。

[58] 沛公：指刘邦。沛：在今江苏省沛县东。楚人称县令为公。往焉：往薛参加项梁召集的会议。

[59] 居鄛：在今安徽省巢县东北。素居家：一向家居，指不曾做官。好奇计：喜欢研究计谋，出奇划策。

[60] 败固当：他的失败本来是应该的。

[61] 怀王：楚威王的儿子，名槐，在位三十六年。

[62] 楚南公：战国末楚国人，《汉书·艺文志》"诸子略"、"阴阳家"记有《南公》三十一篇。三户：指不多几家人。"三"是个虚数，有时用以形容多，有时又用以形容少。这里即用以形容少。

[63] 蜂午："午"字旧本皆作"起"，今依王念孙《读书杂志》说，据《索隐》单行本校正。"蜂午"是古代连绵语，与"旁午"相通，形容纵横交错、纷至沓来的样子。蜂午之将：指一时纷纷起义的部队将领。附：依附，归向。为能：将能。这四句是说，而今你在江东一起兵，楚地一拥而来的将领都争先恐后地依附你，因为你的祖祖辈辈都是楚将，你将能重立楚国的后代当王的缘故。

[64] 然其言：赞同他的话。从民所望：指投合楚人怜念怀王的意愿。

[65] 都：建都。盱台(xū yí)：在今江苏省盱眙县。

[66] 亢父(gāng fǔ)：县名，在今山东省济宁市南。

[67] 田荣：旧齐国王族。司马龙且(jū)：楚将。东阿：今山东省阳谷县东北的阿城镇。

[68] 陈胜大泽乡起义后，故齐王族田儋起兵平定齐地，自立为齐王。秦将章邯为魏。田儋引兵就魏，被章邯所杀，田荣收集余兵，退保东阿。田儋死，齐人立故齐王之弟田假为齐王，用田角为相。章邯围田荣于东阿，项梁发兵，与司马龙且共救田荣。东阿围解，项梁引兵追章邯，田荣引兵回齐，赶走齐王田假，立田儋的儿子田市为齐王，自为齐相。见《史记·田儋列传》。

[69] 趣：同"促"。趣齐兵：促使田荣发兵。

[70] 与国：亲睦交好的邻国。

[71] 市于齐：与齐做交易。

[72] 城阳：即成阳，在今山东省菏泽市东北。屠之：指屠杀城中军民。

[73] 濮阳：在今河南省濮阳县南。

[74] 定陶：在今山东省定陶县西北。

[75] 略地：攻取地盘。雍丘：即今河南省杞县。李由：秦丞相李斯的儿子，时为三川郡守。

[76] 外黄：在今河南杞县东北。

[77] 起东阿：指从东阿出发。西：向西进发。比至定陶："比"字旧作"北"。比：及。定陶在东阿西南。益轻秦：更加轻视秦军。

[78] 宋义：项梁的谋士，原为楚的令尹。

[79] 惰：懈怠，指情敌、放松战备。少惰：少有懈怠之意。臣：宋义自己谦称，这里与一般用于对帝王时自称不同。

[80] 道遇：在路上碰见。高陵君：封号。显：高陵君名。

[81] 徐：慢。及祸：赶上灾祸。果：果然。

[82] 悉起兵益章邯：出动全部兵力增援章邯。

[83] 去外黄：放弃外黄。陈留：县名，今河南省陈留县。

[84] 吕臣：初为陈胜宫中涓人(管清洁扫除事)，陈胜死，他建立苍头军，为陈胜复仇。后与黥布联合，并同时归项梁。

[85] 砀(dàng)：今安徽砀山县南保安镇。

[86] 反国之王：指魏豹。魏豹在刘邦彭城大败后，叛汉投楚，刘邦派韩信把他捉回，让他与周苛等守荥阳。荥阳被围，周苛等怕他造反，将他杀死。

[87] 若：你，指项羽。趣：同"促"，赶快。这三句是说，你还不赶快投降汉王，汉王马

上就捉你了，你不是汉王的敌手。

[88] 宛：今河南省南阳市。叶：在今天河南省叶县南。行收兵：一路收集败散的军士。

[89] 汉之四年：公元前203年。梁玉绳据《高祖本纪》。认为这里叙事前后倒置，“汉之四年”，当在下文“击陈留外黄”句上。修武：今河南省获嘉县的小修武。从张耳、韩信军：刘邦与夏侯婴逃出成皋，到了小修武，自称使者，清晨驰入兵营，夺了张耳、韩信的军权，见《史记·高祖本纪》。

[90] 巩：在今河南省巩县西南。

[91] 淮阴侯：韩信后来的封号。欲渡河南：想渡过黄河南进，去夺取成皋、荥阳。

[92] 郑忠：刘邦的郎中，他建议刘邦高垒深堑，勿与项羽战，见《高祖本纪》。壁：筑营垒。河内：黄河以北的总称。止壁河内：屯兵在黄河北岸扎营。

[93] 刘贾：刘邦的族兄。积聚：指粮食辎重。

[94] 广武：山名，在今河南省荥阳市东北。敖仓：秦时所置粮仓，在河南荥阳东北敖山。

[95] 定东海：安定东方，指打败彭越。来西：回军西进。

[96] 这里指祭祀或宴享时盛放牲体所用的供桌。高俎：高大的供桌。

[97] 而：你。而翁：你的父亲。这三句承上，意思是说我的父亲就是你的父亲，你一定要煮死他，那就请分给我一碗汤喝。

[98] 祇：同“只”。益祸：增加祸害。

[99] 苦军旅：苦于行军作战。罢：同“疲”。转漕：运输，指运送军用物资。陆运称转，水运称漕。

[100] 匈匈：扰乱不安。

[101] 毋徒苦天下之民父子为也：不要使天下的老少百姓白白受苦。毋……为：不要使。徒，枉自，白白地。

[102] 楼烦：北方部族名，善骑射。此处指汉军中的楼烦战士。三合：三个回合。辄：总是。

[103] 叱(chì)之：大声喝斥他。

[104] 间(jiàn)问：侧面偷偷探问。

[105] 即：就。间：指在广武涧的两岸。广武山上有二城，东城为楚所筑，西城为汉所筑，中间有断涧相隔，称广武涧。这句是说，项王便就汉王所在之地彼此共临广武涧对话。

[106] 数(shǔ)之：指历数项王的罪状。《高祖本纪》载，刘邦当时指责项羽“杀义帝”、

“负约”等十条罪状。

［107］　弩：装有机械以发箭的弓。伏弩：预先埋伏好的弩弓手。

［108］　灌婴：睢阳（今河南省商庄）人，青年时期以贩卖丝绸为业，后随刘邦定天下，封颍阴侯。

［109］　武涉往说淮阴侯：《史记·淮阴侯列传》载武涉游说韩信说词甚详，中心是劝韩信叛汉独立，三分天下。

［110］　海春侯：曹咎时为项羽大司马，封海春侯，同司马欣、董翳守成皋，故称曹咎等。

［111］　将军：指曹咎。复从将军：指再返回来合兵一处。

［112］　外黄令舍人儿：外黄县令的门客的儿子。

［113］　赦：释放。当坑者：指上文说的十五岁以上的男子。

［114］　睢阳：今河南省商丘市。至睢阳：指从外黄到睢阳的各县。争下项王：争先恐后地归顺项王。

［115］　大司马：即曹咎。汜（sì）水：在今河南省荥阳市境，北流入黄河。

［116］　自刭（jǐng）：自杀。刭：用刀割脖子。

［117］　钟离眛（mèi）：复姓钟离，名眛，楚将，与韩信交厚，项王死，眛投奔韩信，汉令韩信逮捕，眛自杀。尽走险阻：都逃往有险可凭的地方扎营自保。

［118］　陆贾：楚人，刘邦的说客。请太公，请求释放太公。

［119］　侯公：姓侯，失名。中分天下：平分天下。鸿沟，在今河南省中牟县，古汴水的支流，即今贾鲁河。

［120］　匿：躲开。匿弗肯复见：指侯公躲开汉王，不肯同他见面。张文虎《校刊史记解索隐正义札记》认为这里从“既弗肯复见”以下二十一字与上下文不接，恐是后人依《楚汉春秋》窜入。

［121］　曰：这以下是汉王的话，“曰”上省“汉王”二字。倾：空。所居倾国：指所到之处能使一国之中找不出第二人。

［122］　太半：大半，皆附之：都归附汉。

［123］　罢：同“疲”。因；趁。机：机会。这句是说，不如趁他兵疲食尽的机会消灭他。

［124］　汉五年：公元前 202 年。阳夏：今河南省太康县。建成侯：《史记·汉兴以来诸侯年表》及《彭越传》都未载彭越有这个封号，大概是赐给他的名号。期会：定期会合。

［125］　固陵：在今河南省淮阳县西北。不会：不来会师。

［126］　堑：壕沟。自守：自保。

［127］　张子房：张良。

[128] 不从约：不遵守约定，指韩信、彭越不如期来会师。为之奈何：怎么办。

[129] 分地：划定的封地。固宜：本是理所应该。

[130] 立致：立刻使他们来。

[131] 即不能：如不能这样做。事未可知：事情便不可料想。

[132] 陈：今河南省淮阳县。傅：至，到达。

[133] 谷城：在今山东省东阿县南。

[134] 寿春：今安徽省寿县。并行：指刘贾同彭越同行。城父(fǔ)，在今安徽省亳县东南。垓(gāi)下：在今安徽省灵璧县东南。

[135] 舒：今安徽省舒城县。六：今安徽省六安市。以舒屠六：用舒县的兵力屠杀守卫六县的军民。举九江兵：发动黥布出兵。这四句补充说明随彭越、刘贾军同时往垓下相会的还有周殷和黥布两支兵力。

[136] 诣项王：指各路军在核下会齐，对准项王。

[137] 楚歌：楚调歌曲。汉军中歌声都是楚调，说明楚军降汉者已不少。

[138] 幸从：受项王宠爱而随从身旁。骓(zhuī)：苍白两色相杂的马。

[139] 忼慨：即“慷慨”，悲激悲壮之意。

[140] 逝：行。不逝：指坡围困，不能自由行动。

[141] 可奈何：可怎么办。

[142] 奈若何：把你(虞美人)怎么办呢？意思是说，对于虞美人已无法保全。

[143] 阕(què)：曲终一遍为一阕。歌数阕：唱了几遍。和(hè)：附和着唱。

[144] 麾(huī)：帅旗。麾下：即部下。直夜：当夜。溃围：突破重围。驰走：驱马奔逃。

[145] 平明：天亮。

[146] 属：跟从。骑能属者百余人耳：骑士能跟随项羽的只有百多人了。意思是说因死伤失散，到渡淮时，从者已不多。

[147] 阴陵：在今安徽省定远县西北。迷失道：在岔道口迷路。田父：老农民。绐(dài)：欺骗。左：向左边道上走。

[148] 东城：在今安徽省定远县东南。乃有：才有，仅有。

[149] 身七十余战：亲身经历了七十多次战役。未尝败北：从未打过败仗。霸有天下：指为天下的霸主。霸：即伯，指为天下公认的君长。

[150] 卒困于此：终于在这里被围困。非战之罪：不是指挥战斗有错误。

[151] 决死：必死。快战：痛快地打一仗。刈旗：砍倒敌将大旗。三胜：即溃围、斩将、刈旗。

［152］ 四向：指四队各自防守一面。

［153］ 期：约定。山东：山的东面。据传此山即安徽省和县北七十里处的四隤山。期山东为三处：约定在四隤山的东面聚为三处。

［154］ 披靡：倒伏的样子，形容败退。

［155］ 赤泉侯：指汉将杨喜。杨喜后因斩项羽有功，封赤泉侯。辟易：击退。

［156］ 伏：即拜伏。

［157］ 乌江：今安徽省和县东北四十里长江岸的乌江浦。

［158］ 亭长：乡官。秦时十里一亭，设亭长一人。檥（yǐ）船：使船靠岸。持：等候。

［159］ 纵：即使。王（wàng）我：奉我为王。

［160］ 被十余创（chuāng）：受了十多处伤。被：受。创：伤。

［161］ 顾见：回头看见。骑司马：骑将的衔名。吕马童：原项王旧部背楚归汉者，故项王呼为“故人”。

［162］ 面之：背之。背着他，不敢正视。

［163］ 指王翳：指项王给王翳看。

［164］ 邑万户：指封万户侯。吾为若德：我为你做做好事吧。

［165］ 最其后：指争夺的结果。王翳、吕马童、杨喜、吕胜、杨武五人都是灌婴的属将。郎中骑、骑司马、郎中都是下级武官的衔名。

［166］ 分其地为五：汉用万户侯悬赏杀项王，王翳等五人共杀项羽，故五人共享万户侯的封地，分成五分，各得一分。

［167］ 中水侯：封地在今河北省献县西北。杜衍侯：封地在今河南省南阳市西南。赤泉侯：封地在今河南省淅川县西。吴防侯：封地在今河南省遂平县。涅（niè）阳侯：封地在今河南省镇平县。

［168］ 视：同“示”。视鲁：给鲁人看。把项羽的头拿到鲁地去给鲁人看，向鲁人证实项羽已死，促使他们赶快投降。

［169］ “始”两句：意思是说，汉王亲自为项羽发丧，哭了一场才离开鲁地。

［170］ 枝属：宗族。

［171］ 射（yè）阳侯：封地在今江苏省淮安市东南。

［172］ 桃侯：名襄，封地在今山东省汶上县东北。平皋侯：名佗，封地在今河南省温县东。玄武侯：不洋。

［173］ 太史公：司马迁自称。这以下是《项羽本纪》的篇末论赞，对项羽一生行事作总结、评论。

［174］ 周生：周先生。其人不详。

[175] 盖：大概的意思。重瞳子：双目各有两个瞳孔。

[176] 苗裔：后代子孙。这句是说，项羽难道是舜的后代子孙吗？

[177] 暴：骤然。何兴之暴也：兴起是多么骤然啊。

[178] 非有尺寸：指没有尺寸的封地。乘势起陇亩之中：指乘秦末农民起义的局势崛起于乡野之中。将：率领。五诸侯：秦末农民起义，曾利用秦所灭六国后代作为起义的号召，称六诸侯，其中楚军力量最大，为齐、赵、韩、魏、燕五诸侯之首，故称项羽将五诸侯灭秦。政由羽出：政令由项羽颁布。位虽不终：霸王的地位虽然没有保全到底。未尝有也：指从未有过。

[179] 背关怀楚：放弃关中的形胜之地而怀念故乡，往楚地彭城定都。

[180] 自矜：自夸，自负。功伐：功劳。奋：逞。私智：个人的小聪明。不师古：不以古代成功立业的帝王为榜样。以力征经营天下：凭借武力征讨，来夺取、统治天下。过矣：那就错了。

班固

苏 武 传

【题解】 班固(32—92)，字孟坚，扶风安陵(今陕西咸阳市东)人，东汉著名史学家。其父班彪曾续司马迁《史记》作《史记后传》，未成而故。班固立志继承父业，在《后传》基础上，进一步广搜材料，编写《汉书》。后因有人向汉明帝诬告他篡改国史，被捕入狱。其弟班超上书解释，始得获释，被命为兰台令史，经过二十多年努力，写成了《汉书》。汉和帝永元初年，班固随窦宪出征匈奴，不久窦宪因谋反案被诛，班固也受牵连被捕，死于狱中。

《汉书》是我国第一部纪传体断代史，体例模仿《史记》，但略有变更。全书有纪十二篇，表八篇，志十篇，传七十篇，共一百篇，起自汉高祖，止于王莽，记西汉一代二百三十年间史实。《汉书》评价历史人物往往从封建正统观念出发，以儒家的伦理道德作为标准，如对陈涉、项羽加以贬抑，即是显例。历来《汉书》与《史记》并称，但文字比《史记》更为整饬，史学家刘知几称"言皆精炼，事甚该密”(《史通·六家》),较能说明《汉书》的特点。在魏晋六朝时期,声价每每高过《史记》。

本文节选自《李广苏建传》,该传记叙李广、李陵(李广之孙)与苏建、苏武(苏建次子)诸人事,因选文只涉苏武,故题作《苏武传》。

汉武帝时期,为维护国家的安定统一,平定北方匈奴长期骚扰,对匈奴进行大规模的讨伐战争,并取得三次具有决定意义的胜利。在此背景下,匈奴表示愿意讲和。苏武于是充当使者,于公元前100年,出使匈奴。但由于汉、胡矛盾没有得到根本解决,双方使者在出使时每被对方扣留,苏武也遭受到这样的命运。本文主要叙写苏武被扣留匈奴期间的事迹,颂扬了他坚毅忠贞,大义凛然,视死如归的民族气节。

文章善于剪裁史料,集中笔墨铺写苏武奉命出使匈奴,以及在异国十九年的种种遭遇和表现,主题鲜明,形象突出。李陵劝降和送别两节,用对比和衬托手法刻画、烘托苏武,生动地再现了人物的性格和节操,收到了很好的艺术效果。

武字子卿,少以父任,兄弟并为郎,稍迁至栘中厩监[1]。时汉连伐胡,数通使相窥观[2]。匈奴留汉使郭吉、路充国等前后十余辈[3]。匈奴使来,汉亦留之以相当[4]。

天汉元年,且鞮侯单于初立[5],恐汉袭之,乃曰:“汉天子,我丈人行也[6]。”尽归汉使路充国等。武帝嘉其义,乃遣武以中郎将使持节送匈奴使留在汉者[7];因厚赂单于,答其善意。武与副中郎将张胜及假吏常惠等,募士、斥候百余人俱[8]。既至匈奴,置币遗单于。单于益骄,非汉所望也。

方欲发使送武等,会缑王与长水虞常等谋反匈奴中[9]。缑王者,昆邪王姊子也,与昆邪王俱降汉,后随浞野侯没胡中[10]。及卫律所降者,阴相与谋劫单于母阏氏归汉[11]。会武等至匈奴。虞常在汉时,素与副张胜相知,私候[12]胜,曰:“闻汉天子甚怨卫律,常能为汉伏弩射杀之。吾母与弟在汉,幸蒙其赏赐。”张胜许之,以货物与常。

后月余,单于出猎,独阏氏子弟在。虞常等七十余人欲发;其一人夜亡,告之。单于子弟发兵与战,缑王等皆死,虞常生得。单于使卫律治其事。张胜闻之，恐前语发，以状语武。武曰："事如此，此必及我。见犯乃死，重负国！[13]"欲自杀，胜、惠共止之。虞常果引张胜[14]。单于怒，召诸贵人议，欲杀汉使者。左伊秩訾曰："即谋单于，何以复加？宜皆降之[15]。"单于使卫律召武受辞[16]。武谓惠等："屈节辱命，虽生，何面目以归汉！"引佩刀自刺。卫律惊，自抱持武，驰召医。凿地为坎，置煴火，覆武其上，蹈其背以出血[17]。武气绝，半日复息。惠等哭，舆归营[18]。单于壮其节，朝夕遣人候问武，而收系张胜。

武益愈，单于使使晓武，会论虞常，欲因此时降武[19]。剑斩虞常已，律曰："汉使张胜，谋杀单于近臣，当死。单于募降者赦罪。"举剑欲击之，胜请降。律谓武曰："副有罪，当相坐[20]。"武曰："本无谋，又非亲属，何谓相坐？"复举剑拟之，武不动。律曰："苏君！律前负汉归匈奴，幸蒙大恩，赐号称王；拥众数万，马畜弥山[21]，富贵如此！苏君今日降，明日复然。空以身膏草野[22]，谁复知之！"武不应。律曰："君因我降，与君为兄弟。今不听吾计，后虽欲复见我，尚可得乎？"

武骂律曰："女为人臣子，不顾恩义，畔主背亲，为降虏于蛮夷，何以女为见[23]！且单于信女，使决人死生；不平心持正，反欲斗两主[24]，观祸败！南越杀汉使者，屠为九郡[25]。宛王杀汉使者，头县北阙[26]。朝鲜杀汉使者，即时诛灭[27]。独匈奴未耳。若知我不降明，欲令两国相攻。匈奴之祸，从我始矣！[28]"律知武终不可胁，白单于。单于愈益欲降之，乃幽武，置大窖中，绝不饮食。天雨雪，武卧啮雪，与旃毛并咽之[27]，数日不死。匈奴以为神，乃徙武北海上无人处[28]，使牧羝，羝乳乃得归[29]。别其官属常惠等，各置他所。

武既至海上，廪食不至，掘野鼠去草实而食之[30]。杖汉节牧羊，卧起操持，节旄尽落。积五六年，单于弟於靬王弋射海上[31]。武能网纺缴[32]，檠弓弩[33]，於靬王爱之，给其衣食。三岁余，王病，赐武马畜、服匿、穹庐[34]。王死后，人众徙去。其冬，丁令盗武牛羊[35]，武复穷厄。

初，武与李陵俱为侍中[36]。武使匈奴明年，陵降，不敢求武。久之，单于使陵至海上，为武置酒设乐。因谓武曰："单于闻陵与子卿素厚，故使陵来说足下，虚心欲相待。终不得归汉，空自苦亡人之地，信义安所见乎？前长君为奉车[37]，从至雍棫阳宫[38]，扶辇下除[39]，触柱折辕，劾大不敬[40]，伏剑自刎，赐钱二百万以葬。孺卿从祠河东后土[41]，宦骑与黄门驸马争船[42]，推堕驸马河中溺死。宦骑亡，诏使孺卿逐捕，不得，惶恐饮药而死。来时，太夫人已不幸[43]，陵送葬至阳陵[44]。子卿妇年少，闻已更嫁矣。独有女弟二人[45]，两女一男，今复十余年，存亡不可知。人生如朝露，何久自苦如此！陵始降时，忽忽如狂，自痛负汉，加以老母系保宫[46]，子卿不欲降，何以过陵！且陛下春秋高[47]，法令亡常，大臣亡罪夷灭者数十家，安危不可知。子卿尚复谁为乎？愿听陵计，勿复有云！”

武曰：“武父子亡功德，皆为陛下所成就，位列将[48]，爵通侯[49]，兄弟亲近，常愿肝脑涂地。今得杀身自效，虽蒙斧钺汤镬[50]，诚甘乐之。臣事君，犹子事父也；子为父死，亡所恨。愿勿复再言！”

陵与武饮数日，复曰：“子卿壹听陵言。”武曰：“自分已死久矣！王必欲降武，请毕今日之驩，效死于前！”陵见其至诚，喟然叹曰：“嗟乎，义士！陵与卫律之罪，上通于天！”因泣下霑衿，与武决去。陵恶自赐武，使其妻赐武牛羊数十头。

后陵复至北海上，语武：“区脱捕得云中生口[51]，言太守以下吏民皆白服，曰上崩[52]。”武闻之，南向号哭，欧血，旦夕临数月。

昭帝即位[53]，数年，匈奴与汉和亲。汉求武等，匈奴诡言武死。后汉使复至匈奴，常惠请其守者与俱，得夜见汉使，具自陈道。教使者谓单于，言天子射上林中[54]，得雁，足有系帛书，言武等在某泽中。使者大喜，如惠语以让单于。单于视左右而惊，谢汉使曰：“武等实在。”于是李陵置酒贺武曰：“今足下还归，扬名于匈奴，功显于汉室。虽古竹帛所载[55]，丹青所画[56]，何以过子卿！陵虽驽怯[57]，令汉且贳陵罪[58]，全其老母，使得奋大辱之积志，庶几乎曹柯之盟[59]，此陵宿昔之所不忘也！收族陵家，为世大戮，陵尚复何顾乎？已矣，令子卿知吾心耳！异域之人，壹别长绝！”陵起舞，歌曰：“径万里兮度沙幕，为君将兮奋匈奴。

路穷绝兮矢刃摧，士众灭兮名已隤。老母已死，虽欲报恩将安归！”陵泣下数行，因与武决。单于召会武官属，前以降及物故，凡随武还者九人。

武以始元六年春至京师[60]。诏武奉一太牢谒武帝园庙[61]。拜为典属国[62]，秩中二千石[63]；赐钱二百万，公田二顷，宅一区。常惠、徐圣、赵终根皆拜为中郎，赐帛各二百匹。其余六人老，归家，赐钱人十万，复终身。常惠后至右将军，封列侯，自有传。武留匈奴凡十九岁[64]，始以强壮出，及还，须发尽白。

武来归明年，上官桀、子安与桑弘羊及燕王、盖主谋反[65]，武子男元与安有谋，坐死。初桀、安与大将军霍光争权[66]，数疏光过失予燕王，令上书告之。又言苏武使匈奴二十年，不降，还乃为典属国。大将军长史无功劳[67]，为搜粟都尉，光颛权自恣。及燕王等反诛，穷治党与，武素与桀、弘羊有旧，数为燕王所讼，子又在谋中，廷尉奏请逮捕武[68]。霍光寝其奏[69]，免武官。

数年，昭帝崩。武以故二千石与计谋立宣帝[70]，赐爵关内侯，食邑三百户[71]。久之，卫将军张安世荐武明习故事[72]，奉使不辱命，先帝以为遗言[73]。宣帝即时召武待诏宦者署[74]。数进见，复为右曹典属国[75]。以武著节老臣，令朝朔望，号称祭酒[76]，甚优宠之。武所得赏赐，尽以施予昆弟故人，家不余财。皇后父平恩侯、帝舅平昌侯、乐昌侯、车骑将军韩增、丞相魏相、御史大夫丙吉，皆敬重武[77]。

武年老，子前坐事死，上闵之。问左右：“武在匈奴久，岂有子乎？”武因平恩侯自白：“前发匈奴时，胡妇适产一子通国，有声问来，原因使者致金帛赎之。”上许焉。后通国随使者至，上以为郎。又以武弟子为右曹[78]。

武年八十余，神爵二年病卒[79]。

……

【注释】

[1] 父：指苏武的父亲苏建，有功封平陵侯，做过代郡太守。兄弟：指苏武和他的兄长

苏嘉，弟苏贤。郎：官名，汉代专指职位较低皇帝侍从。汉制年俸二千石以上，可保举其子弟为郎。少以父任，兄弟并为郎：指苏武兄弟因为父亲做过太守这以职位，才被选拔为郎官。稍迁：逐渐提升。移(yí)中厩：汉宫中有移园，园中有马厩，故称。监：此指管马厩的官，掌鞍马、鹰犬等。

［2］ 通使：派遣使者往来。

［3］ 郭吉：元封元年(前 110 年)，汉武帝亲统大军十八万到北地，派郭吉到匈奴，晓谕单于归顺，单于大怒，扣留了郭吉。路充国：元封四年(前 107 年)，匈奴派遣使者至汉，病故。汉派路充国送丧到匈奴，单于以为是被汉杀死，扣留了路充国。(事见《史记·匈奴列传》《汉书·匈奴传》)辈：批。

［4］ 相当：相抵。

［5］ 天汉元年：公元前 100 年。天汉：汉武帝年号。且(jū)鞮(dī)侯：单于嗣位前的封号。单(chán)于：匈奴首领的称号。

［6］ 丈人行(háng)：老前辈。丈人：指老一代人。行：排行、辈分。

［7］ 中郎将：皇帝的侍卫长。节：使臣所持信物，以竹为杆，柄长八尺，栓上旄牛尾，共三层，故又称"旄节"。

［8］ 假吏：临时委任的使臣属官。斥候：军中担任警卫的侦察人员。

［9］ 缑王：匈奴的一个亲王。长水：水名，在今陕西省蓝田县西北。虞常：长水人，后投降匈奴。

［10］ 昆(hún)邪(yá)王：匈奴一个部落的王，其地在河西(今甘肃省西北部)。昆邪王于汉武帝元狩二年(前 121 年)降汉。浞(cù)野侯：汉将赵破奴的封号。汉武帝太初二年(前 103 年)率二万骑击匈奴，兵败而降，全军沦没。

［11］ 卫律：本为长水胡人，但长于汉，被协律都尉李延年荐为汉使出使匈奴。回汉后，正值延年因罪全家被捕，卫律怕受牵连，又逃奔匈奴，被封为丁零王。阏氏(yān zhī)：匈奴王后封号。

［12］ 私候：私下去看望。候：问候，看望。

［13］ 及：殃及。见犯：被侵犯，被侮辱。乃：才。重：更加。负：辜负，对不起。这句是说，被侮辱了才死，更加对不起国家。

［14］ 引：牵引，指招供出。

［15］ 左伊秩訾(zī)：匈奴的王号，有"左"、"右"之分。谋：图谋，加害。这句是说，现在只是谋害卫律，就处死他们，如果是谋害单于，那又该加什么样的处罚呢？不如招降他们。

［16］ 受辞：受审讯。

[17] 煴(yǔn)火：无焰的微火。蹈其背以出血：踩背部使瘀血流出。

[18] 舆：轿子。此用作动词，犹“抬”。

[19] 使使：派使者。晓：劝谕、通知。

[20] 相坐：连带治罪。

[21] 弥山：满山。

[22] 膏：肥美滋润，此用作动词。身膏草野：即死于草野之意。

[23] 畔：同“叛”，背叛。女(rǔ)：即“汝”，第二人称，下同。

[24] 斗两主：使汉皇帝和匈奴单于相斗。斗：用为使动词。

[25] 南越：国名，今广东、广西南部一带。屠：平定。《史记·南越列传》载，武帝元鼎五年(前 112 年)，南越王相吕嘉杀其国王及汉使者，叛汉。武帝发兵讨伐，活捉吕嘉，因将其地改为珠崖、南海等九郡。

[26] 宛王：指大宛国王毋寡。北阙：宫殿的北门。《史记·大宛列传》载，汉武帝太初元年(前 104 年)，宛王毋寡派人杀前来求良马的汉使。武帝即命李广利讨伐大宛，大宛诸贵族乃杀毋寡而降汉。

[27] 汉武帝元封二年(前 109 年)，派遣涉何说降朝鲜王右渠，右渠杀涉何。于是武帝发兵讨伐，朝鲜相杀右渠降汉。

[28] 前文列举南越、大宛、朝鲜等冒犯汉朝所招致的灾祸，这句紧承说，你明明知道我不投降，如果杀了我，就会引起汉兵的讨伐，匈奴的大祸就来了。

[27] 旃(zhàn)：通“毡”，毛毡。

[28] 北海：当时在匈奴北境，即今贝加尔湖。

[29] 羝(dī)：公羊。乳：用作动词，生育，指生小羊。公羊不可能生小羊，故此句是说苏武永远没有归汉的希望。

[30] 去：通“弆(jǔ)，收藏。

[31] 於(wū)靬(jiān)王：且鞮单于之弟，为匈奴的一个亲王。弋射：射猎。

[32] 此句“网”前应有“结”字。缴：系在箭上的丝绳。

[33] 檠(jìn)：矫正弓箭的工具。此作动词，犹“矫正”。

[34] 服匿：盛酒酪的容器，类似今天的坛子。穹庐：圆顶大篷帐，犹今之蒙古包。

[35] 丁令：即丁灵，匈奴北边的一个部族。

[36] 李陵：字少卿，西汉陇西成纪(今甘肃秦安)人，李广之孙，武帝时曾为侍中。天汉二年(前 99 年)出征匈奴，兵败投降，后病死匈奴。侍中：官名，皇帝的侍从。

[37] 长君：指苏武的长兄苏嘉。奉车：官名，即“奉车都尉”，皇帝出巡时，负责车马的侍从官。

[38] 雍：汉代县名，在今陕西凤翔县南。棫(yù)阳宫：秦时所建宫殿，在雍东北。

[39] 辇(niǎn)：皇帝的坐车。除：宫殿的台阶。

[40] 劾(hé)：弹劾，汉时称判罪为劾。大不敬：不敬皇帝的罪名，为一种不可赦免的重罪。

[41] 孺卿：苏武弟苏贤的字。河东：郡名，在今山西夏县北。后土：地神。

[42] 宦骑：骑马的宦官。黄门驸马：宫中掌管车辇马匹的官。

[43] 太夫人：指苏武的母亲。

[44] 阳陵：汉时有阳陵县，在今陕西咸阳市东。

[45] 女弟：妹妹。

[46] 保宫：本名"居室"，太初元年更名"保宫"，囚禁犯罪大臣及其眷属之处。

[47] 春秋高：年老。春秋：指年龄。

[48] 位：指被封的爵位。列将：一般将军的总称。苏武父子曾被任为右将军、中郎将等。

[49] 通侯：汉爵位名，本名彻侯，因避武帝讳改。苏武父苏建曾封为平陵侯。

[50] 斧钺(yuè)：古时用以杀犯人的斧子。钺：大斧。汤：沸水。镬(huò)：大锅。汤镬：指把人投入开水锅煮死。此泛指酷刑。

[51] 区(ōu)脱：接近汉地的一个匈奴部落名。云中：郡名，在今山西省北部和内蒙古自治区南部一带地区。生口：活口，即俘虏。

[52] 上崩：指后元二年(前 87 年)汉武帝死。

[53] 昭帝：武帝少子，名弗陵。公元前 87 年，武帝死，昭帝即位。次年，改元始元。于始元六年，与匈奴达成和议。

[54] 上林：即上林苑。故址在今陕西省西安市附近。汉朝皇帝游玩射猎的园林。

[55] 竹帛：古代以竹片或帛绸记事，此代指史籍。

[56] 丹：硃砂。青：青雘(huò)。都是绘画所用的颜色。此指绘画。

[57] 驽怯：无能和胆怯。

[58] 贳(shì)：赦免。

[59] 曹柯之盟：《史记·刺客列传》载，春秋时，曹沫鲁将，与齐作战，三战三败，鲁庄公割地求和，但仍用曹沫为将。后齐桓公与鲁庄公会盟于柯邑(时为齐邑，在今山东省阳谷县东北)，曹沫持匕首胁迫齐桓公，齐桓公只得归还鲁地。李陵引此以自比，表示要立功赎罪。

[60] 京师：京都，指长安。

[61] 太牢：祭品，即牛、羊、豖三牲。园：陵园。庙：祭祀祖先的祠庙。

［62］ 典属国：官名，掌管依附汉朝的各属国事务。

［63］ 秩：官俸。中(zhòng)二千石：官俸的等级之一，即每月一百八十石，一年合计二千一百六十石。此举整数而言。

［64］ “武留”句：苏武汉武帝天汉元年(前100年)出使，至汉昭帝始元六年(前81年)还，共十九年。

［65］ 上官桀：武帝末年封安阳侯，与大将霍光同辅昭帝。其子上官安，娶霍光女，生女，为昭帝皇后，安被封桑乐侯。后桀父子欲废昭帝，杀霍光，立燕王。事败，灭宗族。桑弘羊：武帝时任治粟都尉，后因与上官桀等谋立燕王，夺霍光权而被杀。燕王：名旦，武帝第三子。盖主：武帝长女，封鄂邑长公主，因嫁盖侯(王信)，故又称盖主。谋反事败，与燕王皆自杀。

［66］ 霍光：字子孟。武帝时为奉车都尉，后受武帝遗诏辅昭帝。昭帝死，迎立昌邑王刘贺。后又废之，改立宣帝。一切政事都由其决定。

［67］ 大将军：指霍光。长史：指大将军属下的长史官杨敏。

［68］ 廷尉：掌管刑狱的官。

［69］ 寝：搁置不理。

［70］ 故二千石：即前二千石。宣帝：汉武帝曾孙刘洵，公元前73年至前49年在位。

［71］ 食邑：又名采邑、采地。因食其封邑的租税而称。

［72］ 张安世：张汤子，宣帝时拜大司马。故事：指典章制度。

［73］ 先帝：指昭帝。

［74］ 宦者署：宦者令的衙门。

［75］ 右曹：汉时尚书令下面的加官，为空衔。

［76］ 祭酒：古代祭祀时，必先推年高有德者举酒以祭。后即称年高有德者为“祭酒”。这里是对苏武的尊称。

［77］ 平恩侯：许广汉(一说是许伯)的封号。许是汉宣帝皇后的父亲，平昌侯：王无故的封号。王是汉宣帝的舅舅。乐昌侯：王武的封号。武是王无故的弟弟。韩增、魏相、丙吉：都是宣帝初年的功臣。

［78］ 武弟子：苏贤的儿子。

［79］ 神爵二年：即公元前60年。神爵：海埠宣帝年号。

魏晋南北朝

曹丕

又与吴质书

【题解】 曹丕(187—226),字子桓,沛国谯(今安徽亳州市)人,曹操次子。建安二十五年,曹操死,丕袭位为魏王。后废汉献帝自立,称魏文帝,在位七年。曹丕擅诗能文,同时又具有很高的文学理论修养,是建安时期重要的文学家和文学批评家,其文学才能其实并不亚于曹植。

吴质,字季重,长曹丕十岁,为丕之心腹,在丕、植争位的过程中,为曹丕的得力谋事。建安二十二年,魏大役,七子中徐、陈、应、刘等死于这次疾役。次年,曹丕为诸人文章编集,顿生迁逝之悲,思念昔日故友,于是写了这封信。此前,曹、吴已有多次通信,《文选》在这封信前就收录有《与朝歌令吴质书》,故本文标一“又”字。时吴质已由朝歌长迁元城令,接信后质有《答魏太子笺》回复。文中追思往昔,感慨岁月如流,故旧凋落。从中既可看出曹丕珍惜时光,看重友情,热爱生活,又可看出他因此而在内心涌起的无名哀感。情调清婉哀怨,读之令人惆怅。魏晋多钟情之人,贵为王侯,也崇尚性情,本文就是这样一篇真性情的文字。文中对当时几位著名文人的评论,也具有较高的文学批评价值。

二月三日,丕白:岁月易得[1],别来行复四年[2]。三年不见,东山犹叹其远[3];况乃过之?思何可支!虽书疏往返,未足解其劳结[4]。

昔年疾疫,亲故多离其灾。徐陈应刘,一时俱逝,痛可言邪[5]?昔日游处,行则连舆,止则接席[6];何曾须臾相失。每至觞酌流行[7],丝竹并奏[8]，酒酣耳热，仰而赋诗。当此之时，忽然不自知乐也。谓百年己分，可长共相保[9]；何图数年之间[10]，零落略尽[11]，言之伤心！顷撰其遗文，都为一集。观其姓名，已为鬼录。追思昔游，犹在心目。而此诸子，化为粪壤[12]，可复道哉！

观古今文人，类不护细行，鲜能以名节自立[13]。而伟长独怀文抱质，恬淡寡欲，有箕山之志[14]，可谓彬彬君子者矣。著《中论》二十余篇[15]，成一家之言，辞义典雅，足传于后，此子为不朽矣。德琏常斐然有述作之意[16]，其才学足以著书，美志不遂，良可痛惜！间者历览诸子之文，对之抆泪[17]；既痛逝者，行自念也[18]。孔璋章表殊健，微为繁富[19]。公干有逸气，但未遒耳[20]；其五言诗之善者，妙绝时人。元瑜书记翩翩，致足乐也[21]。仲宣独自善于辞赋，惜其体弱，不足起其文[22]；至于所善，古人无以远过。

昔伯牙绝弦于钟期[23]，仲尼覆醢于子路[24]，痛知音之难遇，伤门人之莫逮[25]。诸子但为未及古人，亦一时之俊也。今之存者，已不逮矣。后生可畏，来者难诬，恐吾与足下不及见也[26]。

年行已长大，所怀万端，时有所虑，至通夜不瞑[27]。志意何时复类昔日？已成老翁，但未白头耳。光武有言："年三十余；在兵中十岁，所更非一。[28]"吾德不及之，年与之齐矣。以犬羊之质，服虎豹之文；无众星之明，假日月之光[29]；动见瞻观，何时易乎[30]？恐永不复得为昔日游也。少壮真当努力，年一过往，何可攀援[31]？古人思秉烛夜游，良有以也[32]。

顷何以自娱？颇复有所述造否？[33]东望於邑，裁书叙心[34]。丕白。

【注释】

[1] 岁月易得：指时间过得很快。

[2] 行复四年：一别已经四年了。建安二十年(215)，吴质由朝歌长迁元城令，赴任途中在邺都与曹丕见过一次。

[3] 东山：指《诗经·豳风·东山》"自我不见，于今三年"。

[4] 劳结：因忧愁而生的郁结，这里指思念成疾。

[5] 昔年疾役：建安二十二年(217)，魏都爆发大疾役。徐陈应刘：建安七子中的徐干、陈琳、应瑒、刘桢，皆死于这年的疾役。

[6] 接舆：车相接。舆：车。连席：坐席相连。彼此关系极其亲密。

[7] 觞酌流行：传杯接盏，饮酒不停。觞：酒杯。酌：斟酒，代指酒。

[8] 丝竹并奏：各种乐器一起演奏。丝：琴类弦乐器。竹：箫笙类管乐器。

[9] 百年己分(fèn)：百年是自己的当然之事。分：本应有之事。长共相保：相互保有同处的欢娱。

[10] 图：料想。

[11] 零落略尽：大多已死去。零落：本指草木枯落，此指人死亡。略：大多。

[12] 粪壤：指死亡。人死归葬，久而即化为泥土。

[13] 细行：小节，细小行为。

[14] 伟长：徐干，字伟长。箕山之志：鄙弃利禄，高隐不仕之志。箕山：上古尧时许由、巢父隐居之地，后常用以代指隐逸的人或地方。

[15] 《中论》：徐干所著的哲理性学术著作，分上、下两卷，部分今已散佚。

[16] 德琏：应瑒，字德琏。斐然：有文采的样子。述：阐发前人著述。作：自己创作。

[17] 间(jiàn)者：近来。抆(wěn)泪：擦拭眼泪。抆：擦拭。

[18] “既痛”两句：既悲痛死者，又想到自己。行：又。

[19] 孔璋：陈琳，字孔璋。微为繁复：陈琳擅长章表，但稍显冗赘，不够简洁。

[20] 公干：刘桢，字公干。“有逸气”句：刘桢有超迈流俗的气质，但还不够刚劲有力。

[21] 元瑜：阮瑀，字元瑜，擅书记等类文体。

[22] 钟宣：王粲，字钟宣，擅辞赋。体弱：体质较虚弱。史书谓王粲“容状短小”、“体弱通脱”。不足起其文：不足勃起其文气。

[23] “昔伯牙”句：春秋时俞伯牙善弹琴，钟子期为知音，子期死，伯牙毁琴，不复弹。事见《吕氏春秋·本味》。

[24] “仲尼”句：孔子的学生子路在卫国被剁成肉酱，从此孔子不再吃肉酱一类食物。事见《礼记·檀弓上》。醢(hǎi)：肉酱。

[25] 门人：门生。莫逮：没有人能赶得上。

[26] “后生”句：年轻的后辈也许会很出色，未来当会胜于今日，只是我们都见不到了。后生可畏：出自《论语·子罕》，言年轻人中有很多出色的，值得敬畏。诬：乱说，说假话。不诬：指说年轻人会更出色，这种说法也许是不错的。

[27] 年行：行年。年行长大：指度过了年龄。万端：各种纷繁复杂的情感。瞑：合眼

睡觉。

[28] 光武：指东汉光武帝刘秀。所更非一：所经历的事很多，不只是一件。

[29] “以犬羊”四句：是说犬、羊的里子，却披着虎、豹的皮毛。甚至还没有星星那样的光亮，却借着太阳的光辉。比喻自己并无特出的德才而登上太子之位，全凭父亲的庇护。

[30] “动见”句：随时被别人看到，处于人们注目的中心，真是不容易啊。见：被。瞻观：注视与观察。

[31] 攀援：挽留。

[32] 秉烛夜游：点着烛火，夜以继日地嬉游。语出《古诗十九首》“昼短苦夜长，何不秉烛游”。

[33] 顷：近来。述造：即述作。

[34] 於邑：同“呜咽”，低声哭泣。裁书：写信。叙心：谈心，交流心里的想法和情感。

曹植

与杨德祖书

【题解】 曹植(192—232)，字子建，沛国谯县(今安徽亳州市)人。曹操子，曹丕同母弟。他生于汉末战乱，长于军旅之中。少聪颖，才思敏捷，颇受曹操宠爱。建安十六年(211)，封平原侯。魏文帝黄初三年(222)，封鄄城侯。明帝太和六年(232)，徙封陈王。他后期备受文帝曹丕、明帝曹睿压迫，十一年中三徙都，郁郁寡欢，死时年仅 41 岁。死后谥“思”，因封地为陈，故称“陈思王”。

这是建安二十一年临淄侯曹植在 25 岁的时候写给好友杨修的一封信，是一篇书信体议论文。杨修，字德祖，陕西华阴人，太尉杨彪之子。杨修出身名门，博学多才，机智过人，为丞相曹操主簿，与曹植关系甚为密切。因其聪慧机智，深为曹操所忌，又因其为袁术外甥，被曹操虑为后患，曹操在建安二十四年借故将其处死。

植白：数日不见，思子为劳[1]，想同之也。仆少小好为文章，迄至于今二十有五年矣。然今世作者[2]，可略而言也：昔仲宣独步于汉南[3]，孔璋鹰扬于河朔[4]，伟长擅名于青土[5]，公干振藻于海隅[6]，德琏发迹于大魏[7]，足下高视于上京[8]。当此之时，人人自谓握灵蛇之珠[9]，家家自谓抱荆山之玉[10]。吾王于是设天网以该之[11]，顿八纮以掩之[12]，今悉集兹国矣！

然此数子犹复不能飞轩绝迹[13]，一举千里也。以孔璋之才，不闲于辞赋，而多自谓能与司马长卿[14]同风；譬画虎不成，反为狗[15]也。前为书嘲之，反作论盛道仆赞其文。夫钟期不失听[16]，于今称之，吾亦不能妄叹者，畏后世之嗤余也！

世人之著述不能无病，仆常好人讥弹[17]其文，有不善者，应时改定。昔丁敬礼尝作小文，使仆润饰之。仆自以才不过若人，辞不为也。敬礼谓仆："卿何所疑难？文之佳丽，吾自得之，后世谁相知定吾文者耶！"[18]吾常叹此达言，以为美谈。昔尼父之文辞，与人通流[19]，至于制《春秋》，游、夏之徒乃不能措一辞[20]。过此而言不病者，吾未之见也。

盖有南威[21]之容，乃可以论于淑媛[22]；有龙渊[23]之利，乃可以议于断割。刘季绪[24]才不能逮于作者，而好诋诃[25]文章，掎（jǐ）摭利病[26]。昔田巴[27]毁五帝、罪三王[28]、呰五霸于稷下[29]，一旦而服千人。鲁连一说，使终身杜口[30]。刘生之辩，未若田氏；今之仲连，求之不难，可无息乎！人各有好尚：兰茝荪蕙[31]之芳，众人之所好，而海畔有逐臭之夫[32]；《咸池》《六茎》之发[33]，众人所共乐，而墨翟有非之之论[34]，岂可同哉！

今往仆少小所著辞赋一通相与。夫街谈巷说，必有可采；击辕之歌[35]，有应风雅[36]，匹夫之思未易轻弃也。辞赋小道，固未足以揄扬[37]大义，彰示来世也。昔扬子云先朝执戟之臣耳，犹称壮夫不为也[38]。吾虽薄德，位为藩侯[39]，犹庶几戮力上国[40]，流惠下民[41]，建永世之业，流金石之功，岂徒以翰墨[42]为勋绩，辞赋为君子哉！若吾志未果，吾道不行，则将采庶官之实录[44]，辨时俗之得失，定仁义之衷[45]，成一家之言，虽未能藏之于名山，将以传之于同好[46]；非要之皓首，岂以今日之论乎！其言之不惭，恃惠子[47]之知我也。明早相迎，书不尽怀[48]。曹植白。

【注释】

[1] 劳：痛苦。

[2] 作者："写作文章者"的简称。

[3] "昔仲宣"句：王粲，字仲宣，"建安七子"之一，诗文创作的成就较大。汉南：汉水之南，此指荆州，王粲曾避难荆州，依附刘表。

[4] "孔璋"句：陈琳，字孔璋，"建安七子"之一，初为袁绍记室，后归曹操，为司空军祭酒，管记室，擅长写作章表书记。鹰扬：像鹰一样飞翔于高空，比喻威武，或大展雄才。河朔：黄河之北，此指冀州，陈琳曾在冀州任袁绍记室。

[5] "伟长"句：徐干，字伟长，"建安七子"之一，曾为曹操司空军谋祭酒掾属、五官将文学，不重官禄，以著述自娱。擅名：独享盛名。青土：青州地区(今属山东)。徐干是北海(山东寿光县)人，北海古属青州。

[6] "公干"句：刘桢，字公干，"建安七子"之一，曾为曹操掾属。振藻：显耀文采。海隅：海边。刘桢是东平(今属山东)人，东平近海，故称"海隅"。

[7] "德琏"句：应瑒，字德琏，"建安七子"之一，曾为曹操掾属，后为五官将文学。大魏：魏都许昌。应瑒是汝南南顿(今河南项城)人，此地离许昌不远。

[8] "足下"句：足下，指杨修。上京：京师洛阳。杨修虽祖籍陕西华阴，但其父杨彪长期在京城为官，杨修也随住京城。

[9] 灵蛇之珠：指隋侯之珠。相传春秋时隋侯见大蛇伤断，救治了它，大蛇回到江中，衔明珠以报答隋侯，后来人们称这颗明珠为隋侯之珠。

[10] 荆山之玉：指战国时代著名的和氏璧。和氏璧产自荆山。

[11] "吾王"句：吾王指曹操。天网：喻指曹操网罗人才的政治措施。该：通"赅"，包罗。

[12] 顿：整理。八纮：网周围的绳子。掩：取。

[13] 飞轩绝迹：飞得高而远，比喻成就非同一般。轩：鸟飞的样子。绝迹：灭绝踪迹，无可寻觅，形容极高。

[14] 司马长卿：西汉辞赋家司马相如，字长卿。

[15] “譬画虎”两句：古代谚语，比喻好高骛远而无所成，反贻为笑柄。

[16] “夫钟期”句：钟期，即钟子期，春秋时楚国人。相传楚人俞伯牙善弹琴，钟子期能知音。钟子期死后，俞伯牙碎琴不复弹。失听：错误地理解乐曲所包含的情意。

[17] 讥弹：批评。

[18] “敬礼谓仆”五句：敬礼，指曹植的好友丁翼。丁翼：字敬礼。卿：指曹植。疑难：为难。

[19] 尼父：孔子。通流：共同流行。

[20] “至于”两句：语出《史记·孔子世家》：“至于作《春秋》，笔则笔，削则削，子夏之徒不能赞一词。”春秋：史书名，相传为孔子所作。游：子游，孔子的弟子之一。夏：子夏，孔子的弟子之一。子游和子夏都擅长文学。

[21] 南威：古代美女。《战国策·魏策》曾记载：晋文公得南之威，三日不听朝。

[22] 淑媛：贤良的美女。

[23] 龙渊：古代著名的宝剑。

[24] 刘季绪：刘表的儿子。

[25] 诋诃：诋毁、指责。

[26] 掎(jǐ)摭利病：指摘、挑剔文章的利弊。

[27] 田巴：战国时期齐国的诡辩之士。

[28] 罪：责备。三王：即三皇，古代传说中的伏羲、神农、黄帝。

[29] 呰：诋毁。五帝：春秋五霸，即齐桓公、晋文公、秦穆公、宋襄公、楚庄公。稷下：齐都临淄城西门叫稷门，齐宣王爱好文学，曾在稷门之外设学官，稷下成为当时学者的聚集之地。

[30] “一旦”三句：诡辩大王田巴曾经在狙丘、稷下等地与人辩论，毁五帝，罪三王，一天之内辩倒了上千人，后来，齐国著名的义士鲁仲连出面辩论，才使田巴乖乖闭嘴。杜口：闭嘴。

[31] 兰茝荪蕙：四种香草名。

[32] “而海畔”句：典出《吕氏春秋·孝行览·遇合》：“人有大臭者，其亲戚兄弟妻妾知识无能与居者，自苦而居海上。海上有人悦其臭者，昼夜随之而弗能去。”

[33] “咸池”句：《咸池》《六茎》均为古代乐曲名，相传分别是黄帝、颛顼(zhuān xū)所制。发：演奏。

[34] “而墨翟”句：墨翟，战国墨子。墨子认为人们听音乐妨碍耕织，因而对音乐持反对态度，并撰有《非乐》。

[35] 击辕之歌：指民歌。古时在田野中间劳作的人，常常击车辕唱歌，故称“击辕之歌”。

[36] 风雅：《诗经》中的国风、大雅、小雅。

[37] 揄扬：阐发。

[38] “昔扬子云”两句：扬子云，西汉辞赋家扬雄，字子云。先朝：指西汉。执戟之臣：汉代郎官，执戟侍于皇帝身边，职位卑下。壮夫不为：语出扬雄《法言·吾子》，意谓男子汉大丈夫不屑于写作辞赋之文。

[39] 藩侯：古代诸侯，护卫天子，有如藩篱，故称藩侯。

[40] 庶几：希望。戮力：同心尽力。上国：这里指东汉朝。

[41] 流惠下民：施恩于老百姓。

[42] 金石之功：指铭刻于钟鼎、碑石之上，可以长久流传的功绩。

[43] 翰墨：笔墨，代指文学创作。

[44] 庶官：百官。实录：指实事求是地记载史实的那些历史典籍。

[45] 衷：通“中”，主旨。

[46] 同好(hào)：志同道合。

[47] 惠子：战国时惠施，与庄子友善，庄子将其引为知已。惠子死后，庄子过其墓，曾说：“自夫子之死也，吾无以为质矣，吾无与言之矣。”作者此处是以惠子比杨修。

[48] 怀：思念。

刘邵

人物志序

【题解】 刘邵，约生于汉灵帝初年，卒于曹魏正始年间，广平邯郸(今河北省邯郸市)人。曾为太子舍人、秘书郎、尚书郎、散骑侍郎、陈留太守、散骑常侍等，赐爵关内侯。有《都官考课》七十二条，《人物志》三卷，《法论》十卷，《乐论》十四篇，集二卷等。汉代选士首为察举(魏继之而以九品官人)，察举则重识鉴人才。刘邵《人物志》集当时人才识鉴之术。本文为其序文。

夫圣贤之所美，莫美乎聪明。聪明之所贵，莫贵乎知人。知人诚智，则众材得其序，而庶绩之业兴矣。是以圣人著爻象，则立君子小人之辞；叙诗志，则别风俗雅正之业；制礼乐，则考六艺祗庸之德[1]；躬南面，则援俊逸辅相之材，皆所以达众善而成天功也。天功既成，则并受名誉。是以尧以克明俊德为称，舜以登庸二八为功，汤以拔有莘之贤为名，文王以举渭滨之叟为贵[2]。由此论之，圣人兴德，孰不劳聪明于求人，获安逸于任使者哉？是故仲尼不试，无所援升，犹序门人以为四科，泛论众材以辨三等[3]。又叹中庸以殊圣人之德，尚德以劝庶几之论[4]。训六蔽以戒偏材之失[5]，思狂狷以通拘抗之材[6]。疾悾悾而无信，以明依似之难保[7]。又曰：察其所安，观其所由[8]，以知居止之行。人物之察也，如此其详。是以敢依圣训，志序人物，庶以补缀遗忘，惟博识君子，裁览其义焉。

【注释】

[1] 六艺：礼、乐、射、御、书、数。祗庸：恭敬而守恒常之道。

[2] 克明俊德：能够明识才能杰出的人。登庸：举用。二八：虞舜贤臣八元八恺的合称。有莘：指商朝的伊尹，汤妃有莘氏女儿陪嫁的奴隶，助汤灭夏桀，辅佐外丙、仲壬等国君。见《史记·夏本纪》。渭滨之叟：即吕尚，也称姜子牙、姜太公。吕尚钓于渭滨，周文王出猎遇之，与语大悦，同载而归，立之为师。见《史记·周本纪》。

[3] 试：用。四科：指德行、言语、政事、文学，见《论语·先进》。泛论众材以辨三等：《论语·季氏》孔子曰："生而知之者，上也；学而知之者，次也；困而学之，又其次也；困而不学，民斯为下矣。"

[4] 庶几：《周易·系辞下》云："子曰：'颜氏之子，其殆庶几乎！'"孔颖达疏："言圣人知几，颜子亚圣，未能知几，但殆近庶慕而已，故云其殆庶几乎。"知几：洞察几微。

[5] 六蔽：《论语·阳货》云："子曰：'由也，女闻六言六蔽矣乎？'对曰：'未也。''居，吾语女。好仁不好学，其蔽也愚；好知不好学，其蔽也荡；好信不好学，其蔽也贼；好直不好学，其蔽也绞；好勇不好学，其蔽也乱；好刚不好学，其蔽也狂。'"

[6] 狂狷：《论语·子路》云："子曰：'不得中行而与之，必也狂狷乎？狂者进取，狷者有所不为也。'"邢昺疏："狂者进取于善道，知进而不知退；狷者守节无为，应进而

退也。二者俱不得中，而性恒一。”拘：拘谨。抗：张。

[7] 悾悾：诚恳貌。信：信用。依(《全三国文》据宋本作“伪”)似：似是而非。保：恃。

[8] 察其所安，观其所由：出《论语·为政》：“子曰：‘视其所以，观其所由，察其所安。人焉廋哉！人焉廋哉！’”

嵇康

与山巨源绝交书

【题解】 嵇康(223—262)，字叔夜，谯郡铚县(今安徽省宿县西南)人。“竹林七贤”之一。曾为中散大夫，故世称嵇中散。他是曹魏宗室的女婿，学问渊博，而性格刚直，疾恶如仇。因拒绝与当时掌权的司马氏合作，对他们标榜的虚伪礼法加以讥讽和抨击，直接触犯了打着礼教幌子谋夺曹氏政权的司马昭及其党羽，结果遭诬被处死。他临刑的时候，有三千名太学生请求以他为师，可见他在当时社会上的声望。其散文长于辩论，思想新颖，析理绵密，笔锋犀利，往往带有愤世嫉俗的情绪。有《嵇康集》。

山巨源，名涛，河内怀县(今河南省武陟县西南)人，与嵇康等友好，为“竹林七贤”之一。这封信是嵇康听到山涛在由选曹郎调任大将军从事中郎时，想荐举自己代其原职的消息后写的。信中拒绝了山涛的荐引，指出人的秉性各有所好，申明自己赋性疏懒，不堪礼法约束，不可加以勉强。嵇康在文中强调放任自然，既是对世俗礼法的蔑视，也是他崇尚老、庄消极无为思想的一种反映。全文奋笔直书，说理透辟，文词犀利，字里行间洋溢着不与世俗同流合污的兀傲情绪，具有鲜明个性。

嵇康写此信乃自明心迹，我们不应据此认为山涛是如何大奸大恶。在竹林七贤中，山涛是忠厚长者，待友诚恳，为官清正，其在选曹，所举皆为贤能，时称“山公启事”。嵇康虽以此信公然绝交，却在临终托孤于山涛，对其子云“巨源在，汝不孤矣”。也许正是引以为知己，才对山涛的荐举尤感痛心，也许正是情无隔阂，才如此言无顾忌。其实，二人订交终身，何曾须臾相失！

康白：足下昔称吾于颍川[1]，吾常谓之知言[2]。然经怪此意尚未熟悉于足下[3]，何从便得之也？前年从河东还[4]，显宗、阿都说足下议以吾自代[5]，事虽不行，知足下故不知之。足下傍通[6]，多可而少怪[7]；吾直性狭中[8]，多所不堪，偶与足下相知耳。间闻足下迁[9]，惕然不喜[10]，恐足下羞庖人之独割，引尸祝以自助[11]，手荐鸾刀[12]，漫之膻腥[13]，故具为足下陈其可否。

吾昔读书，得并介之人[14]，或谓无之，今乃信其真有耳。性有所不堪，真不可强。今空语同知有达人无所不堪，外不殊俗，而内不失正，与一世同其波流，而悔吝不生耳[15]。老子、庄周[16]，吾之师也，亲居贱职；柳下惠、东方朔[17]，达人也，安乎卑位，吾岂敢短之哉[18]！又仲尼兼爱[19]，不羞执鞭[20]；子文无欲卿相[21]，而三登令尹[22]，是乃君子思济物之意也[23]。所谓达则兼善而不渝[24]，穷则自得而无闷[25]。以此观之，故尧、舜之君世[26]，许由之岩栖[27]，子房之佐汉[28]，接舆之行歌[29]，其揆一也[30]。仰瞻数君，可谓能遂其志者也。故君子百行[31]，殊途而同致[32]，循性而动，各附所安。故有处朝廷而不出，入山林而不返之论[33]。且延陵高子臧之风[34]，长卿慕相如之节[35]，志气所托，不可夺也。吾每读尚子平、台孝威传[36]，慨然慕之，想其为人。少加孤露[37]，母兄见骄[38]，不涉经学。性复疏懒，筋驽肉缓[39]，头面常一月十五日不洗，不大闷痒，不能沐也[40]。每常小便而忍不起，令胞中略转乃起耳[41]。又纵逸来久，情意傲散，简与礼相背，懒与慢相成，而为侪类见宽[42]，不攻其过。又读《庄》《老》[43]，重增其放，故使荣进之心日颓，任实之情转笃[44]。此犹禽鹿[45]，少见驯育，则服从教制；长而见羁[46]，则狂顾顿缨[47]，赴蹈汤火；虽饰以金镳[48]，飨以嘉肴[49]，愈思长林而志在丰草也。

阮嗣宗口不论人过[50]，吾每师之而未能及；至性过人，与物无伤，唯饮酒过差耳[51]。至为礼法之士所绳[52]，疾之如仇，幸赖大将军保持之耳[53]。吾不如嗣宗之资[54]，而有慢弛之阙[55]；又不识人情，暗于机宜[56]；无万石之慎[57]，而有好尽之累[58]。久与事接，疵衅日兴[59]，虽欲无患，其可得乎？又人伦有礼，朝廷有法，自惟至熟[60]，有必不堪者七,甚不可者二:卧喜晚起,而当关呼之不置[61],一不堪也。抱琴行吟,弋钓草野[62],而吏卒守之,不得妄动,二不堪也。危坐一时,痹不得摇[63],性复多虱[64],把搔无已[65],而当裹以章服[66],揖拜上官,三不堪也。素不便书,又不喜作书,而人间多事,堆案盈机[67],不相酬答,则犯教伤义[68],欲自勉强,则不能久,四不堪也。不喜吊丧,而人道以此为重,已为未见恕者所怨,至欲见中伤者;虽瞿然自责[69],然性不可化,欲降心顺俗[70],则诡故不情[71],亦终不能获无咎无誉如此[72],五不堪也。不喜俗人,而当与之共事,或宾客盈坐,鸣声聒耳[73],嚣尘臭处,千变百伎,在人目前,六不堪也。心不耐烦,而官事鞅掌[74],机务缠其心,世故烦其虑,七不堪也。又每非汤、武而薄周、孔[75],在人间不止,此事会显[76],世教所不容,此甚不可一也。刚肠疾恶,轻肆直言,遇事便发,此甚不可二也。以促中小心之性[77],统此九患,不有外难,当有内病,宁可久处人间邪?又闻道士遗言,饵术黄精[78],令人久寿,意甚信之;游山泽,观鱼鸟,心甚乐之;一行作吏,此事便废,安能舍其所乐而从其所惧哉!夫人之相知,贵识其天性,因而济之。禹不逼伯成子高[79],全其节也;仲尼不假盖于子夏[80],护其短也;近诸葛孔明不逼元直以入蜀[81],华子鱼不强幼安以卿相[82],此可谓能相终始,真相知者也。足下见直木不可以为轮,曲木不可以为桷[83],盖不欲枉其天才,令得其所也。故四民有业[84],各以得志为乐,唯达者为能通之,此足下度内耳[85]。不可自见好章甫[86],强越人以文冕也[87];已嗜臭腐,养鸳雏以死鼠也[88]。吾顷学养生之术,方外荣华[89],去滋味[90],游心于寂寞,以无为为贵。纵无九患,尚不顾足下所好者。又有心闷疾,顷转增笃[91],私意自试,不能堪其所不乐。自卜已审,若道尽途穷则已耳。足下无事冤之[92],令转于沟壑也[93]。

吾新失母兄之欢,意常悽切。女年十三,男年八岁,未及成人,况复多病。顾此悢悢[94],如何可言!今但愿守陋巷,教养子孙,时与亲旧叙离阔,陈说平生,浊酒一杯,弹琴一曲,志愿毕矣。足下若嬲之不置[95],不过欲为官得人,以益时用耳。足下旧知吾潦倒粗疏[96],不切事情,自惟亦皆不如今日之贤能也。若以俗人皆喜荣华,独能离之,以此为快;

此最近之,可得言耳。然使长才广度[97],无所不淹[98],而能不营[99],乃可贵耳。若吾多病困,欲离事自全,以保余年,此真所乏耳,岂可见黄门而称贞哉[100]!若趣欲共登王途[101],期于相致,时为欢益,一旦迫之,必发狂疾。自非重怨[102],不至于此也。

野人有快炙背而美芹子者[103],欲献之至尊[104],虽有区区之意[105],亦已疏矣。愿足下勿似之。其意如此,既以解足下,并以为别[106]。嵇康白。

【注释】

[1] 称:指称说嵇康不愿出仕的意志。颍川:指山嵚。是山涛的叔父,曾经做过颍川太守,故以代称。古代往往以所任的官职或地名等作为对人的代称。

[2] 知言:知己的话。

[3] 经:常常。此意:指嵇康不愿出仕的意志。

[4] 河东:地名。在今山西省夏县西北。

[5] 显宗:公孙崇,字显宗,谯国人,曾为尚书郎。阿都:吕安,字仲悌,小名阿都,东平人,嵇康好友。以吾自代:指山涛拟推荐嵇康代其之职。嵇康在河东时,山涛正担任选曹郎职务。

[6] 傍通:善于应付变化。

[7] 多可而少怪:多有许可而少有责怪。

[8] 狭中:心地狭窄。

[9] 间:近来。迁:升官。指山涛从选曹郎迁为大将军从事中郎。

[10] 惕然:忧惧的样子。

[11] "恐足下"两句:语本《庄子·逍遥游》:"庖人虽不治庖,尸祝不越樽俎而代之。"意思是说,即使厨师(庖人)不做菜,祭师(祭祀时读祝辞的人)也不应该越职替代之。这里引用这个典故,说明山涛独自做官感到不好意思,所以要荐引嵇康出仕。

[12] 鸾刀:刀柄缀有鸾铃的屠刀。

[13] 漫:沾污。

[14] 并介之人:兼济天下而又耿介孤直的人。山涛为"竹林七贤"之一,曾标榜清高,后又出仕,这里是讥讽他的圆滑处世。

[15] 悔吝:悔恨。

[16] 老子:即老聃。姓李名耳,春秋战国时楚国苦县人,为周朝的柱下史、守藏史。

相传著《老子》五千余言。庄周：战国时宋国蒙县人，曾为蒙漆园吏。相传著《庄子》十余万言。两人都是道家的创始人。

[17] 柳下惠：即展禽。名获，字季，春秋时鲁国人。为鲁国典狱官，曾被罢职三次，有人劝他到别国去，他自己却不以为意。居于柳下，死后谥“惠”，故称柳下惠。东方朔：字曼卿，汉武帝时人，常为侍郎。两人职位都很低下，故曰“安乎卑位”。

[18] 短：轻视。

[19] 仲尼：孔子的字。兼爱：博爱无私。

[20] 执鞭：指执鞭赶车的人。《论语·述而》：“子曰：‘富而好求也，虽执鞭之士，吾亦为之。’”

[21] 子文：姓鬭，名穀於菟(gòu wū tū)，春秋时楚人。

[22] 令尹：楚国官名，相当宰相。《论语·公冶长》：“令尹子文，三仕为令尹，无喜色；三已之，无愠色。”

[23] 济物：救世济人。

[24] 达：显达。指得志时。

[25] 穷：指失意时。

[26] 君世：为君于世。“君”作动词用。

[27] 许由：尧时隐士。尧想把天下让给他，他不肯接受，就到箕山去隐居。

[28] 子房：张良的字。他曾帮助汉高祖刘邦统一天下，建立汉王朝。

[29] 接舆：春秋时楚国隐士。孔子游宦楚国时，接舆唱着讽劝孔子归隐的歌从其车边走过。

[30] 揆(kuí)：原则，道理。

[31] 百行：各种不同行为。

[32] 殊途而同致：所走道路不同而达到相同的目的。语出《周易·系辞》：“天下同归而殊途，一致而百虑。”

[33] “故有”两句：语出《韩诗外传》卷五：“朝廷之人为禄，故入而不出；山林之士为名，故往而不返。”

[34] 延陵：名季札，春秋时吴国公子。居于延陵，人称延陵季子。子臧：一名欣时，曹国公子。曹宣公死后，曹人要立子臧为君，子臧拒不接受，离国而去。季札的父兄要立季札为嗣君，季札引子臧不为曹国君为例，拒不接受。风：风概。指高尚情操。

[35] 长卿：汉司马相如的字。相如：指战国时赵国人蔺相如，以“完璧归赵”功拜上大夫。《史记·司马相如传》载：“(司马)相如既学，慕蔺相如之为人，更名相如。”

[36] 尚子平：东汉时人。李善注引《英雄记》说他：“有道术，为县功曹，休归，自入山

担薪，卖以供食饮。”《后汉书·逸民传》作“向子平”，说他在儿女婚嫁后，即不再过问家事，恣意游五岳名山，不知所终。台孝威：名佟，东汉时人。隐居武安山，凿穴而居，以采药为业。

[37] 孤：幼年丧父。露：羸弱。

[38] 兄：指嵇喜。见骄：指受到母兄的骄纵。

[39] 驽：原指劣马，这里是迟钝的意思。缓：松弛。

[40] 不能(nài)：不愿。能，通“耐”。沐：洗头。

[41] 胞：原指胎衣，这里指膀胱。

[42] 侪(chái)类：指同辈朋友。

[43] 庄：《庄子》。老：《老子》。

[44] 任实：指放任本性。

[45] 禽：古代对鸟兽的通称。一说通“擒”。

[46] 见：被。

[47] 狂顾：疯狂地四面张望。顿缨：挣脱羁索。

[48] 金镳(biāo)：金属制作的马笼头，这里指鹿笼头。

[49] 飨(xiǎng)：用酒食款待。这里是喂的意思。嘉肴：好菜。这里指精美的饲料。

[50] 阮嗣宗：阮籍，字嗣宗，与嵇康同为“竹林七贤”之一。不拘礼法，常用醉酒的办法，以“口不臧否人物”来避祸。

[51] 过差：犹过度。

[52] 礼法之士：指一些借虚伪礼法来维护自己利益的人。据《晋阳秋》记载，何曾曾在司马昭面前说阮籍“任性放荡，败礼伤教”，“宜投之四裔，以絜王道”。司马昭回答说：“此贤素羸弱，君当恕之。”绳：纠正过失，这里指纠弹、抨弹。

[53] 大将军：指司马昭。保持：犹保护。

[54] 资：指天赋的资材。

[55] 慢弛：傲慢懒散。阙：缺点。

[56] 暗于机宜：不懂得随机应变。

[57] 万石：汉石奋。他和四个儿子都官至二千石，共一万石，所以汉景帝称他为“万石君”。一生以谨慎著称。

[58] 好尽：尽情直言，不知忌讳。累：过失，毛病。

[59] 疵(cī)：缺点。衅(xìn)：争端。

[60] 惟：思虑。熟：精详。

[61] 当关：守门的差役。不置：不已。

[62] 弋(yì):系有绳子的箭,用来射取禽鸟。这里即指射禽鸟。
[63] 痹(bì):麻木。
[64] 性:身体。
[65] 把(pá)搔:用于搔痒。把:通“爬”。无已:没有停止。
[66] 章服:冠服。指官服。
[67] 机:同“几”,小桌子。
[68] 犯教伤义:指触犯封建礼教失去礼仪。
[69] 瞿然:惊惧的样子。
[70] 降心:抑制自己的心意。
[71] 诡故:违背自己本性。不情:不符合真情。
[72] 无咎无誉:指既不遭到罪责也得不到称赞。
[73] 聒(guò):喧闹。
[74] 鞅(yāng)掌:职事忙碌。
[75] 非:非难。汤:成汤。推翻夏桀统治,建立商王朝。武:周武王姬发。推翻殷纣王统治,建立周王朝。周:周公姬旦。辅助武王灭纣,建立周王朝。孔:孔子。
[76] 此事:指非难汤武鄙薄周孔的事。会显:会当显著,为众人所知。
[77] 促中小心:指心胸狭隘。
[78] 饵(ěr):服食。术、黄精:两种中草药名,古人认为服食后可以轻身延年。
[79] 禹:舜以后的帝王,建立夏王朝。伯成子高:禹时隐士。《庄子·天地》:“尧治天下,伯成子高立为诸侯。尧授舜,舜授禹,伯成子高辞为诸侯而耕。禹往见之,则耕在野。禹趋就下风,立而问焉,曰:‘昔尧治天下,吾子立为诸侯,尧授舜,舜授予,而吾子辞为诸侯而耕,敢问其何故也?’子高曰:‘昔尧治天下,不赏而民劝,不罚而民畏;今子赏罚,而民且不仁,德自此衰,刑自此立,后世之乱自此始矣。夫子阖行邪,无落吾事!’俋俋乎耕而不顾。”
[80] 假:借。盖:雨伞。子夏:孔子弟子卜商的字。《孔子家语·致思》:“孔子将行,雨而无盖。门人曰:‘商也有之。’孔子曰:‘商之为人也,甚吝于财。吾闻与人交,推其长者,违其短者,故能久也。’”
[81] 诸葛孔明:三国时诸葛亮的字。元直:徐庶的字。两人原来都在刘备部下,后来徐庶的母亲被曹操捉去,他就辞别刘备而投奔曹操,诸葛亮没有加以阻留。
[82] 华子鱼:三国时华歆的字。幼安:管宁的字。两人为同学好友,魏文帝时,华歆为太尉,想推举管宁接任自己的职务,管宁便举家渡海而归,华歆也不加强迫。
[83] 桷(jué):屋上承瓦的椽子。

［84］ 四民：指士、农、工、商。

［85］ 度内：意料之中。

［86］ 章甫：古代一种须绾在发髻上的帽子。

［87］ 强：勉强。越人：指今浙江、福建一带居民。文冕(miǎn)：饰有花纹的帽子。《庄子・逍遥游》："宋人资章甫而适诸越，越人断发文身，无所用之。"

［88］ 鸳雏(chú)：传说中像凤凰一类的鸟。《庄子・秋水》中说：惠子做了梁国的相，害怕庄子来夺他的相位，便派人去搜寻庄子，于是庄子就往见惠子，并对他说："南方有鸟，其名为鸳雏……非梧桐不止，非练实不食，非醴泉不饮。于是鸱得腐鼠，鸳雏过之，仰而视之，曰：'赫！'"

［89］ 外：疏远，排斥。

［90］ 滋味：美味。

［91］ 增笃：加重。

［92］ 无事：不要做。冤：犹委屈。

［93］ 转于沟壑：流转在山沟河谷之间。指流离而死。

［94］ 悢(liàng)悢：悲恨。

［95］ 嬲(niǎo)：纠缠。

［96］ 潦倒粗疏：放任散漫的意思。

［97］ 长才广度：指有高才大度的人。

［98］ 淹：贯通。

［99］ 不营：不营求。指不求仕进。

［100］ 黄门：宦官。

［101］ 趣(cù)：急于。王途：仕途。

［102］ 自非：若不是。重怨：大仇。

［103］ 野人：居住在乡野的人。快炙(zhì)背：对太阳晒背感到快意。美芹子：以芹菜为美味。

［104］ 至尊：指君主。以上两句本于《列子・杨朱》："宋国有田夫，常衣缊黂，仅以过冬。暨春东作，自曝于日，不知天下之有广厦隩室，绵纩狐貉，顾谓其妻曰：'负日之暄，人莫知者，以献吾君，将有重赏。'里之富者告之曰：'昔人有美戎菽、甘枲茎芹萍子者，对乡豪称之；乡豪取而尝之，蜇于口，惨于腹，众哂而怨之，其人大惭。子此类也。'"

［105］ 区区：形容感情恳切。

［106］ 别：告别。这是绝交的婉辞。

向秀

思旧赋

【题解】 向秀(约227—272),字子期,河内怀县(今河南武陟西南)人。魏晋“竹林七贤”之一。精通老庄。嵇康被杀后,惧于司马氏之威势,应征入洛,官至黄门侍郎、散骑常侍。有《庄子注》等。文学上留存的主要作品就是《思旧赋》。关于《思旧赋》的写作缘由很复杂。题目的名字很简单,就是对于已经死去的朋友嵇康的思念。

余与嵇康、吕安居止接近[1]。其人并有不羁之才[2];然嵇志远而疏,吕心旷而放[3],其后各以事见法[4]。嵇博综技艺[5],于丝竹特妙[6]。临当就命,顾视日影,索琴而弹之[7]。余逝将西迈,经其旧庐[8]。于时日薄虞渊[9],寒冰凄然。邻人有吹笛者,发音寥亮。追思曩昔游宴之好,感音而叹,故作赋云。

将命适于远京兮,遂旋反而北徂[10]。济黄河以泛舟兮,经山阳之旧居[11]。瞻旷野之萧条兮,息予驾乎城隅。践二子之遗迹兮,历穷巷之空庐[12]。叹黍离之愍周兮,悲麦秀[13]于殷墟。惟古昔以怀今兮,心徘徊以踌躇[14]。栋宇存而弗毁兮,形神逝其焉如[15]!

昔李斯之受罪兮,叹黄犬而长吟[16]。悼嵇生之永辞兮[17],顾日影而弹琴。托运遇于领会兮,寄余命于寸阴[18]。听鸣笛之慷慨兮,妙声绝而复寻[19]。停驾言其将迈兮,遂援翰而写心[20]!

【注释】

[1] 吕安:见《与山巨源绝交书》注[3]。居止接近:指他们同往山阳,作竹林之游。居止:居处。

[2] 不羁之才:才大不可羁束。

[3] 远而疏:高远而疏略于人事。旷而放:旷达而不拘于礼法。

［4］ 以事见法：因事被刑，事见《与山巨源绝交书》作者介绍及解题。

［5］ 综：指各种技艺，集于一身。

［6］ 丝竹：器乐。丝指弦乐器，如琴瑟；竹指管乐器，如笙笛。

［7］ 就命：终命，毕命，此指被杀。《世说新语·雅量》载，嵇康临刑，索琴奏了一曲《广陵散》，并叹息《广陵散》将从此绝响。

［8］ 逝：往。将：语词，无义。迈：往。晋时河内郡治野王，即今河南沁阳县。洛阳在沁阳西南，所以去洛阳为西迈。两句是说，自己西去到洛阳，归途经过嵇康山阳旧居。

［9］ 于时：在这时，指经旧庐时。薄：迫。虞渊：日人处（见《淮南子·天文训》）。日薄虞渊：即太阳快要落山。

［10］ 将命：奉命。适：往。适于远京：指向秀为郡计椽吏到洛阳。北徂：指归河内。

［11］ 山阳：今河南修武县，竹林之游所在地，见《与山巨源绝交书》作者介绍。

［12］ 二子：指嵇康、吕安。历：经过。

［13］ 《毛诗·王风·黍离》序："黍离，闵宗周也。周大夫行役，至于宗周，过故宗庙宫室，尽为禾黍，闵周室之颠覆，彷徨不忍去，而作是诗也。"《史记·宋微子世家》："箕子朝周，过故殷虚，感宫室毁坏，生禾黍。箕子伤之，乃作《麦秀》之诗以歌咏之。"愍：同"悯"。虚：同"墟"。这里引用两个历史故事，表面上是切合旧居，实际上是寄托魏晋易代的感慨。因为在这个问题上，作者和嵇吕是有共同的思想感情的。

［14］ 惟：思。徘徊：心不安貌。踌躇：行不进貌。

［15］ 焉如：何往。

［16］ 《史记·李斯列传》载，李斯押往刑场时，顾谓其子曰："吾欲与若（你）复牵黄犬俱出上蔡东门，逐狡兔，可得乎？"吟：叹。

［17］ 永辞：永远辞世。

［18］ 运遇：命运遭遇。领会：心领神会。余命：剩余的生命。寸阴：指临刑前短暂的时间。这句是说，嵇康对于死生祸福之理，能够通达解悟，故能从容安闲，把短暂生命寄寓于琴声。

［19］ 寻：继续。这句是说，听到嵇康悲凉的笛声时断时续。

［20］ 停驾：暂停车马。言：语词。将迈：即将启程离去。援：迟。翰：笔。写心：书写思旧之情。

李密

陈情事表

【题解】 李密(224—287),一名虔,字令伯,犍为武阳(今四川省彭山县东)人。父早亡,母改嫁,由祖母刘氏亲自抚养。为人正直,颇有才干。曾仕蜀汉为郎,蜀亡以后,晋武帝司马炎为了巩固新政权,笼络蜀汉旧臣人心,征召李密为太子洗马。他上表陈情,以祖母年老无人供养,辞不从命。祖母死后,出任太子洗马,官至汉中太守。后被谗免官,死于家中。晋武帝征召李密为太子洗马,李密不愿应诏,就写了这篇申诉自己不能应诏的苦衷的表文。文章从自己幼年的不幸遭遇写起,说明自己与祖母相依为命的特殊感情,叙述委婉,辞意恳切,语言简洁生动,富有表现力与强烈的感染力。相传晋武帝看了此表后很受感动,特赏赐给李密奴婢两人,并命郡县按时给其祖母供养。

臣密言:臣以险衅[1],夙遭闵凶[2]。生孩六月,慈父见背[3];行年四岁,舅夺母志[4]。祖母刘愍臣孤弱,躬亲抚养。臣少多疾病,九岁不行,零丁孤苦,至于成立[5]。既无叔伯,终鲜兄弟,门衰祚薄[6],晚有儿息[7]。外无期功强近之亲[8],内无应门五尺之僮[9],茕茕孑立[10],形影相吊[11]。而刘夙婴疾病[12],常在床蓐[13],臣侍汤药,未曾废离[14]。

逮奉圣朝,沐浴清化[15]。前太守臣逵[16],察臣孝廉[17];后刺史臣荣[18],举臣秀才[19]。臣以供养无主,辞不赴命。诏书特下,拜臣郎中[20],寻蒙国恩[21],除臣洗马[22]。猥以微贱[23],当侍东宫[24],非臣陨首所能上报[25]。臣具以表闻,辞不就职。诏书切峻[26],责臣逋慢[27];郡县逼迫,催臣上道;州司临门[28],急于星火。臣欲奉诏奔驰,则刘病日笃[29],欲苟顺私情[30],则告诉不许。臣之进退,实为狼狈。

伏惟圣朝以孝治天下[31],凡在故老[32],犹蒙矜育[33],况臣孤苦,特为尤甚。且臣少仕伪朝[34],历职郎署[35],本图宦达,不矜名节[36]。今臣亡国贱俘,至微至陋,过蒙拔擢,宠命优渥[37],岂敢盘桓,有所希冀！但以刘日薄西山，气息奄奄，人命危浅，朝不虑夕。臣无祖母，无以至今日，祖母无臣，无以终余年，祖孙二人，更相为命，是以区区不能废远[38]。臣密今年四十有四，祖母刘今年九十有六，是臣尽节于陛下之日长[39]，报刘之日短也。乌鸟私情[40]，愿乞终养。

臣之辛苦，非独蜀之人士及二州牧伯所见明知[41]，皇天后土[42]，实所共鉴，愿陛下矜愍愚诚[43]，听臣微志[44]，庶刘侥幸，保卒余年。臣生当陨首，死当结草[45]。臣不胜犬马怖惧之情[46]，谨拜表以闻。

【注释】

[1] 险衅(xìn)：灾难祸患。指命运坎坷。

[2] 夙：早。这里指幼年时。闵凶：忧患。闵：同“悯”。

[3] 背：背弃。指死亡。

[4] 舅夺母志：指由于舅父的意志侵夺了李密母亲守节的志向。

[5] 成立：长大成人。

[6] 祚(zuò)：福泽。

[7] 儿息：儿子。

[8] 期功强近之亲：指比较亲近的亲戚。古代丧礼制度以亲属关系的亲疏规定服丧时间的长短，服丧一年称“期”，九月称“大功”，五月称“小功”。

[9] 应门五尺之僮：指照管客来开门等事的小童。

[10] 茕(qióng)茕孑(jié)立：生活孤单无靠。

[11] 吊：安慰。

[12] 婴：纠缠。

[13] 蓐(rù)：通“褥”，褥子。

[14] 废离：废养而远离。

[15] 清化：清明的政治教化。

[16] 太守：郡的地方长官。

[17] 察：考察。这里是推举的意思。孝廉：当时推举人才的一种科目，“孝”指孝顺父母，“廉”指品行廉洁。

[18] 刺史：州的地方长官。

[19] 秀才：当时地方推举优秀人才的一种科目，由州推举，与后来经过考试的秀才不同。

[20] 拜：授官。郎中：官名。晋时各部有郎中。

[21] 寻：不久。

[22] 除：任命官职。洗马：官名。太子的属官，在宫中服役，掌管图书。

[23] 猥：辱。自谦之词。

[24] 东宫：太子居住的地方。这里指太子。

[25] 陨(yǔn)首：丧命。

[26] 切峻：急切严厉。

[27] 逋慢：回避怠慢。

[28] 州司：州官。

[29] 日笃：日益沉重。

[30] 苟顺：姑且迁就。

[31] 伏惟：旧时奏疏、书信中下级对上级常用的敬语。

[32] 故老：遗老。

[33] 矜育：怜惜抚育。

[34] 伪朝：指蜀汉。

[35] 历职郎署：指曾在蜀汉官署中担任过郎官职务。

[36] 矜：矜持爱惜。

[37] 宠命：恩命。指拜郎中、洗马等官职。优渥(wò)：优厚。

[38] 区区：形容感情恳切。

[39] 陛下：对帝王的尊称。

[40] 乌鸟私情：相传乌鸦能反哺，所以常用来比喻子女对父母的孝养之情。

[41] 二州：指益州和梁州。益州治所在今四川省成都市，梁州治所在今陕西省勉县东，二州区域大致相当于蜀汉所统辖的范围。牧伯：刺史。上古一州的长官称牧，又称方伯，所以后代以牧伯称刺史。

[42] 皇天后土：犹言天地神明。

[43] 愚诚：愚拙的至诚之心。

[44] 听：听许，同意。

[45] 结草：据《左传·宣公十五年》记载，晋国大夫魏武子临死的时候，嘱咐他的儿子魏颗，把他的遗妾杀死以后殉葬。魏颗没有照他父亲说的话做。后来魏颗跟秦国的杜回作战，看见一个老人把草打了结把杜回绊倒，杜回因此被擒。到了晚上，魏颗梦见结草的老人，他自称是没有被杀死的魏武子遗妾的父亲。后来就把“结草”用来作为报答恩人心愿的表示。

[46] 犬马：作者自比，表示谦卑。

陆机

吊魏武帝文

【题解】 陆机(261—303)，字士衡，吴郡吴县华亭(今上海市松江)人。西晋文学家、书法家，与其弟陆云合称“二陆”，后死于“八王之乱”，被夷三族。曾历任平原内史、祭酒、著作郎等职，故世称“陆平原”。他“少有奇才，文章冠世”(《晋书·陆机传》)，与弟陆云俱为我国西晋时期著名文学家。其实，陆机还是一位杰出的书法家，他的《平复帖》是我国古代存世最早的名人法书真迹。他的散文中，除了著名的《辨亡论》，代表作还有《吊魏武帝文》。其文音律谐美，讲求对偶，典故很多，开创了骈文的先河。明朝张溥赞之：“北海以后，一人而已。”

元康八年[1]，机始以台郎出补著作，游乎秘阁[2]，而见魏武帝遗令，忾然叹息[3]，伤怀者久之。

客曰：夫始终者，万物之大归[4]；死生者，性命之区域[5]。是以临丧殡而后悲，睹陈根而绝哭[6]。今乃伤心百年之际，兴衰无情之地[7]，意者，无乃知哀之可有，而未识情之可无乎？

机答之曰：夫日食由乎交分[8]，山崩起于朽壤，亦云数而已矣[9]。然百姓怪焉者，岂不以资高明之质，而不免卑浊之累[10]；居常安之势，而终婴倾离之患故乎[11]？夫以回天倒日之力，而不能振形骸之内[12]；济世夷难之智，而受困魏阙之下[13]。已而格乎上下者，藏于区区之本[14]；光于四表者，翳乎蕞尔之土[15]。雄心摧于弱情，壮图终于哀志[16]，长算屈于短日[17]，远迹顿于促路[18]，呜呼！岂特瞽史之异阙景[19]，黔黎之怪颓岸乎[20]？

观其所以顾命冢嗣，贻谋四子[21]，经国之略既远，隆家之训亦弘[22]。又云："吾在军中，持法是也。至小忿怒，大过失，不当效也。"善乎，达人之谠言矣[23]！持姬女而指季豹[24]，以示四子，曰："以累汝！"因泣下。伤哉！曩以天下自任，今以爱子托人。同乎尽者无馀，而得乎亡者无存[25]。然而婉娈房闼之内，绸缪家人之务[26]，则几乎密与[27]？又曰："吾婕妤妓人，皆著铜爵台[28]。于台堂上施八尺床繐帐[29]，朝晡上脯糒之属[30]。月朝十五辄向帐作妓[31]。汝等时时登铜爵台望吾西陵墓田[32]。"又云："馀香可分与诸夫人。诸舍中无所为，学作履组卖也[33]。吾历官所得绶，皆著藏中[34]。吾馀衣裘，可别为一藏。不能者，兄弟可共分之。"既而竟分焉，亡者可以勿求，存者可以勿违[35]，求与违，不其两伤乎[36]？悲夫！爱有大而必失，恶有甚而必得[37]，智惠不能去其恶，威力不能全其爱[38]。故前识所不用心，而圣人罕言焉[39]。若乃系情累于外物，留曲念于闺房[40]，亦贤俊之所宜废乎！于是遂愤懑而献吊云尔。

接皇汉之末绪，值王途之多违[41]，伫重渊以育鳞，抚庆云而遐飞[42]。运神道以载德，乘灵风而扇威[43]。摧群雄而电击，举勍敌其如遗[44]。指八极以远略，必翦焉而后绥[45]。釐三才之缺典，启天地之禁闱[46]。举修网之绝纪，纽大音之解徽[47]。扫云物以贞观，要万途而来归[48]。丕大德以宏覆，援日月而齐辉[49]。济元功于九有，固举世之所推[50]。

彼人事之大造，夫何往而不臻[51]，将覆篑于浚谷，挤为山乎九天[52]。苟理穷而性尽，岂长算之所研[53]。悟临川之有悲，固梁木其必颠[54]。当建安之三八，实大命之所艰[55]。虽光昭于曩载，将税驾于此年[56]。惟降神之縣邈，眇千载而远期[57]。信斯武之未丧，膺灵符而在兹[58]。虽龙飞于文昌，非王心之所怡[59]。愤西夏以鞠旅，泝秦川而举旗[60]。逾镐京而不豫，临渭滨而有疑。冀翌日之云瘳，弥四旬而成灾[61]。咏归途以反旆，登崤渑而朅来[62]。次洛汭而大渐，指六军曰念哉[63]。

伊君王之赫奕，实终古之所难[64]，威先天而盖世，力荡海而无拔山[65]，厄奚险而弗济，敌何强而不残[66]，每因祸以啬福，亦践危而必安[67]。迄在兹而蒙昧，虑噤闭而无端[68]，委躯命以待难，痛没世而永言[69]。抚四子以深念，循肤体而颓叹[70]。迨营魄之未离，假馀息乎音翰[71]。执姬女以嚬瘁，指季豹而漼焉[72]。气冲襟以呜咽，涕垂睫而汍澜[73]。违率土以靖寐，戢弥天乎一棺[74]。

咨宏度之峻邈，壮大业之允昌[75]。思居终而恤始，命临没而肇扬[76]。援贞吝以惎悔，虽在我而不臧[77]。惜内顾之缠绵，恨末命之微详[78]。纡广念于履组，尘清虑于馀香[79]，结遗情之婉娈[80]，何命促而意长？陈法服于帷座，陪窈窕于玉房[81]。宣备物于虚器，发哀音于旧倡[82]。矫戚容以赴节，掩零泪而荐觞[83]。物无微而不存，体无惠而不亡[84]。庶圣灵之响像，想幽神之复光[85]。苟形声之翳没，虽音影其必藏[86]。徽清弦而独奏[87]，进脯糒而谁尝？悼繐帐之冥漠，怨西陵之茫茫。登爵台而群悲，伫美目其何望[88]？既睎古以遗累，信简礼而薄葬[89]，彼裘绂于何有，贻尘谤于后王[90]。嗟大恋之所存，故虽哲而不忘[91]。览遗籍以慷慨，献兹文而凄伤[92]！

【注释】

[1] 元康：晋惠帝年号，元康八年即公元 298 年。台郎：即尚书郎。尚书省又称尚书台。尚书郎是省中分曹办事的属官。著作：即著作郎。

[2] 秘阁：是朝廷保管图书文籍的所在，属秘书省，故著作郎得以游乎秘阁。

[3] 遗令：指魏王临死时遗言的记录文字。忾(kài)：叹息的声音。

[4] 大归：共同的归结。这句是说，有始有终是万物共同的归结，谁也不能例外。

[5] 区域：界域。这句是说，从生到死是每一个生命的界限，谁也不能超越。

[6] 《国语・楚语》载蓝尹亹(wěi)说："吾闻君子唯独居思念前世之隆替者，与哀殡丧，于是有叹，其馀则否。"《礼记・檀弓上》云："朋之墓，有宿草而不哭焉。"郑玄注："宿草，谓陈根也。"陈根：指上一年留下的草根。意思是说，朋友死后一年，就不再哭。以上几句是说，人的生死是自然的常理，所以哀悼死者应该在一定的场合，有时间的限制。

[7] 曹操死于建安二十五年(220)，到元康八年(298)只有 78 年，百年是举成数，说明

时间很久。无情之地：指不是丧殡之所，不应该动感情。

[8] 日食由乎交分：《左传》昭公二十一年载晋梓慎说："日月之行也，分，同道；至，相遇也。"因此，日食发生在"二分（春分、秋分）二至（冬至、夏至）""不为灾"。意思是说，这天象是天体运行的自然规律。这里把冬至改作交分是为了调音律的缘故。

[9] 山崩起于朽壤："山有朽壤而崩"，这是绛人对晋大夫伯宗的话，见《国语·晋语》和《左传》成公五年。数：理，自然的常规。

[10] 资：天赋，天生。高明：指日月。卑浊：指缺蚀。

[11] 常安：指山。婴：遭。倾离：指山崩。

[12] 振：救。形骸之内：指生命。两句是说，有回天倒日的大力却不能挽回生命。

[13] 夷难：平治祸难。魏阔：又称象魏，指宫阙。两句是说，有平治祸难的智慧，却不能代汉称帝。受困魏阔：指表面上仍不能不奉汉正朔。

[14] "格乎上下"和下句的"光于四表"，都本于《尚书·尧典》，《尧典》说："光被四表，格于上下。"光是充实的意思。四表：四方之外。形容很远。格：至，达到。上下：指天地。这里借指一代伟人魏武帝。区区：小的样子。区区之木：指棺材。

[15] 翳（yì）：掩蔽。蕞（zuì）尔：小的样子。

[16] 摧：摧折。弱情：柔情，即下文所叙的对妻妾子女的感情。

[17] 算：计谋。

[18] 迹：功业。以上四句是就魏武帝遗令整个内容所发的感慨。

[19] 瞽史：是古代掌天时的官。《国语·周语》："吾非瞽史，焉知天道。"阙景：指日蚀。

[20] 黔黎：百姓。颓岸：指山崩。

[21] 顾命：即临终遗命。 《尚书》的《顾命》一篇，是周成王临终时所作。家嗣：嫡长子，曹操长子曹昂为张绣所杀，这里指曹丕。贻：留给。谋：谋画。四子：指当时在身边的四个儿子。这时曹操的儿子有十一人，此四子为谁，李善注曾举彰、植、彪、豹，又说："史既不言，难以定其名位。"

[22] 经国：治理国家。略：策略。隆家：振兴家门。弘：大。

[23] 谠（dǎng）言：直言，善言。

[24] 姬女：妾所生之女，李善以为是杜夫人所生的高城公主。季豹：杜夫人所生的小儿子曹林。

[25] 同乎尽者：指寿命。随着寿命的完结，精神也就同归于尽。得乎亡者：指尸体。随着身体的死亡，一切识知都不复存在。

[26] 婉娈：亲爱的样子。闼：宫中小门。绸缪：缠绵。这两句是讥其儿女情长。

[27] 几乎：近于。密：细致，周到。

[28] 婕妤(jié yú)：宫中女官。妓人：歌舞妓。著(zhuó)：放置。铜爵(同“雀”)台：建安十五年(210)冬天修成的台观，在今河北临漳县西南。

[29] 施：设置。缋(huì)：细而疏的布。缋帐：用缋布所制床帐。

[30] 朝(zhāo)晡(bū)：早上和申时(下午三至五时)。上：上祭。脯(fǔ)：干肉。糒(bèi)：干饭。

[31] 月朝(zhāo)：每月初一日。辄：每。作妓：表演歌舞。

[32] 西陵：即曹操所葬高陵。高陵在铜爵台的西面。

[33] 舍中：指众妾。履组：饰履的丝带。

[34] 绶：古代穿印纽的丝带。藏：埋，指墓穴。

[35] 亡者：指曹操。曹操已死亡，何恤身外之物，所以说可以勿求。存者：指曹丕兄弟。衣裘本是很轻微的东西，又属父亲临终遗命，所以说可以勿违。

[36] 曹操令衣裘别为一藏，这是亡者有求，可以勿求而有求，伤廉；曹丕兄弟分衣裘，可以勿违而竟违，伤义。曹氏父子的行为都是不当的，故曰“两伤”。

[37] 爱有大而必失：人最爱的是生命，生命却必将丧失；恶(wù)有甚而必得：人最恨的是死亡，死亡却必然到来。

[38] 这两句是说，虽有智慧，不能排除死亡；虽有威力，不能保全生命。惠：同“慧”。

[39] 前识：指先知的哲人。《老子》三十八章：“前识者道之华。”《韩非子·解老》：“先物行，先理动，谓之前识。”圣人：指孔丘，孔丘“罕言命”，见《论语·子罕》。

[40] 情累：感情的牵累。外物：指官绶、衣裘之类。曲念：犹言私情。闺房：指婕妤妓人等。

[41] 皇汉：指东汉。末绪：最后的传统，指桓帝、灵帝时期。王途多违：即国运多艰。

[42] 这里是用龙比喻曹操。伫(zhù)：盼望。重渊：深渊。育鳞：长养鳞甲，作远飞的准备。抚：凭借。庆云：古人以为一种祥瑞的云，或称“卿云”。《史记·天官书》：“若烟非烟，若云非云，郁郁纷纷，萧索轮囷，是谓卿云。”遐：远，高。

[43] 运：用。载：行。这两句是说，如有神灵相助曹操用事以来，施行德义，发扬威武相助。

[44] 摧：挫。举：攻取。勍(qíng)敌：强敌。如遗：形容很容易。

[45] 八极：八方极的方。远略：深远的谋略。翦：除掉。绥：安。

[46] 釐：分，治理。三才：指天、地、人。缺典：残缺的典章。启：打开。闭塞着的门。《周易·坤·文言》以“天地闭”喻昏乱之世。启天地之禁闱；打开了通往天地的大门，使闭塞的元气畅通。这两句指曹操在昏乱之世露出头角。

[47] 修：长。绝纪：断了的纲绳。纲是用来提举网的。纽：系，绷紧。徽：琴弦的音节标志。解徽：指松散了的琴弦。这两句指整顿朝廷纲纪，确立个人威信。

[48] 云物：喻各种乘乱起兵的势力。贞观（guān）：《周易·系辞下》："天地之道贞观者也。"贞：正。天地之道，"贞正得一，故其功可为物之所观"（孔颖达《周易正义》）。这里是说，曹操扫除群凶，推行正道，其功绩赫赫可见。要（yāo）：会集。来归：指归向于曹操。

[49] 丕：张大，扩大。宏覆：普遍覆盖。齐辉：同等光辉。

[50] 济：成，有创建的意思。元功：首功。九有：九州。推：推崇。

[51] 大造：大的成就。臻：至，达到。这两句是概括曹操功业，说他在人事方面，大有成就，无往而不达到目的。

[52] 篑（kuì）：古代用来装土的筐子。浚（jùn）谷：挖深了的黔谷。挤：坠。九天：九重天上，形容山高。这两句是用"为山九仞，功亏一篑"（《尚书·旅獒》）的话来比喻曹操有创基立业的宏图大志，由于身死，功败垂成。以上四句束上开下。

[53] 理穷性尽：指命终。《周易·说卦》："穷理尽性，以至于命。"长算：长远的谋算。研：指思虑。这两句是说，死生有命，非人力所及。

[54] 临川：用孔丘叹息"逝者如斯夫"的故事（《论语·子罕》），说明时光流逝。梁木必颠：是用孔丘将死时歌唱"梁木其坏乎"的故事（见《礼记·檀弓上》），比喻曹操将死。

[55] 三八：即二十四年。大命：犹言大限。

[56] 光昭：荣显。曩载：先前的年岁。税驾：卸马停车，即终止的意思。曹操死于建安二十五年（220）正月，这里说"三八"，是就病重时间算的。

[57] 降神：指天生圣贤。《诗经·大雅·嵩高》用"惟岳降神"来歌颂上天为周宣王生甫侯及申伯。緜邈：遥远，形容稀少。妙：远。这两句是说，天生圣贤，千年为期，是不容易的。

[58] 信：实。孔丘曾说："文王既没，文不在兹乎？"又说："天之未丧斯文。"（《论语·子罕》）这里只改孔丘原话一个字，以讽曹操仗恃武力平定中原，大概就是古人说的"惟岳降神"吧！语意谲诡。膺：受。灵符：指天命。兹：此，即指曹操。

[59] 龙飞：比喻帝王的兴起。文昌：文昌宫，星座名。《汉书·天文志》："文昌为上将贵相。"这里即用文昌代指将相。王：曹操当时爵为魏王。怡：喜悦。这两句是说，曹操起兵以后，虽然位至将相，但他心中还不满意。

[60] 西夏：指今陕西、甘肃一带，当时蜀国的地方。《三国志·魏志·武帝纪》："建安二十四年三月，王自长安出斜谷，刘备固险距守，五月，引军还长安。"鞠旅：即誓

师之意。《诗经·小雅·采芑》:“陈师鞠旅。”鞠:告。泝:逆流而上。秦川:渭水上游称秦川,这里泛指陕西的河流。建大将旗以行军的意思。

[61] 镐京:在西安市西。不豫:帝王有病,称为不豫。《尚书·金縢》:“既克商二年,王(武王姬发)有疾不豫,公(周公姬旦)乃告太王、王季、文王。公归,王翌日乃瘳(chōu)。”冀:希望。翌日:明日。瘳:病愈。弥四旬:满四十天。成灾:指病重。

[62] 反旆:旌旆折回,即还师。崤渑:崤山。朅:去。来:语词。这是说,因病还师。蜻泥:蜡山、登蜻绳而去。《三国志·魏志·武帝纪》:“建安二十四年十月,还洛阳。”

[63] 洛汭(ruì):络水流入黄河的地方,即洛阳。大渐:病情加剧。《尚书·顾命》:“东至于洛汭,疾大渐。”念哉:叮咛勿忘的词语。《三国志·魏志·武帝纪》:“建安二十五年正月,至洛阳。庚子(二十三日)王崩。”

[64] 伊:发语词。赫奕:盛美的样子。终古:久远。

[65] 先天:用《周易·乾·文言》:“先天而天弗违”的意思。这两句形容曹操的威力很大。“力拔山兮气盖世”,是项羽被围在垓下的歌辞。(见《史记·项羽本纪》)

[66] 厄:困厄。奚:何。济:渡过。残:杀。

[67] 褆(shí)福:福。践:履。这两句是说他每每因祸得福,履危获安,命运很好。

[68] 迄:至。在兹:指在这临终的时候。蒙昧:糊涂,迷糊。虑:忧虑。噤(jìn)闭:闭口不言。无端:没有办法。这两句是说,曹操害怕病重迷糊,闭口不能留下遗令。

[69] 委:听任。难:指死。没世:终身。永言:长言。这里承上两句,是说死亡临头,恋念迫切,以至于对身后之事,反覆长言。

[70] 抚、循义近:抚摩。颓叹:颓然叹息。这两句是说,抚着四子,摩着自身,无穷怀念,哀痛欲绝。

[71] 追:及,趁着。营魄:魂魄。未离:未离躯体,即未死。馀息:余下的生命。音翰:用笔记下的语音,指遗令。翰:笔。

[72] 嚬蹙(pín cù):眉头深锁,担忧的样子。漼(cuǐ):垂泪的样子。

[73] 汍(wán)澜:哭泣时流泪纵横的样子。

[74] 违:离去。率土:这里即用率土代指臣民。《诗经·大雅·北山》:“率土之滨,莫非王臣。”靖:静。靖寐:即长眠。戢:聚。弧:满。弥天:指广大高远的才志。

[75] 咨:嗟,叹词。宏度:指曹操的宏伟气度。咬邈:高远。允:信,实在。昌:兴盛。

[76] 居终：指曹操临终。恤：顾念。始：指继位之君。《谷梁传》有“先君有正终，后君有正始”的话（定公元年）。这里是说，曹操临终时还替继位之君打算。命：即遗命。肇：始。肇扬：开始传播出来。

[77] 贞：正。吝：小疵。淳熙本作“咎”，此据影宋六臣注本校改。惎（qì）：毒，痛。惎悔：即痛悔。这里贞是指“吾在军中，执法是也”；吝是指“小忿怒，大过失”。不臧：不善。以上六句即序文所说的“达人之谠言”。

[78] 内顾缠绵：即序文所说的“婉妾房闼之内，绸缪家人之务。”末命：指遗令。微详：即序文“几乎密与”的意思。

[79] 纡：萦绕。尘：遮蔽。这两句是说，曹操广阔而清明的胸怀，却萦绕、遮蔽在卖履分香这些琐事上。

[80] 结：牵系。遗情：馀情。指对诸夫人和众妾的感情。

[81] 陈：摆设。法服：平生的衣服。帷座：即指“于台堂上施八尺床繐帐”。窈窕：美好貌，指婕妤妓人。《诗经·周南·关雎》：“窈窕淑女”。玉房：指铜爵台。

[82] 宣：显示。备物：用《礼记·檀弓下》“孔子曰：明器者，备物而不可用”的意思，指遗令“朝晡上脯糒之属”，聊备其物死者不能享用。发哀音于旧倡：指遗令向帐作妓”。旧倡：指妓人。

[83] 矫：强。矫戚容：强颜为欢不免于戚。赴节：歌舞时趁音乐的节拍。荐觞：敬酒。

[84] 物：指死者服用玩好的遗物。体：指死者本身。惠：通“慧”，聪明，有智慧。这两句是感叹物在人亡。遗物虽微，都还存在；人身既亡，所有聪明智慧，也随之消亡了。

[85] 庶：庶几，希冀。圣灵和幽神，都指死者在天之灵。响像：音响和影像。想：想望。光：显。这两句是说，希望死者有灵，音容复显于世。

[86] 翳没：掩役。这两句是说，影是随形的，音是应声的，假如形声都淹没了，音影必然也会藏而不见了。

[87] 徽：这里作动词，调弦。

[88] 眝（zhù）：引目长望。以上六句专写婕妤妓人居铜爵台情景。

[89] 晞（xī）：慕。遗累：指不犯过失。遗：弃去。累：过失。信：尊奉。简礼薄葬（zàng）：《三国志·魏志·武帝纪》载建安二十三年六月令说：“古之葬者，必居府薄之地，其规（计划）西门豹祠（地在邺城，即临漳县外），西原上为寿陵，因山为基，不封不树。”这两句是说，曹操已仰慕古风，弃厚葬之累，能遵奉简礼薄葬的作法。

[90] 绂(fú):绶。尘谤:垢污谤毁,指世人的斗非议。后王指曹丕。这两句评论关子"历官所得"和"衣"的遗令,是说那衣裘都是轻微的东西,有何可贵,曹操也不肯舍弃要求随葬;结果继位的曹丕不听,竟然分了,一位简礼薄葬的人,竟会留念微不足道的裘绶,并因此把诽谤留给了自己的儿女,这太可嗟叹了。

[91] 嗟:叹词。大恋:超乎寻常的爱恋,即序文说的"婉恋房达之内,绸缪贱人之务"。由于感情中有大恋所以对于生活中的一切细小事物,虽然像曹操这样英明的人,也不能忘情,是可叹的。

[92] 览:观看。遗籍:至遗令。兹文:指吊文。

鲁褒

钱　神　论

【题解】 鲁褒,西晋文学家,字元道,南阳(今属河南省)人。生卒年不详。好学多闻,以贫素自立。隐居不仕,人莫知所终。《晋书·隐逸传》谓:"元康之后,纲纪大坏,(鲁)褒伤时之贪鄙,乃隐姓名,而著《钱神论》以刺之。"今所见《钱神论》,系严可均《全晋文》据《晋书·鲁褒传》《艺文类聚》《初学记》合抄而拼成的。此文虽名曰"论",其实仍然沿袭辞赋问难之体。文中虚拟司空公子与綦毋先生的问答,极论钱之妙用如神,而语带谐谑,揶揄笑骂,恣肆酣畅。据本传称,此文一出,即为当时痛疾时世者所传诵。

钱之为体,有乾坤之象[1]。内则其方,外则其圆[2]。其积如山,其流如川[3]。动静有时,行藏有节[4]。市井便易,不患耗折。难折象寿,不匮象道[5]。故能长久,为世神宝。亲之如兄,字曰孔方[6]。失之则贫弱,得之则富昌。无翼而飞,无足而走。解严毅之颜,开难发之口[7]。钱多者处前,钱少者居后;处前者为君长,在后者为臣仆。君长者丰衍而有余,臣仆者穷竭而不足[8]。《诗》云:"哿矣富人,哀此茕独[9]。"

钱之为言泉也[10],无远不往,无幽不至[11]。京邑衣冠,疲劳讲肄,厌闻清淡，对之睡寐，见我家兄，莫不惊视[12]。钱之所祐[13]，吉无不利。何以读书，然后富贵。昔吕公欣悦于空版[14]，汉祖克之于嬴二[15]，文君解布裳而被锦绣，相如乘高盖而解犊鼻，官尊名显，皆钱所致[16]。空版至虚，而况有实[17]；嬴二虽少，以致亲密[18]。由此论之，谓为神物。

无德而尊，无势而热，排金门，入紫闼[19]。危可使安，死可使活，贵可使贱，生可使杀[20]。是故忿争非钱不胜[21]，幽滞非钱不拔[22]，怨仇非钱不解[23]，令问非钱不发[24]。洛中朱衣[25]，当途之士[26]，爱我家兄，皆无已已[27]，执我之手，抱我始终[28]。不计优劣，不论年纪，宾客辐辏，门常如市[29]。谚曰："钱无耳，可暗使。"又曰："有钱可使鬼[30]。"凡今之人，惟钱而已。故曰：军无财，士不来；军无赏，士不往；仕无中人，不如归田[31]；虽有中人而无家兄，不异无翼而欲飞，无足而欲行[32]。

【注释】

[1] 体：本体。乾坤：指天地。古人认为天圆地方。象：形象。这两句是说，钱的本体具有天地的形象。

[2] 内：指钱孔。外：指钱边。则：仿照，模仿。其方：指地的形状，其圆：指天的形状。

[3] 其：指钱。积如山：形容积存之多。流如川：指流通之广。川：河流。

[4] 动静、行藏：义同，指钱的流通和储藏。有时、有节：指一定的时机和规律。

[5] 市井：市场。便易：指对钱币都感到方便。耗折：损耗。难折象寿：难于损折，象征长寿，这里是就铜钱而言。不匮(kuì)象道：周转不穷，象征天道。

[6] 亲之：亲爱它。

[7] 解：开，露出笑容。严毅之颜：严厉的面孔。这两句是说，钱能使严厉的面孔露出笑容，能使难开的嘴巴说话。

[8] 君长：这里泛指统治者。臣仆：这里泛指被统治、被奴役者。丰衍而有余：指各种消费品多得用不尽。穷竭而不足：指最基本的生活也没有保障。

[9] 哿(kē)：可嘉。茕(qióng)独：孤独。这两句见于《诗经·小雅·正月》。大意是说好了富人，苦了穷困孤独的人。

［10］“泉”即古代的“钱”字，据说，之所以称“泉”，取其如泉水流行，无处不到之意。

［11］幽：偏僻隐蔽之处。

［12］京邑：京城。衣冠：指达官贵人。讲肄(yì)：讲说，学习，指研讨儒家经典。清谈：又称玄谈，对道家学说的辩论空谈，是魏晋间士大中开始流行的风尚。惊视：惊喜地看着，指见钱眼开，把神提起来了。

［13］祐：保祐，保护。《易经·系辞上》有“自天祐之，吉无不利”的话。这里以钱比天，就是钱能通天，钱能通神，有钱万事顺利的意思。

［14］吕公欣悦于空版：据《史记·高祖本纪》载，吕公是沛县县令的贵客，大家都去贺他。当时萧何管收贺礼，规定贺钱不满一千文的来客，只能坐在堂下。当时刘邦也去了，送了一张空头帖子，上写“贺钱一万”，实际不出一钱。吕公大惊，起身出门迎接刘邦。空版：空头礼帖，并没真送钱去。古代的帖子是写在木版上的，故称版。

［15］汉祖：即汉高祖刘邦。克：胜。克之：以萧何胜于别人。嬴：同“赢”，多余。嬴二：多送了两百钱。《史记·萧相国世家》载，刘邦出差送夫役的时候，沛县一般县吏都送三百钱路费，只有萧何送五百钱。

［16］这几句是说，卓文君之所以能脱下布裙而穿起锦绣，司马相如之所以能脱掉犊鼻裈而坐上了华贵的高盖车，以至于官尊名显，都是钱造成的。这是因为，相如原来“家徒四壁立”，不得已自己穿上犊鼻裈、文君穿上布裙在临邛卖酒，后来卓王孙“分与文君僮百人，钱百万，及其嫁时衣被财物”，他们才“归成都，买田宅，为富人”，然后才因杨得意献赋给汉武帝，“官尊名显”的。（见《史记·司马相如列传》）犊鼻：下层劳动者穿的一种短裤。

［17］至虚：指空版是大谎话。实：指真正有钱。这句是说，空头礼帖都可以使人高兴，更何况实在的钱。

［18］以致亲密：依靠它使得关系亲密。

［19］金门：汉宫有奋金马门。金门、紫闼：这里指皇宫。这句是说，金钱的势力直通皇宫。当时皇帝和官僚都标价出卖官爵。“人”字前原有“而”字，据《艺文类聚》卷六十六删。

［20］晋律规定，钱可赎罪。赎死罪的价格是金二斤。（《晋书·刑法志》）

［21］忿争：指诉讼，打官司。

［22］幽滞：指幽系在牢狱里的无辜者。拔：释放。此言吏治黑暗，贿赂公行。

［23］怨仇：即冤仇。

［24］令问：美名。发：发扬。这句是说，名声也是钱买的。

[25] 洛中朱衣：京城中的王侯贵官。洛：洛阳，西晋的都城。

[26] 当途。当道，掌握大权。

[27] 无已已：无休止。

[28] 抱我终始：指抱着不放。

[29] 优劣：指铸造的好坏。年纪：指流行的新旧。宾客辐辏：爱钱的人很多，像许多车条绕着车轴转一样围绕着钱转。如市：像商场一样。

[30] 原作"谚曰：'钱五耳，可使鬼'"，据《艺文类聚》卷六十六和《太平御览》卷八百三十六引文校增。"钱无耳"两句是说，在黑暗中听使唤，只有耳朵才行，而钱虽无耳，却可在黑暗中加以使唤，即可以暗中操纵，去达到种种卑鄙目的。

[31] 中人：皇帝宠幸的亲贵。两句大意是，当官而朝中无权贵依傍，还不如回家务农。

[32] "虽有中人"三句：大意是，虽有可以依傍的人，也只有通过金钱贿赂才能依傍得住，钱是当官的最终决定因素。

王羲之

兰 亭 集 序

【题解】 王羲之(321—379)，字逸少，东晋琅玡临沂(今山东临沂市人)。因迁右军将军，会稽内史，世称王右军。晚年称病去官，放情山水，弋钓为乐。卒赠金紫光禄大夫。有诗文集十卷。明人张溥《汉魏六朝百三家集题辞》称其书札有远见卓识，"诚东晋君臣之良药"；赞其"兰亭咏诗，韵胜金谷"。又以擅长书法名世，草隶尤精，笔势飘若浮云，矫若游龙，论者评为古今之冠。他所创作和书写的《兰亭集序》，既是书苑珍品，也是文坛杰作，千百年来向为人所盛赞和传颂。

永和九年[1]，岁在癸丑，暮春之初，会于会稽山阴之兰亭[2]，修禊事也[3]。群贤毕至[4]，少长咸集[5]。此地有崇山峻岭，茂林修竹，又有清流激湍,映带左右。引以为流觞曲水[6],列坐其次,虽无丝竹管弦之盛,一觞一咏,亦足以畅叙幽情。是日也,天朗气清,惠风和畅。仰观宇宙之大,俯察品类之盛,所以游目骋怀,足以极视听之娱,信可乐也。

夫人之相与,俯仰一世[7]。或取诸怀抱,晤言一室之内[8];或因寄所托,放浪形骸之外[9]。虽趣舍万殊[10],静躁不同,当其欣于所遇,暂得于己,快然自足,曾不知老之将至[11]。及其所之既倦,情随事迁,感慨系之矣。向之所欣,俯仰之间,已为陈迹,犹不能不以之兴怀。况修短随化,终期于尽。古人云:"死生亦大矣!"[12]岂不痛哉!

每览昔人兴感之由,若合一契[13],未尝不临文嗟悼,不能喻之于怀。固知一死生为虚诞[14],齐彭殇为妄作[15]。后之视今,亦犹今之视昔,悲乎!故列叙时人,录其所述。虽世殊事异,所以兴怀,其致一也。后之览者,亦将有感于斯文。

【注释】

[1] 永和:晋穆帝年号,345—356 年。

[2] 会(kuài)稽:郡名,包括今浙江西部、江苏东南部一带地方。山阴:今浙江绍兴。

[3] 修禊(xì):古代习俗,于阴历三月上旬的巳日(魏以后定为三月三日),人们群聚于水滨嬉戏洗濯,以祓除不祥和求福。实际上这是古人的一种游春活动。

[4] 群贤:指谢安等三十二位与会的名流。

[5] 少长:指王凝之等九位与会的本家子弟。

[6] 流觞曲水:用漆制的酒杯盛酒,放入弯曲的水道中任其漂流。杯停在某人面前,某人就引杯饮酒。这是古人一种劝酒取乐的方式。

[7] 俯仰一世:很快地过了一生。俯仰,低首抬头之间,形容时间短暂。

[8] 晤言:面对面谈话。《晋书·王羲之传》《全晋文》均作"悟言",指心领神会的妙悟之言。亦通。

[9] 放浪形骸之外:行为放纵不羁,形体不受世俗礼法所拘束。

[10] 趣舍:同"取舍"。

[11] 老之将至:语出《论语·述而》:"其为人也,发愤忘食,乐以忘忧,不知老之将至云尔。"

[12] 死生亦大矣:语出《庄子·德充符》。

[13] 契：符契，古代的一种信物。在符契上刻上字，剖而为二，各执一半，作为凭证。

[14] 一死生：把死和生看作一回事。语出《庄子·德充符》："以死生为一条。"又《庄子·大宗师》："孰知生死存亡之一体者，吾与之为友矣。"

[15] 齐彭殇：把高寿的彭祖和短命的殇子等量齐观。彭，彭祖，相传为颛顼帝的玄孙，活了八百岁。殇，指短命夭折的人。《庄子·齐物论》："莫寿于殇子，而彭祖为夭。"

陶渊明

五柳先生传

【题解】 陶渊明(365—427)，又名陶潜，字元亮。谥号靖节先生。浔阳柴桑(今江西九江西南)人。陶渊明一生曾做过几年地方小官，后"不为五斗米折腰"，辞官回家，从晋安帝义熙二年(406)起隐居不仕。直至宋文帝元嘉四年(427)病故。归田的这20多年，创作了大量抒写隐居生活及隐逸情怀的诗歌，成为后代田园诗派的开创者与代表作家。其作品今存诗歌共125首，另有文、赋等十余篇。

本文描绘的五柳先生是一个爱好读书、不慕荣利、安贫乐道、忘怀得失的知识分子的形象，是作者自我形象的写照。萧统在《陶渊明传》中说："渊明少有高趣……尝著《五柳先生传》以自况，时人谓之实录。"

先生不知何许人也[1]，亦不详其姓字[2]。宅边有五柳树，因以为号焉[3]。闲静少言，不慕荣利。好读书，不求甚解[4]；每有会意[5]，便欣然忘食。性嗜酒，家贫不能常得。亲旧知其如此[6]，或置酒而招之。造饮辄尽[7]，期在必醉；既醉而退，曾不吝情去留。环堵萧然[8]，不蔽风日，短褐穿结[9]，箪瓢屡空[10]，晏如也[11]。常著文章自娱，颇示己志。忘怀得失，以此自终。

赞曰[12]：黔娄之妻有言[13]："不戚戚于贫贱[14]，不汲汲于富贵[15]。"极其言兹若人之俦乎[16]？酣觞赋诗，以乐其志，无怀氏之民欤[17]？葛天氏之民欤？

【注释】

[1] 何许人：何处人。也可解作何等样人。

[2] 姓字：姓名。古代男子二十而冠，冠后另立别名称字。

[3] 号：古人除名、字之外，还有别号。

[4] 不求甚解：指对所读的书只求理解精神，不执着于对一字一句的解释。

[5] 有会意：指对书中的意义有所体会。

[6] 如此：指上文所说的"性嗜酒，家贫不能常得"。

[7] 造：去、到。

[8] 环堵(dǔ)：房屋四壁。堵，墙壁。

[9] 短褐：粗布短衣，穿结：指衣服破烂。穿：破。结：缝补。

[10] 箪(dān)：盛饭的圆形竹器。瓢(piáo)：舀水的葫芦。

[11] 晏如：安然自得。

[12] 赞：古人常用于传记体文章的结尾处，表示作传人对被传人的评论。

[13] 黔(qián)娄：春秋时鲁国人，无意仕进，屡次辞去诸侯聘请。他死后，曾子前去吊丧，黔娄的妻子称赞黔娄"甘天下之淡味，安天下之卑位，不戚戚于贫贱，不忻忻于富贵。求仁而得仁，求义而得义。"

[14] 戚戚：忧虑的样子。

[15] 汲汲：极力营求的样子。

[16] 极其言：推究她所说的话。兹：此。指五柳先生。若人：那人。指黔娄。俦：类。

[17] 无怀氏：与下面的"葛天氏"都是传说中古朴淳厚的上古社会中的帝王。

归去来兮辞

【题解】 本文是晋安帝义熙元年(405)，作者辞去彭泽令回家时所作，分"序"和"辞"两节，"辞"是一种与"赋"相近的文体名称。"序"说明了自己所以出仕和自免去职的原因；"辞"则抒写了归田的决心、归田时的愉快心情和归田后的乐趣。通过对田园生活的赞美和劳动生活的歌颂，表明他对当时现实政治，尤其是仕宦生活的不满和否定，反映了他蔑视功名利禄的高尚情操，也流露出委运乘化、乐天安命的消极思想。全文语言流畅，音节和谐，感情真实，富有抒情意味。“归去来兮”就是“归去”的意思，“来”、“兮”都是语助辞。

余家贫，耕植不足以自给。幼稚盈室[1]，瓶无储粟[2]，生生所资[3]，未见其术[4]。亲故多劝余为长吏[5]，脱然有怀[6]，求之靡途[7]。会有四方之事[8]，诸侯以惠爱为德[9]，家叔以余贫苦[10]，遂见用于小邑。于时风波未静[11]，心惮远役。彭泽去家百里[12]，公田之利，足以为酒，故便求之。及少日，眷然有归欤之情[13]。何则？质性自然[14]，非矫厉所得；饥冻虽切，违己交病[15]。尝从人事[16]，皆口腹自役[17]；于是怅然慷慨，深愧平生之志。犹望一稔[18]，当敛裳宵逝[19]。寻程氏妹丧于武昌[20]，情在骏奔[21]，自免去职。仲秋至冬[22]，在官八十余日。因事顺心，命篇曰《归去来兮》。乙巳岁十一月也[23]。

归去来兮，田园将芜胡不归[24]！既自以心为形役[25]，奚惆怅而独悲？悟已往之不谏，知来者之可追[26]。实迷途其未远，觉今是而昨非。舟遥遥以轻飏[27]，风飘飘而吹衣。问征夫以前路，恨晨光之熹微。

乃瞻衡宇[28]，载欣载奔[29]。僮仆欢迎，稚子候门。三径就荒[30]，松菊犹存。携幼入室，有酒盈樽。引壶觞以自酌，眄庭柯以怡颜[31]。倚南窗以寄傲[32]，审容膝之易安[33]。园日涉以成趣，门虽设而常关。策扶老以流憩[34]，时矫首而遐观[35]。云无心以出岫[36]，鸟倦飞而知还。景翳翳以将入[37]，抚孤松而盘桓。

归去来兮，请息交以绝游。世与我而相违，复驾言兮焉求[38]！悦亲戚之情话，乐琴书以消忧。农人告余以春及，将有事于西畴[39]。或命巾车[40]，或棹孤舟。既窈窕以寻壑[41]，亦崎岖而经丘。木欣欣以向荣，泉涓涓而始流。善万物之得时[42]，感吾生之行休[43]。

已矣乎[44]！寓形宇内复几时[45]，曷不委心任去留[46]？胡为乎遑遑欲何之[47]？富贵非吾愿，帝乡不可期[48]。怀良辰以孤往，或植杖而耘耔[49]。登东皋以舒啸[50]，临清流而赋诗。聊乘化以归尽[51]，乐乎天命复奚疑！

【注释】

[1] 幼稚：指孩童。

[2] 瓶：指盛米用的陶制容器，如甏、瓮之类。

[3] 生生：犹言维持生计。前一“生”字为动词，后一“生”字为名词。

[4] 术：方法。

[5] 长吏：较高职位的县吏。指小官。

[6] 脱然：犹言豁然。有怀：有做官的念头。

[7] 靡途：没有门路。

[8] 四方之事：指出使外地的事情。

[9] 诸侯：指州郡长官。

[10] 家叔：指陶夔，曾任太常卿。

[11] 风波：指军阀混战。

[12] 彭泽：县名。在今江西省湖口县东。

[13] 眷然：依恋的样子。归欤之情：回去的心情。语本《论语·公冶长》：“子在陈曰：‘归与，归与！吾党之小人狂简，斐然成章，不知所以裁之。’”

[14] 质性：本性。

[15] 违己：违反自己本心。交病：指思想上遭受痛苦。

[16] 从人事：从事于仕途中的人事交往。指做官。

[17] 口腹自役：为了满足口腹的需要而驱使自己。

[18] 一稔(rěn)：公田收获一次。稔：谷物成熟。

[19] 敛裳：收拾行装。

[20] 寻：不久。程氏妹：嫁给程家的妹妹。武昌：今湖北省鄂城县。

[21] 骏奔：急着前去奔丧。

[22] 仲秋：农历八月。

[23] 乙巳岁：晋安帝义熙元年(405)。

[24] 胡：何，为什么。

[25] 以心为形役：让心志被形体所驱使。

[26] “悟已往”两句：语本《论语·微子》：“楚狂接舆歌而过孔子曰：‘凤兮，凤兮！何德之衰！往者不可谏，来者犹可追。已而，已而，今之从政者殆而！’”谏：止，挽救。来者：指未来的事情。追：来得及弥补。

[27] 遥遥：漂荡。飏(yáng)：飘扬。形容船驶行轻快。

[28] 瞻：望见。衡宇：犹衡门。横木为门，形容房屋简陋。

[29] 载：语助词，有“且”、“乃”的意思。
[30] 三径：汉代蒋诩隐居后，在屋前竹下开了三条小路，只与隐士求仲、羊仲二人交往。
[31] 眄(miàn)：斜视。柯：树枝。
[32] 寄傲：寄托傲世的情绪。
[33] 审：明白，深知。容膝：形容居室狭小，仅能容膝。
[34] 策：拄着。扶老：手杖。流：周游。
[35] 矫首：抬头。遐(xiá)观：远望。
[36] 岫(xiù)：山峰。
[37] 景：日光。翳(yì)翳：阴暗的样子。
[38] 言：语助词。焉求：何求。
[39] 畴(chóu)：田地。
[40] 巾车：有篷幕的车子。
[41] 窈窕(yǎo tiǎo)：幽深的样子。
[42] 善：羡慕。
[43] 行休：将要终止。指死亡。
[44] 已矣乎：犹言算了吧。
[45] 寓形宇内：寄身于天地之间。
[46] 曷不：何不。委心：随自己的心意。去留：指生死。
[47] 遑遑：心神不定的样子。何之：到哪里去。
[48] 帝乡：天帝之乡。指仙境。
[49] 植杖：把手杖放在旁边。耘(yún)：田地里除草。耔(zǐ)：在苗根培土。
[50] 皋(gāo)：水边高地。舒啸：放声长啸。“啸”是撮口发出长而清越的声音。
[51] 乘化：随顺着大自然的运转变化。归尽：归向死亡。

鲍照

登大雷岸与妹书

【题解】 鲍照(？—466)，南朝宋文学家，字明远。本籍东海(治所在今山东郯城);一说上党(今属山西),可能是指东海鲍氏的祖籍。他一生沉沦下僚,很不得志,其诗文抒写贫士的抱负理想,在生前就颇负盛名,对后来的作家更产生过重大影响。他的文学成就以诗歌最高,而赋和骈文亦不乏名篇。本文即是一篇色彩瑰丽、写景如绘的骈文家书。宋文帝永嘉十六年(439),临川王义庆出镇江州,引鲍照为佐吏。是年秋,鲍照从建康(今南京)西行赶赴江州,至大雷岸(今安徽望江县附近)作此书致妹令晖。书中描绘了九江、庐山一带山容水貌和云霞夕晖、青霜紫霄的奇幻景色;表达了严霜悲风中去亲为客、苦于行役的凄怆心情,结尾转为对妹妹的叮嘱与关切,具有浓厚的抒情意味。

鲍令晖,《玉台新咏》收其诗七首,钟嵘《诗品》曾予品评,以为"《拟古》尤胜",是当时著名的才女。

吾自发寒雨,全行日少,加秋潦浩汗[1],山溪猥至[2],渡泝无边[3],险径游历,栈石星饭[4],结荷水宿[5],旅客贫辛,波路壮阔[6],始以今日食时[7],仅及大雷。涂登千里[8],日逾十晨[9],严霜惨节,悲风断肌[10],去亲为客,如何如何!

向因涉顿,凭观川陆[11];遨神清渚,流睇方曛[12];东顾五州之隔,西眺九派之分[13];窥地门之绝景[14],望天际之孤云。长图大念[15],隐心者久矣[16]!南则积山万状,负气争高[17],含霞饮景[18],参差代雄,淩跨长陇[19],前后相属,带天有匝[20],横地无穷[21]。东则砥原远隰[22],亡端靡际[23]。寒蓬夕卷[24],古树云平。旋风四起,思鸟群归。静听无闻,极视不见。北则陂池潜演[25],湖脉通连。苎蒿攸积[26],菰芦所繁[27]。栖波之鸟,水化之虫,智吞愚,彊捕小[28],号噪惊聒[29],纷乎其中,西则回江永指[30],长波天合[31]。滔滔何穷,漫漫安竭!创古迄今,舳舻相接[32]。思尽波涛,悲满潭壑[33]。烟归八表,终为野尘[34]。而是注集,长写不测[35],修灵浩荡[36],知其何故哉!西南望庐山,又特惊异。基压江潮[37],峰与辰汉相接[38]。上常积云霞,雕锦缛[39]。若华夕曜[40],岩泽气通[41],传明散綵[42],赫似绛天[43]。左右青霭[44],表里紫霄[45]。从岭而上,气尽金光[46];半山以下,纯为黛色[47]。信可以神居帝郊[48],镇控湘、汉者也。若潨洞所积[49],溪壑所射[50],鼓怒之所豗击[51],涌澓之所宕涤[52],则上穷荻浦[53],下至狶洲[54];南薄燕爪[55],北极雷淀[56],削长埤短[57],可数百里。其中腾波触天,高浪灌日[58],吞吐百川,写泄万壑。轻烟不流,华鼎振涾[59]。弱草朱靡[60],洪涟陇蹙[61]。散涣长惊[62],电透箭疾[63]。穹溘崩聚[64],坻飞岭复[65]。回沫冠山[66],奔涛空谷[67]。碪石为之摧碎[68],碕岸为之齑落[69]。仰视大火[70],俯听波声、愁魄胁息[71],心惊慄矣[82]!至于繁化殊育[73],诡质怪章[74],则有江鹅、海鸭、鱼鲛、水虎之类[75],豚首、象鼻、芒须、针尾之族[76],石蟹、土蚌、燕箕、雀蛤之俦[77],折甲、曲牙、逆鳞、返舌之属[78]。掩沙涨[79],被草渚[80],浴雨排风,吹涝弄翮[81]。夕景欲沈,晓雾将合,孤鹤寒啸[82],游鸿远吟,樵苏一叹[83]再泣[84]。诚足悲忧,不可说也。

风吹雷飙[85],夜戒前路[86]。下弦内外[87],望达所届[88]。寒暑难适,汝专自慎,夙夜戒护[89],勿我为念。恐欲知之,聊书所睹。临涂草蹙[90],辞意不周。

【注释】

[1] 秋潦:秋雨。浩汗:大水浩浩无边的样子。

[2] 猥(wěi):多。猥至:指秋雨后山溪水多流入江。

[3] 泝(sù):同“溯”,逆流而上。

[4] 栈石:指在险绝的山路上搭木为桥而过。栈:小桥。

[5] 结荷:结起荷叶为屋。水宿:歇宿在水边。亦言行旅之苦况。

[6] 波路:水路。

[7] 日食时:即午饭时。《汉书·淮南王安传》:“(上)使为《离骚传》,旦受诏,日食时上。”

[8] 涂:道路。登:走,行进。

[9] 踰:即“逾”,越过。两句是说已走了千里路过了十天。按自建康至大雷岸,实际上行程不足千里。这里是约数。

[10] 惨:疼痛。这里用作动词。节:关节。

[11] 涉顿:徒步过水曰“涉”。住宿歇息称“顿”。

[12] 遨神:骋目娱怀。清渚:清流中的洲渚。流睇:转目斜视。曛:黄昏。

[13] 五洲：长江中相连的五座洲渚。《水经注·江水》："（轪县故城）城在山之阳，南对五洲也。江中有五洲相接，故以五洲为名。"九派：指江州（今九江）所分的九条水。又因之称流经江州附近的长江。郭璞《江赋》："流九派乎浔阳。"

[14] 地门：即武关山。《河图括地象》云："武关山为地门，上与天齐。"

[15] 长图大念：即宏图大志。

[16] 隐心：动心。

[17] 负气：恃着气势。

[18] 含霞：映衬着鲜艳的朝霞。饮景：闪射着灿烂的阳光。景：太阳。

[19] 淩（líng）：亦作"凌"，逾越。陇：田梗。

[20] 带：这里用作动词，即"围起"之意。匝（zā）：环绕一周。

[21] 横地：指群山横亘大地。

[22] 砥：磨刀石。隰（xí）：低下之地。

[23] 亡（wù）：通"无"。靡：没有。

[24] 寒蓬夕卷：蓬草遇风则飞旋卷去。

[25] 陂（pí）池：水塘。潜演：潜流。演：长长的水流。

[26] 苧（zhù）蒿：苧麻和蒿草常生水边。攸积：所积。

[27] 菰（gū）：俗称"茭白"。

[28] 彊：同"强"。

[29] 惊聒（guō）：惊扰嘈杂。

[30] 回江：曲折的江水。永指：永远流向远方。

[31] 天合：与天相连。

[32] 舳舻（zhú lú）：船尾和船头。

[33] 壑（huò）：山谷。

[34] 八表：八方以外极远的地方。野尘：天地间的尘埃。两句语本《庄子·逍遥游》："野马也，尘埃也，生物之以息相吹也。"有幻灭无常之想。

[35] 写：同"泻"。

[36] 修灵浩荡：语出《离骚》："怨灵修之浩荡兮。"修灵：指河神。

[37] 基：山基。

[38] 辰汉：星辰天汉。

[39] 雕锦缛：形容云霞的绮丽绚烂。

[40] 若华：若木之花。《淮南子·坠形训》："若木在建木西，末有十日，其华照下地。"此指霞光。

［41］ 气通：雾岚连成一片。

［42］ 传明：闪射光明。

［43］ 赫：火光红艳。绛：大红色。

［44］ 霭：烟气。

［45］ 紫霄：庐山高峰名。

［46］ 气尽：烟岚散尽。

［47］ 黛色：青苍色。

［48］ 神居帝郊：神仙、天帝的居处。

［49］ 潨(zhōng)：小水汇入大水。洞：疾流。

［50］ 溪壑：山谷间溪水。

［51］ 豗(huī)：相击。

［52］ 澓(fú)：洄流。宕涤：摇荡，激荡。

［53］ 荻浦：长满芦的水滨。

［54］ 狶(xī)洲：野猪出没的荒洲。狶：同"豨"，猪。

［55］ 薄：迫近。辰："派"的本字，水分流处。

［56］ 淀：浅湖。

［57］ 削长埤(pí)短：意谓对众多河流湖泊加以削长补短。埤：增益。

［58］ 高浪灌日：形容波浪翻腾之高。

［59］ 溚(tà)：水沸溢。

［60］ 朱：同"株"，株干。这里指草茎。靡：披靡，倒伏。

［61］ 蹙(cù)：追近。这句是说大水迫近田陇。

［62］ 散涣：波浪崩散。涣：水盛的样子。

［63］ 透、疾：均指迅速。

［64］ 穹溘(kè)浪峰：穹：高大。溘：水花。

［65］ 坻(dǐ)：河岸。复：倒复。

［66］ 回沫：回迸的水花飞沫。冠山：谓水势逾山。

［67］ 空谷：扫空山谷。空：用作动词。

［68］ 砧(zhēn)石：河边的碪衣石。

［69］ 碕(qí)岸：弯曲的河岸。齑(jí)落：变成碎末飞落。齑：切成细末的腌菜。

［70］ 大火：星名。即心宿二。

［71］ 愁魄：因发愁而动魂魄。胁息：屏住呼吸。胁：通"翕"，敛缩。

［72］ 慓(piào)：迅速。

[73] 繁化殊育：指各种生物的繁殖繁衍。

[74] 诡质：奇异的躯体。怪章：怪诞的外表。

[75] 江鹅：《本草》引《释名》："鸥者浮水上，轻漾如沤也，在海者名海鸥，在江者名江鸥，江夏人讹为江鹅也。"海鸭：《金楼子》："海鸭大如常鸭，斑白文，亦谓之文鸭。"鱼鲛：《山海经》："荆山，漳水出焉，东南流，注于睢。其中多鲛鱼。"注："鲛，鲋鱼类也，皮有珠文而坚，尾长三四尺，末有毒，螫人。"水虎：《襄沔记》："沔水中有物，如三四岁小儿，甲如鳞鲤、秋曝沙上，膝头如虎掌爪，常没水，名曰水虎。"

[76] 豚首：郭璞《江赋》："鱼则江豚海豨。"注："《临海水土记》曰："海豨（猪），豕头（豚首）、身长九尺。"象鼻：《北史》云："真腊国有鱼名建同，四足无鳞，鼻如象，吸水上喷，高五六十丈。"芒须：王隐《交广记》："吴置广州，以滕修为刺史，或语修，虾须长一丈，修不信，其人后至东海，取虾须长四丈四尺，封以示修，修乃服之。"针尾：据《山海经》注云，鲛鱼"尾长三四尺，末有毒，螫人。"

[77] 石蟹：《蟹谱》："明越溪涧石穴中，亦出小蟹，其色赤而坚，俗呼为石蟹。"土蚌：《说文》："蚌，蜃属，老产珠者也，一名含浆。"燕箕：《兴化县志》："魟鱼头圆秃如燕，其身圆褊如簸箕，又曰燕魟鱼。"雀蛤：《礼记》："季秋之月，雀入大水为蛤。"

[78] 折甲：鳖，甲鱼。《宁波志》："鲎形如复斗，其壳坚硬，腰间横纹一线，软可屈摺，每一屈一行。"曲牙：《函史》引《物性志》："形似石首鱼，三牙如铁锯。"逆鳞：王旻之《与琅琊太守许诚言书》："贵郡临沂县，其沙村逆鳞鱼，可调药物。逆鳞鱼仙经谓之肉芝。"返舌：《释文》："反舌，蔡伯喈云：虾蟆。"以上"江鹅"至"返舌"等十六种水生动物，有的实有其物，有的是神话传说中的名称，故难一一考实。

[79] 沙涨：沙滩。

[80] 被：此处意为躲避。

[81] 吹涝：吐着水。弄翮（hé）：搜理毛羽。翮：羽毛。

[82] 寒啸：哀鸣。

[83] 樵苏：樵夫。苏：取草。

[84] 舟子：船夫。以上四句，暗示自己"去亲为客"的悲凉情怀。

[85] 飙：风暴。

[86] 戒：提防。前路：前途。

[87] 下弦：月亮亏缺下半的形状。指二十三四日。《诗经·小雅·天保》孔颖达《正义》云："至十五、十六日，月体满。""从此后渐亏，至二十三日、二十四日，亦正半在，谓之下弦。"

[88] 届：至。

[89] 夙(sù)夜：早晚。
[90] 涂：同“途”。蹙：急促。

郦道元

三　峡

【题解】 郦道元(？—527)，字善长，范阳涿县(今河北涿县)人。北魏孝文帝、宣武帝朝，历仕尚书祠部郎中、冀中镇东府长史、颍川太守等。孝明帝孝昌二年(526)为御史中尉，执法严峻，结怨于汝南王元悦。次年，雍州刺史萧宝夤反，元悦借故举道元为关右大使，卒被执遇害于阴盘驿亭。道元好学博览，著有《水经注》四十卷。尚有《本志》十三篇及《七聘》诸文，今皆亡佚。

《水经》是魏晋时人所著(旧题汉桑钦撰)的一部记载全国水道的地理书。郦道元博采汉魏以来文献碑刻，考证经文正误，叙述了一千多条水道的源流经历、山川名胜，引用书籍多至四百三十七种，极大地丰富了原书。该书虽属于地理著作，但描写委婉曲折，文字隽洁明丽，文学上也有较高成就。

本文节选自《水经注·江水》，是“又东过巫县南，盐水从县东南流注之”句注释中的一段。先以“自三峡七百里中”点明地点和范围，接用二十六字概写巍峨绵亘、隔江对峙的三峡总貌，重点在山。然后分用三小节描写夏季、冬春和秋季的景色，刻意写水。既能纵览乾坤从大处落墨，又能别具只眼而洞察幽微，缓急相间，动静相生，笔依物转，情随景迁，于寥寥一百五十余字中，历历如绘地再现了三峡(主要是巫峡)的险峻奇秀。

自三峡七百里中[1]，两岸连山，略无阙处。重岩叠嶂，隐天蔽日。自非亭午夜分，不见曦月。至于夏水襄陵，沿泝阻绝[2]。或王命急宣，有时朝发白帝[3]，暮到江陵[4]，其间千二百里，虽乘奔御风，不以疾也。春冬之时，则素湍绿潭[5]，回清倒影。绝巘多生怪柏[6]，悬泉瀑布，飞漱其间。清荣峻茂，良多趣味。每至晴初霜旦，林寒涧肃，常有高猿长啸，属引凄异，空谷传响，哀转久绝。故渔者歌曰："巴东三峡巫峡长[7]，猿鸣三声泪沾裳。"

【注释】

[1] 三峡：指瞿塘峡、巫峡、西陵峡。在长江上游，西起四川奉节白帝城，东至湖北宜昌南津关，长193公里。

[2] 沿泝(sù)：顺流而下曰"沿"，逆流而上为"泝"。泝：即"溯"。

[3] 白帝：白帝城，在今四川奉节东。

[4] 江陵：今湖北江陵。

[5] 湍(tuān)：急流的水。

[6] 巘(yǎn)：山峰。

[7] 巴东：指今四川云阳、奉节、巫山一带。

杨衒之

洛阳伽蓝记·永宁寺

【题解】 杨衒之，北魏人，其家世生平都不甚可考。《洛阳伽蓝记》书首所署作者的官衔是魏(北魏)抚军府司马。公元547年，作者行役经过北魏旧都洛阳，见到丧乱之后，王公贵族耗费巨资兴建的大量佛寺，大多被毁，因作《洛阳伽蓝记》。"伽蓝"是梵文译音"僧伽蓝摩"的略称，意为佛教寺院。作者记述洛阳佛寺园林的盛衰兴废和当时豪门贵族僧侣的骄奢淫佚，抚今思昔，寓有讥评之意。书中所记，多足与史传参证，对我们了解佛教在当时的兴盛，了解洛阳的兴废和北魏王朝的盛衰，有很大的史料价值。全书文笔秾丽秀逸，骈散相间，是北朝优秀的文学作品。本文节选自书中"城内"部分，所记永宁寺是全书写到的第一个寺院。作者记述过程中还穿插了许多有关永宁寺的重要历史事件，因文长，选录时有删节。

永宁寺，熙平元年灵太后胡氏所立也[1]。……中有九层浮图一所[2]，架木为之，举高九十丈[3]。有刹复高十丈[4]，合去地一千尺。去京师百里，已遥见之。初掘基至黄泉下，得金像三十躯。太后以为信法之徵[5]，是以营建过度也。刹上有金宝瓶，容二十五石[6]。宝瓶下有承露金盘三十重，周匝皆垂金铎[7]，复有铁锁四道，引刹向浮图。四角锁上亦有金铎，铎大小如一石瓮。浮图有九级，角角皆悬金铎，合上下有一百二十铎。浮图有四面，面有三户六窗，并皆朱漆。扉上有五行金钉，合有五千四百枚。复有金镮铺首[8]，殚土木之功[9]，穷造形之巧。佛事精妙，不可思议。绣柱金铺，骇人心目。至于高风永夜，宝铎和鸣，铿锵之声，闻及十馀里。

浮图北有佛殿一所，形如太极殿[10]。中有丈八金像一躯、等身金像十躯、绣珠像三躯、金织成像五躯、玉像两躯，作功奇巧，冠于当世。僧房楼观一千馀间，雕梁粉壁，青琐绮疏[11]，难得而言。栝柏松椿，扶疏檐霤[12]；翠竹香草，布濩阶墀[13]。是以常景碑云[14]："须弥宝殿，兜率净宫，莫尚于斯也[15]。"

外国所献经像皆在此寺。寺院墙皆施短椽[16]，以瓦覆之，若今宫墙也。四面各开一门，南门楼三重，通三道，去地二十丈，形制似今端门[17]。图以云气，画彩仙灵。绮钱青琐[18]，辉赫丽华。夹门有四力士、四狮子，饰以金银，加之珠玉，庄严焕炳，世所未闻。东西两门亦皆如之。所可异者，唯楼二重。北门一道不施屋，似乌头门[19]。四门外，树以青槐，亘以绿水，京邑行人，多庇其下。路断飞尘，不由弇云之润；清风送凉，岂藉合欢之发[20]。

诏中书舍人常景为寺碑文。

……

装饰毕功，明帝与太后共登之。视宫内如掌中，临京师若家庭。以其目见宫中，禁人不听升[21]。衒之尝与河南尹胡孝世共登之，下临云雨，信哉不虚。时有西域沙门菩提达摩者[22]，波斯国胡人也。起自荒裔[23]，来游中土，见金盘炫日，光照云表；宝铎含风，响出天外。歌咏赞叹,实是神功。自云:“年一百五十岁,历涉诸国,靡不周遍[24]。而此寺精丽,阎浮所无也[25]。极佛境界,亦未有此。”口唱南无,合掌连日。至孝昌二年中[26],大风发屋拔树,刹上宝瓶随风而落,入地丈馀。复命工匠,更铸新瓶。

……

永熙三年二月[27],浮图为火所烧,帝登凌云台望火,遣南阳王宝炬、录尚书(事)长孙稚将羽林一千救赴火所[28]。莫不悲惜,垂泪而去。火初从第八级中,平旦大发。当时雷雨晦冥,杂下霰雪。百姓道俗,咸来观火,悲哀之声,振动京邑。时有三比丘赴火而死[29]。火经三月不灭,有火入地寻柱,周年犹有烟气。……十月而京师迁邺[30]。

【注释】

[1] 熙平:北魏孝明帝年号。灵太后胡氏:孝明帝母。

[2] 浮图:也作浮屠,佛教名词,指佛塔。

[3] 九十丈:《水经注》记载为“四十九丈”,此处所记疑有误。

[4] 刹:即相轮,佛塔顶部的装饰。

[5] 法:佛法。徵:征兆。

[6] 石:古代容量单位,十斗为一石。

[7] 铎:一种大铃。

[8] 铺首:衔门环的兽形底座。

[9] 殚:竭尽。

[10] 太极殿:洛阳宫殿名。

[11] 青琐:宫门上的一种装饰。绮疏:窗户上的镂空花纹。

[12] 扶疏:大树枝条四布的样子。

[13] 布濩:散布。阶墀:台阶。

[14] 常景:人名。碑:指为永宁寺所作的碑文。

[15] 须弥:佛教传说中的山名。兜率:佛教用语,为欲界六天中的第四天,泛指天界。

[16] 椽:承受瓦片的木条。

[17] 端门:宫殿正南门。

[18] 绮钱:意同上文“绮疏”。

[19] 乌头门：门的一种形制。

[20] “路断”两句：意谓不靠云气的润泽，路上自然没有飞尘；无须合欢树的树荫，自有清风送凉。弇云：兴起的云。弇：通“渰”。

[21] 禁人不听升：禁止人登塔。

[22] 沙门：佛教用语，专指出家修道的人。菩提达摩：人名。波斯人，一说天竺人。南朝梁时来中国，后入北魏，止少林寺。为中国禅宗初祖。

[23] 荒裔：边远之地。

[24] 靡不：无不。

[25] 阎浮：梵语阎浮提，即南瞻部洲，佛经中指印度。

[26] 孝昌：北魏孝明帝年号。

[27] 永熙：北魏孝武帝年号。

[28] 录尚书(事)：官名。长孙稚：人名。

[29] 比丘：佛教指出家修行的男僧。

[30] 京师迁邺：京都迁往邺，北魏就此分裂。

钟嵘

诗　品　序

【题解】 钟嵘(约468—约518)，字仲伟，颍川长社(今河南长葛东北)人。梁时任临川王萧宏参军、衡阳王萧元简记室、晋安王萧纲(即后来的简文帝)记室，世称钟记室。

齐梁时期，诗歌创作颇盛，不免良莠不齐；对于古今诗人的评价，对于怎样的诗歌才算是美的问题，分歧亦颇大。针对这样的情况，钟嵘写作了《诗品》，阐明了自己的看法。序文揭示了诗的产生和功用、五言诗的发展过程、诗的写作手法、齐梁诗坛的弊端等，具有极高的文学批评价值。

序曰：气之动物，物之感人，故摇荡性情，行诸舞咏。欲以照烛三才[1]，晖丽万有，灵祇待之以致飨，幽微藉之以昭告[2]。动天地，感鬼神，莫近於诗[3]。

……

夫四言，文约易广，取效《风》《骚》，便可多得。每苦文繁而意少，故世罕习焉。五言居文词之要，是众作之有滋味者也，故云会于流俗。岂不以指事造形[4]，穷情写物，最为详切者邪？故诗有六义焉：一曰兴，二曰比，三曰赋。文已尽而意有馀，兴也；因物喻志，比也；直书其事，寓言写物[5]，赋也。弘斯三义，酌而用之，干之以风力，润之以丹彩，使味之者无极，闻之者动心，是诗之至也。若专用比兴，则患在意深，意深则词踬[6]。若但用赋体，则患在意浮，意浮则文散，嬉成流移，文无止泊，有芜漫之累矣。

若乃春风春鸟，秋月秋蝉，夏云暑雨，冬月祁寒，斯四候之感诸诗者也。嘉会寄诗以亲，离群托诗以怨。至于楚臣去境，汉妾辞宫；或骨横朔野，或魂逐飞蓬；或负戈外戍，杀气雄边；塞客衣单，孀闺泪尽；又士有解佩出朝，一去忘返；女有扬蛾入宠，再盼倾国。凡斯种种，感荡心灵，非陈诗何以展其义？非长歌何以骋其情？故曰："《诗》可以群，可以怨。"[7]使穷贱易安，幽居靡闷，莫尚于诗矣。故词人作者，罔不爱好。

【注释】

[1] 三才：天、地、人。

[2] 灵祇(qí)：指天地。祇：地神。飨：祭祀。幽微：指鬼神。

[3] "动天地"三句：出于《毛诗大序》："故正得失，动天地，感鬼神，莫近於诗。"略其"正得失"一语。

[4] 指事：谓直陈其事。造形：陈说情形、情况。指事造形，犹言直陈事形。

[5] 寓言：即"寄言"，运用语言。

[6] 意深：意思深隐不直白，与今言"深刻"有异。词踬：谓文辞费解，给人以不畅达之感。踬：跌倒。

[7] "《诗》可以"两句：《论语·阳货》："子曰：小子何莫学夫《诗》？《诗》可以兴，可以

观，可以群，可以怨。”

徐陵

在北齐与杨仆射书

【题解】 徐陵(507—583)，字孝穆，祖籍东海郯(今山东郯城)人，梁时为东宫学士、尚书度支郎、湘东王镇西记室、参军等。陈时历五兵尚书、御史中丞、吏部尚书、尚书右仆射、左仆射、中书监等职。有集三十卷。《在北齐与杨仆射书》写于梁简文帝大宝元年(550)。梁武帝太清二年(548)，徐陵奉荆州刺史湘东王萧绎之命出使东魏；到东魏后，梁朝发生侯景之乱，遂留在邺城。在已经上书要求南归遭到拒绝后，他又上此书执意回国。此书文笔流丽，气酣墨饱，实为应用文中的上品。

陵叩头叩头。夫一言所感，凝晖照于鲁阳；一志冥通，飞泉涌于疏勒[1]。况复元首康哉，股肱良哉[2]，邻国相闻，风教相期者也？天道穷剥，钟乱本朝，情计驰惶，公私哽惧，而骸骨之请，徒淹岁寒，颠沛之祈，空盈卷轴，是所不图也，非所仰望也。

执事不闻之乎？昔分鳌命鳸之世，观河拜洛之年，则有日乌流灾，风禽骋暴，天倾西北，地缺东南，盛旱坼三川，长波含五岳[3]。我大梁应金图而有亢，纂玉镜而犹屯。何则？圣人不能为时，斯固穷通之恒理也。至如荆州刺史湘东王，机神之本，无寄名言；陶铸之余，犹为尧舜。虽复六代之舞，陈于总章[4]；九州之歌，登于司乐；虞夔拊石，晋旷调钟[5]，未足颂此英声，无以宣其盛德者也。若使郊禋楚翼，宁非祀夏之君；戡定艰难，便是匡周之霸。岂徒豳王徙雍，期月为都；姚帝迁河，周年成邑[6]！方今越裳藐藐，驯雉北飞；肃慎茫茫，风牛南偃[7]。吾君之子，含识知归，而答旨云何所投身。斯其未喻一也。

又晋熙等郡，皆入贵朝，去我浔阳，经途何几？至于铛铛晓漏，的的宵烽，隔溆浦而相闻，临高台而可望。泉流宝碗，遥忆湓城，峰号香炉，依然庐岳。日者，鄱阳嗣王治兵汇派，屯戍沦波，朝夕笺书，春秋方物。吾无从以蹑屩，彼何路而齐镳？岂其然乎？斯不然矣。又近者邵陵王通和此国，郢中上客，云聚魏都；邺下名卿，风驰江浦。岂卢龙之径于彼新开，铜驼之街于我长闭[8]？何彼途甚易，非劳于五丁；我路为难，如登于九折！地不私载，何其爽欤？而答旨云还路无从。斯所未喻二也。

晋熙、卢江、义阳、安陆，皆云款附，非复危邦，计彼中途，便当静晏。自斯以北，桴鼓不鸣；自此以南，封疆未壹。如其境外，脱殒轻躯，幸非边吏之羞，何在匹夫之命？又此宾游，通无货殖，忝非韩起聘郑私买玉环，吴札过徐躬要宝剑[9]。由来宴锡，凡厥囊装，行役淹留，皆已虚罄，散有限之微财，供无期之久客，斯可知矣。且据图刎首，愚者不为；运斧全身，庸流所鉴[10]。何则？生轻一发，自重千钧，不以贾盗明矣。骨肉不任充鼎俎，皮毛不足入货财，盗有道焉，吾无忧矣。又公家遣使，脱有资须，本朝非隆平之时，游客岂皇华之势？轻装独宿，非劳聚橐之仪；微骑间行，宁望輶轩之礼[11]？归人将从，私具驴骡，缘道亭邮，唯希蔬粟。若曰留之无烦于执事，遣之有费于官司。或以颠沛为言，或云资装可惧，固非通论，皆是外篇。斯所未喻三也。

又若以吾徒应还侯景，侯景凶逆，歼我国家，天下含灵，人怀愤厉。既不获投身社稷，卫难乘舆，四冢磔蚩尤，千刀剸王莽，安所谓俯首顿膝，归奉寇仇，佩弭腰鞬，为其皂隶？日者通和，方敦曩睦，凶人狙诈，遂骇狼心，颇疑宋万之诛，弥惧荀罃之请[12]，所以奔蹄劲角，专恣凭陵。凡我行人，遍膺仇憾。政复菹筋醢骨，抽舌探肝，于彼凶情，犹当未雪，海内之所知也，君侯之所具焉。又闻本朝王公，都人士女，风行雨散，东播西流，京邑丘墟，蓁蓬萧瑟，偃师还望，咸为草莱；霸陵回首，俱沾霜露。此又君之所知也。彼以何义，争免寇仇？我以何亲，争归委质？昔钜平贵将，悬重于陆公；叔向名流，深知于鬷蔑[13]。吾虽不敏，常慕前修，不图明庶有怀，翻其以此量物。昔魏氏将亡，群凶挺争，诸贤戮力，想得其朋。为葛荣之党邪？为邢杲之徒邪[14]？如曰不然，斯所未喻四也。

假使吾徒还为凶党。侯景生于赵代，家自幽恒，居则台司，行为连率，山川形势，军国彝章，不劳请箸为筹，便当屈指能算。景以逋逃小丑，羊豕同群，身寓江皋，家留河朔，舂舂井井，如鬼如神，其不然乎？抑又君之所知也。且夫宫闱秘事，并若云霄，英俊訏谟，宁非帷幄。或阳惊以定策，或焚稿而奏书[15]，朝廷之士，犹难参预，羁旅之人，何阶耳目。至于礼乐沿革，刑政宽猛，则讴歌已远，万舞成风，不知手之舞之，足之蹈之也。安在摇其牙齿为间谍者哉？若谓复命西朝，终奔东虏，虽齐梁有隔，尉候奚殊？岂以河曲之难浮，而曰江关之可济？河桥马度，宁非宋典之奸？关路鸡鸣，皆曰田文之客[16]。何其通蔽，乃尔相妨？斯所未喻五也。

又兵交使在，虽著前经，傥同徇仆之尤，追肆寒山之怒[17]，则凡诸元帅，并释缧囚，爰及偏裨，同无翦馘。乃至钟仪见赦，朋笑遵途；襄老蒙归，《虞歌》引路[18]。吾等张旝拭玉，修好寻盟，涉泗之与浮河，郊劳至于赠贿[19]，公恩既被，宾敬无违，今者何愆，翻蒙贬责？若以此为言，斯所未喻六也。若曰妖氛永久，丧乱悠然，哀我奔波，存其形魄。固已铭兹厚德，戴此洪恩，譬渤澥而俱深，方嵩华而犹重。但山梁饮啄，非有意于笼樊；江海飞浮，本无情于钟鼓[20]。况吾等营魂已谢，余息空留，悲默为生，何能支久？是则虽蒙养护，更夭天年。若以此为言，斯所未喻七也。

若云逆竖歼夷，当听反命，高轩继路，飞盖相随，未解其言，何能善谑？夫屯亨治乱，岂有意于前期？谢常侍今年五十有一，吾今年四十有四，介已知命，宾又杖乡，计彼侯生，肩随而已[21]。岂银台之要，彼未从师；金灶之方[22]，吾知其诀，政恐南阳菊水，竟不延龄；东海桑田，无由可望。若以此为言，斯所未喻八也。

……

抑又闻之，云师火帝，浇淳乃异其风；龙跃麟惊，王霸虽殊其道，莫不崇君亲以诏物，敦敬养以治民，预有邦司，曾无隆替。吾奉违温清[23]，仍属乱离，寇虏猖狂，公私播越。萧轩靡御，王舫谁持[24]？瞻望乡关，何心天地？自非生凭廪竹，源出空桑[25]，行路含情，犹其相愍。常谓择官而仕，非曰孝家；择事而趋，非云忠国。况乎钦承有道，骖驾前王；郎吏明经，鸱鸢知礼。巡方省化，咸问高年；西序东胶[26]，皆尊耆耋。吾以圭璋玉帛，通聘来朝，属世道之屯期，钟生民之否运。兼年累载，无申元直之祈；衔泣吞声，长对公闾之怒[27]。情礼之诉，将同逆鳞[28]；忠孝之言，皆应齰舌。是所不图也，非所仰望也。

且天伦之爱，何得忘怀？妻子之情，谁能无累？夫以清河公主之贵，余姚书佐之家[29]，莫限高卑，皆被驱略。自东南丑虏，抄贩饥民，台署郎官，俱馁墙壁[30]。况吾生离死别，多历寒暄；孀室婴儿，何可言念。如得身还乡土，躬自推求，犹冀提携，俱免凶虐。

夫四聪不达，华阳君所谓乱臣；百姓无冤，孙叔敖称为良相[31]。足下高才重誉，参赞经纶，非豹非貔[32]，闻《诗》闻《礼》。而中朝大议，曾未矜论；清禁嘉谋，安能相及？谔谔非周舍，容容类胡广[33]，何其无诤臣哉！岁月如流，平生何几？晨看旅雁，心赴江淮；昏望牵牛，情驰扬越。朝千悲而掩泣，夜万绪而回肠，不自知其为生，不自知其为死也。足下素挺词锋，兼长理窟，匡丞相解颐之说，乐令君清耳之谈[34]，向所谘疑，谁能晓喻？若鄙言为谬，来旨必通，分请灰钉[35]，甘从斧镬，何但规规默默，齰舌低头而已哉！若一理存焉，犹希矜眷，何必期令我等，必死齐都，足赵魏之黄尘，加幽并之片骨。遂使东平拱树，长怀向汉之悲；西洛孤坟，恒表思乡之梦[36]。千祈以屡，哽恸增深。徐陵叩头，再拜。

【注释】

[1] “一言所感”两句：《淮南子·览冥训》云：“鲁阳公与韩构难，战酣。日暮，援戈而挥之，日为之反三舍。”“一志冥通”两句：《后汉书·耿恭传》载：恭以疏勒城傍有涧水可固，五月，乃引兵据之。于城中穿井十五丈不得水，乃整衣服向井再拜，为吏士祷。有顷，水泉奔出。

[2] 《尚书·虞书·益稷》歌云：“元首明哉，股肱良哉。”

[3] 分鳌：吴兆宜注引《三皇本纪》云：女娲氏炼五色石以补天，断鳌足以立四极，聚芦灰以止滔水。鷹：一种鸟。观河：《竹书纪年》卷上云："舜乃设坛于河，依尧故事。至于下昃荣光休至，黄龙负图出于坛畔。"拜洛：《慎子外篇》云："(尧)于是率群臣刻璧为书，东沈洛水，言天命传舜之意。""日乌"两句：《淮南子·本经训》载：尧时，十日并出，又有大风、修蛇等皆为民害。尧乃使羿缴大风，射十日，断修蛇等，万民皆喜。"盛旱"句：《说苑·君道》云："汤之时大旱七年，雒坼川竭。"

[4] 六代之舞：《春秋正义·襄公十年注》云："天子祫用六代之乐。"祫(xiá)：古时太庙中合祭祖先。总章：《太平御览》卷五百三十三引《周书》云："(明堂)西方曰总章。"

[5] 虞夔拊石：《尚书·虞书·舜典》夔曰："於！予击石拊石，百兽率舞。"晋旷调钟：《淮南子·修务训》云："故师旷之欲善调钟也，以为后之有知音者也。"

[6] "豳王"句：《吴越春秋·吴太伯传》载：古公处岐，居三月成城郭，一年成邑，二年成都而民五倍其初。古公：即豳王，古公自豳迁于岐山下周原。"姚帝"句：《史记·五帝本纪》云："(舜)一年而所居成聚，二年成邑，三年成都。"姚帝：指舜，舜姚姓。"豳王"四句言豳王姚帝皆不如湘东王。

[7] 风牛南偃：《左传·僖公四年》载：齐侯伐楚，楚子使与师言曰："君处北海，寡人处南海，唯是风马牛不相及也。"

[8] 卢龙之径：《三国志·魏志·武帝纪》载：曹公北征乌桓，军次无终，以田畴为向导，引兵出卢龙塞。铜驼：铜铸的骆驼，古代置于宫门外。

[9] "韩起"句：《左传·昭公十六年》载，韩宣子向郑国商人购得玉环。"吴札"句：《史记·吴太伯世家》云："季札之初使，北过徐君。徐君好季札剑，口弗敢言。季札心知之，为使上国，未献。还至徐，徐君已死，于是乃解其宝剑，系之徐君冢树而去。"

[10] "据图"两句：《后汉书·马融传》载：融尝饥困，谓友人曰："古人有言：'左手据天下之图，右手刎其喉，愚夫不为。'所以然者，生贵于天下也。""运斧"两句：《庄子·徐无鬼》庄子曰："郢人垩漫其鼻端，若蝇翼，使匠石斫之。匠石运斤成风，尽垩而鼻不伤，郢人立不失容。"

[11] 聚橐：《太平御览》卷二引《周礼·夏官》云："凡军事悬壶以序聚橐。"吴兆宜引注："军中遇夜则击橐以备守，有更漏则击橐者可更迭矣。"輶轩：使者之车。

[12] 宋万之诛：《左传·庄公十二年》载：宋人请猛获于卫，亦请南宫万于陈，以赂。陈人使妇人饮之酒，而以犀革裹之。比及宋，手足皆见，皆醢之。荀罃之请：《左传·成公三年》云："晋人归公子谷臣与连尹襄老之尸于楚，以求知罃。于是荀首佐中军矣，故楚人许之。"

［13］ “钜平”两句：《晋书·羊祜传》载：及五等建，祜封钜平子，邑六百户。帝有灭吴之志，以祜为都督荆州诸军事。祜与陆抗相对，使命交通。抗尝病，祜馈之药，抗服之无疑心。人多谏抗，抗曰：“羊祜岂鸩人者？”“叔向”两句：《左传·昭公二十八年》魏子曰：“昔叔向适郑，鬷蔑恶，欲观叔向，从使之收器者而往，立于堂下，一言而善。叔向将饮酒，闻之，曰：‘必鬷明也。’下，执其手以上，”

［14］ 葛荣、邢杲：《魏书·孝庄纪》载：柱国大将军尔朱荣擒葛荣于滏口，五州皆平。《周书·宇文贵传》载：贵从尔朱荣擒葛荣，又从元天穆平邢杲。

［15］ 阳惊以定策：《汉书·张汤传》云：“（安世）职典枢机，以谨慎周密自著，外内无间。每定大政，已决，辄移病出；闻有诏令，乃惊，使吏之丞相府问焉。自朝廷大臣莫知其与议也。”阳：通“佯”。焚稿而奏书：《汉书·匡张孔马传》载：孔光典枢机十余年，时有所言，辄削草稿。

［16］ 宋典之奸：《晋书·元帝纪》云：“（成都王）颖先令诸关无得出贵人，帝既至河阳，为津吏所止。从者宋典后来，以策鞭帝马而笑曰：‘舍长！官禁贵人，汝亦被拘邪！’吏乃听过。”关路鸡鸣：《史记·孟尝君传》载：秦昭王後悔出孟尝君，求之已去，即使人驰传逐之。孟尝君至关，关法鸡鸣而出客，孟尝君恐追至，客之居下坐者有能为鸡鸣，而鸡齐鸣，乃还。

［17］ 徇仆之尤：《汉书·司马穰苴传》载：穰苴曰：“君之使，不可杀之。”乃斩其仆之左，驸马之左骖，以徇三军。寒山之怒：《魏书·孝静帝》载：慕容绍宗与大都督高岳于寒山擒梁贞阳侯萧渊明，回军讨侯景于涡阳，大捷。

［18］ 钟仪见赦：《左传·成公九年》载：晋侯观于军府，见钟仪，问之曰：“南冠而絷者谁也？”有司对曰：“郑人所献楚囚也。”使税之，重为之礼，使归求成。税：通“脱”。襄老蒙归：见注［13］。《虞歌》引路：《左传·哀公十一年》云：“公孙夏曰：‘二子必死。’将战，公孙夏命其徒歌《虞殡》。”

［19］ 张旜拭玉：使者之礼。泗之与浮河：《尚书·禹贡》云：“浮于淮泗，达于河。”郊劳至于赠贿：《左传·昭公五年》薳启疆曰：“入有郊劳，出有赠贿，礼之至也。”

［20］ 山梁饮啄：《论语·乡党》子曰：“山梁雌雉。”非有意于笼樊：《庄子·养生主》云：“泽雉十步一啄，百步一饮，不蕲畜乎樊中。”江海飞浮：《庄子·至乐》云：“昔者海鸟止于鲁郊，鲁侯御而觞之于庙，奏九韶以为乐，具太牢以为膳。鸟乃眩视忧悲，不敢食一脔，不敢饮一杯，三日而死。”

［21］ “谢常侍”两句：《魏书·自序》云：“（魏帝）敕兼主客郎接梁使谢珽徐陵。”知命：《论语·为政》子曰：“五十而知天命。”杖乡：《礼记·王制》云：“六十杖于乡。”侯生：《史记·魏公子列传》云：“魏有隐士曰侯嬴，年七十，家贫，为大梁夷门监

者。”肩随：《礼记·曲礼》云：“五年以长，则肩随之。”

[22] 金灶之方：《史记·孝武本纪》载：少君言于上曰：“祠灶则致物，致物而丹沙可化为黄金，黄金成以为饮食器。”

[23] 温凊：《礼记·曲礼》云：“凡为人子之礼，冬温而夏凊。”

[24] 萧轩：《汉书·萧望之传》云：“哀帝时，南郡江中多盗贼，拜育为南郡太守。上以育耆旧名臣，乃以三公使车载育入殿中受策，”使车：三公奉使之车。王舫：《南史·王昙首附王筠传》云：“(王筠)寻出为临海太守，在郡侵刻，还资有芒屩两舫，他物称是。为有司奏，不调累年。”

[25] 廪竹：《后汉书·南蛮西南夷列传》云：“夜郎者，初有女子浣于遁水，有三节大竹流入足间，闻其中有号声，剖竹视之，得一男儿，归而养之。及长，有才武，自立为夜郎侯，以竹为姓。武帝……封其三子为侯。死，配食其父。今夜郎县有竹王三郎神是也。”空桑：《吕氏春秋·孝性览》载：有侁氏女采桑，得婴儿于空桑之中，献之其君。其君令烰人养之，察其所以然。曰：“其母居伊水之上，孕，梦有神告之曰：‘臼出水而东走，毋顾！’明日，视臼出水，告其邻，东走十里而顾，其邑尽为水，身因化为空桑。故命之曰伊尹。”烰：犹庖。

[26] 西序东胶：《礼记·王制》载：夏后氏养庶老于西序，周人养国老于东胶。

[27] 元直之祈：《三国志·蜀书·诸葛亮传》载，徐庶字元直，母为曹公(操)所获，庶辞先主而指其心曰：“本欲与将军共图王霸之业者，以此方寸之地也。今已失老母，方寸乱矣，无益於事，请从此别。”遂诣曹公。

[28] 逆鳞：《韩非子·说难》：“夫龙之为虫也，柔可狎而骑也；然其喉下有逆鳞径尺，若人有婴之者，则必杀人。人主亦有逆鳞，说者能无婴人主之逆鳞，则几矣。”

[29] 天伦：《春秋谷梁传·隐公元年》云：“兄弟，天伦也。”清河公主：《晋书·惠贾皇后传》云：“临海公主先封清河，洛阳之乱，为人所略，传卖吴兴钱温。温以送女，女遇(公)主甚酷。元帝镇建邺，(公)主诣县自言。元帝诛温及女，改封临海，……”余姚书佐之家：《后汉书·酷吏列传》载：蜀郡太守黄昌，会稽余姚人。妻遇贼被获流入蜀为人妻，其子犯事，乃诣昌自讼。昌疑母不为蜀人，因问所由。对曰：“妾本会稽余姚戴次公女，州书佐黄昌妻也。妾尝归家，为贼所略，遂至于此。”因相持悲泣，还为夫妇。

[30] 俱馁墙壁：《后汉书·献帝纪》载：帝还洛阳，州郡委输不至，群僚饥乏，尚书郎以下自出采稆，或饥死墙壁间，或为兵士所杀。稆(lǚ)：不种自生的谷物等。

[31] 四聪：《尚书·虞书·舜典》云：“明四目，达四聪。”孔颖达疏：“达四方之聪，使为已远听四方也。”华阳君所谓乱臣：《史记·范睢蔡泽列传》载：睢因间说秦昭王，曰：

“穰侯出使不报，华阳、泾阳等击断无讳，高陵进退不请。四贵备而国不危者，未之有也。”孙叔敖称为良相：《史记·循吏列传》载：孙叔敖为楚相，民皆乐其生。

[32] 非豹非貔（pí）：《史记·齐太公世家》云：“西伯将出猎，卜之，曰：‘所获非龙非彲，非虎非罴；所获霸王之辅。’”

[33] 谔谔非周舍：《史记·赵世家》注引《韩诗外传》云：“周舍立於门下三日三夜，简子问其故，对曰：‘愿为谔谔之臣，墨笔操牍，从君之过，而日有所记，月有所成，岁有所效也。’”谔谔：直言争辩貌。容容类胡广：《后汉书·邓张徐张胡列传》载：胡广字伯始，虽无謇直之风，屡有补阙之益；故京师谚曰：“万事不理问伯始，天下中庸有胡公。”容容：随众附和。

[34] 匡丞相解颐之说：《汉书·匡张孔马传》载：匡衡少字鼎，长易字稚圭。精力过绝人，诸儒为之语曰：“无说《诗》，匡鼎来；匡语《诗》，解人颐。”汉元帝建昭三年（公元前36年），代韦玄成为丞相，封乐安侯。乐令君清耳之谈：《晋书·乐广传》载：乐广清夷冲淡，善谈名理，尚书令卫瓘奇之，曰：“自昔诸贤既没，常恐微言将绝，而今乃复闻斯言于君矣。”

[35] 灰钉：棺钉。《三国志·魏志·王凌传》载：王凌自知罪重，试索棺钉，以观太傅意，太傅给之。遂自杀。

[36] 东平拱树：吴兆宜注引《皇览》云：后汉东平思王宇归，思京师。后葬东平，其冢上松柏皆西靡。西洛孤坟：《后汉书·独行列传》载：温序遇贼死节，光武怜之，赐葬洛阳城傍。长子寿为邹平侯相，梦序告之曰：“久客思乡里。”寿即弃官，上书乞骸骨归葬。帝许之，乃反旧茔。

庾信

哀江南赋序

【题解】 庾信（513—581），字子山，南阳新野（今河南新野县）人。少聪敏好学，有才名。初仕梁，为昭明太子伴读，曾任尚书度支郎中、东宫领直等官。后奉命由江陵出使西魏，值西魏灭梁，被留。历仕西魏、北周，官至骠骑大将军、开府仪同三司，故世又称庾开府。

据《北史》本传载，庾信留北，“虽位望显通，常作乡关之思，乃作《哀江南赋》以致其意”。“哀江南”三字语出《楚辞·招魂》“魂兮归来哀江南”句。作品概括了梁朝由盛至衰的历史，凝聚着作者对故国和人民遭受劫乱的哀伤，具有史诗般的规模和气魄，在辞、赋和整个文学发展史上都占有重要的地位。又其叙家世，抒哀思，感情深挚动人，是研究庾信生平的极好资料。本文即《哀江南赋》的序文，概述了全赋的主题，并阐明了“穷者欲达其言，劳者须歌其事”的创作动机。全篇以骈文写成，多用典故来暗喻时世和表达自己悲苦欲绝的隐衷，体现了庾信在辞赋和骈文创作中的特色。

粤以戊辰之年，建亥之日[1]，大盗移国，金陵瓦解[2]。余乃窜身荒谷，公私涂炭[3]。华阳奔命，有去无归[4]。中兴道销，穷于甲戌[5]。三日哭于都亭[6]，三年囚于别馆[7]。天道周星，物极不反[8]。傅燮之但悲身世，无处求生[9]；袁安之每念王室，自然流涕[10]。昔桓君山之志事[11]，杜元凯之平生[12]，並有著书，咸能自序[13]。潘岳之文采，始述家风[14]；陆机之辞赋，先陈世德[15]。信年始二毛，即逢丧乱[16]，藐是流离，至于暮齿[17]。《燕歌》远别，悲不自胜[18]；楚老相逢，泣将何及[19]！畏南山之雨，忽践秦庭[20]；让东海之滨，遂餐周粟[21]。下亭漂泊，高桥羁旅[22]。楚歌非取乐之方[23]，鲁酒无忘忧之用[24]。追为此赋，聊以记言[25]，不无危苦之辞，惟以悲哀为主[26]。

日暮途远，人间何世[27]！将军一去，大树飘零[28]。壮士不还，寒风萧瑟[29]。荆璧睨柱，受连城而见欺[30]；载书横阶，捧珠盘而不定[31]。钟仪君子，入就南冠之囚[32]；季孙行人，留守西河之馆[33]。申包胥之顿地，碎之以首[34]；蔡威公之泪尽，加之以血[35]。钓台移柳，非玉关之可望[36]；华亭鹤唳，岂河桥之可闻[37]！

孙策以天下为三分，众才一旅[38]；项籍用江东之子弟，人惟八千[39]。遂乃分裂山河，宰割天下[40]。岂有百万义师，一朝卷甲，芟夷斩伐，如草木焉[41]？江淮无涯岸之阻[42]，亭壁无藩篱之固[43]。头会箕敛者，合从缔交[44]；锄耰棘矜者，因利乘便[45]。将非江表王气，终于三百年乎[46]！是知并吞六合，不免轵道之灾[47]；混一车书，无救平阳之祸[48]。呜呼！山岳崩颓，既履危亡之运[49]；春秋迭代，必有去故之悲[50]。天意人事，可以悽怆伤心者矣[51]！况复舟楫路穷，星汉非乘槎可上[52]；风飙道阻，蓬莱无可到之期[53]。穷者欲达其言，劳者须歌其事[54]。陆士衡闻而抚掌，是所甘心[55]；张平子见而陋之，固其宜矣[56]。

【注释】

[1] 粤：发语辞。戊辰：梁武帝太清二年(548)岁在戊辰。建亥之月：阴历十月。

[2] 大盗：窃国篡位者，此指侯景。移国：篡国。《后汉书·光武帝纪》赞曰："炎正中微，大盗移国。"金陵：即建邺，今南京市，梁国都。《南史·梁武帝纪》："太清二年八月戊戌，侯景举兵反。十月，……至建邺。"

[3] 窜：逃匿。荒谷：《左传》杜预注："荒谷，楚地。"此指江陵(今湖北江陵县，古楚地)。《北史·庾信传》："侯景作乱，梁简文帝命信率宫中文武千余人营于朱雀航。及景至，信以众先退。台城陷后，信奔于江陵。"公私：公室和私家。涂炭：谓陷于泥涂炭火。《尚书》："有夏昏德，民坠涂炭。"

[4] 华阳：华山之南。阳：山南。此指江陵。奔命：奉命奔走。梁元帝承圣三年(554)，庾信奉命由江陵出使西魏，十一月，江陵被西魏攻陷，信遂留长安未归。

[5] 中兴：指梁元帝于承圣元年(552)平侯景之乱，即位江陵。道销：中兴之道销亡。甲戌：承圣三年岁在甲戌。《南史·元帝纪》："承圣三年，魏使于谨来攻。……十一月，魏军至栅下，帝见执。魏人戕帝。"

[6] "三日"句：《晋书·罗宪传》："魏之伐蜀，宪守永安城。及成都败，知刘禅降，乃率所部临于都亭三日。"临：《左传》杜注："哭也。"都亭：都城亭阁。

[7] "三年"句：《左传·昭公二十三年》："晋人来讨，叔孙婼如晋，晋人执之，……乃馆诸于箕。"按"三年"不知所指，或信为此赋时被羁已三年？俟考。

[8] 天道：天理。周星：即岁星，也称太岁，木星，因其一十二年绕天一周，故名。物极不反：指梁朝就此一蹶不振，再难恢复。

[9] 傅燮：字南容，东汉末年人。无处求生：据《后汉书·傅燮传》载，燮为汉阳太守，王国、韩遂等攻城，城中兵少粮乏，其子劝燮弃城归乡，燮慨叹："汝知吾必死耶！……世乱不能养浩然之志，食禄又欲避其难乎？吾行何之，必死于此！"遂令左右进兵，临阵战死。

[10] 袁安：字邵公，后汉时人。自然流涕：《后汉书·袁安传》："安为司徒，以天子幼弱，外戚擅权，每朝会进见及与公卿言国家事，未尝不噫呜流涕。"

[11] 桓君山：即桓谭，字君山，后汉时人。著《新论》二十九篇。志事：一作“志士”。

[12] 杜元凯：即杜预，字元凯，晋代人，有《春秋经传集解》。其序云：“少而好学，在官则观于吏治，在家则滋味典籍。”

[13] 自序：古人著书往往有自序记述身世和写作旨意。桓谭《新论》自序今佚。

[14] 潘岳：字安仁，晋代诗人。始述家风：潘岳有《家风诗》，自述家族风尚。

[15] 陆机：字士衡，晋代诗人。先陈世德：陆机有《祖德赋》《述先赋》，又《文赋》：“咏世德之骏烈。”

[16] 二毛：指头发有黑白二色。丧乱：指侯景之乱和江陵沦陷被留西魏。时信年四十左右。

[17] 藐：远。“藐是”一作“狼狈”。暮齿：暮年。

[18] 《燕歌》：指乐府《燕歌行》。《乐府诗集》引《广题》曰：“燕，地名也，言良人从役于燕而为此曲。”《北史·王褒传》：“褒作《燕歌》，妙尽塞北苦寒之言。元帝及诸文士和之，而竞为悽切。”今《庾子山集》中亦有此作。

[19] 楚老：代指故国父老。旧说引《汉书·龚舍传》，谓楚人龚胜于王莽时不愿“一身事二姓”，“遂不复开口饮食，积十四日死”，庾信世居楚地，故引此事深惭自己身事二姓。泣将何及：《后汉书·逸民传》：“桓帝世党锢事起，守外黄令陈留张升去官归乡里，道逢友人，共班草而言。……因相抱而泣。老父趋而过之，植其杖，太息言曰：‘吁！二大夫何泣之悲也，夫龙不隐鳞，凤不藏羽，网罗高悬，去将安所？虽泣何及乎！’”

[20] 南山之雨：《列女传·贤明传》：“妾闻南山有玄豹，雾雨七日而不下食者，何也？欲以泽其毛而成文章，故藏而远害。”一说以山高在阳喻君主，谓迫于君命不敢不使魏。践秦庭：《左传·定公四年》：“申包胥如秦乞师，……立依于庭墙而哭，日夜不绝声，……七日，……秦师乃出。”此喻己出使求和救急。

[21] “让东海”两句：据《史记·伯夷列传》载，孤竹君之子伯夷、叔齐因相互推让君位，先后逃至海滨。武王灭纣，两人以为不义，遂不食周粟，饿死于首阳山。两句言己本以谦让为怀，却不能如夷、齐那样殉义。一说“让东海”句用《史记·齐太公世家》载齐康公十九年“田常曾孙田和始为诸侯，迁康公海滨”事，指魏、周换代。

[22] 下亭：《后汉书·范式传》载孔嵩应召入京，道宿下亭，马匹被盗。高桥：一作“皋桥”。《后汉书·梁鸿传》：梁鸿“至吴，依大家皋伯通，居庑下。”皋家傍桥，在今江苏苏州阊门内。两句言其旅途劳顿。

[23] 楚歌：楚地民歌。《汉书·高帝纪》：“帝谓戚夫人曰：‘为我楚舞，吾为若楚歌。’”

[24] 鲁酒：鲁地之酒。许慎《淮南子注》："楚会诸侯，鲁、赵俱献酒于楚王，鲁酒薄而赵酒厚。楚之主酒吏求酒于赵，赵弗与。吏怒，乃以赵厚酒易鲁薄酒。奏之楚王，以赵酒薄，故围邯郸也。"

[25] 记言：《汉书・艺文志》："古之王者，世有史官，左史记言，右史记事。"据此可知庾信为此赋，非惟慨叹身世，亦兼记史也。

[26] "不无"两句：本嵇康《琴赋》序："称其材干，则以危苦为上；赋其声音，则以悲哀为主。"

[27] 日暮途远：谓年岁已老而离乡路远。《吴越春秋》："子胥谢申包胥曰：'吾日暮途远，吾故倒行而逆施之。'"远：一作"穷"。人间何世：《庄子》有《人间世》篇，王先谦《集解》："人间世，谓当世也。"两句感慨年老世变。

[28] "将军"两句：《后汉书・冯异传》："每所止舍，诸将并坐论功，异常独屏树下，军中号曰'大树将军'。"此以冯异自喻，言已去国，梁朝沦亡。

[29] 壮士：指荆轲。《战国策・燕策》记太子丹送荆轲易水上，"高渐离击筑，荆轲和而歌，……曰：'风萧萧兮易水寒，壮士一去兮不复还！'"两句言已出使西魏，一去不归。

[30] 荆璧：即和氏璧，因楚人和氏得之楚山而名。睨：斜视。连城：相连之城。两句典出《史记・廉颇蔺相如列传》："赵惠文王时，得楚和氏璧。秦昭王闻之，使之遗赵书，愿以十五城请易璧。……遂遣相如奉璧西入秦。……相如视秦王无意偿赵城，……因持璧却立，倚柱，怒发上冲冠，谓秦王曰：'……大王必欲急臣，臣头今与璧俱碎于柱矣！'……秦王恐其破璧，乃辞谢固请，召有司案图，指从此以往十五都予赵。……相如度秦王虽斋，决负约不偿城，乃使其从者衣褐，怀其璧，从径道亡，归璧于赵。"此指自己使魏被欺。

[31] 载书：盟书。珠盘：诸侯盟誓所用器皿。《周礼・天官・冢宰》"若合诸侯，则共珠盘玉敦"郑注："合诸侯者必割牛耳，取其血歃之以盟。珠盘以盛牛耳。"两句用毛遂事。《史记・平原君列传》："平原君与楚合纵，言其利害，日出而言之，日中不决。毛遂按剑历阶而上，……谓楚王之左右曰：'取鸡狗马之血来！'毛遂奉铜盘而进之，……于是定纵。"此言已出使西魏，未能缔约，梁朝反遭攻打。

[32] "钟仪"两句：《左传・成公七年》："楚子重伐郑。……囚郧公钟仪，献诸晋。……晋人以钟仪归，囚诸军府。"九年，"晋侯观于军府，见钟仪问之曰：'南冠而縶者谁也？'有司对曰：'郑人所献楚囚也。'……使与之琴，操南音，……文子曰：'楚囚，君子也。'"此以钟仪自比，谓已本楚人而羁留魏、周，有类南冠之囚。

[33] 季孙：春秋时鲁国大夫。行人：掌朝觐聘问之官。西河：今陕西省东部。《左

传·昭公十三年》载诸侯盟于平丘,邾、莒告鲁朝夕伐之,因无力向晋进贡。晋遂执季孙。后欲释之,季孙不肯归。叔鱼遂威胁说:“……鲋也闻诸吏将为子除馆于西河,其若之何?”季孙惧,乃归鲁。两句自比季孙而稍变其意,言己被留难归。

[34] 申包胥:春秋时楚国大夫。顿地:叩头至地。事见《左传·定公四年》:吴伐楚,申包胥至秦求兵,“立依于庭墙而哭,日夜不绝声,勺饮不入口。七日,秦哀公为之赋《无衣》,九顿首而坐。秦师乃出。”两句谓己曾为救梁竭尽心力。

[35] “蔡威公”两句:刘向《说苑》:蔡威公闭门而泣,三日三夜,泣尽而继之以血,曰:“吾国且亡。”此言己对梁亡深感悲痛。

[36] 钓台:在武昌。此代指南方故土。移柳:据《晋书·陶侃传》,陶侃镇武昌时,曾令诸营种植柳树。玉关:玉门关,在今甘肃敦煌市西。此代指北地。两句谓滞留北地的人是再也见不到南方故土的柳树了。

[37] 华亭:在今上海市松江区,晋陆机兄弟曾共游于此十余年。河桥:在今河南孟县,陆机在此兵败被诛。《世说新语·尤悔》:“陆平原河桥败,为卢志所谗,被诛。临刑叹曰:‘欲闻华亭鹤唳,可复得乎!’”两句谓故乡鸟鸣已非身处异地者所能闻。

[38] 孙策:字伯符,三国时吴郡富春(即今浙江富阳)人。先以数百人依袁术,后平定江东,建立吴国。三分:指魏、蜀、吴三分天下。一旅:五百人。《吴志·陆逊传》:“逊上疏曰,昔桓王(孙策谥号长沙桓王)创基,兵不一旅,而开大业。”

[39] 项籍:字羽,下相(今江苏宿迁西南)人。江东:长江南岸南京一带地区。《史记·项羽本纪》记项羽兵败乌江,笑谓亭长曰:“籍与江东子弟八千人渡江而西,今无一人还。”

[40] “遂乃”两句:贾谊《过秦论》:“宰割天下,分裂山河。”

[41] 百万义师:指平定侯景之乱的梁朝大军。卷甲:卷敛衣甲而逃。芟夷:删削除灭。据《南史·侯景传》载,侯景反,梁将王质率兵三千无故自退,谢禧弃白下城走,援兵至北岸,号称百万,后皆败走。又景曾戒诸将曰:“破城邑净杀却,使天下知吾威名。”

[42] 江淮:指长江、淮河。涯岸:水边河岸。

[43] 亭壁:指军中壁垒。藩篱:竹木所编屏障。

[44] 头会箕敛:《汉书·陈余传》:“头会箕敛以供军费”服虔注:“吏到其家,以人头数出谷,以箕敛之。”合从缔交:贾谊《过秦论》:“合从缔交,相与为一。”原为战国时六国联合抗秦的一种谋略,此指起事者们彼此串联,相互勾结。

[45] 锄耰(yōu):简陋的农具。棘矜:低劣的兵器。贾谊《过秦论》:“锄耰棘矜,不敌

于钩戟长铩也。”因利乘便：贾谊《过秦论》：“因利乘便，以宰割天下。”此指陈霸先乘梁朝衰乱，取而代之。

［46］ 江表：江外，长江以南。王气：古以为天子所在地有祥云王气笼罩。三百年：指从孙权称帝江南，历东晋、宋、齐、梁四代，前后约三百年的时间。

［47］ 六合：指天地四方。贾谊《过秦论》：“吞二周而亡诸侯，履至尊而制六合。”轵道之灾：《史记·高祖本纪》记高祖入关，“秦王子婴素车白马，……降轵道旁。”轵道，在今陕西咸阳市西北。

［48］ 混一车书：指统一天下。《礼记·中庸》：“今天下车同轨，书同文，行同伦。”平阳之祸：据《晋书·孝怀帝本纪》，永嘉五年刘聪攻陷洛阳，迁怀帝于平阳。七年，怀帝被害。又《孝愍帝本纪》记建兴四年刘曜陷长安，迁愍帝于平阳。五年，愍帝遇害。平阳：在今山西临汾市。

［49］ “山岳”两句：《国语·周语》：“山崩川竭，亡之征也。”

［50］ 春秋迭代：喻梁、陈更替。去故：离别故国。

［51］ 凄怆伤心：阮籍《咏怀诗》其九：“素质游商声，凄怆伤我心。”

［52］ 楫：船桨。星汉：银河。槎：竹筏木排。张华《博物志》：“旧说云，天河与海通。近世有人居海渚者，年年八月有浮槎去来不失期。”

［53］ 飙：暴风。蓬莱：传说中的三座神山之一。无可到之期：《汉书·郊祀志》：“自威宣、燕昭使人入海求蓬莱、方丈、瀛洲。此三神山者，其传在勃海中，……未至，望之如云；及到，三神山反居水下。临之，患且至，则风辄引船而去，终莫能至云。”

［54］ 穷者：指仕途困踬的人。达：表达。《晋书·王隐传》：“隐曰：盖古人遭时则以功达其道，不遇则以言达其才。”何休《公羊传解诂》：“饥者歌其食，劳者歌其事。”两句说明自己作赋是有感而发。

［55］ 陆士衡：陆机，字士衡。抚掌：拍手。《晋书·左思传》：左思作《三都赋》，“初陆机入洛，欲为此赋。闻思作之，抚掌而笑，与弟云书曰：‘此间有伧父作《三都赋》。须其成，当以复酒瓮耳。’及思赋出，机绝叹伏，以为不能加也，遂辍笔焉。”两句谓己作此赋即使受人嘲笑，也心甘情愿。

［56］ 张平子：张衡，字平子。陋：轻视。《艺文类聚》：“昔班固观世祖迁都于洛邑，惧将必溢制度，不能遵先圣之正法也。故假西都宾，盛称长安旧制，有陋洛邑之议，而为东都主人折礼衷以答之。张平子薄而陋之，故更造焉。”两句谓己赋为人轻视，也是理所当然的。

唐宋

魏征

谏太宗十思疏

【题解】 魏征(580—643),字玄成,馆陶(今属河北)人,后迁居相州内黄(今河南内黄)。少时曾出家为道士,隋末参加瓦岗起义军,后降唐。唐太宗时拜谏议大夫、检校侍中等职,领导周、隋、陈、齐诸史的撰修工作。后封郑国公,任太子太师。魏征在历史上以能犯颜直谏著称,前后陈谏二百余事,多被太宗采纳。魏征提倡“无面从退有后言”,“爱而知其恶,憎而知其善”。建议太宗广开言路,认为“兼听则明,偏听则暗”。魏征病卒后,唐太宗痛惜“遂亡一镜矣”。著作有《隋书》的序论,《梁书》《陈书》《齐书》的总论,主编有《群书治要》,还有《魏郑公诗集》《魏郑公文集》等。言论散见于《贞观纪要》。

唐太宗即位初期,因隋鉴不远,故能励精图治。随着功业日隆,生活渐加奢靡。魏征以此为忧,多次上疏切谏,本文是其中的一篇。全文围绕“思国之安者,必积其德义”的主旨,规劝唐太宗在政治上要慎始敬终,虚心纳下,赏罚公正;用人时要知人善任,简能择善;生活上要崇尚节俭,不轻用民力。文理清晰,结构缜密。并运用比喻、排比和对仗的修辞手法,说理透彻,音韵铿锵,气势充沛,是一篇很好的论说文。

臣闻求木之长者,必固其根本;欲流之远者,必浚其泉源;思国之安者,必积其德义。源不深而望流之远,根不固而求木之长,德不厚而思国之安,臣虽下愚,知其不可,而况于明哲乎?人君当神器之重[1],居域中之大[2],不念居安思危,戒奢以俭,斯亦伐根以求木茂,塞源而欲流长也。

凡百元首，承天景命[3]，善始者实繁，克终者盖寡。岂取之易，守之难乎？盖在殷忧[4]，必竭诚以待下；既得志，则纵情以傲物。竭诚，则吴、越为一体；傲物，则骨肉为行路。虽董之以严刑[5]，振之以威怒，终苟免而不怀仁，貌恭而不心服。怨不在大，可畏惟人，载舟复舟，所宜深慎。

诚能见可欲，则思知足以自戒；将有作[6]，则思知止以安人；念高危，则思谦冲而自牧[7]；惧满溢，则思江海下百川；乐盘游[8]，则思三驱以为度[9]；忧懈怠，则思慎始而敬终；虑壅蔽，则思虚心以纳下；惧谗邪，则思正身以黜恶；恩所加，则思无因喜以谬赏；罚所及，则思无因怒而滥刑。总此十思，宏此九德[10]。简能而任之[11]，择善而从之，则智者尽其谋，勇者竭其力，仁者播其惠，信者效其忠。文武并用，垂拱而治。何必劳神苦思，代百司之职役哉！

【注释】

[1] 神器：帝位。

[2] 居域中之大：占据天地间的一大。《老子》上篇："道大，天大，地大，王亦大。域中有四大，而王居其一焉。"域中，天地间。

[3] 景：大。

[4] 殷：深。

[5] 董：督责，监督。

[6] 作：兴作，建筑。指兴建宫室之类。

[7] 谦冲：谦虚。自牧：自我修养。

[8] 盘游：打猎游乐。

[9] 三驱：一年打猎三次。《礼记·王制》："天子诸侯无事，则岁三田（猎）。"

[10] 九德：指忠、信、敬、刚、柔、和、固、贞、顺。

[11] 简：选拔。

王勃

滕王阁序

【题解】 王勃(650—676),字子安,绛州龙门(今山西省河津市)人。隋末文中子王通之孙。六岁能文,未冠应幽素科及第,授朝散郎,为沛王(李贤)府修撰。因作文得罪高宗被逐,漫游蜀中,客于剑南,后补虢州参军。又因私杀官奴获死罪,遇赦除名,父福畤受累贬交趾令。勃渡南海省父,溺水受惊而死。与杨炯、卢照邻、骆宾王并称"初唐四杰"。其诗气象浑厚,音律谐畅,开初唐新风,尤以五言律诗为工;其骈文绘章絺句,对仗精工,《滕王阁序》极负盛名。于"四杰"之中,王勃成就最大。诗文集早佚,明人辑有《王子安集》。

《滕王阁序》作为一篇赠序文,借登高之会感怀时事,慨叹身世,是富于时代精神和个人特点的真情流露。王勃一生虽连遭挫折,不免产生人生无常、命运偃蹇的怨叹,但我们在文中更多地体验到的却是作者渴望用世的抱负和强自振作的意志。希望和失望兼有,追求和痛苦交织,这正是文章的动人之处。作为一篇优秀的骈文,作者调动了对偶、用典等艺术手段,在精美严整的形式之中,表现了自然变化之趣;尤其是景物描写部分,文笔瑰丽,手法多样,以或浓或淡、或俯或仰、时远时近、有声有色的画面,把秋日风光描绘得神采飞动,令人击节叹赏。其中"落霞与孤鹜齐飞,秋水共长天一色"一联,动静相映,意境浑融,成为千古传诵的名句。

豫章故郡[1],洪都新府[2]。星分翼轸[3],地接衡庐[4]。襟三江而带五湖[5],控蛮荆而引瓯越[6]。物华天宝,龙光射牛斗之墟[7];人杰地灵,徐孺下陈蕃之榻[8]。雄州雾列,俊采星驰[9]。台隍枕夷夏之交,宾主尽东南之美。都督阎公之雅望,棨戟遥临[10];宇文新州之懿范,襜帷暂驻[11]。十旬休假,胜友如云[12];千里逢迎,高朋满座。腾蛟起凤,孟学士之词宗[13];紫电青霜,王将军之武库[14]。家君作宰,路出名区,童子何知,躬逢胜饯。

时维九月，序属三秋[15]。潦水尽而寒潭清，烟光凝而暮山紫。俨骖騑于上路，访风景于崇阿。临帝子之长洲，得天人之旧馆[16]。层峦耸翠，上出重霄；飞阁流丹，下临无地。鹤汀凫渚，穷岛屿之萦回；桂殿兰宫，即冈峦之体势。披绣闼，俯雕甍：山原旷其盈视，川泽纡其骇瞩。闾阎扑地，钟鸣鼎食之家[17]；舸舰迷津，青雀黄龙之轴[18]。云销雨霁，彩彻区明[19]。落霞与孤鹜齐飞，秋水共长天一色。渔舟唱晚，响穷彭蠡之滨[20]；雁阵惊寒，声断衡阳之浦[21]。

遥襟甫畅[22]，逸兴遄飞。爽籁发而清风生[23]，纤歌凝而白云遏[24]。睢园绿竹[25]，气凌彭泽之樽[26]；邺水朱华[27]，光照临川之笔[28]。四美具，二难并[29]。穷睇眄于中天，极娱游于暇日。天高地迥，觉宇宙之无穷；兴尽悲来，识盈虚之有数。望长安于日下[30]，目吴会于云间[31]。地势极而南溟深，天柱高而北辰远[32]。关山难越，谁悲失路之人；萍水相逢，尽是他乡之客。怀帝阍而不见[33]，奉宣室以何年[34]。嗟乎！时运不齐，命途多舛；冯唐易老[35]，李广难封[36]。屈贾谊于长沙，非无圣主[37]；窜梁鸿于海曲，岂乏明时[38]。所赖君子见机[39]，达人知命[40]。老当益壮[41]，宁移白首之心；穷且益坚，不坠青云之志[42]。酌贪泉而觉爽[43]，处涸辙而相欢[44]。北海虽赊，扶摇可接[45]；东隅已逝，桑榆非晚[46]。孟尝高洁，空余报国之情[47]；阮籍猖狂，岂效穷途之哭[48]！

勃，三尺微命[49]，一介书生。无路请缨，等终军之弱冠[50]；有怀投笔，慕宗悫之长风[51]。舍簪笏于百龄[52]，奉晨昏于万里[53]。非谢家之宝树[54]，接孟氏之芳邻[55]。他日趋庭，叨陪鲤对[56]；今兹捧袂，喜托龙门[57]。杨意不逢，抚凌云而自惜[58]；钟期既遇，奏流水以何惭[59]。呜呼！胜地不常，盛筵难再；兰亭已矣[60]，梓泽丘墟[61]。临别赠言，幸承恩于伟饯；登高作赋，是所望于群公。敢竭鄙怀，恭疏短引；一言均赋，四韵俱成。请洒潘江，各倾陆海云尔[62]。

【注释】

[1] 豫章：滕王阁在今江西省南昌市。南昌：为汉豫章郡治。

［2］ 洪都：汉豫章郡，唐改为洪州，设都督府。

［3］ 星分翼轸（zhěn）：古人习惯以天上星宿与地上区域对应，称为“某地在某星之分野”。据《晋书·天文志》，豫章属吴地，吴越扬州当牛斗二星的分野，与翼轸二星相邻。翼、轸：星宿名，属二十八宿。

［4］ 衡庐：衡：衡山，此代指衡州（治所在今湖南省衡阳市）。庐：庐山，此代指江州（治所在今江西省九江市）。

［5］ 三江：泛指长江中下游的江河。五湖：南方大湖的总称。

［6］ 蛮荆：古楚地，今湖北、湖南一带。瓯越：古越地，即今浙江地区。古东越王建都于东瓯（今浙江省永嘉县）。

［7］ “物华”两句：据《晋书·张华传》，晋初，牛、斗二星之间常有紫气照射，据说是宝剑之精，上彻于天。张华命人寻找，果然在丰城（今江西省丰城市，古属豫章郡）牢狱的地下，掘出龙泉、太阿二剑。后这对宝剑入水化为双龙。

［8］ “徐孺”句：据《后汉书·徐稚传》，东汉名士陈蕃为豫章太守，不接宾客，惟徐稚来访时，才设一睡榻，徐稚去后又悬置起来。徐孺：徐孺子的省称。徐孺子名稚，东汉豫章南昌人，当时隐士。

［9］ 采：通“寀”，官吏。

［10］ 都督：掌管督察诸州军事的官员，唐代分上、中、下三等。阎公：名未详。棨（qǐ）戟：外有赤黑色缯作套的木戟，古代大官出行时用。这里代指仪仗。

［11］ 宇文新州：复姓宇文的新州（在今广东境内）刺史，名未详。襜（chā）帷：车上的帷幕，这里代指车马。

［12］ 十旬休假：按唐制，十日为一旬，遇旬日则官员休沐，称为“旬休”。假：通“暇”，空闲。

［13］ 腾蛟起凤：《西京杂记》：“董仲舒梦蛟龙入怀，乃作《春秋繁露》。”又：“扬雄著《太玄经》，梦吐凤凰集《玄》之上，顷而灭。”孟学士：名未详。

［14］ 紫电青霜：《古今注》：“吴大皇帝（孙权）有宝剑六，二曰紫电。”《西京杂记》：“高祖（刘邦）斩白蛇剑，刃上常带霜雪。”王将军：名未详。

［15］ 三秋：古人称七、八、九月为孟秋、仲秋、季秋，三秋即季秋，九月。

［16］ 帝子、天人：都指滕王李元婴。

［17］ 闾阎：里门，这里代指房屋。钟鸣鼎食：古代贵族鸣钟列鼎而食。

［18］ 舸（gě）：《方言》：“南楚江、湘，凡船大者谓之舸。”青雀黄龙：船的装饰形状。轴：通“舳（zhú）”，船尾把舵处，这里代指船只。

［19］ 彩：虹。彻：通贯。

［20］ 彭蠡：古大泽名，即今鄱阳湖。

［21］ 衡阳：今属湖南省，境内有回雁峰，相传秋雁到此就不再南飞，待春而返。

［22］ 甫：方才。

［23］ 爽籁：管子参差不齐的排箫。

［24］ 白云遏：形容音响优美，能驻行云。《列子·汤问》："薛谭学讴于秦青，未穷青之技，自谓尽之，遂辞归。秦青弗止，饯于郊衢。抚节悲歌，声振林木，响遏行云。"

［25］ 睢(suī)园绿林：睢园，即汉梁孝王菟园。《水经注》："睢水又东南流，历于竹圃……世人言梁王竹园也。"

［26］ 彭泽：县名，在今江西湖口县东。陶渊明曾官彭泽县令，世称陶彭泽。樽：酒器。陶渊明《归去来兮辞》有"有酒盈樽"之句。

［27］ 邺水：在邺下(今河北省临漳县)。邺下是曹魏兴起的地方。朱华：荷花。曹植《公宴诗》："秋兰被长坂，朱华冒绿池。"

［28］ "光照"句：临川：为郡名，治所在今江西省抚州市。这里指代谢灵运。谢曾任临川内史，《宋书》本传称他"文章之美，江左莫逮"。

［29］ 四美：指良辰、美景、赏心、乐事。二难：指贤主、嘉宾难得。

［30］ "望长安"句：《世说新语·夙惠》："晋明帝数岁，坐元帝膝上。有人从长安来，元帝因问明帝：'汝意谓长安何如日远？'答曰：'日远，不闻人从日边来，居然可知。'元帝异之。明日集群臣宴会，告以此意，更重问之，乃答曰：'日近。'元帝失色曰：'尔何故异昨日之言邪？'答曰：'举目见日，不见长安。'"

［31］ 吴会：吴郡，治所在今江苏省苏州市。云间：江苏松江县(古华亭)的古称。《世说新语·排调》：陆云(字士龙)华亭人，未识荀隐，张华使其相互介绍而不作常语，"云因抗手曰：'云间陆士龙。'"

［32］ 天柱：《神异经》："昆仑之山，有铜柱焉。其高入天，所谓天柱也。"北辰：《论语·为政》："为政以德，譬如北辰，居其所而众星共(拱)之。"

［33］ 帝阍(hūn)：天帝的守门人。屈原《离骚》："吾令帝阍开关兮，倚阊阖而望予。"

［34］ "奉宣室"句：贾谊迁谪长沙四年后，汉文帝复召他回长安，于宣室中问鬼神之事。宣室，汉未央宫正殿，为皇帝召见大臣议事之处。

［35］ 冯唐易老：《史记·冯唐列传》："(冯)唐以孝著，为中郎署长，事文帝。……拜唐为车骑都尉，主中尉及郡国车士。七年，景帝立，以唐为楚相，免。武帝立，求贤良，举冯唐。唐时年九十余，不能复为官。"

［36］ 李广难封：李广，汉武帝时名将，多次与匈奴作战，军功卓著，却始终未获封爵。

［37］ "屈贾谊"句：贾谊在汉文帝时被贬为长沙王太傅。圣主：指汉文帝。

[38] “窜梁鸿”句：梁鸿，东汉人，因得罪章帝，避居齐鲁、吴中。明时：指章帝时代。

[39] 君子见机：《易·系辞下》：“君子见几(机)而作。”

[40] 达人知命：《易·系辞上》：“乐天知命故不忧。”

[41] 老当益壮：《后汉书·马援传》：“丈夫为志，穷当益坚，老当益壮。”

[42] 青云之志：《续逸民传》：“嵇康早有青云之志。”

[43] “酌贪泉”句：据《晋书·吴隐之传》，廉官吴隐之赴广州刺史任，饮贪泉之水，并作诗说：“古人云此水，一歃怀千金。试使(伯)夷(叔)齐饮，终当不易心。”贪泉，在广州附近的石门，传说饮此水会贪得无厌。

[44] 处涸辙：《庄子·外物》有鲋鱼处涸辙的故事。涸辙比喻困厄的处境。

[45] “北海”两句：语意本《庄子·逍遥游》。

[46] “东隅”两句：《后汉书·冯异传》：“失之东隅，收之桑榆。”东隅，日出处，表示早晨。桑榆，日落处，表示傍晚。

[47] “孟尝”两句：孟尝，字伯周，东汉会稽上虞人。曾任合浦太守，以廉洁奉公著称，后因病隐居。桓帝时，虽有人屡次荐举，终不见用。事见《后汉书·孟尝传》。

[48] “阮籍”两句：阮籍，字嗣宗，晋代名士。《晋书·阮籍传》：籍“时率意独驾，不由径路。车迹所穷，辄恸哭而反。”

[49] 三尺：指幼小。

[50] “无路”两句：据《汉书·终军传》，终军字子云，汉代济南人。武帝时出使南越，自请“愿受长缨，必羁南越王而致之阙下”，时仅二十余岁。等：相同，用作动词。弱冠：古人二十岁行冠礼，表示成年，称“弱冠”。

[51] 投笔：用汉班超投笔从戎的故事，事见《后汉书·班超传》。“慕宗悫(què)”句：宗悫，字元干，南朝宋南阳人，年少时向叔父自述志向，云“愿乘长风破万里浪”。事见《宋书·宗悫传》。

[52] 簪笏(hù)：冠簪、手版。官吏用物，这里代指官职地位。百龄：百年，犹“一生”。

[53] 奉晨昏：《礼记·曲礼上》：“凡为人子之礼……昏定而晨省。”

[54] “非谢家”句：《世说新语·言语》：“谢太傅(安)问诸子侄‘子弟亦何预人事，而正欲使其佳?’诸人莫有言者。车骑(谢玄)答曰：‘譬如芝兰玉树，欲使其生于庭阶耳。’”

[55] “接孟氏”句：据说孟轲的母亲为教育儿子而三迁择邻，最后定居于学官附近。事见刘向《列女传·母仪篇》。

[56] “他日”两句：《论语·季氏》：“(孔子)尝独立，(孔)鲤趋而过庭。(子)曰：‘学诗

乎?’对曰:‘未也。’‘不学诗,无以言。’鲤退而学诗。他日,又独立,鲤趋而过庭。(子)曰:‘学礼乎?’对曰:‘未也。’‘不学礼,无以立。’鲤退而学礼。”鲤:孔鲤,孔子之子。

[57] 捧袂(mèi):举起双袖,表示恭敬的姿势。喜托龙门:《后汉书·李膺传》:“膺以声名自高,士有被其容接者,名为登龙门。”

[58] “杨意”两句:据《史记·司马相如列传》,司马相如经蜀人杨得意引荐,方能入朝见汉武帝。又云:“相如既奏《大人》之颂,天子大悦,飘飘有凌云之气。”杨意:杨得意的省称。凌云:指司马相如作《大人赋》。

[59] “钟期”两句:《列子·汤问》:“伯牙善鼓琴,钟子期善听。伯牙鼓琴……志在流水,钟子期曰:‘善哉!洋洋兮若江河。’”钟期:钟子期的省称。

[60] 兰亭:在今浙江省绍兴市附近。晋穆帝永和九年(353)三月三日上巳节,王羲之与群贤宴集于此,行修禊礼,祓除不祥。

[61] 梓泽:即晋石崇的金谷园,故址在今河南省洛阳市西北。

[62] “请洒”两句:钟嵘《诗品》:“陆(机)才如海,潘(岳)才如江。”

李白

与韩荆州书

【题解】 李白(701—762),字太白,号青莲居士,唐代伟大诗人。绵州昌隆县(今四川省江油市)人。青少年时期在蜀中度过,约二十五六岁时,出蜀漫游各地。玄宗天宝(742—756)初至长安,待诏翰林院。不久便遭谗去京,南北漫游。安史之乱中,因参永王李璘幕府,被流放夜郎,途中遇赦。晚年漂泊江南,病逝于当涂(今属安徽)。李白诗深切关怀国家政治,对天宝年间权奸当道、穷兵黩武等阴暗面以及安史乱军危害国家的罪行均加以批判;强烈抒发了雄心壮志遭受压抑的痛苦和愤怒心情,表达了对权贵的蔑视和对独立自由人格的向往;热情歌颂了祖国的大好河山。诗风豪放,想象奇伟,情感炽热,语言真率自然,具有浓厚的浪漫主义色彩。文风亦豪迈俊爽。今存诗约千首,文约七十篇。

本文约作于开元二十二年(734),李白在襄阳(今属湖北)。韩荆州,即韩朝宗,时任荆州长史兼襄州刺史、山南东道采访使。李白抱负宏大,自称"愿为辅弼,使寰区大定,海县清一"。(《代寿山答孟少府移文书》)但他不欲经由进士、明经等常规考试进入仕途,而企图一朝蒙受帝王赏识,获得重用。故广事干谒,投赠诗文,以表现才能,培养声名。作此文前,已多次上书和谒见地方长官,又曾入京谋求出路,未果。本文也是干谒之作,故极称韩朝宗善于识拔人才,希望获得接见和称誉。但并不露卑屈之态,而充满对自己才能的自信。文句骈散并用,长短错落,读来颇有气盛言宜之感。

白闻天下谈士相聚而言曰[1]:"生不用封万户侯[2],但愿一识韩荆州。"何令人之景慕[3],一至于此耶!岂不以有周公之风,躬吐握之事[4],使海内豪俊奔走而归之,一登龙门[5],则声誉十倍,所以龙盘凤逸之士,皆欲收名定价于君侯[6]。愿君侯不以富贵而骄之,寒贱而忽之,则三千宾中有毛遂,使白得颖脱而出[7],即其人焉。

白陇西布衣,流落楚汉[8]。十五好剑术,偏干诸侯;三十成文章,历抵卿相[9]。虽长不满七尺,而心雄万夫。王公大人,许与气义。此畴曩心迹[10],安敢不尽于君侯哉?

君侯制作侔神明[11],德行动天地,笔参造化,学究天人[12]。幸愿开张心颜,不以长揖见拒[13]。必若接之以高宴,纵之以清谈[14],请日试万言,倚马可待[15]。今天下以君侯为文章之司命,人物之权衡[16],一经品题,便作佳士。而君侯何惜阶前盈尺之地[17],不使白扬眉吐气,激昂青云耶?

昔王子师为豫州,未下车,即辟荀慈明,既下车,又辟孔文举[18];山涛作冀州,甄拔三十余人,或为侍中、尚书[19],先代所美。而君侯亦荐一严协律,入为秘书郎,中间崔宗之、房习祖、黎昕、许莹之徒[20],或以才名见知,或以清白见赏。白每观其衔恩抚躬[21],忠义奋发,以此感激,知君侯推赤心于诸贤腹中[22],所以不归他人,而愿委身国士[23]。傥急难有用,敢效微躯[24]。

且人非尧舜[25],谁能尽善?白谟猷筹画,安能自矜[26]?至于制作，积成卷轴[27]，则欲尘秽视听[28]。恐雕虫小技[29]，不合大人。若赐观刍荛[30]，请给纸墨，兼之书人，然后退扫闲轩[31]，缮写呈上。庶青萍、结绿，长价于薛、卞之门[32]。幸惟下流[33]，大开奖饰，惟君侯图之[34]。

【注释】

[1] 谈士：言谈之士。孔融《与曹操论盛孝章书》："天下谈士，依以扬声。"

[2] 万户侯：食邑万户的封侯。唐朝封爵已无万户侯之称，此处借指显贵。

[3] 景慕：敬仰爱慕。

[4] 周公：即姬旦，周文王子，武王弟。因采邑在周（今陕西岐山县北），故称周公。吐握：吐哺（口中所含食物）握发（头发）。周公自称"我一沐（洗头）三握发，一饭三吐哺，起以待士，犹恐失天下之贤人"（见《史记·鲁世家》），后世因以"吐握"形容礼贤下士。

[5] 龙门：在今山西河津西北黄河两岸，峭壁对峙，形如阙门。传说江海大鱼能上此门者即化为龙。东汉李膺有高名，当时士人有受其接待者，名为登龙门。

[6] 龙盘凤逸：喻贤人在野或屈居下位。收名定价：获取美名，奠定声望。君侯：对尊贵者的敬称。

[7] 毛遂：战国时赵国平原君食客。秦围邯郸，赵王使平原君求救于楚，毛遂请求随同前往，自荐曰："臣乃今日请处囊中耳。使遂早得处囊中，乃颖脱而出，非特其末见而已。"随从至楚，果然说服了楚王，使其同意发兵。平原君乃以为上客（见《史记·平原君虞卿列传》）。颖（yǐng）：指锥芒。颖脱而出，喻才士若获得机会，必能充分显示其才能。

[8] 陇西：古郡名，始置于秦，治所在狄道（今甘肃临洮）。李白自称十六国时凉武昭王李暠之后，李暠为陇西人。布衣：平民。楚汉：当时李白家于安陆（今属湖北），往来于襄阳、江夏等地。

[9] 干：干谒，对人有所求而请见。诸侯：此指地方长官。历：普遍。抵：拜谒，进见。卿相：指中央朝廷高级官员。

[10] 畴曩（chóu nǎng）：往日。

[11] 制作：指文章著述。侔（móu）：相等，齐同。东汉崔瑗《张平子碑》："数术穷天地，制作侔造化。"

[12] 参：参与。造化：自然的创造化育。天人：天道和人道。南朝梁钟嵘《诗品序》：

“文丽日月，学究天人。”

[13] 开张：开扩，舒展。长揖：相见时拱手高举自上而下以为礼。

[14] 清谈：汉末魏晋以来，士人喜高谈阔论，或评议人物，或探究玄理，称为清谈。

[15] 倚马可待：喻文思敏捷。东晋时袁宏随同桓温北征，受命作露布文（檄文、捷书之类），他倚马前而作，手不辍笔，顷刻便成，而文极佳妙。

[16] 司命：原为神名，掌管人之寿命。此指判定文章优劣的权威。权：秤锤。衡：秤杆。此指品评人物的权威。

[17] 惜阶前盈尺之地：意即不在堂前接见我。

[18] 王子师：东汉王允，字子师，灵帝时为豫州刺史（治所在沛国谯县，即今安徽亳县），征召荀爽（字慈明，汉末硕儒）、孔融（字文举，孔子之后，汉末名士）等为从事。全句原出西晋东海王司马越《与江统书》。

[19] 山涛：字巨源，西晋名士，竹林七贤之一。为翼州（今河北高邑西南）刺史时，搜访贤才，甄拔隐屈。侍中、尚书：中央政府官名。

[20] 严协律：名不详。协律：协律郎，属太常寺，掌校正律吕。秘书郎：属秘书省，掌管中央政府藏书。崔宗之：李白好友，开元中入仕，曾为起居郎、尚书礼部员外郎、礼部郎中、右司郎中等职，与孟浩然、杜甫亦曾有交往。房习祖：不详。黎昕：曾为拾遗官，与王维有交往。许莹：不详。

[21] 抚躬：犹言抚膺、抚髀，表示慨叹。抚：拍。

[22] 推赤心于诸贤腹中：《后汉书·光武本纪》：“萧王（刘秀）推赤心置人腹中。”

[23] 国士：国中杰出的人。

[24] 傥：同“倘”。

[25] 且：连词。

[26] 谟猷（yóu）：谋划，谋略。

[27] 卷轴：古代帛书或纸书以轴卷束。

[28] 尘秽视听：请对方观看自己作品的谦语。

[29] 雕虫小技：西汉扬雄称作赋为“童子雕虫篆刻”，“壮夫不为”（见《法言·吾子》）。虫书、刻符为当时学童所习书体，纤巧难工。此处乃自谦之词。

[30] 刍荛（chú ráo）：割草为刍，打柴为荛，刍荛指草野之人。亦用以谦称自己的作品。

[31] 闲轩：静室。

[32] 青萍：宝剑名。结绿：美玉名。薛：薛烛，古代善相剑者，见《越绝书外传·记宝剑》。卞：卞和，古代善识玉者，见《韩非子·和氏》。

[33] 惟：念。一作“推”。下流：指地位低的人。

[34] 奖饰：奖励称誉。

春夜宴从弟桃李园序

【题解】 李白与诸从弟聚会赋诗，本文即为之而作的序文。从弟即堂弟。但唐代风气喜联宗，凡同姓即结为兄弟叔侄等，所谓从弟未必真有血缘关系。序中写了欣赏美景、高谈清论、饮酒作诗的情景。虽有“浮生若梦”等颓废之语，但主要是抒发了热爱大自然、热爱生活的豪情逸兴。全文仅百余字，紧扣题目，句无虚设，而层次井然。以骈偶句式为主，铿锵动听，而又潇洒流动，无板滞之弊。

夫天地者，万物之逆旅也[1]；光阴者，百代之过客也。而浮生若梦[2]，为欢几何？古人秉烛夜游，良有以也[3]。况阳春召我以烟景，大块假我以文章[4]。会桃李之芳园，序天伦之乐事[5]。群季俊秀，皆为惠连[6]；吾人咏歌，独惭康乐[7]。幽赏未已，高谈转清。开琼筵以坐花，飞羽觞而醉月[8]。不有佳咏，何伸雅怀？如诗不成，罚依金谷酒数[9]。

【注释】

[1] 逆旅：旅舍。逆：迎。古人以生为寄，以死为归，如《尸子》：“老莱子曰：人生于天地之间，寄也；寄者固归也。”又如《古诗》：“人生天地间，忽如远行客。”此用其意。

[2] 浮生若梦：《庄子·刻意》：“其生若浮，其死若休。”又《庄子·齐物论》称庄周梦为胡蝶：“不知周之梦为胡蝶与，胡蝶之梦为周与？”意谓死生之辨，亦如梦觉之分，纷纭变化，不可究诘。此用其意。

[3] 秉：持，拿着。两句原出曹丕《与吴质书》：“年一过往，何可攀援？古人思秉烛夜游，良有以也。”

[4] 大块：指大自然。假：借。文章：原指错杂的色彩、花纹。此指大自然中各种美好的形象、色彩、声音等。刘勰《文心雕龙·原道》指出，天上日月，地上山川，以及动物、植物等，均有文采，“形立则章成矣，声发则文生矣”。

[5] 序：同“叙”。天伦：天然的伦次，此指兄弟。

[6] 季：少子为季，此指弟弟。惠连：谢惠连，南朝宋文学家。幼而聪慧，十岁便能作文。深为族兄灵运所赏爱，常一同写作游玩。

[7] 康乐：谢灵运，南朝宋诗人，名将谢玄之孙，袭封康乐公。以写作山水诗著名。

[8] 琼筵：美好的筵席。琼：美玉。羽觞：酒器，形如雀鸟。

[9] 金谷酒数：晋石崇有金谷园，曾与友人宴饮其中，作《金谷诗序》云：“遂各赋诗，以叙中怀。或不能者，罚酒三斗。”

王维

山中与裴秀才迪书

【题解】 王维，字摩诘，河东人，唐代诗人。工书画，与弟缙俱有俊才。开元九年，进士擢第，调太乐丞。坐累为济州司仓参军，历右拾遗、监察御史、左补阙、库部郎中，拜吏部郎中。天宝末，为给事中。安禄山陷两都，维为贼所得。贼平，责授太子中允，迁中庶子、中书舍人。复拜给事中，转尚书右丞。维以诗名盛于开元、天宝间，宁薛诸王驸马豪贵之门，无不拂席迎之。得宋之问辋川别墅，山水绝胜，与道友裴迪，浮舟往来，弹琴赋诗，啸咏终日。《山中与秀才裴迪书》即诗人在辋川写给裴迪的书信，约请他在明年春天科试之后，来自己的山中别墅一游。文章洒脱清丽，极饶风致，是抒情散文的名篇。

近腊月下[1]，景气和畅[2]，故山殊可过[3]。足下方温经，猥不敢相烦[4]，辄便往山中，憩感配寺，与山僧饭讫而去[5]。

北涉玄灞，清月映郭[6]。夜登华子冈[7]，辋水沦涟，与月上下[8]。寒山远火，明灭林外[9]。深巷寒犬，吠声如豹。村墟夜舂，复与疏钟相间[10]。此时独坐，僮仆静默，多思曩昔，携手赋诗，步仄径，临清流也[11]。

当待春中，草木蔓发[12]，春山可望，轻鲦出水[13]，白鸥矫翼[14]，露湿青皋[15]，麦陇朝雊[16]，斯之不远，倘能从我游乎[17]？非子天机清妙者，岂能以此不急之务相邀[18]。然是中有深趣矣！无忽[19]。

因驮黄檗人往，不一[20]，山中人王维白[21]。

【注释】

[1] 腊月：农历十二月。近腊月下：迫近腊月，即在仲冬季节。下：指所值季节，犹言眼下。

[2] 景：景物。气：气候。和：温和，指不甚寒冻。畅：指人觉得清爽。

[3] 故山：指王维的蓝田别业。殊：尤，特别。可：应该。过：看望。

[4] 温经：温习经书。岁末温经，是董遇读书用“三余”（“冬者岁之余，夜者日之余，阴雨者晴之余”，见《魏志·王朗传》注引《魏略》之例，古人往往如此。猥：发语词，含有冒昧轻率的意思，谦词。烦：干扰。猥不敢相烦：不敢冒昧来干扰你。

[5] 辄：即。憩（qì）：休息。感配寺：寺庙名。饭讫：吃完饭。王维有《游感化寺诗》和《过感化寺昙兴上人山院诗》〈文苑英华〉卷二百三十四皆作化感寺。《旧唐书·方伎·神秀传》魏其弟子义福“初止蓝田山化感寺”。感配寺：疑当作化感寺。

[6] 涉：渡过。玄灞：瀚水：源出蓝田县东，流人渭水。潘岳《西征赋》“南方有玄灞素浐。”玄形容水色深青。郭：外城。

[7] 王维蓝田灞川别墅有华子岗、敏湖、竹里馆、柳浪、茱萸沂、辛夷坞等佳胜之地。见《辋川集》。

[8] 沦涟（lián）：水上波纹。微风吹水，水纹如轮，叫沦；风行水上，形成波纹，叫涟。与月上下：指月形随波低昂晃动。

[9] 寒山：冬日的山草衰叶落，一片萧瑟，故称寒山。远火：远处人家的灯光。明灭：忽明忽暗。

[10] 村墟：村庄。舂：捣米。疏钟：佛寺稀疏的钟声。间（jiàn）：杂。

[11] 曩昔：从前。仄迳：小路。临：从高往下望。清流：即指辋水。

[12] 春中：春时。蔓发：蔓延滋长。

[13] 鯈：白鲦鱼。轻鲦出水：轻捷的鲦鱼跃出水面。

[14] 矫翼：举起翅膀飞翔。扬雄《解嘲》：娇翼厉翮。

[15] 皋：泽边地。青皋：青青的水边平地。

[16] 陇：同“垄”，田坎。朝雊（gòu）：雄雉晨鸣。《诗·小弁》：“雉之朝雊。”

[17] 斯之不远：这时节并不远。傥：同“倘”，或者，如果，表示希望。

[18] 天机：生性，指有不平凡的禀赋。清妙：清远超俗。务：别习，事。不及之务：指春游在世俗人看来并不是什么急于要办的事。

[19] 无忽：不要忘记。

[20] 驮：牲口运载。黄檗：俗称黄柏，药用植物，古代又做黄色染料。这句是说趁驮送黄柏的人前往往便送信去。不一：不一件一件地细说。

[21] 山中人：《楚辞·九歌·山鬼》："山中人兮芳杜若，饮石泉兮荫松柏。"这里用以自称。

元结

丐　论

【题解】 元结(719—772)，字次山，河南鲁山人。天宝六载(747)应举落第后，归隐商余山。天宝十二载进士及第。代宗时，任道州刺史，调容州，加封容州都督充本管经略守捉使，政绩颇丰。大历七年(772)入朝，同年卒于长安。他主张诗歌为政治教化服务，要"极帝王理乱之道，系古人规讽之流"；能济世劝俗，补阙拾遗，"上感于上，下化于下"；反对当时诗坛"拘限声病，喜尚形似"(《箧中集序》)的不良风气，开新乐府运动之先声。元结的散文，不同流俗，大抵短小精悍，笔锋犀利，绘形图像，逼真生动，发人深省，其他散文如书、论、序、表、状之类，均刻意求古，意气超拔，和当时文风不同。这里选录的《丐论》，就是其中有名亦很有趣的一篇。

天宝戊子中[1]，元子游长安，与丐者为友。

或曰："君友丐者，不太下乎？"

对曰："古人乡无君子，则与云山为友；里无君子，则与松竹为友；坐无君子，则与琴酒为友；出游于国，见君子则友之。丐者，今之君子，吾恐不得与之友也。丐者丐论，子能听乎？"

"吾既与丐者相友，喻求罢[2]，丐友相喻曰：'子羞吾为丐邪？有可羞者，亦曾知未也？呜呼！于今之世有丐者，丐宗属于人，丐嫁娶于人，丐名位于人，丐颜色于人。甚者则丐权家奴齿，以售邪佞；丐权家婢颜，以容媚惑。有自富丐贫，自贵丐贱；于刑丐命，命不可得，就死丐时，就时丐息，至死丐全形，而终有不可丐者。更有甚者，丐家族于仆圉[3]，丐性命于臣妾，丐宗庙而不敢，丐妻子而无辞。有如此者，不可为羞哉！吾所以丐人之弃衣，丐人之弃食，提罂荷杖[4]，在于路旁，且欲与天下之人为同类耳。不然，则无颜容行于人间。夫丐衣食，贫也。以贫乞丐，心不惭；迹与人同，示无异也，此君子之道。吾君子不欲全道邪？幸不在山林，亦宜具罂杖随我作丐者之状貌，学丐者之言词，与丐者之相逢，使丐者之无耻，庶几时世始能相容，吾子无矫然取不容也。'於戏[5]！丐者言语如斯，可编为《丐论》，以补时规。"

【注释】

[1] 天宝戊子中：指唐玄宗天宝七年(748)。

[2] 喻求罢：劝喻乞丐朋友，希望他别再乞讨了。

[3] 仆圉(yǔ)：仆人和马夫。

[4] 罂(yīng)：瓦罐。荷：担、扛。

[5] 於戏：读如呜呼，意亦同，示感慨也。

韩愈

送董邵南序

【题解】 韩愈(768—824)，字退之。河南河阳(今河南省孟州市)人。幼孤贫刻苦好学，德宗贞元八年进士。曾任监察御史，因上疏请免关中赋役，贬为阳山县令。后随宰相裴度平定淮西迁刑部侍郎，又因上表谏迎佛骨，贬潮州刺史。做过吏部侍郎，死谥文公，故世称韩吏部、韩文公。在文学成就上，同柳宗元齐名，称为“韩柳”，同为唐代古文运动的倡导者与领导者。其诗力求险怪新奇，雄浑重气势。

董邵南，寿州安丰(今安徽寿县)人，因屡考进士未中，拟去河北托身藩镇幕府。韩愈一贯反对藩镇割据，故作此序赠送他，既同情他仕途的不遇，又劝他不要去为割据的藩镇做不义之事。首段先说此行一定“有合”，是陪笔。次段指出古今风俗不同，故此行未必“有合”，虽不明说而主旨已露。末段借用乐毅和高渐离之事，喻示董邵南生不逢时，应当效法古代的忠臣义士，效力朝廷。全文措辞深婉，意在言外，虽仅百余字，但一波三折，起伏跌宕。刘大櫆评此篇曰：“深微屈曲，读之，觉高情远韵可望而不可及。”

燕赵古称多感慨悲歌之士[1]。董生举进士[2]，连不得志于有司[3]，怀抱利器[4]，郁郁适兹土[5]。吾知其必有合也。董生勉乎哉！

夫以子之不遇时，苟慕义彊仁者皆爱惜焉[6]。矧燕、赵之士出乎其性者哉[7]！然吾尝闻风俗与化移易，吾恶知其今不异于古所云邪？聊以吾子之行卜之也。董生勉乎哉！

吾因子有所感矣。为我吊望诸君之墓[8]，而观于其市，复有昔时屠狗者乎[9]？为我谢曰：“明天子在上，可以出而仕矣。”

【注释】

[1] 燕赵：战国时，燕国位于今河北北部、辽宁西部一带；赵国位于今山西北部、河北西部一带。

[2] 董生：指董邵南。

[3] 有司：古代设官分职，各有专司，故称。这里指主持进士考试的礼部官。

[4] 利器：比喻杰出的才能。

[5] 兹土：当时河朔三镇幽州(领州九，治所在今北京西南)、成德(领州四，治所在今河北正定)、魏博(领州七、治所在今河北大名)，都自置官吏，割据而不受朝廷节制。

[6] 彊(qiǎng)：同“强”，勉力。

[7] 矧(shěn)：况且。

[8] 望诸君：即乐毅，战国时燕国名将，辅佐燕昭王击破齐国，成就霸业，后被诬陷，离

燕归赵，赵封之于观津（今河北武邑东南），称“望诸君”。

[9] 屠狗者：据《史记·刺客列传》记载，高渐离曾以屠狗为业。其友荆轲刺秦王未遂而被杀，高渐离替他报仇，也未遂而死。这里泛指不得志的豪侠义士。

送穷文

【题解】 韩愈虽曾官至吏部侍郎，死后谥曰“文”。不过，他年轻时，也曾位居下僚，心情压抑，这才有一系列发牢骚、抒感慨的杂文，如《杂说》《进学解》《毛颖传》以及这篇《送穷文》。送穷，是古代一种民俗活动。传说起源于人们对高辛氏之子、一生贫困的“穷子”的同情，而实则与“穷”为人人所怕有关——有谁愿意穷困的命运落到自己头上？不幸的是，韩愈自进士及第，步入官场，仕途颇不顺利。贬阳山令，远赴炎热的广东；困国子监，又清苦寂寞。至元和六年，在河南令任上，仍未见起色，仿佛穷鬼跟定了他似的。这里的“穷”，不仅是生活贫穷，更是仕途困顿。其实，自古以来，文人穷困者比比皆是。所以，早在西汉，扬雄就写过一篇《逐贫赋》，以与“贫”对话的方式，想让它自动离去：“我行尔动，我静尔休；岂无他人，从我何求？今汝去矣，勿复久留！”但“贫”哪里肯轻易放过他，而且说得振振有词，最后是扬雄认输，从此“贫遂不去，与我游息”。韩愈利用民俗活动的形式，借鉴扬雄文章的写法，以更卓荦宏肆的结构，更精巧生动、富于韵律的文字，更幽默诙谐的语调，放笔抒写自己的遭际和感慨，畅论时世、人生的矛盾与归宿，遂使“送穷”主题上升到一个新的高度。

元和六年正月乙丑晦[1]，主人使奴星结柳作车，缚草为船，载糗舆粻[2]；牛系轭下，引帆上樯；三揖穷鬼而告之曰：“闻子行有日矣，鄙人不敢问所途，窃具船与车，备载糗粻。日吉时良，利行四方，子饭一盂，子啜一觞，携朋挈俦，去故就新，驾尘彍风[3]，与电争先。子无底滞之尤，我有资送之恩，子等有意于行乎？”

屏息潜听，如闻音声；若啸若啼，砉欻嘤嘤[4]。毛发尽竖，竦肩缩颈。疑有而无，久乃可明。若有言者曰：“吾与子居，四十年馀；子在孩提，吾不子愚。子学子耕，求官与名；惟子是从，不变于初。门神户灵，我叱我呵。包羞诡随，志不在他。子迁南荒，热烁湿蒸，我非其乡，百鬼欺陵。太学四年，朝齑暮盐[5]；惟我保汝，人皆汝嫌。自初及终，未始背汝，心无异谋，口绝行语。于何听闻，云我当去？是必夫子信谗，有间于予也。我鬼非人，安用车船？鼻嗅臭香，糗粻可捐。单独一身，谁为朋俦？子苟备知，可数已否？子能尽言，可谓圣智；情状既露，敢不回避！”

主人应之曰："子以吾为真不知邪？子之朋俦，非六非四，在十去五，满七除二；各有主张，私立名字，捩手覆羹，转喉触讳。凡所以使吾面目可憎，语言无味者，皆子之志也。其名曰'智穷'：矫矫亢亢，恶圆喜方；羞为奸欺，不忍害伤。其次名为'学穷'：傲数与名，摘抉杳微；高挹群言，执神之机。又其次曰'文穷'：不专一能，怪怪奇奇；不可时施，只以自嬉。又其次曰'命穷'：影与形殊，面丑心妍；利居众后，责在人先。又其次曰'交穷'：磨肌戛骨[6]，吐出心肝；企足以待，置我雠冤。凡此五鬼，为吾五患；饥我寒我，兴讹造讪；能使我迷，人莫能间；朝悔其行，暮已复然；蝇营狗苟，驱去复还。”

言未毕，五鬼相与张眼吐舌，跳踉偃仆，抵掌顿脚，失笑相顾。徐谓主人曰："子知我名，凡我所为，驱我令去，小黠大痴。人生一世，其久几何？吾立子名，百世不磨。小人君子，其心不同；惟乖于时，乃与天通。携持琬琰，易一羊皮；饫于肥甘，慕彼糠糜。天下知子，谁过于予！虽遭斥逐，不忍子疏。谓予不信，请质《诗》《书》。”

主人于是垂头丧气，上手称谢，烧车与船，延之上座。

【注释】

[1] 元和六年：元和为唐宪宗年号，元和六年是公元 811 年。正月乙丑晦：农历正月乙丑日，这一天是月末，即晦日（与朔日，即每月一日相对）。民间习惯于这一天行送穷的祭礼。

[2] 糗（qiǔ）粻（zhāng）：干粮。

[3] 彍（kuò）风：乘风。

[4] 砉欻（xū xū）嚘嘤（yōu yīng）：形容穷鬼发出的细碎杂乱之声。

[5] 齑（jī）：捣碎的姜蒜细末，用作调味品。

[6] 磨肌戛(jiá)骨：即磨轧骨肉，形容与朋友极为贴近。

柳子厚墓志铭

【题解】 此文是韩愈于元和十五年(820)，在袁州任刺史时所作。韩愈和柳宗元同是唐代古文运动中桴鼓相应的领袖。私交甚深，友情笃厚。柳宗元卒于元和十四年，韩愈写过不少哀悼和纪念文字，这是其中较有代表性的一篇。文章综括柳宗元的家世、生平、交友、文章，着重论述其治理柳州的政绩和文学风义。韩愈赞扬宗元的政治才能，称颂其勇于为人，急朋友之难的美德和刻苦自励的精神。对他长期迁谪的坎坷遭遇，满掬同情之泪。然而对于宗元早年参加王叔文集团，企图改革政治的行为，却极为之讳，措词隐约，表现了作者的保守思想。文中，韩愈肯定了柳宗元文学上的卓越成就，并揭示出柳文愤世嫉俗之情及其现实意义。全文写得酣姿淋漓，顿挫盘郁，乃韩愈至性至情之所发。

墓志铭，是古代文体的一种，刻石纳入墓内或墓旁，表示对死者的纪念，以便后人稽考。文章通常分两部分，前一部分是序文，叙述死者的姓氏、爵里、世系和生平事迹；后一部分是铭文，缀以韵语，表示对死者的悼念和颂赞。这一篇墓志铭的铭文极短，是一种变格。

子厚，讳宗元[1]。七世祖庆，为拓跋魏侍中，封济阴公[2]。曾伯祖奭[3]，为唐宰相，与褚遂良、韩瑗俱得罪武后[4]，死高宗朝。皇考讳镇[5]，以事母弃太常博士，求为县令江南[6]。其后以不能媚权贵[7]，失御史。权贵人死[8]，乃复拜侍御史[9]。号为刚直[10]，所与游皆当世名人[11]。

子厚少精敏，无不通达。逮其父时[12]，虽少年，已自成人[13]，能取进士第[14]，崭然见头角[15]。众谓柳氏有子矣[16]。其后以博学宏词，授集贤殿正字[17]。俊杰廉悍[18]，议论证据今古[19]，出入经史百子[20]，踔厉风发[21]，率常屈其座人[22]。名声大振，一时皆慕与之交。

诸公要人，争欲令出我门下[23]，交口荐誉之[24]。

贞元十九年，由蓝田尉拜监察御史[25]。顺宗即位，拜礼部员外郎[26]。遇用事者得罪[27]，例出为刺史[28]。未至，又例贬永州司马[29]。居闲[30]，益自刻苦，务记览[31]，为词章，泛滥停蓄[32]，为深博无涯涘[33]。而自肆于山水间[34]。

元和中，尝例召至京师；又偕出为刺史[35]，而子厚得柳州[36]。既至，叹曰："是岂不足为政邪[37]？"因其土俗[38]，为设教禁[39]，州人顺赖[40]。其俗以男女质钱[41]，约不时赎[42]，子本相侔[43]，则没为奴婢[44]。子厚与设方计[45]，悉令赎归[46]。其尤贫力不能者，令书其佣[47]，足相当，则使归其质[48]。观察使下其法于他州[49]，比一岁[50]，免而归者且千人。衡湘以南为进士者[51]，皆以子厚为师，其经承子厚口讲指画为文词者，悉有法度可观。[52]其召至京师而复为刺史也，中山刘梦得禹锡亦在遣中[53]，当诣播州[54]。子厚泣曰："播州非人所居，而梦得亲在堂[55]，吾不忍梦得之穷[56]，无辞以白其大人[57]；且万无母子俱往理。"请于朝，将拜疏[58]，愿以柳易播[59]，虽重得罪[60]，死不恨。遇有以梦得事白上者[61]，梦得于是改刺连州[62]。呜呼！士穷乃见节义。今夫平居里巷相慕悦，酒食游戏相徵逐[63]，诩诩强笑语以相取下[64]，握手出肺肝相示[65]，指天日涕泣，誓生死不相背负[66]，真若不信；一旦临小利害，仅如毛发比[67]，反眼若不相识。落陷穽[68]，不一引手救，反挤之，又下石焉者，皆是也。此宜禽兽夷狄所不忍为，而其人自视以为得计。闻子厚之风，亦可以少愧矣[69]。

子厚前时少年，勇于为人[70]，不自贵重顾籍[71]，谓功业可立就[72]，故坐废退[73]。既退，又无相知有气力得位者推挽[74]，故卒死于穷裔[75]，材不为世用，道不行于时也。使子厚在台省时[76]，自持其身，已能如司马刺史时，亦自不斥；斥时，有人力能举之，且必复用不穷。然子厚斥不久，穷不极，虽有出于人，其文学辞章，必不能自力[77]，以致必传于后如今，无疑也。虽使子厚得所愿，为将相于一时[78]，以彼易此，孰得孰失，必有能辨之者。

子厚以元和十四年十一月八日卒[79],年四十七。以十五年七月十日,归葬万年先人墓侧[80]。子厚有子男二人:长曰周六,始四岁;季曰周七[81],子厚卒乃生。女子二人,皆幼。其得归葬也,费皆出观察使河东裴君行立[82]。行立有节概[83],重然诺[84],与子厚结交,子厚亦为之尽[85],竟赖其力。葬子厚于万年之墓者,舅弟卢遵[86]。遵,涿人[87],性谨慎,学问不厌。自子厚之斥,遵从而家焉[88],逮其死不去。既往葬子厚,又将经纪其家,庶几有始终者[89]。铭曰:

是惟子厚之室[90],既固既安,以利其嗣人[91]。

【注释】

[1] 子厚:柳宗元的字。作墓志铭例当称死者官衔,因韩愈和柳宗元是笃交,故称字。讳:名。生者称名,死者称讳。

[2] 七世:史书记宗元七世祖柳庆在北魏时任侍中,入北周封为平齐公。子柳旦,任北周中书侍郎,封济阴公。韩愈所记有误。侍中:门下省的长官,掌管传达皇帝的命令。北魏时侍中位同宰相。拓跋魏:北魏国君姓拓跋(后改姓元),故称。

[3] 曾伯祖奭(shì):柳奭,字子燕,柳旦之孙,柳宗元高祖子夏之兄。当为高伯祖,此作曾伯祖误。柳奭贞观时为中书舍人,因外甥女王氏为皇太子(唐高宗)妃,擢升为兵部侍郎。王氏当了皇后后,又升为中书侍郎。永徽三年(652)代褚遂良为中书令,位相当于宰相。后来高宗欲废王皇后立武则天为皇后,韩瑗和褚遂良力争,武则天一党人诬说柳奭要和韩、褚等谋反,被杀。

[4] 褚(chǔ)遂良:字登善,曾做过吏部尚书、同中书门下三品、尚书右仆射等官。唐太宗临终时命他与长孙无忌一同辅助高宗。后因劝阻高宗改立武后,遭贬忧病而死。韩瑗(yuàn):字伯玉,官至侍中,为救褚遂良,也被贬黜。

[5] 皇考:对亡父的尊称。

[6] 太常博士:太常寺掌宗庙礼仪的属官。柳镇于肃宗朝授左卫率府兵曹参军,佐郭子仪守朔方。后调长安主簿,居母丧,服除,命为太常博士。镇以有尊老孤弱在吴,再三辞谢,愿为宣城(今属安徽)令。此云"以事母弃太常博士",恐误。

[7] 权贵,此指窦参。柳镇曾迁殿中侍御史,因不肯与御史中丞卢佋,宰相窦参一同诬陷侍御史穆赞,后又为穆赞平反冤狱,得罪窦参,被窦参以他事陷害贬官。

[8] 权贵人死:其后窦参因罪被贬,第二年被德宗赐死。

[9] 侍御史:御史台的属官,职掌纠察百僚,审讯案件。

[10] 号为刚直：郭子仪曾表柳镇为晋州录事参军，晋州太守骄悍好杀戮，吏莫敢与争，而柳镇独能抗之以理，故云。

[11] 所与游皆当世名人：柳宗元有《先君石表阴先友记》，记载他父亲相与交游者计六十七人，书于墓碑之阴。并曰："先君之所与友，凡天下善士举集焉。"

[12] 逮(dài)其父时：在他父亲在世的时候，宗元童年时代，其父柳镇去江南，他和母亲留在长安。至十二三岁时，柳镇在湖北、江西等地做官，他随父同去。柳镇卒于贞元九年(793)，子厚年二十一岁。逮：及，到。

[13] 已自成人：宗元十三岁即作《为崔中丞贺平李怀光表》，刘禹锡作集序云："子厚始以童子，有奇名于贞元初。"

[14] 取进士第：贞元九年宗元进士及第，年二十一。

[15] 崭然：高峻突出的样子。见(xiàn)：同"现"。

[16] 有子：意谓有光耀楣门之子。

[17] 博学宏词：柳宗元贞元十二年(796)中博学宏词科，年二十四。唐制，进士及第者可应博学宏词考选，取中后即授予官职。集贤殿：集贤殿书院，掌刊辑经籍，搜求佚书。正字：集贤殿置学士、正字等官，正字掌管编校典籍、刊正文字的工作。宗元二十六岁授集贤殿正字。

[18] 廉悍：方正、廉洁和坚毅有骨气。

[19] 证据今古：引据今古事例作证。

[20] 出入：融会贯通，深入浅出。

[21] 踔(zhuó)厉风发：议论纵横，言辞奋发，见识高远。踔：远。厉：高。

[22] 率：每每。屈：使之屈服。

[23] 令出我门下：意谓都想叫他做自己的门生以沾光彩。

[24] 交口：异口同声。

[25] 蓝田：今属陕西。尉：县府管理治安，缉捕盗贼的官吏。监察御史：御史台的属官，掌分察百僚，巡按郡县，纠视刑狱，整肃朝仪诸事。

[26] 礼部员外郎：官名，掌管辨别和拟定礼制之事及学校贡举之法。柳宗元得做此官是王叔文、韦执谊等所荐引。

[27] 用事者：掌权者，指王叔文。顺宗做太子时，王叔文任太子属官，顺宗登位后，王叔文任户部侍郎，深得顺宗信任。于是引用新进，施行改革。旧派世族和藩镇宦官拥立其子李纯为宪宗，将王叔文贬黜，后来又将其杀戮。和柳宗元同时贬作司马的共八人，号"八司马"。

[28] 例出：按规定遣出。永贞元年(805)，宗元被贬为邵州(今湖南邵阳)刺史。

［29］ 例贬：依照条例贬官。永州：今湖南零陵县。司马：本是州刺史属下掌管军事的副职，唐时已成为有职无权的冗员。

［30］ 居闲：指公事清闲。

［31］ 记览：记诵阅览。此喻刻苦为学。

［32］ 泛滥：文笔汪洋恣肆。停蓄：文笔雄厚凝练。

［33］ 无涯涘（sì）：无边际。涯、涘：均是水边。

［34］ 肆：放情。

［35］ 偕出：元和十年（815），宗元等“八司马”同时被召回长安，但又同被迁往更远的地方。

［36］ 柳州：唐置，属岭南道，即今广西柳州市。

［37］ 是岂不足为政邪：意谓柳州地虽僻远，也可以做出政绩。是：指柳州。

［38］ 因：顺着，按照。土俗：当地的风俗。

［39］ 教禁：教谕和禁令。

［40］ 顺赖：顺从信赖。

［41］ 质：典当，抵押。

［42］ 不时赎：不按时赎取。

［43］ 子：子金，即利息。本：本金。相侔（móu）：相等。

［44］ 没：没收。

［45］ 与设方计：替债务人想方设法。

［46］ 悉：全部。

［47］ 书：写，记下。佣：当雇工。此指雇工劳动所值，即工资。

［48］ 足相当：意谓佣工所值足以抵消借款本息。质：人质。

［49］ 观察使：又称观察处置使，是中央派往地方掌管监察的官。下其法：推行赎回人质的办法。

［50］ 比（bì）：及，等到。

［51］ 衡湘：衡山、湘水，泛指岭南地区。为：应试。

［52］ 法度：规范。

［53］ 中山：今河北定县。刘梦得：名禹锡，彭城（今江苏铜山县）人，中山为郡望。其祖先汉景帝子刘胜曾封中山王。王叔文失败后，刘被贬为郎州司马，这次召还入京后又贬播州刺史。

［54］ 诣：前往。播州：今贵州绥阳县。

［55］ 亲在堂：母亲健在。

［56］ 穷：困窘。

［57］ 大人：父母。此指刘母。这句意谓这种不幸的处境难以向老母讲。

［58］ 拜疏(shū)：向皇帝上疏。

［59］ 以柳易播：意指宗元自愿到播州去，让刘禹锡去柳州。

［60］ 重(chóng)得罪：再加一重罪。

［61］ “遇有”句：指当时御史中丞裴度、崔群上疏为刘禹锡陈情一事。

［62］ 刺：用作动词。连州：唐属岭南道，州治在今广东连县。

［63］ 徵：约之来。逐：随之去。徵逐：往来频繁。

［64］ 诩诩(xǔ)：夸大的样子。强(qiǎng)：勉强，做作。取下：指采取谦下的态度。

［65］ 出肺肝相示：譬喻做出非常诚恳和坦白的样子。

［66］ 背负：背叛，变心。

［67］ 如毛发比：譬喻事情之细微。比：类似。

［68］ 陷穽(jǐng)：圈套，祸难。

［69］ 少：稍微。

［70］ 为人：助人。此处有认为柳宗元参加王叔文集团是政治上的失慎之意。故下云“不自贵重”。

［71］ 顾籍：顾惜。

［72］ 立就：即刻成功。

［73］ 坐：因他人获罪而受牵连。废退：指远谪边地，不用于朝廷。

［74］ 有气力：有权势和力量的人。推挽：推举提携。

［75］ 穷裔：穷困的边远地方。

［76］ 台省：御史台和尚书省。

［77］ 自力：自我努力。

［78］ 为将相于一时：被贬“八司马”中，只有程异后来得到李巽推荐，位至宰相，但不久便死，也没有什么政绩。此处暗借程异作比。

［79］ 元和：唐宪宗年号。十四年：即 819 年。十一月八日：一作“十月五日”。

［80］ 万年：在今陕西临潼东北。先人墓：在万年县之栖凤原。见柳宗元《先侍御史府君神道表》。

［81］ 周七：即柳告，字用益，宗元遗腹子。

［82］ 河东：今山西永济市。裴行立：绛州稷山(今山西稷山县)人，时任桂管观察使，是宗元的上司。

[83] 节概：节操度量。
[84] 重然诺：看重许下的诺言。
[85] 尽：尽心，尽力。
[86] 卢遵：宗元舅父之子。
[87] 涿(zhuó)：今河北涿县。
[88] 从而家：跟从宗元以为己家。
[89] 庶几：近似，差不多。
[90] 惟：就是。室：幽室，即墓穴。
[91] 嗣人：子孙后代。

毛 颖 传

【题解】 毛颖，就是毛笔。这是韩愈所写的一篇戏谑之作，旨在讽刺皇帝的刻薄寡恩。这种幽默文学，在当时受到时人的非议与责难，连他的弟子及好友亦指责他不该乱写这种轻浮的文章，不过此文却得到后世的推崇与赞赏。

毛颖者，中山人也[1]。其先明眎，佐禹治东方土，养万物有功，因封于卯地，死为十二神[2]尝曰："吾子孙神明之后，不可与物同，当吐而生[3]。"已而果然。明眎八世孙𩡷，世传当殷时居中山，得神仙之术，能匿光使物，窃恒娥，骑蟾蜍入月，其后代遂隐不仕云[4]。居东郭者曰㕙，狡而善走，与韩卢争能，卢不及[5]。卢怒，与宋鹊谋而杀之，醢其家[6]。

秦始皇时，蒙将军恬南伐楚，次中山，将大猎以惧楚[7]。召左右庶长与军尉，以《连山》筮之，得天与人文之兆[8]。筮者贺曰："今日之获，不角不牙，衣褐之徒，缺口而长须，八窍而趺居，独取其髦，简牍是资，天下其同书，秦其遂兼诸侯乎[9]！"遂猎，围毛氏之族，拔其豪，载颖而归，献俘于章台宫，聚其族而加束缚焉[10]。秦皇帝使恬赐之汤沐，而封诸管城，号曰管城子，日见亲宠任事[11]。

颖为人，强记而便敏，自结绳之代以及秦事，无不纂录[12]。阴阳、卜筮、占相，医方、族氏、山经、地志，字书、图画、九流百家、天人之书，及至浮图、老子，外国之说，皆所详悉[13]。又通于当代之务，官府簿书、市井货钱注记，惟上所使[14]。自秦皇帝及太子扶苏、胡亥、丞相斯、中车府令高，下及国人，无不爱重[15]。又善随人意，正直邪曲巧拙，一随其人。虽见废弃，终默不泄。惟不喜武士，然见请亦时往。

累拜中书令，与上益狎，上尝呼为中书君[16]。上亲决事，以衡石自程，虽宫人不得立左右，独颖与执烛者常侍，上休方罢[17]。颖与绛人陈玄、弘农陶泓，及会稽褚先生友善，相推致，其出处必偕[18]。上召颖，三人者不待诏，辄俱往，上未尝怪焉。后因进见，上将有任使，拂拭之，因免冠谢[19]。上见其发秃，又所摹画不能称上意。上嘻笑曰："中书君老而秃，不任吾用。吾尝谓君中书，君今不中书邪?"对曰："臣所谓尽心者[20]。"因不复召，归封邑，终于管城。其子孙甚多，散处中国夷狄，皆冒管城，惟居中山者能继父祖业[21]。

太史公曰[22]：毛氏有两族。其一姬姓，文王之子，封于毛，所谓鲁、卫、毛、聃者也[23]。战国时有毛公、毛遂[24]。独中山之族，不知其本所出，子孙最为蕃昌[25]。《春秋》之成，见绝于孔子，而非其罪[26]。及蒙将军拔中山之豪，始皇封诸管城，世遂有名，而姬姓之毛无闻。颖始以俘见，卒见任使，秦之灭诸侯，颖与有功，赏不酬劳，以老见疏，秦真少恩哉[27]！

【注释】

[1] 毛颖：毛笔的别名。颖：本文用作人名。颖：本指谷穗的芒刺，此既指毛笔的笔尖，又指才能秀出。中山：此指山名，在今江苏省溧水东南，古称中山出产兔毫，为笔精妙。

[2] 明眎(shì)：兔子的别名。卯：属兔，在十二地支中卯位在东方，故谓东方土。十二神：即十二生肖。

[3] 吐而生：传说，兔产子从口中出。

[4] 䨲(nōu)：刚出生的小兔。匿光：在光亮中，能使人看不见。使物：用神术来使人鬼和各种东西能听使唤。恒娥：传说中月宫中的仙女。

[5] 东郭㕙(jùn)：狡兔名。韩卢：良犬。宋鹊：宋国良犬。

[6] 醢(hǎi):剁成肉泥。

[7] 蒙恬:秦国大将,曾率兵击退匈奴并奉命修筑长城,历来一直有“蒙恬造笔”的说法。

[8] 庶长:秦爵位名。军尉:秦武官名。《连山》:“三易”之一。《易》,夏曰《连山》,殷曰《归藏》,周曰《周易》。天与人文:指天文与人文,即天象和人事。兆:卦兆、征兆。

[9] 筮(shì):筮草,用筮草进行占卜。不牙:指兔子没有犬牙。衣褐之徒:穿粗布短衣的平民,此形容生活在草野的兔子。缺口:指兔子的口开裂有缺。八窍:古称兔子通往体外的通道有八个,与事实不符。趺(fū)居:盘腿蹲踞。居:此同“踞”。髦:皮毛中的长毫。简牍:竹简和木牍,古代用于书写的的载体。天下其同书:此指天下一同用毛笔进行书写。

[10] 章台宫:秦朝宫殿的名称。

[11] 汤沐:用热水洗头、洗身。此指用热水把兔毫洗净,为制笔作准备。管城:本为周初管叔的封地,在今河南郑州,此指用笔管套在笔毫上。日见亲宠任事:一天天地更受到宠幸和重用。

[12] 强记:记忆力极强。便敏:动作便利敏捷。结绳之代:指没有文字,用结绳的方法来记事的上古时代。纂录:编纂记录。

[13] 阴阳:阴阳五行之说。卜筮:用龟甲和筮草来占凶吉。占相:占卦看相。医方:医疗方剂之术。族氏:宗族谱牒之学。山经:指记录古代地理山脉一类的书籍。地志:指舆地和方志一类的书籍。字书:指泛指解释文字、音韵和训诂一类的书籍。九流百家:指儒家、道家、阴阳家、法家、名家、墨家、纵横家、杂家、小说家、农家等诸子百家。天人之书:指说明天道、人事一类书籍。浮图:指佛教书籍。

[14] 簿书:簿籍,记录田亩、户口等的簿册。市井货钱注记:指街市货物买卖、钱财进出的记录。上:此指秦始皇。

[15] 扶苏:秦始皇的长子。胡亥:秦始皇十八子,继承帝位,后国灭身亡。丞相斯:李斯,秦并吞六国时任丞相。中车府令高:赵高,秦宦官,任中车府令。

[16] 中书令:秦朝官制名,与后“中书君”皆代称毛笔。狎(xiá):亲近。

[17] 衡石自程:指秦始皇根据文件的重量来决定自己批阅文件的限量。衡:秤。石:古时重量单位,一百二十斤。程:程期,定限。

[18] 绛人陈玄:指墨。唐时,绛州绛郡贡墨,墨又以陈为贵。玄:黑色。故以绛人陈玄称墨。弘农陶泓:指砚台。唐时,虢州弘农郡贡瓦砚,瓦砚由陶土烧成,故称砚姓陶。泓指砚池中的水。会稽褚先生:指纸。唐时,会稽郡贡纸。纸多由楮

木经捣烂浸水制成，故称纸为褚先生。推致：推荐招引。出处：外出和居住。

[19] 不待诏：不等到有诏令。拂拭：指提拔，提升。免冠谢：本指脱帽谢罪，此指拔下笔套。

[20] 尽心：竭尽心力。也谓笔心已耗尽之意。

[21] 冒管城：冒称管城为郡望。实指毛笔都有竹管为笔套。

[22] 太史公：司马迁在《史记》中用于自称，对所记叙的人物进行评论。本文模仿其体。

[23] 鲁、卫、毛、聃：西周时期的诸侯国名，其诸侯均为文王之子。

[24] 毛公：赵国隐士，因规劝信陵君归国救魏而闻名。毛遂：赵平原君门客，以自荐随平原君使楚而闻名。

[25] 不知其本所出：谓不详其氏族的本源。蕃昌：繁茂，昌盛。

[26] 《春秋》：此用孔子修《春秋》，绝笔于"西狩获麟"的典故。见绝：绝笔，本指停笔不再写下去，此谓孔子修《春秋》并没有用毛笔。而非其罪：不是笔有什么罪过。

[27] 与(yù)：参加。疏：疏远，冷落。少恩：刻薄少恩。

柳宗元

蝜　蝂　传

【题解】 柳宗元(773—819)，字子厚，河东(今山西永济市)人。贞元初年进士，官监察御史。顺宗时，王叔文执政，他任礼部员外郎，锐意推行政治改革。不久，王叔文失败，他也被贬为永州司马，迁柳州刺史。在南方凡十四年，死于柳州。

柳宗元是杰出的思想家，凭着一股积极的热情和出色的才能进行政治活动。改革虽然失败了，中年以后的处境更加悲苦，但这却使得柳宗元有机会深入生活、接近百姓、反思历史，从而使他成为一个卓越的散文家和诗人。他和韩愈是古文运动的两个主要倡导者。他的散文取得多方面成就，与韩愈齐名，都在"唐宋八大家"之列。他写的政论、传记、寓言、山水游记(以"永州八记"最著名)历来被人传诵，风格雄健雅致。本文通过对小虫蝜蝂拟人化的描写，讽刺和批判了贪得无厌、追逐名利的人,是柳文中较为著名的一篇寓言。

蝜蝂者,善负小虫也[1]。行遇物,辄持取,卬其首负之[2]。背愈重,虽困剧不止也[3]。其背甚涩,物积因不散,卒踬仆不能起[4]。人或怜之,为去其负[5]。苟能行,又持取如故[6]。又好上高,极其力不已,至坠地死。

今世之嗜取者,遇货不避,以厚其室,不知为己累也,唯恐其不积[7]。及其怠而踬也,黜弃之,迁徙之,亦以病矣[8]。苟能起,又不艾[9]。日思高其位,大其禄,而贪取滋甚,以近于危坠,观前之死亡不知戒[10]。虽其形魁然大者也,其名人也,而智则小虫也。亦足哀夫!

【注释】

[1] 蝜蝂(fù bǎn):一种善于背东西的黑色小虫。

[2] 辄:马上,就。卬:通"昂",昂扬、扬起。

[3] 困剧:劳累不堪。虽困剧不止也:即使非常劳累还是不停止。

[4] 涩:不光滑。卒:最后。踬仆:跌倒。

[5] 人或怜之,为去其负:有的人可怜它,为它去掉背上背的东西。

[6] 苟能行,又持取如故:假如还能爬行,又像原先那样,见到东西就取来背在身上而走。

[7] 嗜取者:指贪得无厌的人。货:钱财。唯恐其不积:唯恐自己家里的财产积蓄得还不足。

[8] 怠:懈怠,疏忽。踬:跌倒,指被处罚或治罪。黜弃:罢免、罢官。迁徙:降职;贬谪到边远地方。以:通"已",已经。

[9] 艾(yì):停止。

[10] 日思高其位,大其禄,而贪取滋甚:每天思念能使自己的官位高升,使自己的俸禄能多起来,而贪取之心就滋长得更厉害。一本在"不知戒"前有"曾"字。

钴鉧潭西小丘记

【题解】 柳宗元被贬在永州时写了一组共八篇山水游记散文,即著名的

"永州八记"。本文是"八记"中的第三篇。作者以工巧生动的笔触描绘了钴鉧潭上小丘的美景，通过景色的描绘，抒发了自己身怀奇才异能却因横遭贬逐而不得施展的抑郁心情。文中着重刻画磊落的奇峰怪石，正是作者性格才能的自我写照。景色佳胜的小丘成为"唐氏之弃地"，虽贱价出售却连年无人问津，但最终还是有人赏识；正隐喻作者自己被唐王朝摈弃蛮荒，长期得不到有力者的同情援引的痛苦。

得西山后八日[1]，寻山口西北道二百步，又得钴鉧潭[2]，潭西二十五步，当湍而浚者为鱼梁[3]。梁之上有丘焉，生竹树。其石之突怒偃蹇[4]，负土而出，争为奇状者，殆不可数。其嵚然相累而下者[5]，若牛马之饮于溪；其冲然角列而上者，若熊罴之登于山[6]。

丘之小不能一亩，可以笼而有之。问其主，曰："唐氏之弃地，货而不售。"问其价，曰："止四百。"余怜而售之。李深源、元克己时同游[7]，皆大喜，出自意外。即更取器用，剷刈秽草[8]，伐去恶木，烈火而焚之。嘉木立，美竹露，奇石显。由其中以望，则山之高，云之浮，溪之流，鸟兽之遨游，举熙熙然回巧献技，以效兹丘之下。枕席而卧，则清泠之状与目谋[9]，瀯瀯之声与耳谋[10]，悠然而虚者与神谋，渊然而静者与心谋。不匝旬而得异地者二[11]，虽古好事之士，或未能至焉。

噫！以兹丘之胜，致之沣、镐、鄠、杜[12]，则贵游之士争买者，日增千金而愈不可得。今弃是州也，农夫渔父过而陋之，贾四百[13]，连岁不能售。而我与深源、克己独喜得之，是其果有遭乎！书于石，所以贺兹丘之遭也。

【注释】

[1] 西山：在永州(今湖南零陵县)城西五里。

[2] 钴鉧：熨斗。因潭形似熨斗，故名钴鉧潭。

[3] 浚：深。鱼梁：阻水的坝，中间留有空缺，可放置捕鱼的竹篓。

[4] 偃蹇(jiǎn)：曲折起伏的样子。

[5] 嵚(qīn)然：山石耸立的样子。

［6］ 罴(pí)：熊的一种，体形比熊大，俗称人熊。

［7］ 李深源、元克己：二人均为柳宗元友人。李深源名幼清，原任太府卿。元克己原任侍御史。二人此时同贬居永州。

［8］ 刈(yì)：割。

［9］ 清泠(líng)：清澈明净。

［10］ 潆(yíng)潆：泉水声。

［11］ 匝旬：周旬，即十天。

［12］ 沣(fēng)：在今陕西户县东，周文王建都处。镐(hào)：在今陕西西安市西南，周武王建都处。鄠：今陕西户县。杜：亦称杜陵，在今陕西西安市东南。以上四地都是唐都长安附近豪门贵族聚居之地。

［13］ 贾：同“价”。

至小丘西小石潭记

【题解】 本篇是“永州八记”中的第四篇游记。文章着力摹写小石潭及其周围幽深冷寂的景色和气氛，从中透露出作者贬居生活中孤凄悲凉的心情，是一篇情景交融的佳作。

从小丘西行百二十步，隔篁竹，闻水声，如鸣珮环，心乐之。伐竹取道，下见小潭，水尤清冽。全石以为底，近岸卷石底以出，为坻为屿[1]，为嵁为岩[2]。青树翠蔓，蒙络摇缀，参差披拂。潭中鱼可百许头，皆若空游无所依。日光下澈，影布石上，佁然不动[3]；俶尔远逝[4]；往来翕忽，似与游者相乐。

潭西南而望，斗折蛇行[5]，明灭可见。其岸势犬牙差互，不可知其源。坐潭上，四面竹树环合，寂寥无人，凄神寒骨，悄怆幽邃。以其境过清，不可久居，乃记之而去。

同游者吴武陵、龚古[6]，余弟宗玄；隶而从者，崔氏二小生，曰恕己，曰奉壹。

【注释】

[1] 坻(chí)：水中高地。

[2] 嵁(kān)：高深的山岩。

[3] 佁(chì)：痴呆的样子。

[4] 俶(chù)尔：动的样子。

[5] 斗折：像北斗星那样曲折。

[6] 吴武陵：信州(今江西上饶)人，唐宪宗元和初年进士，因罪被贬永州，与柳宗元交好。龚右：有些版本作龚古，生平不详。

刘禹锡

陋室铭

【题解】 刘禹锡(772—842)，字梦得，号宾客，洛阳(今河南省洛阳市)人。唐德宗贞元九年(793)进士，同年登博学宏词科。贞元十一年以文登吏部取士科，授太子校书。后历任监察御史、屯田员外郎。顺宗永贞元年(805)，王叔文集团的革新运动失败，刘受牵连被贬为连州(今广东连县)刺史，赴任途中再贬为郎州(今湖南省常德市)司马。宪宗元和十年(815)应召回长安，旋又贬出，历任连州、夔州(今四川省奉节县)、和州(今安徽省和县)刺史。文宗大和元年(827)返回洛阳，宦途始告平稳。晚年任太子宾客，分司东都(洛阳)，加检校礼部尚书。有《刘梦得文集》四十卷。

刘禹锡自幼好学，攻读经典之外，于九流百氏，乃至书法、天文、医学，亦广泛涉猎。其文学创作，以诗歌最著，白居易说他“文之神妙，莫先于诗”(《刘白唱和集解》)。在古文运动中，他占有重要地位，当时李翱、韩愈主盟文坛，引之以为伦辈。刘说自己“长在论”，他的论文条分理析，论证周密，文采沛然。散文则思路清晰，简洁晓畅。

《陋室铭》一文，刘禹锡诸集均未见收录，近年有人疑为伪作。但此文前代屡见文献记载，内容又与作者行事相合，似仍以视为刘作为宜。本文作于和州任上(824—826)。《历阳典录》:“陋室,在州治内,唐和州刺史刘禹锡建,有铭,柳公权书碑。”

铭是古代刻于金石上的一种押韵文体,多用于歌颂功德与昭申鉴戒。本文以寥寥八十一字,谱出一曲陋室颂歌,流芳千载。文中有譬喻,有对比,有白描,有隐寓,有用典,句句如金石掷地,又自然流畅,一气呵成,曲虽终而余音不绝,意更绵远。使人感到不只是写了陋室,连陋室主人遇变不惊,处危不屈,坚持节操的形象也隐隐现出。

山不在高,有仙则名;水不在深,有龙则灵。斯是陋室[1],惟吾德馨[2]。苔痕上阶绿,草色入帘青。谈笑有鸿儒[3],往来无白丁[4]。可以调素琴[5],阅金经[6]。无丝竹之乱耳[7],无案牍之劳形[8]。南阳诸葛庐[9],西蜀子云亭[10],孔子云:“何陋之有[11]?”

【注释】

[1] 斯、是:均为指示代词。陋室:陈设简单而狭小的房屋。

[2] 惟:同介词“以”,起强调原因的作用。德馨(xīn):意指品行高洁。馨:能散布到远方的香气。

[3] 鸿儒:这里泛指博学之士。

[4] 白丁:未得功名的平民。这里借指不学无术之人。

[5] 素琴:不加雕绘装饰的琴。

[6] 金经:即《金刚经》(《金刚般若经》或《金刚般若波罗蜜经》的略称),唐代《金刚经》流传甚广。

[7] 丝竹:弦乐、管乐。此处泛指乐器。乱耳:使听力紊乱。

[8] 案牍:官府人员日常处理的文件。

[9] 南阳:地名,今湖北省襄阳市西。诸葛亮出山之前,曾在南阳庐中隐居躬耕。

[10] 子云:汉代扬雄(前53—18)的字。他是西蜀(今四川省成都市)人,其住所称“扬子宅”,据传他在扬子宅中写成《太玄经》,故又称“草玄堂”。文中子云亭即指其住所。川中尚有纪念他的子云山、子云城。

[11] 何陋之有:之,表宾语提前。全句意为“有何陋”。《论语·子罕》:“子欲居九夷,或曰:‘陋,如之何?’子曰:‘君子居之,何陋之有?’”

舒元舆

长安雪下望月记

【题解】 舒元舆(789—835),婺州东阳(今属浙江)人。元和八年(813)进士。唐文宗大和年间官至宰相,与李训谋诛宦官,未果,于“甘露之变”中被杀。元舆能诗善文,今《全唐文》《全唐诗》存其诗文各一卷。《长安雪下望月记》由写景而抒情,境界高华,胸次清旷,不但文字优美,亦很启人深思。

今年子月月望[1],长安重雪终日,玉花搅空,舞下散地。予与友生喜之,因自所居南行,百许步登崇冈,上青龙寺门[2]。门高出,绝寰埃,宜写目放抱。今之日尽得雪境,惟长安多高,我不与并。

日既夕,为寺僧道深所留,遂引入堂中。初夜,有皓影入室,室中人咸谓雪光射来。复开门偶立,见沍云驳尽[3],太虚真气,如帐碧玉。有月一轮,其大如盘,色如银,凝照东方,辗碧玉上征,不见辙迹。至乙夜[4],帖悬天心。

予喜方雪而望舒复至[5],乃与友生出大门恣视。直前终南,开千叠屏风,张其一方;东原接去,与蓝岩骊峦[6],群琼含光。北朝天宫,宫中有崇阙洪观,如甃珪叠璐[7],出空横虚。此时定身周目,谓六合八极,作我虚室。峨峨帝城,白玉之京,觉我五脏出濯清光中。俗埃落地,涂然寒胶;莹然鲜著,彻入骨肉;众骸跃举,若生羽翎,与神仙人游云天汗漫之上,冲然而不知其足犹踏寺地,身犹求世名。二三子相视,亦不知向之从何而来,今之从何而遁。不讳言,不嘻声,复根还始,认得真性。非天借静象,安能辅吾浩然之气若是邪?且冬之时凝沍有之矣,若求其上月下雪,中零清霜,如今夕或寡。某以其寡不易会,而三者俱白,故序之耳。

【注释】

[1] 子月:农历十一月。月望:十五月圆之日。

[2] 青龙寺：唐长安著名佛寺，在南门之东，属新昌坊。

[3] 沍云驳尽：寒冷的冻云遮挡了全部天空。沍(hu 互)：冻结。驳(bó)：颜色不纯。

[4] 乙夜：夜分五更，乙夜为二更时分，约晚间十时左右。

[5] 望舒：神话中为月驾车的神，此即指月。

[6] 蓝岩骊峦：指蓝田山和骊山。

[7] 甃珪叠璐：描写宫殿建筑被大雪覆盖，如用珪玉宝璐叠装而成。甃(zhou)：修砌。

李商隐

上河东公启

【题解】 李商隐(811—859)，字义山，号玉溪生、樊南生，怀州河内(今河南沁阳、博爱一带)人，晚唐诗人，与杜牧、温庭筠齐名。虽胸怀壮志，而遭际坎坷，长期担任幕僚，饱受牛李党争之累。其诗绵邈隐约，多是其抑郁苦涩的心灵世界的写照。

河东公，即柳仲郢，柳姓郡望为河东，故称其为河东君。启是书信类比较短小的书牍，一般是下对上所写。唐宣宗大中五年(851)七月，柳仲郢以河南尹出任梓州刺史、剑南东川节度使，辟商隐为节度使书记。本年商隐妻子王氏亡故，柳仲郢欲将乐籍中一个叫张懿仙的歌妓送给他作侍妾，商隐写这封信，陈述其对于亡妻的深切感情，婉拒府主的美意。同时还声明自己部分诗歌对于艳情的描写“虽有涉于篇什，实不接于风流”，而是有所寄托的。

这篇书札，用简短的篇幅，清新的语言，精于选择的典故，巧妙地表达了深切的悲哀与不被人理解的感情，在商隐四六文中别具一格。

商隐启[1]：两日前，于张评事处伏睹手笔[2]，兼评事传指意[3]，于乐籍中赐一人，以备纫补[4]。某悼伤以来，光阴未几[5]。梧桐半死，才有述哀[6]；灵光独存，且兼多病[7]。眷言息胤，不暇提携[8]。或小于叔夜之男，或幼于伯喈之女[9]。检庾信荀娘之启，常有酸辛；咏陶潜通子之诗，每嗟漂泊[10]。所赖因依德宇，驰骤府庭[11]。方思效命旌旄，不敢载怀乡土[12]。锦茵象榻，石馆金台[13]，入则陪奉光尘，出则揣摩铅钝[14]。兼之早岁，志在玄门，及到此都，更敦夙契[15]。自安衰薄，微得端倪[16]。

至于南国妖姬，蘩台妙妓[17]，虽有涉于篇什，实不接于风流[18]。况张懿仙本自无双，曾来独立，既从上将，又托英寮[19]。汲县勒铭，方依崔瑗[20]；汉庭曳履，犹忆郑崇[21]。宁复河里飞星，云间堕月[22]，窥西家之宋玉，恨东舍之王昌[23]。诚出恩私，非所宜称[24]。伏惟克从至愿，赐寝前言，使国人尽保展禽，酒肆不疑阮籍[25]。则恩优之理，何以加焉[26]。干冒尊严，伏用惶灼[27]。谨启。

【注释】

[1] 首称某启，末称谨启，是书启的典型格式。启：有禀告之意。

[2] 张评事：不详何人。评事：官名，掌出使、推案。手笔：指柳仲郢所写的书笺。南朝以来，多以手笔称散体文。

[3] 指意：意见。张评事不仅把柳仲郢的便笺交给商隐看，还口头传达了柳的意思。

[4] 乐籍：唐代官妓载入名录，即为乐籍。纫补：缝纫补缀，这里指作侍妾。

[5] 光阴未几：时间没有多久。商隐妻是年秋病逝，距写这封信没有多长时间，故云。

[6] "梧桐"句：枚乘《七发》："龙门之桐，高百尺而无枝，其根半死半生。"这里借喻夫妇本是一体，现在死去一半，极言哀痛之深。才有：但能。意谓梧桐半死，生机未几，但尚能表述哀悼之情。

[7] "灵光"句：意谓自己像鲁灵光殿一样，虽岿然独存，但已疾病缠身。灵光：指鲁灵光殿，汉景帝子鲁恭王余所立。东汉时，西汉长安未央、建章诸殿，都已毁坏，而灵光殿独存，王延寿有《鲁灵光殿赋》述此事。

[8] 眷：顾念。言：语气词。息胤：子嗣。本句是说尽管顾念儿女，却没有心情去抚抱他们。

[9] 叔夜之男：嵇康《与山居源绝交书》："女年十三，男年八岁，未及成人。"叔夜：嵇康字。伯喈之女：蔡邕，字伯喈。其女蔡琰，字文姬，六岁即能识琴音。这里指自己的一双儿女，年龄幼小。

[10] 庾信荀娘：庾信《谢赵王赍丝布启》："某息荀娘，昨蒙恩引。"息：儿子。庾信子名

庾立。倪璠注《庾开府集》疑荀娘是庾立小字。陶潜通子：陶潜《责子诗》："通子年九龄，但觅梨与栗。"

[11] "所赖"句：意谓全靠依附在您的庇护之下，奔走于您的幕府之中，得到您的了解和原谅。德宇：出自《国语·晋语四》，指能阴庇人的有德的屋宇。

[12] 效命：贡献出性命。旌旄：大将的旗帜，此处指东川节度使柳仲郢。载：再。怀：思。

[13] 锦茵：华丽的茵褥。象榻：象牙雕刻装饰的床。石棺金台：燕昭王筑于碣石山之招贤台。初无黄金之名，自鲍照《放歌行》"岂伊白璧赐，将起黄金台"，始名黄金台。

[14] 陪奉光尘：指侍奉在柳仲郢身边。光尘：指柳仲郢。揣摩：磨砺。铅钝：铅刀，不锋利，故云钝，这里是谦词。语出班固《答宾戏》："搦朽磨钝，铅刀皆能一割。"左思《咏史》亦有"铅刀贵一割，志若无东吴"之句。

[15] 玄门：这里指佛教。李商隐在梓州曾拜志玄和尚为师，故云"更敦夙契"。敦：符合。夙契：早期的意愿。

[16] 衰薄：淡泊。端倪：事情的眉目。本句意谓自己安于淡泊，所以对学佛稍得到点头绪。

[17] 鲍照《芜城赋》："东都妙姬，南国丽人。"周代称江汉之城为南国。蘩台：战国时赵武灵王所筑之台，在今河北邯郸。蘩台妙妓：即所谓燕赵佳人。

[18] "虽有涉于"句：谓自己虽有咏妓之作，但却无风流之事。

[19] 上将：节度使属下武将。英寮：节度使的幕僚。这句是说张懿仙人才出众，节度使幕府中将佐僚属中意者甚多。

[20] 汲县勒铭：《北堂书钞》卷三十五引《崔氏传》说，崔瑗为汲(今河南汲县)令，"吏民立碑，颂德纪迹。"依：指张懿仙依此人，引汲县勒铭典说明张所依之人是一个好县令。

[21] 汉庭曳履：《汉书·郑崇传》载，汉哀帝擢郑崇为尚书仆射，崇多次求见谏争，每见，曳革履。汉哀帝听见革履的声音，便笑着说："我识郑尚书履生。"这两句是说，张的旧好已在朝廷做官，尚有往来。

[22] 宁复：难道又会。河里飞星：用牛郎、织女七夕渡天河相会事，这里是说张懿仙不会像织女星那样渡河而来，把自己当作牛郎来约会。云间坠月：谢灵运《东阳溪中赠答二首》："可怜谁家妇，缘流洗素足。明月在云间，迢迢不可得。"又说："可怜谁家郎，缘流乘素舸。但问情若为，月就云中堕。"这句是说张懿仙不会愿意像月亮一样从云间堕落，来做自己的侍妾。

[23] 西家之宋玉：宋玉《登徒子好色赋》有东家之子窥之三年事。东舍之王昌：王昌为六朝以来习用之典故，其人不详。梁武帝《河中之水歌》："恨不早嫁东家王。"义山《水天闲话旧事》："王昌且在墙东住。"这两句意谓张懿仙不会求新欢忘旧好。

[24] "诚出恩私"句：谓将张懿仙赐给自己，诚然是一大恩惠；不过张懿仙既是乐籍中头等人才，喜欢她的人很多，加上她也有很多旧好，故本人未必愿意委身，因此这个赏赐并不适宜。

[25] 伏惟：谦词。惟：思。克：能。至愿：至诚的愿望。寝：放着不执行。前言：指柳仲郢的信与旨意。展禽：即柳下惠，以坐怀不乱闻名。阮籍：事见《世说新语·任诞》，阮籍邻家妇有美色，当垆沽酒。籍常就其家饮，醉便眠于妇侧，而终不乱。

[26] "恩优之理"句：意谓这样做就是一种无以复加的施恩与宽待。优：宽待。

[27] 干冒：冒犯。用：因此。惶灼：惶恐焦急。

欧阳修

五代史伶官传序

【题解】 欧阳修(1007—1072)，字永叔，号醉翁，晚年又号六一居士，吉州永丰(今江西永丰)人。他是北宋著名的政治家，早年积极参与范仲淹、韩琦等革新派的"庆历新政"，受到守旧势力的无情打击，屡遭贬谪；晚年官至枢密副使、参知政事，因反对王安石变法而辞官退隐，卒谥文忠。他是当时公认的诗文革新运动的领袖，在散文、诗、词等方面都有很高成就，有《欧阳文忠公集》《新五代史》和《新唐书》(与宋祁合撰)。本文选自《新五代史·伶官传》。后人为了区分宋初薛居正所编撰的《五代史》，故称薛著为《旧五代史》，欧著为《新五代史》。五代，指唐王朝崩溃后在中原地区更替的后梁、后唐、后晋、后汉和后周五个政权。伶官，掌管音乐、歌舞、戏曲的宫廷乐官。欧阳修在《新五代史》的纪、传前后大多有序论，用来评议史实、直抒胸臆，其体例大致仿效《左传》"君子曰"、《史记》"太史公曰"和《汉书》"赞曰"。

呜呼！盛衰之理，虽曰天命，岂非人事哉？原庄宗之所以得天下与其所以失之者，可以知之矣[1]。世言晋王之将终也，以三矢赐庄宗而告之曰："梁，吾仇也[2]；燕王吾所立[3]，契丹与吾约为兄弟[4]，而皆背晋以归梁。此三者，吾遗恨也。与尔三矢，尔其无忘乃父之志！"庄宗受而藏之于庙[5]。其后用兵，则遣从事以一少牢告庙[6]，请其矢，盛以锦囊，负而前驱，及凯旋而纳之。方其系燕父子以组[7]，函梁君臣之首[8]，入于太庙，还矢先王而告以成功，其意气之盛，可谓壮哉！及仇雠已灭，天下已定，一夫夜呼，乱者四应，仓皇东出，未及见贼而士卒离散，君臣相顾，不知所归，至于誓天断发，泣下沾襟[9]，何其衰也！岂得之难而失之易欤？抑本其成败之迹，而皆自于人欤？《书》曰："满招损，谦得益。"[10]忧劳可以兴国，逸豫可以亡身，自然之理也。故方其盛也，举天下之豪杰，莫能与之争；及其衰也，数十伶人困之而身死国灭[11]，为天下笑。夫祸患常积于忽微，而智勇多困于所溺，岂独伶人也哉？作《伶官传》。

【注释】

[1] 原：推求，探究。与下文"抑本其成败之迹"中的"本"用义相同。庄宗：即李存勖，西突厥沙陀族人。其祖因助唐有功，赐姓"李"。其父李克用也因助唐镇压黄巢起义军有功，封陇西郡王，后又封晋王。李存勖袭父王位，灭后梁称帝，建立后唐政权。

[2] 梁，吾仇也：后梁太祖朱温原为黄巢起义军将领，降唐后赐名"全忠"，封梁王。后篡唐，建立后梁政权。他曾企图杀害李克用，因而结下仇怨。

[3] "燕王"句：刘仁恭原为幽州将，李克用助其夺得幽州并向唐朝举荐其为卢龙节度使。后来刘仁恭叛晋归梁，朱全忠封其子刘守光为燕王。

[4] "契丹"句：李克用曾与契丹族首领耶律阿保机结拜为兄弟，约定举兵合力消灭后梁，但阿保机最终背弃盟约，与梁通好。

[5] 庙：即下文"太庙"，天子用来祭祀祖宗的场所。

[6] 少牢：古代祭祀中牛、猪、羊三牲齐备称为太牢，只用猪、羊而无牛称为少牢。

[7] 系燕父子以组：公元913年，李存勖派遣大将周德威攻破幽州，俘获刘仁恭、刘守光父子。系：捆绑。组：绳索。

[8] 函梁君臣之首：公元923年，李存勖领兵攻打后梁，梁末帝朱友贞（朱温之子）令

其部将皇甫麟杀死自己，皇甫麟随即自刎。函：用木匣装盛。

[9] “一夫”八句：公元926年，李存勖听信谗言，枉杀大臣郭崇韬，致使政局动荡，人心恐慌。不久，贝州、邺城、邢州、沧州（今河北一带）驻军相继发动兵变。李存勖于是派李嗣源（李克用养子）前往镇压，不料李嗣源反被部下拥立为帝，并联合叛军进攻京都洛阳。李存勖仓皇率军东进，又被迫引兵折回，其势危急，其情颓丧，其景凄凉。随从部将元行钦等百余人，割断头发，誓死效忠，君臣相视，痛哭流涕。

[10] “《书》曰”句：语出《尚书·大禹谟》，原文为“满招损，谦受益”。

[11] “数十”句：李存勖灭梁后，骄奢淫逸，宠信伶官，朝政荒废。继李嗣源兵变后，伶官郭从谦乘机作乱，李存勖中流矢而死。

朋 党 论

【题解】 庆历三年（1043），宋仁宗进用富弼、韩琦、范仲淹等人酝酿政治革新，得到欧阳修、蔡襄等谏官的积极拥护与支持，但遭到以夏竦、吕夷简等为代表的保守势力的强烈反对。他们大肆制造舆论，攻击诬蔑范、欧等人为“朋党”。于是欧阳修作《朋党论》上呈仁宗，驳斥谬论，为革新派辩护。朋党，一般指人们因政治理想相同所形成的派别或因社会经济利益一致所结成的集团。

臣闻朋党之说，自古有之，惟幸人君辨其君子、小人而已。

大凡君子与君子以同道为朋，小人与小人以同利为朋，此自然之理也[1]。然臣谓小人无朋，惟君子则有之。其故何哉？小人所好者禄利也，所贪者财货也，当其同利之时，暂相党引以为朋者，伪也；及其见利而争先，或利尽而交疏，则反相贼害，虽其兄弟亲戚不能相保。故臣谓小人无朋，其暂为朋者，伪也。君子则不然，所守者道义，所行者忠信，所惜者名节。以之修身，则同道而相益；以之事国，则同心而共济，终始如一。此君子之朋也。故为人君者，但当退小人之伪朋，用君子之真朋，则天下治矣。

尧之时，小人共工、驩兜等四人为一朋，君子八元、八恺十六人为一朋[2]。舜佐尧退四凶小人之朋，而进元、恺君子之朋，尧之天下大治。

及舜自为天子，而皋、夔、稷、契等二十二人并列于朝[3]，更相称美，更相推让，凡二十二人为一朋，而舜皆用之，天下亦大治。《书》曰："纣有臣亿万，惟亿万心；周有臣三千，惟一心[4]。"纣之时，亿万人各异心，可谓不为朋矣，然纣以亡国。周武王之臣三千人为一大朋，而周用以兴。后汉献帝时，尽取天下名士囚禁之，目为党人[5]。及黄巾贼起[6]，汉室大乱，后方悔悟，尽解党人而释之，然已无救矣。唐之晚年，渐起朋党之论[7]。及昭宗时，尽杀朝中名士[8]，或投之黄河，曰："此辈清流，可投浊流。"而唐遂亡矣。

夫前世之主，能使人人异心不为朋，莫如纣；能禁绝善人为朋，莫如汉献帝；能诛戮清流之朋，莫如唐昭宗之世：然皆乱亡其国。更相称美，推让而不自疑，莫如舜之二十二臣，舜亦不疑而皆用之。然而后世不诮舜为二十二人朋党所欺，而称舜为聪明之圣者，以能辨君子与小人也。周武之世，举其国之臣三千人共为一朋，自古为朋之多且大莫如周，然周用此以兴者，善人虽多而不厌也[9]。

夫兴亡治乱之迹，为人君者可以鉴矣。

【注释】

[1] 同道：志向、追求相同。同利：利益一致。

[2] 尧：和下文中的舜、周武王都是儒家所推崇的古代圣贤之君。共工、驩兜：尧时与鲧、三苗并称"四凶"。八元、八恺：传说上古高辛氏有子八人，称八元；高阳氏有子八人，称八恺。元、恺有善良、和乐之意。

[3] 皋、夔、稷、契：都是舜时贤臣，分别主管刑法、音乐、农业和教育。

[4] "纣有臣亿万"四句：语出《尚书·泰誓》。《泰誓》是周武王伐纣、兵渡孟津会师时的誓词。纣：商朝末代君主帝辛。

[5] 后汉献帝：即东汉亡国之君刘协(189—220 在位)。"献帝时"，系作者误记，应为汉桓帝(147—167 在位)、灵帝(168—189 在位)时。当时宦官专权，一些名士如李膺、杜密、范滂等被诬为朋党而被杀，此后各州又有六七百人陆续被处死、流放，史称"党锢之祸"。

[6] 黄巾贼：汉灵帝时，爆发了以张角为首的农民大起义，起义军以黄巾裹头为标志。

[7] "唐之晚年"两句：唐穆宗(821—825 在位)至唐宣宗(847—859 在位)年间，以牛

僧孺、李宗闵为首和以李德裕为首的官僚集团之间树立朋党、争权夺利、互相倾轧，史称“牛李党争”。

[8] 昭宗，即李晔(889—904在位)。“昭宗时”，系作者误记，应为唐昭宣帝时。唐昭宣帝天祐二年(905)，权臣朱全忠谋杀大臣裴枢等人，并诬其为朋党。

[9] 不厌：不满足。善人再多也不为多，即多多益善之意。

苏舜钦

沧浪亭记

【题解】 苏舜钦(1008—1049)，字子美，祖籍梓州铜山(今四川中江)，曾祖时迁至开封(今属河南)。曾任县令、大理评事、集贤殿校理，监进奏院等职位。因支持范仲淹的庆历革新，为守旧派所恨，被弹劾罢职，闲居苏州。后复起为湖州长史，不久病故。诗文俱佳，尤以诗名，与宋诗“开山祖师”梅尧臣合称“苏梅”。有《苏舜钦集》16卷，《四部丛刊》影清康熙刊本。1981年上海古籍出版社出版《苏舜钦集》。

文章作于庆历四年(1044)，苏舜钦因贬谪闲居苏州。该地原为五代时吴越国孙承佑池馆，北宋时已荒废。苏舜钦以四万贯钱买下废园，进行修筑，傍水造亭，因感于“沧浪之水清兮，可以濯吾缨；沧浪之水浊兮，可以濯吾足”，题名“沧浪亭”，自号沧浪翁，并作《沧浪亭记》。文章完整记叙了其发现佳地、建亭、游玩的过程，揭示人与自然的关系，并抒发了作者官场失意的愤懑之情。苏氏所建之亭及所写之记名气极大，后代文人游览并作诗文络绎不绝，成为苏州最著名的景点之一。

予以罪废，无所归[1]。扁舟吴中，始僦舍以处[2]。时盛夏蒸燠，土居皆褊狭，不能出气，思得高爽虚辟之地，以舒所怀，不可得也[3]。

一日过郡学[4]，东顾草树郁然，崇阜广水[5]，不类乎城中。并水得微径于杂花修竹之间[6]。东趋数百步，有弃地，纵广合五六十寻，三向皆水也[7]。杠之南[8]，其地益阔，旁无民居，左右皆林木相亏蔽[9]。访诸旧老，云钱氏有国，近戚孙承佑之池馆也[10]。坳隆胜势，遗意尚存[11]。予爱而徘徊，遂以钱四万得之，构亭北碕[12]，号“沧浪”焉。前竹后水，水之阳又竹，无穷极。澄川翠干，光影会合于轩户之间，尤与风月为相宜。

予时榜小舟，幅巾以往，至则洒然忘其归[13]。觞而浩歌，踞而仰啸[14]，野老不至，鱼鸟共乐。形骸既适则神不烦，观听无邪则道以明；返思向之汩汩荣辱之场，日与锱铢利害相磨戛[15]，隔此真趣，不亦鄙哉！

噫！人固动物耳[16]。情横于内而性伏，必外寓于物而后遣[17]。寓久则溺，以为当然；非胜是而易之，则悲而不开[18]。惟仕宦溺人为至深[19]。古之才哲君子，有一失而至于死者多矣，是未知所以自胜之道[20]。予既废而获斯境，安于冲旷[21]，不与众驱，因之复能乎内外失得之原，沃然有得，笑闵万古[22]。尚未能忘其所寓，自用是以为胜焉！[23]

【注释】

[1] 苏舜钦因支持庆历新政，为保守派所衔恨，时任御史中丞王拱辰指使其属官劾奏苏舜钦在进奏院祭神时，用卖废纸之钱宴请宾客。因之罢职。

[2] 吴中：今江苏南部，春秋时属吴国。僦(jiù)：租赁。

[3] 蒸燠(yù)：闷热。燠：暖，热。土居：平常居住。偏狭：偏僻狭隘。高爽虚辟：高而清爽、空旷幽静。虚：空旷。辟：幽静无人。

[4] 郡学：这里为苏州府学宫，旧址在今苏州市南，沧浪亭就在其东面，郡国的最高学府。

[5] 郁然：茂盛繁密。崇阜广水：高高的小山，广阔的池水。阜：小丘。

[6] 并(bàng)水：沿水而行。并：通“傍”。微径：小路。

[7] 纵广：长宽。寻：长度单位，约八尺为一寻。

[8] 杠：独木桥。段玉裁《说文解字注》：“凡独木者曰杠，骈木者曰桥。”

[9] 亏蔽：遮蔽。

[10] 钱氏有国：指五代十国时钱镠建立的吴越国。孙承佑：吴越王钱俶的小舅子，任节度使，镇守苏州，在苏州大建园亭。

[11] 坳隆胜势：高低形胜地势。坳：低洼。隆：高起。

[12] 北碕：北边曲折的水岸。

[13] 榜：船桨，这里代指船，作动词用，驾船。幅巾：头巾，仅裹头巾而不戴冠，说明装束闲散。

[14] 觞：酒器，这里指喝酒。踞(jù)：屈膝而坐。

[15] 锱铢：比喻极其微小之事。

[16] 动物：受外物所感而动。

[17] "情横"句：意谓感情充塞在内心而天性抑伏，必定要寓寄于外物而后得到排遣。

[18] "寓久"四句：意谓感情寄寓于某事物一长久，就会认为理所当然，如果没有胜过它的事物去替换，就会悲哀而无法排解。

[19] 仕宦溺人：仕宦使人沉迷。

[20] 自胜之道：克制自己、战胜自己的方法。

[21] 冲旷：冲淡旷远，这里既指沧浪亭的空旷辽阔的环境，也兼指淡泊旷适的心境。

[22] "因之"三句：意谓对于内外失得的本源，内心深有所得，因而对万古以来久溺仕宦者感到可笑可悯。内：指情性。外：指情所寓之物。失：指前文所言"寓久则溺"的情况。得：指能"胜是而易之"。沃然：受启发而领悟的样子。闵：同"悯"，悲悯。

[23] 自用是以为胜焉：意谓把沧浪亭作为战胜仕宦之物，使自己从所溺之中解脱出来。

曾巩

墨　池　记

【题解】 曾巩(1019—1083)，字子固，南丰(今江西南丰)人，北宋散文大家，唐宋八大家之一。宋仁宗嘉祐二年(1057)进士。历任太平洲(今安徽当涂)司法参军、馆阁校勘、集贤院校理、史馆修撰、中书舍人等职。文学上，与欧阳修、苏轼等一起发起文章改革运动。其文平缓流畅，擅叙事理，风格朴实，语言简洁，行文讲究法度布局。

本文所记临川王羲之墨池，依据王羲之书法到晚年方臻妙境的史实，结合"临池学书，池水尽墨"的传说，指明王的书艺并非天成，而是刻苦学习、训练的结果，进而鼓励人们加强学习，发挥主观能动性，在道德方面取得成就。

文章记叙议论相结合，写得委婉含蓄，采用一些设问句，用启发性的语言，让读者思索寻味，体现了曾文低徊往复、曲折尽意的特点。

临川之城东，有地隐然而高，以临于溪，曰新城[1]。新城之上，有池洼然而方以长，曰王羲之之墨池者[2]，荀伯子《临川记》云也[3]。羲之尝慕张芝，临池学书，池水尽黑，此为其故迹，岂信然邪[4]？方羲之之不可强以仕[5]，而尝极东方，出沧海[6]，以娱其意于山水之间，岂有徜徉肆恣，而又尝自休于此邪[7]？羲之之书晚乃善，则其所能，盖亦以精力自致者，非天成也[8]。然后世未有能及者，岂其学不如彼邪？则学固岂可以少哉！况欲深造道德者邪？[9]

墨池之上，今为州学舍[10]。教授王君盛恐其不章也，书“晋王右军墨池”之六字于楹间以揭之，又告于巩曰：“愿有记。”[11]推王君之心，岂爱人之善，虽一能不以废，而因以及乎其迹邪[12]？其亦欲推其事以勉其学者邪[13]？夫人之有一能，而使后人尚之如此[14]，况仁人庄士之遗风余思，被于来世者何如哉[15]！

庆历八年九月十二日，曾巩记。

【注释】

[1] 临川：宋抚州临川郡，在今江西临川市。隐然：不显露的样子，这里用来形容高地，虽高不陡。临：靠近。

[2] 洼然：低深的样子。方以长：方而长，即长方形。王羲之(321—379)，字逸少，东晋著名文学家、书法家。墨池：练习书法、洗涤笔砚的水池。

[3] 荀伯子：南朝宋颍阴(今河南许昌市)人。仕晋为著作佐郎，入宋迁御史中丞。曾任临川内史，著《临川记》六卷，今佚。《太平御览》卷一七〇引王羲之故宅墨池一条。

[4] 张芝：字伯英，东汉酒泉(今甘肃酒泉市)人，善草书。王羲之《与人书》中说：“张芝临池学书，池水尽黑。使人耽之若是，未必后之也。”岂信然邪：的确如此么？

[5] 方：当。强：勉强做官。《晋书·王羲之传》载，王羲之继王述为会稽内史，后朝廷任王述为扬州刺史，王羲之耻居述下，辞官。

[6] 极：穷尽。尝极东方：曾经游遍东方。《晋书·王羲之传》载：“羲之既去官，与东土人尽山水之游，弋钓为娱。”“遍游东、中诸郡，穷诸名山，泛沧海。”出沧海：乘船出海。

[7] 岂有：莫非，或许。徜徉：徘徊，闲逛。恣肆：自由放纵，不受拘束。本句是说王羲之或许在这自由游历、停留过吧。

[8] “羲之之书”句：王羲之书法早年并不见佳，甚至比不上庾翼、郗愔，到晚年才达到极致。曾用章草写信给庾亮，庾翼见到大为叹服“焕若神明”。本句是说王的书艺是靠自己努力取得的，而非天生的。

[9] “然后世”句：本句是说后世书艺不及王羲之的，大概是刻苦学习的工夫比不上王，可见刻苦学习是必不可少的。推及道德修养，应该是同一道理。

[10] 州学舍：抚州官办学校的校舍。

[11] 教授：官名。北宋在路、府、州各置教授，主管教育所属生员。章：显著。楹间：两柱之间的上方，一般挂匾额的地方。揭之：标明出来。

[12] 推：推测。虽一能不以废：虽然只是一技之长也不肯埋没。因以及乎其迹：因而联系到重视他的遗迹。

[13] “其亦欲”句：这句是说也许要推广王羲之刻苦学习的事迹来勉励跟从王君学习的人。

[14] 尚之如此：推崇到这个地步。

[15] 仁人庄士：仁义、有道德的人。庄士：有德行学识之人。遗风余思：传下来的德行和思想。被于：影响到。何如哉：又该怎么样呢？

司马光

训俭示康[1]

【题解】 司马光(1019—1086)，字君实，陕州夏县(今山西夏县)人，北宋著名史学家。政治上偏向保守，反对王安石变法。哲宗即位，被起用为相，全面废止新法，不久去世。赠太师、温国公，谥文正。有《温国司马文正公文集》。

作为一代名臣，位高权重，但司马光却能保持质朴本色，临终，床箦萧然。本文是司马光教育儿子司马康勤俭节约的家书。从本文可以看出，清贫节俭，已成为其人生态度和生活哲学的重要组成部分。

吾本寒家，世以清白相承[2]。吾性不喜华靡，自为乳儿[3]，长者加以金银华美之服，辄羞赧弃去之。二十忝科名，闻喜宴独不戴花[4]。同年[5]曰："君赐不可违也。"乃簪一花。平生衣取蔽寒，食取充腹；亦不敢服垢弊以矫俗干名，但顺吾性而已[6]。众人皆以奢靡为荣，吾心独以俭素为美。人皆嗤吾固陋，吾不以为病。应之曰："孔子称'与其不逊也宁固。'又曰'以约失之者鲜矣。'又曰'士志于道，而耻恶衣恶食者，未足与议也。'[7]古人以俭为美德，今人乃以俭相诟病。嘻，异哉！"

近岁风俗尤为侈靡，走卒类士服，农夫蹑丝履[8]。吾记天圣中，先公为群牧判官[9]，客至未尝不置酒，或三行、五行，多不过七行[10]。酒酤于市，果止于梨、栗、枣、柿之类；肴止于脯、醢[11]、菜羹，器用瓷、漆。当时士大夫家皆然，人不相非也。会数而礼勤，物薄而情厚[12]。近日士大夫家，酒非内法[13]，果、肴非远方珍异，食非多品，器皿非满案，不敢会宾友，常量月营聚，然后敢发书。苟或不然，人争非之，以为鄙吝。故不随俗靡者，盖鲜矣。嗟乎！风俗颓弊如是，居位者虽不能禁，忍助之乎！

又闻昔李文靖公为相，治居第于封丘门内，厅事前仅容旋马[14]，或言其太隘。公笑曰："居第当传子孙，此为宰相厅事诚隘，为太祝奉礼厅事已宽矣。[15]"参政鲁公为谏官[16]，真宗遣使急召之，得于酒家，既入，问其所来，以实对。上曰："卿为清望官[17]，奈何饮于酒肆？"对曰："臣家贫，客至无器皿、肴、果，故就酒家觞之。"上以无隐，益重之。张文节为相，自奉养如为河阳掌书记时[18]，所亲或规之曰："公今受俸不少，而自奉若此。公虽自信清约，外人颇有公孙布被之讥[19]。公宜少从众。"公叹曰："吾今日之俸，虽举家锦衣玉食，何患不能？顾人之常情，由俭入奢易，由奢入俭难。吾今日之俸岂能常有？身岂能常存？一旦异于今日，家人习奢已久，不能顿俭，必致失所[20]。岂若吾居位、去位、身存、身亡，常如一日乎？"呜呼！大贤之深谋远虑，岂庸人所及哉！

御孙曰："俭，德之共也；侈，恶之大也[21]。"共，同也；言有德者皆由俭来也。夫俭则寡欲，君子寡欲，则不役于物[22]，可以直道而行[23]；小人寡欲，则能谨身节用，远罪丰家。故曰："俭，德之共也。"侈则多欲。

君子多欲则贪慕富贵，枉道速祸；小人多欲则多求妄用，败家丧身；是以居官必贿，居乡必盗。故曰："侈，恶之大也。"

昔正考父饘粥以糊口，孟僖子知其后必有达人[24]。季文子相三君，妾不衣帛，马不食粟，君子以为忠[25]。管仲镂簋朱纮，山节藻棁，孔子鄙其小器[26]。公叔文子享卫灵公，史鳝知其及祸；及戌，果以富得罪出亡[27]。何曾日食万钱，至孙以骄溢倾家[28]。石崇以奢靡夸人，卒以此死东市[29]。近世寇莱公豪侈冠一时，然以功业大，人莫之非，子孙习其家风，今多穷困[30]。其余以俭立名，以侈自败者多矣，不可遍数，聊举数人以训汝。汝非徒身当服行，当以训汝子孙，使知前辈之风俗云。

【注释】

[1] 训俭示康：给康阐释节俭的道理。训：训释，解释。康：司马康，本为司马光大哥之子，在司马光的两个儿子夭折后，司马康被过继给司马光为子。

[2] 寒家：指出身低微。司马光之父司马池，历主簿、知县、州、府，虽未位列公相，但也是一般官宦人家，这里说寒家，有自谦之意。清白：清正廉洁的家风。

[3] 乳儿：幼儿。

[4] 闻喜宴：唐代进士中榜后，聚钱宴乐于曲江亭子，称曲江宴，亦称闻喜宴。后唐明宗天成二年诏命行新科进士闻喜之宴，年赐钱四百贯。宋太宗端拱元年定由朝廷置宴，皇帝及大臣赐诗以示宠异，遂为故事。后来闻喜宴就成为皇帝赐予新科进士宴会的代称，参加者要簪花(把花插在帽檐上)，这是特殊的荣耀。

[5] 同年：科考同榜录取者。

[6] "平生"句：意谓一生穿衣能避寒，吃饭能饱腹就够了。也不敢故意穿着脏破的衣服，以求取与众不同的声名。所做的不过是顺应自己的天性罢了。垢弊：脏而破的衣服。矫俗干名：用不同流俗的方式猎取声名。

[7] "与其不逊也宁固"句：出自《论语·述而》："奢则不逊，俭则固。与其不逊也宁固。"意谓奢侈显得骄傲，俭朴显得固陋，与其骄傲，不如固陋；"以约失之者鲜矣"：出自《论语·里仁》，意谓因为俭约而犯错的就很少了。"士志于道，而耻恶衣恶食者，未足与议也"：也出自《论语·里仁》，意思是说士的志向在于"道"，如果以不好的衣食为羞耻，这样的人是不值得跟他交往的。

[8] 走卒类士服：当差的下层人穿着士人的服装。农夫蹑丝履：农夫穿着精致的丝织

的鞋子。

[9] 天圣：宋仁宗年号(1023—1032)。先公：指司马光父亲司马池。群牧判官：即群牧司判官。判官为辅佐部门主官的副官；群牧司为掌管全国马皮的机构。

[10] 三行、五行、七行：即三巡、五巡、七巡。喝酒每过一轮，即每人将杯中酒喝干一次，为一巡。三、五、七巡依此类推可得。

[11] 脯(fǔ)：干肉。醢(hǎi)：用肉、鱼等做成的酱。

[12] “会数”句：意思是说会面频繁，礼节殷勤；礼物普通，而情意深重。

[13] 内法：皇宫大内的酿酒之法。

[14] 李文靖：李沆，宋真宗时宰相。封丘门：北宋京城汴京(今河南开封)城门。旋马：回马，马掉头。

[15] 太祝、奉礼：太祝、奉礼郎，掌管宗庙礼仪的小官，常由功臣子孙担任。

[16] 参政鲁公：鲁宗道，宋真宗时为参知政事。据《宋史·鲁宗道传》真宗将鲁宗道从酒肆招来，时宗道任谕德，这里习惯以前职称呼，也可能是误记。

[17] 清望官：清高有名望的官职。唐人多以之称秘书省、礼部官职，此类官职多由进士出身者担任，而从事的是文化、政治顾问类工作，名声好，且接触枢机，升迁机会多。

[18] 张文节：张知白，宋仁宗时官拜宰相，死后谥文节。自奉养：自己的生活享受。掌书记：唐代官名，相当于宋代的判官。张在宋真宗时曾为河阳(今河南孟县)节度判官，故云。

[19] 公孙布被：公孙弘，汉武帝时为丞相，封平津侯。为人节俭，所盖的被子都是粗布所织，但其为人阴险。故人们都说他以节俭示人是虚伪的表现。

[20] 失所：无所适从。

[21] 御孙：春秋时鲁国大夫。所引的话见《左传·庄公二十四年》。

[22] 不役于物：不被物欲所控制。役：控制、奴役。

[23] 直道而行：依照正道行事。语出《论语·卫灵公》。下文“枉道速祸”，即走邪路招致祸端。

[24] 正考父：春秋时鲁国大夫，孔子先人。饘(zhān)粥：厚粥。孟僖子：春秋时鲁国大夫。其后：正考父之后。达人：显达之人。正考父饘粥糊口事，见《左传·昭公七年》。

[25] 季文子：春秋时鲁国大夫季孙行父，曾辅佐鲁宣公、成公、襄公。其事见《左传·襄公五年》。山节藻棁(zhuō)：刻着山形的斗拱，画有藻采的梁上短柱。棁：梁上的短柱。

[26] 管仲：春秋时齐桓公国相，辅佐桓公成为春秋第一个霸主。镂簋(guǐ)朱纮

(hóng):刻有花纹的簋,戴着系有红色带子的帽子。簋:盛物之器皿。纮:帽子的系带。孔子鄙其小器:语出《论语·八佾》"子曰:管仲之器小哉。"器:器量。

[27] 公叔文子:春秋时卫国大夫公叔发。享:通"飨",宴请。史鳍:也是卫国大夫。及祸:招致灾祸。戌:公叔发的儿子。事见《左传·定公十三年》,公叔发设宴招待卫灵公,史鳍对他说:"子必祸矣。子富而君贫,罪其及子乎!"公叔发死后,卫灵公果然把他的儿子公叔戌驱逐出卫国。

[28] 何曾:晋武帝时太尉,生活极其奢侈,每次吃饭要花万钱。其子孙也极其奢侈。但何氏家族至西晋末年,已"灭亡无遗焉。"事见《晋书·何曾传》。

[29] 石崇:西晋人。因劫掠而致富,生活奢侈,姬妾成群,与贵戚王恺斗富,其富可敌国。但后来为赵王司马伦杀害。东市:刑场。

[30] 寇莱公:寇准,宋真宗时宰相,因抗辽有功,封莱国公。史载其生活崇尚奢靡,子孙沿袭其风,渐致困窘,淹没无闻。

王安石

扬州龙兴讲院记[1]

【题解】 王安石(1021—1086),字介甫,号半山,北宋临川(今江西抚州)人。宋神宗时为相国,启动历史上著名的"熙宁变法",对北宋的政治、经济、军事诸方面展开全面革新。因之与保守派产生极大矛盾,两度为相而两度罢黜。熙宁九年(1076),第二次罢相后即隐退江宁。元佑元年(1086),病逝于江宁。

王安石不仅是中国历史上第一流的政治家,同时又是有名的文学家,诗词文俱佳。诗在苏、黄外自成一派,文列"唐宋八大家"。传世文集有《王临川集》《临川集拾遗》《临川先生文集》等。本文是王安石应邀为自己的朋友——僧人慧礼所兴建的扬州龙兴寺院所作的一篇记,据文中所言,本文作于王安石作吏淮南之后四年。王安石于仁宗庆历二年(1042)登进士第,旋授淮南节度判官(淮南路治所扬州),四年后即庆历六年(1046),本年扬州任满,文章当作于离扬前夕。文章细致交代了作记的缘由,重点在于宣扬"以佛济儒"的观点。笔墨精炼,叙述舒徐,较能代表王文的特色。

予少时，客游金陵，浮屠慧礼者从予游[2]。予既吏淮南，而慧礼得龙兴佛舍，与其徒日讲其师之说[3]。尝出而过焉，庳屋[4]数十椽，上破而旁穿，侧出而视后，则榛棘出入，不见垣端[5]。指以语予曰："吾将除此而宫之[6]。虽然，其成也，不以私吾后，必求时之能行吾道者付之[7]。愿记以示后之人，使不得私焉。"当是时，礼方丐食饮以卒日，视其居枵然[8]。余特戏曰："姑成之，吾记无难者。"后四年，来曰："昔之所欲为，凡百二十楹[9]，赖州人蒋氏之力，既皆成，盍有述焉？"噫！何其能也！

盖慧礼者，予知之，其行谨洁[10]，学博而才敏，而又卒之以不私，宜成此不难也。世既言佛能以祸福语倾天下，故其隆向之如此，非徒然也[11]。盖其学者之材，亦多有以动世耳[12]。今夫衣冠而学者，必曰自孔氏。孔氏之道易行也，非有苦身窘形，离性禁欲，若彼之难也[13]。而士之行可一乡、才足一官者常少[14]。而浮屠之寺庙被四海，则彼其所谓材者，宁独礼耶？以彼之材由此之道去至难而就甚易宜其能也[15]。呜呼，失之此而彼得焉，其有以也夫！

【注释】

[1] 龙兴讲院：即龙兴寺，或即唐时大元寺，宋时曾毁废，由慧礼重建。在扬州僧徒讲经说法之处，即寺庙。

[2] 慧礼：北宋高僧。王安石中举前，随父江宁府通判任上，时在景佑四年(1037)，其见慧礼约在此时。

[3] 仁宗庆历二年(1042)，王安石中甲科进士，以秘书郎签书淮南节度判官公事。

[4] 庳(bēi)屋：低屋、矮屋。

[5] 榛棘：小的灌木与荆棘。垣端：墙端。垣：墙。

[6] 除此而宫之：去除荆棘杂草，建立宫室(这里指寺庙)。宫：作动词用，建立宫室。

[7] "必求财"句：意谓求取那些能够践行我的理想的人(这里指弘扬佛道)，交给他们使用。

[8] 丐食饮以卒日：每天靠乞求饮食度日。枵(xiāo)然：虚空而无一物，这里指居家赤贫，家徒四壁。

[9] 楹：屋柱，这里用作计算房屋的量词。一楹：即一间房。

[10] 谨洁：严谨清白。

[11] 以祸福语倾天下：凭预言祸福使天下人倾心拜服。隆：兴盛。向：一向，向来。

[12] “盖其学者”句：学佛者的才干，也多有耸动世人的地方。

[13] 苦身窘形：使身体受苦、困窘。互文，同时是使动用法。离性禁欲：梳理人的自然本性，禁止人的自然欲望。

[14] 行可一乡、才足一官：行为堪为一乡的表率，才能足以胜任某一官职。

[15] “以彼之材”句：用如慧礼这样佛教徒的才干，去践行更容易一点的儒道，应该是不难做到的吧。

苏洵

六　国　论

【题解】 苏洵（1009—1066），字明允，号老泉，眉州眉山（今属四川眉山）人。北宋文学家，与其子苏轼、苏辙合称“三苏”，均被列入“唐宋八大家”。至和、嘉佑间，与二子轼、辙同至京师。上所著《衡论》《权书》等二十二篇，士大夫争传之。宰相韩琦奏于朝，除秘书省校书郎。与陈州项城令姚辟同修建隆以来礼书，为《太常因革礼》一百卷。书成而卒，年五十八岁。

苏洵擅长于散文，尤其擅长政论，议论明畅，笔势雄健，有《嘉佑集》二十卷传世。本文是苏洵政论文代表作。文章提出六国灭亡“弊在赂秦”的观点，并作了精辟的论证。在北宋王朝对辽和西夏奉行贡赋的屈辱政策的背景下，作者写作本文，显然有“借古讽今”的用意，旨在告诫统治者要吸取六国灭亡的教训，以免重蹈覆辙。

六国破灭，非兵不利，战不善，弊在赂秦[1]。赂秦而力亏，破灭之道也[2]。或曰：六国互丧，率赂秦耶[3]？曰：不赂者以赂者丧，盖失强援，不能独完[4]。故曰：弊在赂秦也。

秦以攻取之外，小则获邑，大则得城。较秦之所得，与战胜而得者，其实百倍;诸侯之所亡,与战败而亡者,其实亦百倍[5]。则秦之所大欲,诸侯之所大患,固不在战矣。思厥先祖父,暴霜露,斩荆棘,以有尺寸之地[6]。子孙视之不甚惜,举以予人,如弃草芥。今日割五城,明日割十城,然后得一夕安寝。起视四境,而秦兵又至矣。然则诸侯之地有限,暴秦之欲无厌[7],奉之弥繁,侵之愈急。故不战而强弱胜负已判矣。至于颠覆[8],理固宜然。古人云:“以地事秦,犹抱薪救火[9],薪不尽,火不灭。”此言得之。

齐人未尝赂秦[10],终继五国迁灭,何哉?与嬴而不助五国也。五国既丧,齐亦不免矣。燕赵之君,始有远略,能守其土,义不赂秦。是故燕虽小国而后亡,斯用兵之效也。至丹以荆卿为计,始速祸焉[11]。赵尝五战于秦,二败而三胜。后秦击赵者再,李牧连却之。洎牧以谗诛,邯郸为郡,惜其用武而不终也[12]。且燕赵处秦革灭殆尽之际,可谓智力孤危,战败而亡,诚不得已。向使[13]三国各爱其地,齐人勿附于秦,刺客不行,良将犹在[14],则胜负之数,存亡之理,当与秦相较,或未易量[15]。

呜呼!以赂秦之地,封天下之谋臣,以事秦之心,礼天下之奇才,并力西向,则吾恐秦人食之不得下咽也。悲夫!有如此之势,而为秦人积威之所劫[16],日削月割,以趋于亡。为国者无使为积威之所劫哉!

夫六国与秦皆诸侯,其势弱于秦,而犹有可以不赂而胜之之势。苟以天下之大,而从六国破亡之故事,是又在六国下矣[17]。

【注释】

[1] 兵:兵器。战不善:作战不力,即不会作战。弊在赂秦:弊病在于贿赂秦国。

[2] “赂秦”句:贿赂秦国导致国力亏损,这就是灭亡的原因。道:原因。

[3] 互丧:相继灭亡。率:都、皆。

[4] “不赂者”句:意谓不贿赂秦国的,因那些贿赂秦国的国家而灭亡。这是由于他们失去了强援,所以不能独自保全。

[5] “较秦之所得”句:意谓秦国因贿赂所得到的土地,与他们因作战胜利所得到的土地比,超过百倍;六国因贿赂所失去的土地,与他们因作战失败所失去的土地比,也超过百倍。

[6] 厥先祖父:他们(秦)的先人、祖父辈。厥:其他的。暴(pù)霜露:暴露于霜露之

下。秦之先祖,原为周朝养马并戍守西边防备西戎,至周宣王时被封为西陲大夫,周平王东迁,秦襄公护驾有功,始封诸侯,为秦立国之始。

[7] 厌:满足。

[8] 颠覆:灭亡。

[9] 抱薪救火:语出《史记·魏世家》,苏代与魏安釐王的一段对话“且夫以地事秦,譬犹抱薪救火,薪不尽,火不灭。”意谓抱着柴草去救火。比喻用错误的方法去消除灾祸,结果使灾祸反而扩大。

[10] 齐人未尝赂秦:齐为东方大国,在秦国远交近攻的政策下,一直保持中立,直到最后被秦灭亡。这就是不赂者以赂者亡的例子。

[11] 速祸:加速祸患。

[12] 洎牧以谗诛,邯郸为郡:等到李牧因为谗言被诛杀,赵国被灭亡,都城邯郸也成为秦的一个郡城。公元前229年,秦派王翦攻赵,赵以李牧、司马尚抵抗。秦军不得进,就以重金贿赂赵王宠臣郭开,在赵王面前散布李牧、司马尚想谋反,赵王中计,派赵葱和齐将颜聚代李牧。李牧不从命,赵国暗中布置圈套捕获李牧并斩杀了他,撤换了司马尚。王翦乘势急攻,大破赵军,杀赵葱,虏赵王迁及颜聚,赵国灭亡。事见《史记·李牧列传》。

[13] 向使:假使当初。向:过去,当初。

[14] 齐人勿附于秦:齐国不依附秦国。刺客不行:指荆轲刺秦事。良将犹在:指赵将李牧。

[15] 或未易量:或许还说不定(谁输谁赢)。

[16] 积威:强大的威势。劫:劫持。

[17] 苟以天下之大:这里暗指北宋。

苏轼

留侯论[1]

【题解】 苏轼(1037—1101),字子瞻,号东坡居士,眉州眉山(今属四川眉山)人,北宋著名的政治家、文学家、画家、书法家。他与父亲苏洵、弟弟苏辙,被后人称为“三苏”，列入“唐宋八大家”。嘉佑二年(1057)举进士，以后仕途不平坦。神宗年间，王安石变法，苏轼以应当慎重为由反对新法，被贬官杭州通判。元丰二年，因“乌台诗案”系狱。出狱后，贬为黄州团练副使。哲宗元祐年间，以司马光为首的旧党执政，苏轼被召回京，任翰林学士。但他又反对旧党一概废除新法，为旧党不容，被贬为杭州知州。绍圣元年，新党再起，苏轼又遭迫害，被贬琼州(今海南岛)任别驾。宋徽宗即位，大赦，死于赦归途中，后追谥“文忠”。

苏轼的思想是儒释道的杂合，但主要倾向是儒家。他的文学成就极其杰出，在文学史上有多方面的贡献，所作视野开阔，风格豪迈，往往流露达观放任的思想。他的散文抒情则淋漓尽致，议论则纵横开阖，受《庄子》和《战国策》的影响很深，与欧阳修并称“欧苏”；诗与黄庭坚齐名，并称“苏黄”，代表了不同于唐诗的宋代诗歌新的风格；词与辛弃疾并称“苏辛”，是豪放派的创始人。有《苏东坡集》《东坡乐府》传世。

宋仁宗嘉佑五年，苏轼寓居怀远驿，精心准备制科考试。试前，苏轼上杨畋、富弼等人二十五篇《进策》、二十五篇《进论》，《留侯论》就是《进论》中的一篇。本文属于一篇史论，根据《史记·留侯世家》所记张良圯下受书及辅佐刘邦统一天下事，论证“忍小忿而就大谋”、“养其全锋而待其敝”的策略的重要性。文章没有全面评论张良的生平和功业，而只论述他之所以取得成功的主观方面的根本原因——能“忍”的过人之节。文笔纵横捭阖，极尽曲折变化之妙，道人所未道。行文雄辩而富有气势，较能显示出苏文的特色。

古之所谓豪杰之士者，必有过人之节[2]，人情有所不能忍者。匹夫见辱[3]，拔剑而起，挺身而斗，此不足为勇也。天下有大勇者，卒然临之而不惊[4]，无故加之而不怒，此其所挟持者甚大[5]，而其志甚远也。

夫子房受书于圯上之老人也[6]，其事甚怪，然亦安知其非秦之世有隐君子者出而试之[7]？观其所以微见其意者[8]，皆圣贤相与警戒之义。而世人不察，以为鬼物，亦已过矣，且其意不在书。

当韩之亡，秦之方盛也，以刀锯鼎镬待天下之士，其平居无罪夷灭者，不可胜数，虽有贲育，无所复施[9]。夫持法太急者，其锋不可犯，而其末可乘。子房不忍忿忿之心，以匹夫之力，而逞于一击之间[10]。当此之时，子房之不死者，其间不能容发[11]，盖亦已危矣。千金之子不死于盗贼[12]。何者？其身之可爱，而盗贼之不足以死也。子房以盖世之才，不为伊尹、太公之谋，而特出于荆轲、聂政之计，以侥幸于不死，此圯上老人之所为深惜者也[13]。是故倨傲鲜腆而深折之[14]。彼其能有所忍也，然后可以就大事。故曰：孺子可教也。

楚庄王伐郑，郑伯肉袒牵羊以逆，庄王曰："其君能下人，必能信用其民矣[15]。"遂舍之。勾践之困于会稽，而归臣妾于吴者，三年而不倦[16]。且夫有报人之志[17]，而不能下人者，是匹夫之刚也。夫老人者，以为子房才有余，而忧其度量之不足，故深折其少年刚锐之气，使之忍小忿而就大谋。何则？非有生平之素，卒然相遇于草野之间，而命以仆妾之役，油然而不怪者，此固秦皇之所不能惊，而项籍之所不能怒也[18]。

观夫高祖之所以胜，而项籍之所以败者，在能忍与不能忍之间而已矣。项籍惟不能忍，是以百战百胜而轻用其锋[19]。高祖忍之。养其全锋以待其毙[20]。此子房教之也。当淮阴破齐而欲自王，高祖发怒，见于词色，由此观之，犹有刚强不忍之气，非子房其谁全之[21]。

太史公疑子房以为魁梧奇伟，而其状貌乃如妇人女子，不称其志气[22]。呜呼，此其所以为子房欤[23]！

【注释】

[1] 这是一篇著名的史论。留侯：即张良，字子房。汉高祖刘邦的重要谋士，刘邦曾说："运筹策帷幄中，决胜千里外，子房功也。"封于留（今江苏省徐州市），世称"留侯"。

[2] 节：节操、品德。

[3] 匹夫见辱：一般人被侮辱。匹夫：一般人，常人。见：被。

[4] 卒（cù）然：忽然，突然。卒：同"猝"。

[5] 所挟（xié）持者：所怀抱的。

[6] 子房受书于圯（yí）上老人：书：指《太公兵法》。圯：桥。《说文》："圯，东楚谓桥。"老人：指黄石公。张良于圯上受黄石公兵法，以此佐刘邦王业。事见《史记·留

侯世家》

[7] 安知：怎知，哪里知道。

[8] 微见其意：略微显现出他的用意。微：略微，隐约。见：同“现”。其：代词，代黄石公。

[9] “当韩”句：刀锯鼎镬(huò)，古代残酷的刑具。鼎：古代烹煮用的器物，三足两耳。镬：古代的大锅。常用作刑具。平居无事夷：平白无故遭到杀害。夷：铲平，消灭，特指“灭族”。不可胜(shēng)数(shǔ)：数不尽，形容非常多，语本《墨子·非攻中》：“百姓之道疾病而死者，不可胜数。”胜：尽。贲(bēn)：孟贲，春秋时卫国人，古代勇士。育：夏育，古代勇士。《汉书》：“夏育，卫人，力举千钧。”无所复施：得不到施展的地方。

[10] “子房”句：此句指张良青年时代募客刺秦事。张良原是韩国贵族，韩灭后，他倾尽全部家产请刺客刺秦王为韩国报仇，求得一个大力士，能使用百二十斤的铁椎，当秦始皇东巡到博浪沙(今河南省武阳县东南)，张良与大力士狙击秦始皇，行刺失败而逃亡，几乎为此丧命。不忍：忍不住。

[11] 其间不能容发：连一根头发丝都不相容，形容十分危险。

[12] “千金之子”句：意谓高贵的人，在不值得去死的情况下，不轻易去死。语出《史记·越王勾践世家》：“朱公曰：吾闻千金之子，不死于市。”

[13] “子房”句：盖世：压倒一世，没有人比得过。伊尹：商朝的开国功臣。太公：姜尚，周朝的开国功臣。荆轲：战国时著名刺客，为燕太子丹刺秦王，失败亡身。聂政：战国时刺客，为严仲子刺杀韩相侠累而闻名。

[14] 倨(jù)傲鲜腆(tiǎn)而深折之：倨傲，骄傲轻慢。倨：傲慢。鲜腆：没有礼貌的样子。折：折服，屈辱。

[15] “楚庄”句：楚庄王伐郑事，见《左传·宣公十二年》。郑伯：郑襄公。肉袒：露出臂胸，表示屈服。袒：露。下人：屈于人下。逆：迎也。

[16] “勾践”句：春秋时越国国王勾践被吴国打败后，和妻子一同在吴国做了三年奴仆，曾卧薪尝胆，终于报仇复国。会稽：今浙江省绍兴市。

[17] 报人：向人报仇。

[18] “非有”句：素：平素，一向，这里是长期了解的意思。油然：自然而然，顺从。惊：使动词，使惊怕。怒：使动词，使发怒。

[19] 锋：锋芒，锐气。

[20] 獘：衰败，破亡。另本作“敝”。

[21] “当淮阴破齐”句：韩信破齐立王事，见《史记·淮阴侯传》。韩信平定齐地后，派

人请求刘邦封他为“假王”。当时刘邦正被项羽围困荥阳(今河南省荥泽县西南),大骂韩信不来救援,反而一心想立为王,这时张良从旁提醒他,刘邦也恍然大悟,于是派张良前往,立韩信为齐王。淮阴:韩信被汉高祖封为淮阴侯。非子房其谁全之,不是张良,谁来保全他呢?之:他,指刘邦。

[22] “太史”句:太史公,司马迁。魁梧:形容身躯高大。魁、梧都是大的意思。梧:通“吴”,《方言》:“吴,大也。”称(chèn):相当,相称。

[23] 欤(yú):疑问助词。

前赤壁赋[1]

【题解】 宋神宗元丰二年(1079),苏轼因“乌台诗案”,谪贬为黄州团练副使。元丰五年(1082)七月十六日,游黄州赤壁,而作此赋。因后来(同年十月十五日)还写过一篇同题的赋,故称此篇为《前赤壁赋》。文章通过月夜泛舟、饮酒赋诗引出主客对话,表达了吊古伤今的叹逝情怀,豁达通透的生命体悟。

从《诗经》到汉乐府、东汉文人诗,从王羲之的《兰亭集序》到《春江花月夜》、李白的《春夜宴桃李园序》,感时叹逝就一直是中国文学源远流长的主题,留下无数文人的诗情与哲思,但苏轼以一种睿智的生活态度,由叹逝之悲走向达观超脱,则将这一主题拔高一筹,开辟出新的思想光芒。

本赋所涉及的是中国文学中感时叹逝全赋情韵深致、理意透辟。

壬戌之秋[2],七月既望[3],苏子与客泛舟游于赤壁之下[4]。清风徐来,水波不兴[5]。举酒属客,诵明月之诗,歌窈窕之章[6]。少焉,月出于东山之上,徘徊于斗、牛之间[7]。白露横江[8],水光接天。纵一苇之所如,凌万顷之茫然[9]。浩浩乎如冯虚御风[10],而不知其所止,飘飘乎如遗世独立[11],羽化而登仙[12]。

于是饮酒乐甚,扣舷而歌之[13]。歌曰:“桂棹兮兰桨[14],击空明兮溯流光[15]。渺渺兮予怀[16],望美人兮天一方[17]。”客有吹洞萧者[18],依歌而和之[19],其声呜呜然,如怨如慕,如泣如诉。余音袅袅[20],不绝如缕[21]。舞幽壑之潜蛟,泣孤舟之嫠妇[22]。

苏子愀然[23]，正襟危坐[24]，而问客曰："何为其然也[25]？"客曰："'月明星稀，乌鹊南飞'。此非曹孟德之诗乎[26]？西望夏口[27]，东望武昌[28]，山川相缪[29]，郁乎苍苍[30]，此非孟德之困于周郎者乎[31]？方其破荆州[32]，下江陵[33]，顺流而东也，舳舻千里[34]，旌旗蔽空，酾酒临江[35]，横槊赋诗[36]，固一世之雄也[37]。而今安在哉[38]？况吾与子渔樵于江渚之上[39]，侣鱼虾而友麋鹿[40]。驾一叶之扁舟[41]，举匏樽以相属[42]。寄蜉蝣于天地[43]，渺沧海之一粟[44]。哀吾生之须臾[45]，羡长江之无穷。挟飞仙以遨游[46]，抱明月而长终。知不可乎骤得[47]，托遗响于悲风[48]。"

苏子曰："客亦知夫水与月乎[49]？逝者如斯，而未尝往也[50]。盈虚者如彼，而卒莫消长也[51]。盖将自其变者而观之，则天地曾不能以一瞬[52]。自其不变者而观之，则物与我皆无尽也[53]，而又何羡乎？且夫天地之间[54]，物各有主。苟非吾之所有，虽一毫而莫取。惟江上之清风，与山间之明月，耳得之而为声，目遇之而成色。取之无禁，用之不竭。是造物者之无尽藏也[55]，而吾与子所共适[56]。"

客喜而笑，洗盏更酌[57]。肴核既尽[58]，杯盘狼藉[59]。相与枕藉乎舟中[60]，不知东方之既白[61]。

【注释】

[1] 宋神宗(赵顼)元丰二年(1079)，苏轼因反对王安石变法，被贬到黄州(今湖北黄冈市)，做了个闲散的团练副使。三年以后，他曾两次游览黄州城外的赤壁(赤鼻矶)，写了两篇赋，头一篇叫《赤壁赋》(一般称作《前赤壁赋》)，后一篇叫《后赤壁赋》。赋中提到"赤壁之战"。三国时，周瑜用火攻，大败曹操的赤壁，并非苏轼所游的黄州赤鼻矶。

[2] 壬戌：宋神宗(赵顼)元丰五年(1082)。这年苏轼47岁。

[3] 既望：阴历每月的十六日。望：阴历每月的十五日，这天夜里月亮正圆，圆月跟太阳遥遥相望，所以叫"望"。既：尽，完。

[4] 苏子与客泛舟：苏子，苏轼自称。泛舟：划船，这里有任船飘荡之意。泛：浮。

[5] 兴：起。

[6] “举酒”句：属(zhǔ)：酌，斟酒给人喝，有“劝酒”的意思。下文“举匏尊以相属”的“属”，同此。明月之诗：指《诗经·陈风·月出》。窈窕(yǎo tiǎo)之章：指《月出》诗的第一章，其中有“月出皎兮，佼人僚兮，舒窈纠(jiǎo)兮，劳心悄兮”的句子。“窈纠”与“窈窕”声音相似，所以苏轼称之为“窈窕之章”。

[7] “少焉”句：少焉：不多一会儿。徘徊：欲前又止、来回移动的样子。这里是用拟人的修辞方法。斗、牛：南斗星和牛宿星。

[8] 白露：指月光下面呈现出的白烟似的水气。

[9] “纵一苇”句：意谓任凭小船在茫无边际的江上漂流。纵：放任。一苇：比喻小船，像一片苇叶。《诗经·卫风·河广》：“谁谓河广，一苇杭(渡)之。”所如：即所往。凌：凌驾，超越。万顷：形容江面广远迷茫的样子。

[10] 冯(píng)虚御风：凌空乘风。冯虚：凌空。冯：同“凭”，依托。虚：太空。御风：乘风，或迎风。《庄子·逍遥游》：“夫列子御风而行，泠然(轻盈美妙的样子)善也。”司马彪注：“御，迎也。”

[11] 遗世：离开人世。遗：留下，离开。

[12] 羽化：道教称能飞升成仙为羽化。《抱朴子·对俗》：“古之得仙者，或身生羽翼，变化飞行。”

[13] 扣舷而歌之：扣舷：敲着船边(打节拍)。舷：船边。之：在这里用法如“焉”。

[14] 桂棹(zhào)兮兰桨：桂：丹桂树。兰：木兰。桂、兰在这里形容划船工具的精美。棹：形状似桨的一种划船工具。兮：啊。语出屈原《九歌》：“桂棹兮兰枻(短桨)。”

[15] 击空明兮泝流光：空明：指江水，月光照着清澈的江水，看去空灵透明。泝(sù)：同“溯”，逆流而上。流光：水面上随波浮动的月光。

[16] 渺渺兮予怀：我的心里想得很远啊！渺渺：悠远的样子。予怀：我的心怀。

[17] 望美人兮天一方：遥望那位美人啊，她却在天的那一边。美人：指思慕的人，有隐喻君王的意思。《楚辞·九章·思美人》王逸注：“此章言己思念其君，不能自达。”

[18] 客有吹洞箫者：客：据清人赵翼《陔余丛考》卷二十四，这个“客”即《后赤壁赋》中所说的那个道士，姓杨，名世昌，字子京，绵竹人。苏轼《次韵孔毅夫》诗云：“杨生(即杨世昌)自言识音律，洞箫入手清且哀。”洞箫：不用蜡封底的箫，后来指单管直吹的箫。

[19] 依歌而和之：指吹箫为歌声伴奏。依：按照。和：应和。

[20] 嫋(niǎo)嫋：形容声音细弱缭绕而绵延不绝。

[21] 缕：细丝。

[22] “舞幽壑”句：舞、泣：都是使动词，即“使……起舞”、“使……哭泣”。幽壑(huò)深谷：深渊。嫠(lí)妇：寡妇。

[23] 愀(qiǎo)然：忧愁变容的样子。《国语·楚语上》：“子木愀然，”注：“愀然，愁貌。”

[24] 正襟危从：正襟：端正衣襟。危坐：严肃地端坐。

[25] 何为其然也：为什么声音这样的悲凉呢？

[26] 孟德：曹操，字孟德。他的《短歌行》第一章云：“月明星稀，乌鹊南飞，绕树三匝，无枝可依。”

[27] 厦口：夏口城，即今武昌市，相传为三国时吴国孙权所建。

[28] 武昌：今湖北省鄂城县，并非现在的武昌。

[29] 缪(liáo)：同“缭”，连结，缭绕。

[30] 郁乎：茂盛的样子。

[31] 困于周郎：指曹操被周郎所困。周郎：三国时吴国的名将周瑜。周瑜，字公瑾，庐江郡舒(今安徽庐江县西)人。二十四岁时，被任命为建威中郎将，时人称他为周郎。汉献帝建安十三年(208)火烧曹操战船，大破曹军于赤壁。

[32] 方其破荆州：方：当。其：代词，指曹操。破荆州：汉献帝建安十三年七月，曹操南击荆州。八月，荆州刺史刘表卒，九月，刘表次子刘琮投降曹操。荆州，管辖南阳、南郡、江厦、零陵、桂阳、长沙、武陵七郡，即今湖北、湖南一带。荆州的州治在襄阳(今湖北省襄樊市)，破荆州，即占领襄阳。下：攻下，占领。

[33] 下江陵：攻占江陵。曹操打下荆州后，又在当阳长坂坡击败刘备，进兵攻占江陵。江陵，今湖北省江陵县。

[34] 舳(zhóu)舻(lú)：长方形的大船。

[35] 酾(shī)酒临江：面向长江，将酒洒在江面上，表示对高山大川、英雄人物的凭吊。酾酒：滤酒。斟酒：这里是洒酒。

[36] 横槊(shuó)赋诗：横执着长矛吟诗。槊：一丈八尺长的长矛。诗：指《短歌行》。

[37] 固一世之雄：固：本来。一世之雄：一代英雄。

[38] 安在：何在，在什么地方。

[39] 渔樵于江渚之上：渔樵：打鱼、砍柴，指贬官放逐生活。江渚：江中小洲。

[40] 侣鱼虾而友麋(mí)鹿：侣：作伴。友：作朋友。这两个词都是意动用法。麋：鹿的一种。

[41] 扁(piān)舟：小船。

[42] 匏(páo)樽：用葫芦做的酒器。匏：葫芦的一种。

[43] 寄蜉(fú)蝣(yóu)于天地：寄托像蜉蝣一样的生命在天地之间。意思是人生短促。蜉蝣：一种细小的飞虫，夏秋之交生在水边，只能活几个小时。《诗经·曹风·蜉蝣》："蜉蝣之羽，衣裳楚楚。"毛传："蜉蝣，渠略也，朝生夕死。"

[44] 渺沧海之一粟：人在宇宙中小得像大海中的一颗小米粒。渺：小。沧海：大海。成语"沧海一粟"源出于此。

[45] 须臾(yú)：片刻。

[46] 挟：持，带。

[47] 骤得：多得、频频而得。《楚辞·九歌·湘夫人》："时不可兮骤得。"王逸注："骤，数也。"

[48] 遗响：余音，指箫声。语出《礼记·乐记》注："遗响，不尽之音。"遗：余，留。

[49] 夫：彼。

[50] "逝者"句：流去的像这样(指江水)，但它并不曾流去，因为江水始终这个样儿。逝：往。斯：这，指江水。未尝：不曾。《论语·子罕》："子在川上曰：'逝者如斯夫，不舍昼夜。'"

[51] "盈虚"句：忽圆忽缺的像那月亮，但实际上月亮本身并未增减。盈：满，指月圆。虚：缺，指月缺。彼：那，指月，与上句"斯"相对应。卒：到底。消长：消减和增长。

[52] "盖将"句：大概从动的一面看，天地万物连一眨眼的工夫都不曾停止。盖将：大概、原来。曾：乃。一瞬：眼睛一眨。

[53] 物：外物。

[54] 且夫：句首语助词(即"发语词")，况且，表示意思另起一层。

[55] 是造物者之无尽藏也：是：这。造物者：指天，即大自然。无尽藏(zàng)：语出佛家语"无尽藏海"(像海那样包罗万物)。

[56] 适：享受，满足。

[57] 更酌：再斟酒。

[58] 肴核：菜肴和果品。

[59] 狼藉(jí)：纵横散乱。《史记·滑稽列传》："淳于髡履舄交错，杯盘狼藉"。也写作"狼籍"，传说狼常卧草上，而将草弄得乱七八糟，所以叫"狼藉"。藉：将草铺地，以供坐卧，引申为"垫"。下句"枕藉"的"藉"，同此。

[60] 枕藉(jiē)：互相枕着垫着。

[61] 既白：已经显出白色，即天亮了。既：已经。

苏辙

黄州快哉亭记

【题解】 苏辙(1039—1112),字子由。眉州眉山(今属四川眉山)人。与其父苏洵、兄苏轼合称“三苏”,均在“唐宋八大家”之列。仁宗嘉祐二年(1057)与苏轼一起中进士。政治上反对王安石变法。熙宁五年(1072),出任河南推官。元丰二年(1079),受“乌台诗案”牵连受贬。元丰八年,旧党当政,他被召回,任秘书省校书郎、右司谏,进为起居郎,迁中书舍人、户部侍郎。元佑八年(1093),哲宗亲政,新法派重新得势。绍圣元年(1094),他上书反对时政,被贬官,出知汝州、袁州,责授化州别驾、雷州安置,后又贬循州等地。崇宁三年(1104),在颍川定居,过田园隐逸生活,筑室曰“遗老斋”,自号“颍滨遗老”,以读书著述、默坐参禅为事。死后追复端明殿学士,谥文定。

苏辙主张作文重在“养气”,“文者,气之所形。然文不可以学而能,气可以养而致。”(《上枢密韩太尉书》)“养气”既在于内心的修养,但更重要的是依靠广阔的生活阅历。因此他赞扬司马迁“行天下,周览四海名山大川,与燕赵间豪俊交游,故其文疏荡,颇有奇气”。苏辙文章风格汪洋澹泊,也有秀杰深醇之气。

本文所记黄州快哉亭,元丰六年(1083)张怀民所建,张在苏轼贬谪后四年亦放黄州,为便于临眺江流而建此亭,苏轼名之为“快哉”,而苏辙有此篇记。文章交代了亭之建立、得名及四维景观,并抒发了放浪自然,不以迁谪为悲的豁达情怀,文章融写景、叙事、抒情、议论于一炉,于汪洋澹泊之中贯注着不平之气,堪称苏辙文章的代表作。

江出西陵,始得平地[1],其流奔放肆大[2];南合沅、湘,北合汉、沔,其势益张[3];至于赤壁之下,波流浸灌[4],与海相若。清河张君梦得,谪居齐安[5],即其庐之西南为亭,以览观江流之胜[6]。而余兄子瞻名之曰“快哉”。

盖亭之所见，南北百里，东西一舍[7]，波澜汹涌，风云开阖[8]。昼则舟楫出没于其前，夜则鱼龙悲啸于其下。变化倏忽，动心骇目，不可久视[9]。今乃得玩之几席之上，举目而足[10]。西望武昌诸山，冈陵起伏，草木行列，烟消日出，渔夫樵父之舍，皆可指数[11]，此其所以为快哉者也。至于长洲之滨[12]，故城之墟，曹孟德、孙仲谋之所睥睨[13]，周瑜、陆逊之所骋骛，其流风遗迹，亦足以称快世俗[14]。

昔楚襄王从宋玉、景差于兰台之宫，有风飒然至者，王披襟当之，曰："快哉此风！寡人所与庶人共者耶？"宋玉曰："此独大王之雄风耳，庶人安得共之[15]！"玉之言盖有讽焉[16]。夫风无雄雌之异，而人有遇不遇之变[17]。楚王之所以为乐，与庶人之所以为忧，此则人之变也，而风何与焉[18]！士生于世，使其中不自得，将何往而非病[19]；使其中坦然不以物伤性，将何适而非快[20]！今张君不以谪为患，窃会计之余功，而自放山水之间，此其中宜有以过人者[21]。将蓬户瓮牖[22]，无所不快；而况乎濯长江之清流，揖西山之白云，穷耳目之胜以自适也哉[23]！不然，连山绝壑，长林古木，振之以清风[24]，照之以明月，此皆骚人思士之所以悲伤憔悴而不能胜者[25]，乌睹其为快也哉[26]！

元丰六年十一月朔日，赵郡苏辙记。

【注释】

[1] 江：长江。西陵：西陵峡。西陵峡在湖北秭归县以东。长江在三峡中，滩峡相间，两岸高峰壁立，出西陵峡，地势始平。

[2] 奔放：指水势迅猛。肆大：指水面开阔。

[3] 沅：沅水。湘：湘水。沅水、湘水都在长江南岸，流回洞庭湖，注入长江。汉沔：汉水。汉水，原名漾水，上游经沔县南称沔水，到汉中称汉水，流经湖北西北部，至武汉市入长江。益张：越加盛大。

[4] 赤壁：此指黄州赤壁。浸灌：浸渍灌注。

[5] 清河：今河北清河县。张梦得：即张怀民，在黄州与苏轼往还。齐安：古郡名，即黄州。

[6] 胜：优越，指壮丽的江景。

［7］ 一舍：三十里。

［8］ 开阖：有时消散，有时密布。

［9］ 倏忽：迅速的样子。不可久视：因为江景变化多端，使人眩惑，所以不能久视。

［10］ “今乃得”两句：这两句说现在却能在亭中几席上尽情玩赏，举眼一望，便可饱看那些美景。

［11］ 指数(shǔ)：可用指头一一点数。

［12］ 长洲：江中淤滩。

［13］ 故城：指孙权的旧都武昌。曹孟德：曹操。孙仲谋：孙权。睥睨：斜视，彼此窥测的意思。这里及下文指三国时魏、吴、蜀之争。

［14］ 骋骛：驰骋追逐。称快世俗：使一般人称快。

［15］ 语出宋玉《风赋》。

［16］ 盖有讽焉：大概有讽刺的意味在里面。宋玉《风赋》通过阴阳冷暖之风，来影射人们社会地位的不同，而遭际各异，寄托了怀才不遇的幽怨。

［17］ 遇不遇：遇上时机和不遇时机，在这里指为国君赏识任用和不得任用。变：异，不同。

［18］ 与：参与，指发生关系。何与焉：有什么关系呢。

［19］ 自得：指自得之乐，即心中有主见，问心无愧，不因为不遇而伤害自己的心情。使其中不自得：假使他心中没有自得之乐。病：忧愁，怨恨。

［20］ 不以物伤性：不因外界的境遇影响而伤害自己的本性。物：外物，指外界的遭遇。性：本性，指纯真的内心世界。苏辙宣扬的唯心主义哲学流派里的性善说。适：往。

［21］ 患：忧虑。窃：利用。会计：指征收赋税钱粮等事，张怀民贬黄州，查慎行《苏诗补注》据许端夫《齐安拾遗》认为担任县令职务。余功：剩余的时间。这里是说，利用征收赋税钱粮的剩余时间，纵情于山水，他的心中应有胜过一般人的思想修养。

［22］ 将：即使。蓬户：用蓬草编门、塞门。瓮牖：用破罈作窗口。这是指穷人的生活。

［23］ 濯：洗。揖：拱手而立。西山：即樊山，在鄂城西。这里是说，面对西山的白云。自适：使自己安逸。

［24］ 振：振动。

［25］ 骚人思士：指境遇不佳内心忧伤的文人。胜(shēng)：任，忍受。

［26］ 乌睹：怎见得。这句是说，怎见得这些景色是令人愉快的呢。

李清照

金石录后序

【题解】 李清照(1084—1155),号易安居士,济南章丘人。两宋之交著名文学家,尤以词见称,为婉约派代表大家,有“千古第一才女”之称。

李清照出生于书香世家,父李格非游于苏门,清照自小就在良好的家庭环境中打下文学基础。夫赵明诚也为世家子弟,清照出嫁后夫妻唱和,流连于金石碑帖、诗词文章,堪称神仙眷侣。而金兵南犯,打破了清照一家幸福的生活,夫死家亡,平生积聚,也多遭兵燹。晚年流寓南方,境遇更为孤苦。其所作词,前期多写其悠闲生活,后期多悲叹身世,情调感伤。形式上善用白描手法,自辟途径,语言清丽。亦能诗,而留存不多,部分篇章感时咏史,情辞慷慨,与词风不同。

有《易安居士文集》《易安词》,已散佚。后人有《漱玉词》辑本。今人徐培均有《李清照集笺注》,为今日读易安诗词较好的注本。

《金石录》是赵明诚所著阐述其金石收藏的著作,赵氏病故于高宗建炎三年秋(1129)。五六年后的绍兴四五年(1134—1135),易安于劫后翻检此书,睹物思人,故有是序。[1]

文章以质朴凝练的笔触,叙述赵明诚所著《金石录》的内容和成书过程,回忆夫妇二人所藏金石书画等聚散的经过,抒发了悼念亡夫、追思故物的心情。往日的幸福、今日的酸辛,欢笑与眼泪交织在一起,以一家之悲欢离合,写出寇乱相侵时代的民族命运,是易安居士的个人家史,也是两宋之交的沉痛国史。

右《金石录》三十卷者何?赵侯德父所著书也[2]。取上自三代、下迄五季[3],钟、鼎、甗、鬲、盘、匜、尊、敦之款识[4],丰碑大碣、显人晦士之事迹[5],凡见于金石刻者二千卷,皆是正讹谬,去取褒贬[6]。上足以合圣人之道,下足以订史氏之失者,皆载之。可谓多矣。呜呼!自王播、元载之祸,书画与胡椒无异[7];长舆、元凯之病,钱癖与传癖何殊[8]?名虽不同，其惑一也。

余建中辛巳，始归赵氏[9]。时先君作礼部员外郎，丞相作礼部侍郎，侯年二十一，在太学作学生[10]。赵、李族寒，素贫俭[11]。每朔望谒告，出，质衣，取半千钱，步入相国寺，市碑文果实[12]。归，相对展玩咀嚼，自谓葛天氏之民也[13]。后二年，出仕宦，便有饭蔬衣练[14]，穷遐方绝域[15]，尽天下古文奇字之志。日就月将，渐益堆积。丞相居政府，亲旧或在馆阁，多有亡、逸史、鲁壁、汲冢所未见之书[16]。遂尽力传写，浸觉有味[17]，不能自已。后或见古今名人书画，三代奇器，亦复脱衣市易。尝记崇宁间，有人持徐熙《牡丹图》[18]，求钱二十万。当时虽贵家子弟，求二十万钱，岂易得耶？留信宿计无所出而还之。夫妇相向惋怅者数日。

后屏居乡里十年，仰取俯拾，衣食有余[19]。连守两郡，竭其俸入，以事铅椠[20]。每获一书，即同共勘校，整集签题。得书、画、彝、鼎，亦摩玩舒卷，指摘疵病，夜尽一烛为率[21]。故能纸札精致，字画完整，冠诸收书家。余性偶强记，每饭罢，坐归来堂烹茶，指堆积书史，言某事在某书某卷第几叶第几行，以中否角胜负，为饮茶先后[22]。中，即举杯大笑，至茶倾覆怀中，反不得饮而起。甘心老是乡矣！故虽处忧患困穷，而志不屈。收书既成，归来堂起书库，大橱簿甲乙，置书册[23]。如要讲读，即请钥上簿，关出卷帙[24]。或少损污，必惩责揩完涂改，不复向时之坦夷也[25]。是欲求适意，而反取憀慄[26]。余性不耐，始谋食去重肉，衣去重采，首无明珠翡翠之饰，室无涂金刺绣之具[27]。遇书史百家，字不刓缺[28]，本不讹谬者，辄市之，储作副本。自来家传《周易》、《左氏传》，故两家者流，文字最备。于是几案罗列，枕席枕藉，意会心谋，目往神授，乐在声色狗马之上[29]。

至靖康丙午岁，侯守淄川，闻金寇犯京师[30]，四顾茫然，盈箱溢箧，且恋恋，且怅怅，知其必不为己物矣。建炎丁未春三月，奔太夫人丧南来[31]，既长物不能尽载，乃先去书之重大印本者，又去画之多幅者，又去古器之无款识者。后又去书之监本者，画之平常者，器之重大者[32]。

凡屡减去，尚载书十五车。至东海，连舻渡淮，又渡江，至建康[33]。青州故第，尚锁书册什物，用屋十余间，期明年春再具舟载之。十二月，金人陷青州，凡所谓十余屋者，已皆为煨烬矣[34]。

建炎戊申秋九月，侯起复知建康府，己酉春三月罢，具舟上芜湖，入姑熟，将卜居赣水上[35]。夏五月，至池阳，被旨知湖州，过阙上殿[36]。遂驻家池阳，独赴召。六月十三日，始负担舍舟，坐岸上，葛衣岸巾，精神如虎，目光烂烂射人，望舟中告别[37]。余意甚恶，呼曰："如传闻城中缓急，奈何[38]？"戟手遥应曰："从众。必不得已，先弃辎重，次衣被，次书册卷轴，次古器；独所谓宗器者，可自负抱，与身俱存亡，勿忘之！[39]"遂驰马去。涂中奔驰，冒大暑，感疾。至行在，病痁[40]。七月末，书报卧病。余惊怛，念侯性素急，奈何病痁，或热，必服寒药，疾可忧。遂解舟下，一日夜行三百里。比至，果大服柴胡、黄芩药，疟且痢，病危在膏肓[41]。余悲泣，仓皇不忍问后事。八月十八日，遂不起，取笔作诗，绝笔而终，殊无分香卖屦之意[42]。葬毕，余无所之。

朝廷已分遣六宫，又传江当禁渡[43]。时犹有书二万卷，金石刻二千卷，器皿、茵褥，可待百客，他长物称是[44]。余又大病，仅存喘息。事势日迫，念侯有妹婿，任兵部侍郎，从卫在洪州，遂遣二故吏，先部送行李往投之[45]。冬十二月，金寇陷洪州，遂尽委弃[46]。所谓连舻渡江之书，又散为云烟矣。独余少轻小卷轴书帖，写本李、杜、韩、柳集，《世说》、《盐铁论》，汉唐石刻副本数十轴，三代鼎鼐十数事，南唐写本书数箧，偶病中把玩，搬在卧内者，岿然独存[47]。

上江既不可往，又虏势叵测，有弟迒，任敕局删定官，遂往依之[48]。到台，台守已遁；之剡，出睦，又弃衣被走黄岩，雇舟入海，奔行朝，时驻跸章安[49]。从御舟海道之温，又之越[50]。庚戌十二月，放散百官，遂之衢[51]。绍兴辛亥春三月，复赴越；壬子，又赴杭[52]。先侯疾亟时，有张飞卿学士，携玉壶过视侯，便携去，其实珉也[53]。不知何人传道，遂妄言有颁金之语，或传亦有密论列者[54]。余大惶怖，不敢言，亦不敢遂已，尽将家中所有铜器等物，欲赴外庭投进[55]。到越，已移幸四明[56]。

不敢留家中，并写本书寄剡，后官军收叛卒取去，闻尽入故李将军家[57]。所谓岿然独存者，无虑十去五六矣[58]。惟有书画砚墨，可五七簏，更不忍置他所，常在卧榻下，手自开阖[59]。在会稽，卜居士民钟氏舍[60]。忽一夕，穴壁负五簏去[61]。余悲恸不已，重立赏收赎[62]。后二日，邻人钟复皓出十八轴求赏，故知其盗不远矣[63]。万计求之，其余遂不可出，今知尽为吴说运使贱价得之[64]。所谓岿然独存者，乃十去其七八。所有一二残零，不成部帙书册三数种。平平书帖，犹复爱惜如护头目，何愚也耶[65]。

今日忽阅此书，如见故人。因忆侯在东莱静治堂，装卷初就，芸签缥带，束十卷作一帙[66]。每日晚吏散，辄校勘二卷，题跋一卷[67]。此二千卷，有题跋者五百二卷耳。今手泽如新，而墓木已拱，悲夫[68]！昔萧绎江陵陷没，不惜国亡而毁裂书画；杨广江都倾覆，不悲身死而复取图书[69]。岂人性之所著，死生不能忘之欤？或者天意以余菲薄，不足以享此尤物耶[70]？抑亦死者有知，犹斤斤爱惜，不肯留在人间耶？何得之艰而失之易也！

呜呼，余自少陆机作赋之二年，至过蘧瑗知非之两岁，三十四年之间，忧患得失，何其多也[71]！然有有必有无，有聚必有散，乃理之常。人亡弓，人得之，又胡足道[72]。所以区区记其终始者，亦欲为后世好古博雅者之戒云。

绍兴二年、玄黓岁壮月朔甲寅，易安室题[73]。

【注释】

[1] 本文末标明写作时间为绍兴二年(1132)，然据文中内容及所谓“过蘧瑗知非之两岁”等典故推测，当作于绍兴四年或五年。可参朱东润《中国历代文学作品选》中编第2册该文的注释(上海古籍出版社，1980)、夏承焘《易安居士事辑后语》(载夏氏著《唐宋词论丛》)、黄墨谷《李清照〈金石录后序〉考》(见黄氏著《重辑李清照集》，齐鲁书社，1981)等著作。

[2] 赵侯德父：唐：时以州、府长官称侯，赵明诚曾任莱州、淄州、建康府及湖州长官。德父：赵明诚之字。

［3］ 三代：夏、商、周三朝。五季：即五代后梁、后唐、后晋、后汉、后周。

［4］ 钟：青铜铸乐器。鼎：青铜铸炊具。甗(yǎn)：陶制炊具。鬲(lì)：陶制炊具。彝(yí)、尊：皆青铜制盛酒器具。尊，即樽。敦(duì)：青铜制食器。款识(zhì)：铭刻在金石器物上的文字。

［5］ 丰碑大碣：大的碑碣。长方形刻石为碑，圆形刻石为碣。丰：大。显人晦士：指显达者与隐士。晦：隐晦，晦士即隐士。

［6］ 是正：订正。讹谬：错误。

［7］ 王播：唐穆宗时宰相，然其生平事迹无与书画及遇祸相关者。这里当是笔误，应为王涯。涯，字广律，文宗时宰相，酷爱收藏。甘露之变，王涯为宦官所杀。家产被抄没，所藏书画，尽弃于道。元载：唐代宗时宰相，为官贪横，好聚敛，后获罪赐死，抄没其家产时，仅胡椒即有八百石。这里是说，书画与胡椒虽然雅俗有异，而一旦遇祸，同样难保。

［8］ “长舆、元凯”句：据《晋书·杜预传》，杜预曾称王济有马癖，和峤有钱癖。武帝闻之，谓预曰：“卿有何癖?”对曰：“臣有《左传》癖。”和峤字长舆，杜预字元凯。这句是说，尽管喜欢《左传》看起来比喜欢钱币高雅，但既成为癖，都是一种毛病。

［9］ 建中辛巳，宋徽宗建中靖国元年(1101)。归：嫁。

［10］ 先君：指作者已故父亲李格非，时为礼部员外郎。丞相：指赵明诚父亲赵挺之，于宋徽宗崇宁五年(1106)进尚书右仆射兼中书侍郎，相当于宰相。文章所云礼部侍郎，是徽宗即位初赵挺之官职。侯：指赵明诚。

［11］ 族寒：即寒族，指没有显赫家世的家族。

［12］ 朔望：阴历每月之初一为朔日，十五日为望日。谒告：拜见。质：典当。半千：五百。相国寺：北宋时汴京(今河南开封)最大的寺庙，也是当时著名的集市。市：购买。

［13］ 葛天氏之民：葛天氏：传说中远古时代的帝王，其时民风淳朴。陶潜《五柳先生传》里也提到愿为葛天氏之民。这是表达对一种纯朴的生活的向往。

［14］ 饭蔬衣练：指饮食随意。蔬：一般菜蔬。练：粗布衣。

［15］ 遐方绝域：很远很荒凉的地方。

［16］ 亡诗逸史：泛指散失的历史文化资料。亡诗，《诗经》305篇之外的周诗。鲁壁汲冢：泛指出土文物。《汉书·艺文志》：“武帝末，鲁共王坏孔子宅，欲以广其宫，而得古文《尚书》及《礼记》《论语》《孝经》凡数十篇，古字也。”《晋书·武帝纪》：“汲郡人不准掘魏襄王冢，得竹简小篆古书十余万言。”冢：墓。

［17］ 浸觉：渐渐感觉。浸：渐渐。

［18］ 徐熙：五代时南唐著名画家，擅长花鸟。《宣和画谱》云："且今之画花者，往往以色晕淡而成，熙独落墨以写其枝、叶、蕊、萼，然后傅色，故骨气风神，为古今之绝笔。"

［19］ 屏（bǐng）居：退职闲居。赵挺之罢相后不久死去，亲旧多遭迫害。赵明诚去官后携李清照回到青州故里。仰取俯拾：指多方谋求衣食。

［20］ 连守两郡：赵明诚自宋徽宗宣和三年（1121）至宋钦宗靖康元年（1126）先后知莱州、淄州。铅椠（qiàn）：书写用具，这里指校勘、刻写。

［21］ 摩玩舒卷：将书画展开又卷起，反复赏玩。率（lǜ）：限度。每晚以用尽一根蜡烛为限。

［22］ 归来堂：赵李二人退居青州时住宅名，取陶渊明《归去来辞》意。叶：同"页"。角（jué）：较量。

［23］ 簿甲乙：分类登记。

［24］ 请钥：取钥匙。上簿：登记。关出：检出。

［25］ 坦夷：随意无所谓的样子。

［26］ 憀（liáo）慄（lì）：不安的样子。

［27］ 不耐：无能，缺乏持家的本事。重（chóng）肉：两样荤菜。重（chóng）采：两件绸衣。

［28］ 刓（wán）缺：缺落。

［29］ 枕藉：堆积。神授：神往。声色狗马：指富贵子弟喜好的歌儿舞女、斗鸡走狗之娱乐。

［30］ 靖康丙午岁：宋钦宗靖康元年（1126）。淄川：即淄州，今山东淄博。金寇犯京师：靖康元年正月，金兵攻汴京，李纲守城，金兵未能攻克。六月，李纲去职，两个月后，金兵再度南侵，并于是年十一月，攻克京师，徽、钦二帝被俘。

［31］ 建炎丁未：宋高宗建炎元年（1127）。太夫人：指赵明诚之母。

［32］ 长（cháng）物：多余之物。监本：国子监刻印的版本。

［33］ 东海：即海州，今江苏连云港一带。淮：淮河。江：长江。建康：今江苏南京。

［34］ 青州：今山东青州。煨（wēi）烬：灰烬。煨：热灰。

［35］ 建炎戊申：建炎二年（1128）。起复：居丧未满期而被任用。己酉：建炎三年（1129）。芜湖：今安徽芜湖。姑熟：今安徽当涂。赣水：即赣江。

［36］ 池阳：今安徽贵池。湖州：今浙江吴兴一带。过阙上殿：指朝见皇帝。

［37］ 葛衣岸巾：穿葛布衣，戴露额头巾。目光烂烂射人：《世说新语·容止》"裴令公目王安丰：目烂烂如岩下电。"形容目光富于神采。

[38] 意甚恶：情绪很不好。缓急：偏义复词，指情况紧急。

[39] 戟手：举手屈肘如戟状。宗器：宗庙所用的祭、乐器。这里指最为贵重之物。

[40] 行在：皇帝出外居留之所，这里指建康。病痁(shān)：患疟疾。痁：疟疾。

[41] 柴胡、黄芩(qín)：两味退热的中药。膏(gāo)肓(huāng)：膏指心下部分，肓指心脏和横隔膜之间。皆是药力达不到的地方。"病危在膏肓"，指病情非常严重，已没有办法医治。《左传·成公十年》："在肓之上，膏之下，攻之不可，达之不及，药不至焉，不可为也。"

[42] 分香卖屦(jù)：指就家事留遗嘱。曹操《遗令》："余香可分与诸夫人，不命祭。诸舍中无所为，学作履组卖也。"屦：麻鞋。

[43] 分遣六宫：指建炎三年(1129)七月，因局势不利，高宗准备放弃建康，由隆佑太后率六宫先往洪州(今南昌)事。

[44] 茵褥：枕席、被子之类。他长物称是：其余用物与此数相当。

[45] 兵部侍郎：兵部副长官。从卫在洪州：在洪州担任皇后的侍从、警卫。洪州：今江西南昌。部送：押送。

[46] 建炎三年(1129)十一月，金兵犯洪州，权知州事李积中以城降，隆佑太后，金兵直追至造口(今江西万安)。文中说十二月，当属误记。

[47] 李、杜、韩、柳集：唐代著名文学家李白、杜甫、韩愈、柳宗元的作品集。世说：即《世说新语》，南朝宋刘义庆著。《盐铁论》：汉桓宽著。鼐(nài)：大鼎。十数事：十余种。岿然独存：指遭劫难而得幸存者。

[48] 上江：指今安徽一带，以其在今江苏上游故名。叵(pǒ)测：不可测度。远(háng)：清照弟李远。敕局删定官：属枢密院，有编修敕令所，掌管编辑诏旨，所内有删定官。依：投靠。

[49] 台：台州，今浙江临海。剡(shàn)：剡溪，著名的风景胜地，在今浙江嵊县。出陆：走陆路。黄岩：今浙江黄岩。行朝：同"行在"。驻跸(bì)：指皇帝停留。章安：属台州，在今浙江临海东南。

[50] 海道：由海路走。温：温州，治所在今浙江温州。越：越州，治所在今浙江绍兴。

[51] 庚戌：建炎四年(1130)。衢(qú)：衢州，治所在今浙江衢州市。

[52] 绍兴辛亥：宋高宗绍兴元年(1131)。壬子：绍兴二年(1132)。杭：杭州，今浙江杭州。

[53] 疾亟：病危。珉(mín)：似玉的石头。

[54] 颁金：分取金银财物。密论列：秘密举报。

[55] 惶怖：惶恐、惊恐。外廷：同"行朝"。即朝廷所在。投进：进献。

［56］ 移幸：指皇帝离开去别的地方。幸：皇帝光临称“幸”。四明：即明州，今浙江宁波。建炎三年十月，高宗到越州，十二月，到明州。

［57］ 并写本书：指上文欲进而未及进的铜器再加上写本书一起。写本书：古籍中抄录誊写的非印刷本。故李将军：曾经做过将军的李姓某人。

［58］ 无虑：大约。十去五六：十成中去掉五六成。

［59］ 簏(lù)：竹箱。手自开阖：亲自开启，指亲自保管。

［60］ 会(kuài)稽：今浙江绍兴。士民：土著居民。

［61］ 穴壁：在墙上打洞偷盗。

［62］ 重(zhòng)立赏收赎：立下很高的赏额来收赎失窃的文物。

［63］ 盗不远：指盗贼就是姓钟的邻居。

［64］ 吴说(yuè)：字傅朋，号练塘，钱塘人，宋代著名书法家。时任福建路转运判官，故称运使。

［65］ 如护头目：好像保护头与眼睛一样的爱惜。

［66］ 东莱：即莱州。静治堂：当为赵、李之书斋名。芸签：用芸草制成的书签。缥带：用来束扎卷轴的淡青色的丝带。

［67］ 吏散：公事完毕，犹今之“下班”。

［68］ 手泽：亲手书写之墨迹。墓木已拱：陵墓旁的树木已可合围，指死已多时。《左传·僖公三十二年》：秦穆公派人对蹇叔说：“尔何知？中寿，尔墓之木拱矣。”拱：两手合围。

［69］ “萧绎”句：梁元帝，名绎字世诚，自号金缕子。西魏伐梁，江陵陷没，他“聚图书十余万卷尽烧之”。(见《南史·梁元帝纪》)“杨广”句：据宋人王明清《挥麈后集》引《大业幸江都记》，杨广巡游江都时带有书籍三十七万卷。《大业拾遗记》载，杨广死后显灵将生前所珍爱的书卷尽数据为已有。杨广于义宁二年(618)在江都(今扬州)为部将宇文化及等所杀。

［70］ 菲薄：这里指命薄。尤物：特异之物，语出《左传·昭公二十八年》，尤，出众的意思。

［71］ 少陆机作赋之二年：指十八岁。杜甫《醉歌行》：“陆机二十作文赋。”过蘧(qú)瑗知非之两岁：指五十二岁。《淮南子·原道训》：“蘧伯玉年五十而知四十九年之非。”蘧瑗：字伯玉，春秋时卫国大夫。

［72］ “人亡弓”句：《孔子家语·好生》：“楚王出游，亡弓。左右请求之。王曰：‘止。楚王失弓，楚人得之，又何求之！’孔子闻之，惜乎其不大也。不曰‘人遗弓，人得之’而已，何必楚也！”

[73] “绍兴”句：绍兴二年，即公元1132年。玄黓(yì)：《尔雅·释天》：“太岁……在壬曰玄黓。”绍兴二年适为壬子年。壮月，八月。按，此署年或有误。参注[1]。

陆游

入 蜀 记

【题解】 陆游(1125—1210)，字务观，号放翁。越州山阴(今浙江绍兴)人，南宋著名文学家。父陆宰，当时著名藏书家、学者。良好的家庭教育给陆游打下扎实的文化根底。高宗时应礼部试，为秦桧所黜。孝宗时赐进士出身。中年入蜀，投身军旅生活，官至宝章阁待制。晚年退居家乡。其一生笔耕不辍，今存九千多首，内容极为丰富。与王安石、苏轼、黄庭坚并称“宋代四大诗人”，又与杨万里、范成大、尤袤合称“中兴四大诗人”。著有《剑南诗稿》《渭南文集》《南唐书》《老学庵笔记》等。

南宋孝宗乾道五年(1170)末，陆游由山阴(今浙江绍兴)赴任夔州(今重庆奉节)通判。闰五月十八日晚起程，乘船由运河、长江水路前往，历时160天，五个多月，经今浙、苏、皖、赣、鄂、渝六省市，于十月二十七日早晨到达夔州任所。作者每日途中皆以笔记录其旅行生活，将自然人文景观、世情风俗、军事政治、诗文掌故、文史考辨、旅游审美、沿革兴废等错综成篇。最后集为六卷，近四万字的长篇。在记录山水风物的同时，评古论今，夹叙夹议，卓见迭出，寄慨遥深，形成独具特色的山水游记。

本文选自卷六，乃是年十月八日过下牢关所记。《四库全书总目·入蜀记》云：“游本工文，故于山川风土，叙述颇为雅洁。而于考订古迹，尤所留意。”在本篇中，这一特色表现得尤为明显。

八日，五鼓尽，解船，过下牢关[1]。夹江千峰万嶂，有竞起者，有独拔者，有崩欲压者，有危欲坠者，有横裂者，有直坼者，有凸者，有洼者，有罅者，奇怪不可尽状[2]。初冬草木皆青苍不凋，西望重山如阙，江出其间，则所谓下牢溪也[3]。欧阳文忠公有《下牢津》诗云："入峡水渐曲，转滩山更多。[4]"即此也。

系船与诸子及证师登三游洞，蹑石磴二里，其险处不可着脚[5]。洞大如三间屋，有一穴通人过，然阴黑峻险尤可畏。缭山腹，伛偻自岩下，至洞前，差可行[6]。然下临溪潭，石壁十余丈，水声恐人。又一穴，后有壁，可居。钟乳岁久，垂地若柱，正当穴门。上有刻云："黄大临、弟庭坚，同辛纮子大方，绍圣二年三月辛亥来游。[7]"旁石壁上刻云："景佑四年七月十日，夷陵欧阳永叔。[8]"下缺一字。又云"判官丁"，下又缺数字。丁者，宝臣也，字无珍。今丁字下二字，亦仿佛可见，殊不类元珍字[9]。又永叔但曰夷陵，不称令[10]。洞外溪上又有一崩石偃仆，刻云："黄庭坚、弟叔向、子相、侄檠同道人唐履来游，观辛亥旧题，如梦中事也。建中靖国元年三月庚寅[11]。"按鲁直初谪黔南，以绍圣二年过此，岁在乙亥，今云辛亥者误也。泊石牌峡。石穴中，有石如老翁持鱼竿状，略无少异。

【注释】

[1] 下牢关：在峡州西北长江三峡西陵峡内，今属湖北宜昌。隋于此地置峡州，后为镇。

[2] 坼(chè)：裂开。罅(xià)：缝隙。状：描述。

[3] 青苍不凋：青苍之色，不凋落。阙：门。

[4] 欧阳文忠公：即欧阳修，谥文忠。欧阳修曾被贬夷陵令，县治就在下牢关。

[5] 证师：僧人了证，是月和陆游同游。

[6] 缭：缭绕回环。伛(yǔ)偻(lǚ)：腰背弯曲。

[7] 黄大临：字元明，黄庭坚的哥哥。黄庭坚：字鲁直，北宋著名诗人。黄庭坚曾在宋哲宗绍圣元年(1094)被贬涪州别驾，黔州安置，路过三峡，一路上其兄黄大临一路陪伴。辛纮：字尧夫，时任巫山尉。黄庭坚《黔南道中行记》："绍圣二年三月辛亥次下牢关，同伯氏元明、巫山尉辛纮尧夫傍岩寻三游洞。"

[8] 景祐四年：宋仁宗景佑四年(1037)。

[9] 宝臣：丁宝臣，字元珍，曾任峡州军事判官。欧阳修贬夷陵县令时，与之交好。

[10] 不称令：古代姓名与地名连称，一般指此人郡望。又自称应该称名，这里应该称

“夷陵令欧阳修”方符合常理，所以陆游对刻字的真实性产生怀疑。

[11] 建中靖国元年：宋徽宗建中靖国元年(1101)。

元好问

送秦中诸人引

【题解】 元好问(1190—1257)，字裕之，号遗山，太原秀容(今山西忻县)人。金亡不仕，在蒙古政权下生活二十余年，努力于《金史》稿本的修纂。金元时期著名文学家，其诗风格雄健，多感时伤世之作。有《元遗山先生全集》传世。

本文作于金国败亡前夕。1232 年 3 月，蒙古围金都汴京(今河南开封)，金哀宗完颜守绪出走。次年正月，汴京元帅崔立投降蒙古，引兵入城。当时汴京围久，粮食奇缺，民间有嫁妻以谋一饱者。又加上战乱中，掠夺陵暴，法纪荡然。留在京城中的官吏，也纷纷出逃。元好问当时也在围城中，准备北上。故本文送别友人回乡时，也表现了自己的厌乱思安，绝意仕宦的情绪，并约定再会之期。

文章篇幅短小，却写得精湛含蓄，既反映了当时士人在战乱中的处境，又写出作者抚今追昔，对秦中的向往。

关中风土完厚，人质直而尚义，风声习气，歌谣慷慨，且有秦、汉之旧[1]。至于山川之胜，游观之富，天下莫与为比。故有四方之志者[2]，多乐居焉。

予年二十许时，侍先人官略阳，以秋试留长安中八九月[3]。时纨绮气未除，沉涵酒间[4]。知有游观之美而不暇也。长大来，与秦人游益多，知秦中事益熟，每闻谈周、汉都邑及蓝田、鄠、杜间风物，则喜色津津然动于颜间[5]。

二三君多秦人，与余游，道相合而意相得也。常约近南山，寻一牛田，营五亩之宅[6]。如举子结夏课时，聚书深读[7]。时时酿酒为具，从宾客游，伸眉高谈，脱屣世事[8]，览山川之胜概，考前世之遗迹，庶几乎不负古人者。然予以家在嵩前[9]，暑途千里，不若二三君之便于归也。清秋扬鞭，先我就道，矫首西望，长吁青云。

今夫世俗惬意事，如美食大官，高赀华屋，皆众人所必争而造物者之所甚靳，有不可得者[10]。若夫闲居之乐，澹乎其无味，漠乎其无所得[11]，盖自放于方之外者之所贪[12]，人何所争，而造物者亦何靳耶？行矣诸君，明年春风，待我于辋川之上矣[13]。

【注释】

[1] 关中：今陕西地区，古代在崤关（即秦时函谷关，在今河南灵宝市南）与陇关（唐大震关，在今陕西陇县南）之间。风声习气：古人认为各地语音不同，是因为水土风气之不同，故谓之风。歌谣慷慨：指关中风习有英雄气。

[2] 四方之志：指志在四方，不拘束于狭隘乡土观念的人。

[3] 元好问自小过继给叔父元格，后随元格做官到略阳。年二十时，在长安参加考试。

[4] 纨绮气：指富家子弟好逸恶劳的生活习气。纨绮：细绫素绢所做的衣服，这里是借代用法。

[5] 周、汉都邑：周都镐京、秦都咸阳、汉都长安，都在今西安附近。蓝田：在今西安西南。鄠、杜：鄠县与杜陵。此皆言秦中风物之美。

[6] 南山：西安以南的山脉，这里指终南山。一牛田：一头牛即可耕作的田，指田地不大。五亩之宅：用《孟子·梁惠王》中语，这里指过平淡清贫的平民生活。

[7] 结夏课：古代秋试前，几个读书人聚在一起习作诗文，准备应试，称作结夏课。

[8] 脱屣：脱鞋，比喻轻易之事。世事：世俗杂务。

[9] 嵩前：嵩山前，这里指嵩山南边的登封县。金迁都汴京后，元好问也随母迁到登封。

[10] 高赀华屋：资财雄厚，住着华丽的宅子。高赀：资财雄厚。造物：指天意。靳（jìn）：爱惜。

[11] 澹乎：形容清淡的样子。漠乎：平静不关心的样子。作者处蒙古兵祸之下，故托意于闲居之乐，希望能离开汴京。

[12] 自放：指处于放纵不羁的境地。方之外者：方外之人，指不受世俗名教所拘束的人。

[13] 辋川：长安郊外风景胜地。本句是约定再会之期，表达自己来年也要回到秦中的意愿。

虞集

南昌刘应文文稿叙

【题解】 虞集(1272—1348)，字伯生，号道园，因慕邵雍之学，又号邵庵。其祖父虞允文，为宋代名将。原籍四川仁寿，宋亡后侨居江西崇仁。虞集官至元翰林直学士兼国子祭酒。虞集素负文名，元时典册，多出其手。与揭傒斯、柳贯、黄溍并称"元儒四家"；诗与揭傒斯、范梈、杨载齐名，并称"元诗四家"。著有《道园学古录》《道园遗稿》，《元史》有传。

本文是对友人文稿的评论。因刘是江西人，文章很自然地对近代江西派文风进行了评点，对江西文风的谲怪险涩，以剿袭为能事，甚者流为纤琐俳谐进行了批评。主张通今博古，多学习古人，然后达到会通。其散文法度严整，平易通达，是其所长，然不足者在于不能变化，未免死板。

江西之境，其山奇秀，而水清泻，委折演注[1]，至于南昌，则山益壮、水益大。故生人禀是气者，多能文章，而其为文，又能脱略其鄙朴之质，振作其委靡之体。故言文者，未有先于江西。然习俗之弊，其上者常以怪诡险涩，断绝起顿，挥霍闪避为能事[2]；以窃取庄子、释氏绪余[3]，造语至不可解为绝妙。其次者泛取耳闻经史子传，下逮小说，无问类不类，剿剽近似而杂举之，以多为博，而蔓延草积，如醉梦人，听之终日，不能了了[4]。而下者，乃突兀其首尾，轻重其情状，若排优谐谑，立此应彼，以文为事[5]。呜呼，此何为者哉！大抵其人于学无所闻，于德无所蓄，假以文其寡陋[6]。而从之者亦乐其易能。无怪其祸之至此，不可收拾也。

呜呼！为文章者，未暇纵论古今天下也，即以江西论之：欧阳文忠公、王文公、曾南丰非其人乎[7]？执笔之君子亦尝取其书而读之，凡己之所为，合于此三君否也？苟不合，则己之谬可知也，而曾不出此[8]，何也？盖三君子之文，非徒然也，非止发于天资而已也。其通今博古，养德制行，所从来者远矣，宜乎乐为寡陋而为能者，不知思也[9]。此三君子之文尤不足以知之，况三君子之上，有当知者尚远也，岂复知之乎？如此而欲以文自命，则亦惜乎秀气之委者矣[10]。悲夫，岂独学者之咎哉！岂独学者之咎哉[11]！

南昌刘君资深，少于余一岁，相好也。不远万里，以其子应文之文来教[12]。观资深之意，深有望于其子矣。余观应文之笔端，清而不险，健而不怒，其连中于有司，而分教一郡宜矣[13]。信乎山水秀润之所钟者，设有可望者也。然余阅之传曰："观乎会通，以行其典礼。[14]"非观乎会通，则固陋而已。夫正其所已能，而追其所未能，君子之道也。余侨居江西二十年矣[15]，是亦江西之人，于江西得无情乎？矧吾友人之子，余安得不忧吾江西之文敝者[16]，而告之应文，愿应文之勉之也。

【注释】

[1] 委折：山势曲折。演注：水势长流倾注。

[2] 断绝起顿：指文章结构布局，起承转合。挥霍闪避：指变化技巧。挥霍：形容疾快的样子。陆机《文赋》有"纷纭挥霍，形难为状"之语。

[3] 绪余：残余。宋元理学本杂糅道、释，并影响到文风。

[4] 小说：指经史子传以外的杂记"细碎之言"。蔓延草积：形容文理牵附拉扯，如杂草堆积。

[5] 突兀其首尾：指叙事情的始末，突然而至。轻重其情状：任意增减事实。事：业。以文为事：谓如杂剧取悦观众，虚构情节，专以文为业。

[6] 文：文饰、掩盖。

[7] 欧阳文忠公：欧阳修。王文公：王安石。曾南丰：曾巩。三人皆江西人，宋代古

文大家。

[8] 曾(céng)不出此：却不走这条路。指江西作家，读了三家的文章，如发现自己不合法度，却又不改从三家平正通达之路。

[9] “其通今博古”句：意思是说那些以弄奇为能、安于寡陋的人，不知从修养德行、博通古今去思考文章的基础功夫。

[10] 委：托。这句是说可惜辜负了江山秀气对江西的钟情依托了。

[11] “岂独学进”句：意思是说其过错不只是学文的人，更在于那些倡导的人。

[12] 以文来教：拿文来见教，这里是谦辞，实际是刘资深拿其子之文来请教。

[13] 清而不险，健而不怒：清丽而不险涩，劲健而不乖张。连中于有司：指考中各级考试。分教一郡：指任州学教官，管理文教。

[14] 观乎会通，以行其典礼：会通文学的道理，然后按法度去实行。

[15] “余侨居”句：意思是说虞集父亲曾迁居江西，后在京为官，虞集再度回到江西，故云是侨居。

[16] 矧：况且。

明清近代

归有光

先 妣 事 略

【题解】 归有光(1506—1571),字熙甫,江苏昆山人。嘉靖十九年(1540)乡试中举,后会试连考八次皆落选,至嘉靖四十四年(1565)始中进士,授长兴县令,后调为顺德通判,太仆寺臣。

归有光为文,反对前后七子机械学古,而坚持走司马迁、韩愈、欧阳修等平正通达之路。其散文以神味见长,善于在日常生活的描述中寄托深情。本文是对亡母生平事迹的追叙,所写皆平常琐事,然情真意挚,娓娓动人,刻画了一位勤劳、俭朴、待人厚道、严以教子的母亲形象,寓歌颂赞美于叙事之中。是归有光的代表作之一。

先妣周孺人,弘治元年二月二十一日生[1]。年十六年来归[2]。逾年生女淑静,淑静者大姊也;期[3]而生有光;又期而生女子,殇[4]一人,期而不育者一人;又逾年生有尚,妊[5]十二月;逾年,生淑顺;一岁,又生有功。有功之生也,孺人比乳他子加健。然数颦蹙顾诸婢曰:“吾为多子苦!”老妪以杯水盛二螺进,曰:“饮此,后妊不数矣。”孺人举之尽,喑不能言[6]。

正德八年[7]五月二十三日,孺人卒。诸儿见家人泣,则随之泣。然犹以为母寝也,伤哉!于是家人延[8]画工画,出二子,命之曰:鼻以上画有光,鼻以下画大姊。以二子肖[9]母也。

孺人讳[10]桂。外曾祖讳明。外祖讳行,太学生[11]。母何氏,世居吴家桥,去县城东南三十里;由千墩浦而南,直桥并小港以东,居人环聚,尽周氏也。外祖与其三兄皆以资雄[12],敦尚简实[13];与人姁姁[14]说村中语,见子弟甥侄无不爱。

孺人之吴家桥则治木绵;入城则缉纑,灯火荧荧,每至夜分[15]。外祖不二日使人问遗[16]。孺人不忧米盐,乃劳苦若不谋夕[17]。冬月炉火炭屑,使婢子为团,累累曝阶下。室靡弃物,家无闲人。儿女大者攀衣,小者乳抱[18],手中纫缀不辍[19]。户内洒然[20]。遇僮奴有恩,虽至棰楚[21],皆不忍有后言。吴家桥岁致鱼蟹饼饵,率人人得食。家中人闻吴家桥人至,皆喜。有光七岁,与从兄[22]有嘉入学,每阴风细雨,从兄辄留,有光意恋恋,不得留也。孺人中夜觉寝[23],促有光暗诵《孝经》即熟读,无一字龃龉[24],乃喜。

孺人卒,母何孺人亦卒。周氏家有羊狗之痾[25]。舅母卒,四姨归顾氏,又卒,死三十人而定。惟外祖与二舅存。

孺人死十一年,大姊归王三接,孺人所许聘者也。十二年,有光补学官弟子[26],十六年而有妇,孺子所聘者也。期而抱女,抚爱之,益念孺人。中夜与其妇泣,追惟[27]一二,仿佛如昨,余则茫然矣。世乃有无母之人,天乎?痛哉!

【注释】

[1] 先妣(bǐ):亡母。妣:母,后只用于称亡母。《礼记·曲礼》:"生曰父,曰母,曰妻;死曰考,曰妣,曰嫔。"孺人:古代贵族、官吏之母或妻的封号,明清时用以封赠七品以下官职的母亲或妻子的名号。弘治元年:公元 1488 年。弘治是明孝宗的年号(1488—1505)。

[2] 来归:意即嫁到夫家。归:古代女子出嫁曰"归"。

[3] 期(jī):一周年。

[4] 殇:未成年而死曰"殇"。

[5] 妊(rèn):怀孕。

[6] 喑(yīn):哑。

[7] 正德八年:公元 1513 年。正德是明武宗年号(1506—1521)。

［8］ 延：请。

［9］ 肖：相貌相似。根据文意，归有光额头像母亲，其大姊嘴和下颌像母亲。

［10］ 讳：即名。古人不能直呼长辈名字，应当忌讳，故讳，即名讳。归母姓周名桂。

［11］ 太学生：太学的学生。太学为国家最高学府，在明代就是国子监。

［12］ 以资雄：凭财产而在当地有势力。

［13］ 敦尚简实：注重简易朴实。

［14］ 姁姁（xǔ）：即煦煦，和乐的样子。

［15］ 木棉：指棉花。治木棉：指纺纱。缉纑：织麻线，为织夏布所用。夜分：夜半。

［16］ 问遗（wèi）：问候和赠送物品。

［17］ 不谋夕：即朝不谋夕，早上不能为晚上打算，比喻境况窘迫。这里说母亲虽不忧米盐，但却能勤俭度日，就像家里十分穷困一样。

［18］ 乳抱：抱在怀里喂奶。

［19］ 纫缀不辍：缝缝补补一刻不停。

［20］ 洒然：整齐清洁，很有秩序。

［21］ 棰（chuí）楚：杖责。棰：杖。楚：荆木。

［22］ 从兄：堂兄。

［23］ 中夜觉寝：半夜睡醒。

［24］ 龃龉（jǔ yǔ）：原指牙齿上下不对齐，这里指生疏而不流畅。

［25］ 羊狗之痾（ē）：由羊、狗等家畜传染的疾病。

［26］ 学官弟子：经过本省各级考试取入府、州、县学的学员，即秀才。学官：各级地方教官的统称，府学称教授，州学称学正，县学称教谕，负责管教在学的生员。

［27］ 追惟：追思。

江盈科

丧　我

【题解】 江盈科（1553—1605），字进之，号渌萝山人，常德桃源（今属湖南）人。万历二十年（1592）进士，授长洲县令，官至四川提学佥事。与袁宏道交好,曾为袁氏《敝箧集》撰序,为公安派领袖人物之一。有《雪涛阁集》《皇明十六种小传》《雪涛谐史》等。

《雪涛谐史》一百七十四则,皆寓言和笑话,不仅体现其诙谐幽默的性格,也反映出其散文讽喻、传奇、幽默的风格。本文是其中一篇。通过一则夸张的寓言故事,说明人在财富、爵禄、功名等外物的诱惑下,一旦丧失真我,就会沦为外物的奴隶。

人生自有真我,徇其非真我者[1],而真我乃丧。试观赤子在襁褓中[2],被之布不愠[3],被之锦不喜,枕之以块[4],睡亦如是;枕之以玉,睡亦如是。中无所起[5],外无所艳[6],此之谓真我。久之知诱物化,见饮食则垂涎矣,见金宝则动念矣;久之而悦少艾矣[7],又久之而嗜富贵矣,图持保矣[8]。始犹循理以求之[9];不得,则捐廉耻求之[10];又不得,则殚精力、决性命求之[11]。至于决性命以求在外,而真我之丧无余蕴矣。

尝闻一隶卒,奉官司旨,执一奸僧,械而绳焉,牵与俱走[12]。其僧黠甚,图自脱[13]。至夜,就逆旅中,治具甚丰洁[14]。取酒,跪奉卒,曰:"以我之故劳君[15],此所以酬也。"卒故嗜酒,僧百计劝之,至大醉,不辨人事,颓然而卧。僧乃自脱其械,取刀髡卒,以械械其手,挛之绳焉,而卒鼾睡犹故也[16]。僧乘其醉,逸去[17]。翌日,卒酒醒,视械在其手,又绳焉,摩其顶[18],髡矣,而僧不见,乃叹曰:"和尚在这里,只不见我。"趋归其家,妻方理栉对镜,见卒至,辄詈曰[19]:"何物奸僧,那得带械入人闺中?"卒趋出,顿足曰:"我道不是我了。"

噫,卒之所徇者,酒耳,至于丧我,而不自觉。世人之决性命以徇者,若财,若爵[20],若功名,其途甚多,其营为至繁[21],虽欲不丧真我,安可得哉?噫,禅家有言:"生来一物带不来,死去一物带不去。"此语甚直捷,甚警省。知此身之中,本无一物,真我恍然毕呈矣。

【注释】

[1] 徇:营求,追求。

[2] 赤子:初生的婴儿。

[3] 被：遮盖。愠：恼怒。

[4] 块：泥块。

[5] 起：起意，产生某种念头。

[6] 艳：艳羡。

[7] 少艾：年轻漂亮。《孟子·万章上》："知好色，则慕少艾。"赵岐注："少，年少也；艾，美好也。"

[8] 图：贪图。持保：持久地保有，即长期保持富贵。

[9] 循：遵守，依照。

[10] 捐：舍弃，抛弃。

[11] 殚：尽，竭尽。

[12] 司：主持，操作。执：捉拿，拘捕。械：用镣铐拘禁。绳：用绳子捆绑。

[13] 脱：逃脱。

[14] 逆旅：旅馆，客栈。治具：准备的酒菜。

[15] 劳：烦劳，使劳累。因我的原因带累你们。

[16] 髡：剃去头发。挛：使蜷曲不能伸直。齁(hōu)睡：鼾睡。齁：打呼噜的声音。

[17] 逸：逃逸。

[18] 摩：抚摩。

[19] 趋：快走。栉：用梳子、篦子等梳理头发。詈：骂。

[20] 若：或，或者。财：财富。爵：官位。

[21] 营：谋求。繁：多。

袁宏道

满 井 游 记

【题解】 袁宏道(1568—1601)，字中郎，号石公，湖北公安人。万历二十年(1592)进士。仕至礼部郎，以病归。与兄宗道(字伯修)、弟中道(字小修)号为"三袁"。他们反对当时文坛的拟古之风，写诗作文，"倡以清真"(《明史·文苑传》)，时称"公安体"。"三袁"中以宏道影响尤大。

本文是作者游宦北京时所写的一篇游记小品。满井是北京近郊风景胜地,因有一口古井,“井高于地,泉高于井,四时不落”,所以叫“满井”。文章用精简的文字记游绘景、抒情寓理。通过历历如画的景物描写,透出京郊早春的芬芳气息,写出了作者对春回大地的喜悦和对早春的欣赏和赞美,寓情于景,借景抒情,表达了作者旷达、乐观的人生态度,以及对自由的向往。

燕地寒,花朝节后,余寒犹厉[1]。冻风时作,作则飞沙走砾[2]。局促一室之内,欲出不得[3]。每冒风驰行,未百步辄返。

廿二日天稍和,偕数友出东直,至满井[4]。高柳夹堤,土膏微润,一望空阔,若脱笼之鹄[5]。于时冰皮始解,波色乍明,鳞浪层层,清澈见底,晶晶然如镜之新开而冷光之乍出于匣也[6]。山峦为晴雪所洗,娟然如拭,鲜妍明媚,如倩女之靧面而髻鬟之始掠也[7]。柳条将舒未舒,柔梢披风,麦田浅鬣寸许[8]。游人虽未盛,泉而茗者,罍而歌者,红装而蹇者,亦时时有[9]。风力虽尚劲,然徒步则汗出浃背[10]。凡曝沙之鸟,呷浪之鳞,悠然自得,毛羽鳞鬣之间皆有喜气[11]。始知郊田之外未始无春,而城居者未之知也。

夫不能以游堕事而潇然于山石草木之间者,惟此官也[12]。而此地适与余近,余之游将自此始,恶能无纪[13]?己亥之二月也[14]。

【注释】

[1] 燕地:指今河北北部、辽宁西部、北京一带。这一地区原为周代诸侯国燕国故地。花朝节:旧时以阴历二月十二日为花朝节,据说这一天是百花生日。厉:凌厉。

[2] 冻风时作:冷风时常刮起来。作:起,兴起。砾:小石块,碎石子。

[3] 局促:拘束,形容受到束缚而不得舒展。

[4] 和:暖和。偕:一同,一起。东直:北京东直门,在旧城东北角。满井在东直门北三四里。

[5] 土膏:土地肥沃。膏:油膏。若脱笼之鹄(hú):好像从笼中飞出去的天鹅。鹄:一种水鸟,俗名天鹅。

[6] 于时:在这时。冰皮:冰层。始:刚刚。乍:刚刚,开始。鳞浪:像鱼鳞似的细浪纹。晶晶然:光亮的样子。镜之新开:镜子新打开。乍:突然。匣:指镜匣。

［7］ 山峦为晴雪所洗：山峦被融化的雪水洗干净。为：表被动。晴雪：晴空之下的积雪。娟然：美好的样子。拭：擦拭。如倩女之靧(huì)面而髻(jì)鬟(huán)之始掠也：像美丽的少女洗好了脸刚梳好髻鬟一样。倩女：美丽的女子。靧：洗脸。掠：梳掠。

［8］ 舒：舒展。梢：柳梢。披风：在风中散开。披，开、分散。本句省略介词于，即"披于风"。麦田浅鬣(liè)寸许：意思是麦苗高一寸左右。鬣兽颈上的长毛，一说马鬃，这里形容不高的麦苗。

［9］ 泉而茗者，罍(léi)而歌者，红装而蹇(jiǎn)者：汲泉水煮茶喝的，端着酒杯唱歌的，穿着艳装骑驴的。泉：这里指汲泉水。茗：这里指煮茶。罍：这里指端着酒杯。蹇：这里指骑驴。全是名词作动词用。

［10］ 虽：虽然。劲(jìng)：猛、强有力。浃(jiā)：湿透。

［11］ 曝(pù)沙之鸟，呷(xiā)浪之鳞：在沙滩上晒太阳的鸟，浮到水面戏水的鱼。呷：吸，这里用其引申义。鳞：借代用法，代鱼。

［12］ 堕(huī)事：耽误公事。堕：古同"隳"，坏、耽误。潇然：悠闲自在的样子。惟：只。此官：当时作者任顺天府儒学教授，是个闲职。

［13］ 适，正好。恶(wū)能：怎能。恶：怎么。纪：通"记"，记录。

［14］ 己亥之二月：指万历二十七年(1599)。

张岱

西湖七月半

【题解】 张岱(1599—1684)，字宗子，改字石公，号陶庵，又自号蝶庵居士。山阴(今浙江绍兴)人，侨寓杭州。张岱出身于一个仕宦家庭，在文学上沿袭公安派、竟陵派的主张，反对桎梏性灵的复古主义，提倡任情适性的文风。但又不为公安、竟陵所囿，能吸取两家之长，弃两家之短。其作品题材范围广阔，于描写山水景物之外涉及社会生活的各个方面。明亡后，他隐迹山居，在国破家亡之际，回首20年前的繁华靡丽生活，写成《陶庵梦忆》和《西湖梦寻》两书，以抒发他对故国乡土的追恋之情。他被认为是晚明小品文的代表作家。

下列两文皆选自《陶庵梦忆》。一写七月半之月下西湖，一写雪中西湖。月下西湖既有世俗之喧嚣，也有笙歌散尽之后的清冷雅洁；而雪中西湖则清冷寂寥，只宜兴雅趣奇之高士痴人。文章用笔活泼清新，时杂诙谐，不论写景抒情，叙事论理，俱趣味盎然。

西湖七月半，一无可看，止可看看七月半之人[1]。看七月半之人，以五类看之。其一，楼船箫鼓，峨冠盛筵，灯火优傒，声光相乱，名为看月而实不见月者，看之[2]。其一，亦船亦楼，名娃闺秀，携及童娈，笑啼杂之，环坐露台，左右盼望，身在月下而实不看月者，看之[3]。其一，亦船亦声歌，名妓闲僧，浅斟低唱，弱管轻丝，竹肉相发[4]，亦在月下，亦看月而欲人看其看月者，看之。其一，不舟不车，不衫不帻，酒醉饭饱，呼群三五，跻入人丛，昭庆、断桥，嚣呼嘈杂，装假醉，唱无腔曲[5]，月亦看，看月者亦看，不看月者亦看，而实无一看者，看之。其一，小船轻幌，净几暖炉，茶铛旋煮，素瓷静递，好友佳人，邀月同坐，或匿影树下，或逃嚣里湖，看月而人不见其看月之态，亦不作意看月者，看之[6]。

杭人游湖，巳出酉归[7]，避月如仇。是夕好名，逐队争出，多犒门军酒钱[8]。轿夫擎燎，列俟岸上[9]。一入舟，速舟子急放断桥，赶入胜会[10]。以故二鼓以前，人声鼓吹，如沸如撼，如魇如呓，如聋如哑[11]。大船小船一齐凑岸，一无所见，止见篙击篙[12]，舟触舟，肩摩肩，面看面而已。少刻兴尽，官府席散，皂隶喝道去[13]。轿夫叫，船上人怖以关门，灯笼火把如列星，一一簇拥而去。岸上人亦逐队赶门，渐稀渐薄，顷刻散尽矣[14]。

吾辈始舣舟近岸，断桥石磴始凉，席其上，呼客纵饮[15]。此时月如镜新磨，山复整妆，湖复颒面[16]，向之浅斟低唱者出，匿影树下者亦出。吾辈往通声气，拉与同坐[17]。韵友[18]来，名妓至，杯箸安，竹肉发。月色苍凉，东方将白，客方散去。吾辈纵舟，酣睡于十里荷花之中，香气拍人，清梦甚惬[19]。

【注释】

[1] 西湖：即今杭州西湖。七月半：农历七月十五，又称中元节。“止可看”句：谓只可看那些来看七月半景致的人。止：同“只”。

[2] 楼船：华丽的有楼的大船。箫鼓：指吹打音乐。峨冠：头戴高冠，指士大夫。盛筵：摆着丰盛的酒筵。优傒(xī)：戏子和仆役。

[3] 娃：美女。闺秀：有才德的大家女子。童娈(luán)：容貌美好的家僮。露台：船上露天的平台。盼望：四顾与张望，都是看的意思。

[4] 浅斟：慢慢地喝酒。低唱：轻声地歌唱。弱管轻丝：谓轻柔的管弦音乐。竹肉：指管乐和歌喉。

[5] “不舟”两句：不坐船，不乘车；不穿长衫，不戴头巾，指放荡随便。帻(zé)：头巾。呼群三五：呼唤朋友，三五成群。跻(jī)：通“挤”。昭庆：寺名。断桥：西湖白堤的桥名。嚣：呼叫。无腔曲：没有腔调的歌曲，形容唱得乱七八糟。

[6] 幌(huàng)：窗幔。铛(chēng)：温茶、酒的器具。旋(xuàn)：随时，随即。素瓷静递：雅洁的瓷杯无声地传递。匿影：藏身。作意：故意做出某种姿态。

[7] 巳出酉归：巳时去游湖，酉时就回去了。巳时，约为上午九时至十一时。酉：酉时，约为下午五时至七时。这个时间段实际上看不到月亮，所以后面才说“避月如仇”。

[8] 是夕好名：七月十五这天夜晚，人们喜欢这个名目。“名”：指“中元节”的名目，等于说“名堂”。犒(kào)：用酒食或财物慰劳。门军：守城门的军士。

[9] 擎(qíng)：举。燎(liào)：火把。列俟(sì)：排着队等候。

[10] 速：催促。舟子：船夫。放：开船前往。

[11] 二鼓：二更，约为夜里十一点左右。鼓吹：指鼓、钲、箫、笳等打击乐器、管弦乐器奏出的乐曲。如沸如撼：像水沸腾，像物体震撼，形容喧嚷之状。魇(yǎn)：梦中惊叫。呓：说梦话。这里指在喧嚷中的种种怪声。如聋如哑：指喧闹中震耳欲聋，自己说话别人听不见。

[12] 篙：船桨。竹杠或杉木所制，浅水中划船、撑船所用。

[13] 皂隶：衙门的差役。喝道：官员出行，衙役在前边吆喝开道。

[14] 怖以关门：怕城门关闭。怖：恐、怕。逐队赶门：结对而行，赶在城门关闭前回去。

[15] 舣(yí)：通“移”，移动船使船停靠岸边。石磴(dèng)：石头台阶。席其上：在石磴上摆设酒筵。纵饮：尽情喝。

[16] 镜新磨：刚磨制成的镜子。古代以铜为镜，磨制而成。頮(huì)面：洗脸。

[17] 往通声气：过去打招呼。

[18] 韵友：风雅的朋友，诗友。
[19] 纵舟：放开船。拍：扑。惬(qiè)：适意，快意。

湖心亭看雪

崇祯五年十二月[1]，余住西湖。大雪三日，湖中人鸟声俱绝。是日更定矣[2]，余拏一小舟[3]，拥毳衣炉火[4]，独往湖心亭看雪。雾凇沆砀[5]，天与云、与山、与水，上下一白，湖上影子，惟长堤一痕、湖心亭一点，与余舟一芥、舟中两三粒而已[6]。到亭上，有两人铺毡对坐，一童子烧酒，炉正沸。见余大喜，曰："湖中焉得更有此人！"拉余同饮，余强饮三大白而别[7]。问其姓氏，是金陵人，客此。及下船，舟子喃喃曰："莫说相公痴[8]，更有痴似相公者！"

【注释】

[1] 崇祯五年：公元1632年。崇祯：明思宗朱由校的年号。
[2] 更定：指深夜。
[3] 拏(ná)：牵引，此指租用。
[4] 毳(cuì)衣：毛皮衣。炉火：此指暖手的炭炉。
[5] 雾凇：冬季雾气冻凝而成的微粒。沆砀(hàng dàng)：白气弥漫的样子。
[6] 芥：小草。此喻指与茫茫西湖相比，舟极小。两三粒：喻指舟中人更小，犹如芥子数颗。
[7] 大白：大酒杯。
[8] 舟子：船夫。相公：对成年男子的尊称，多指富贵家子弟。

顾炎武

廉　　耻（节选）

【题解】 顾炎武(1613—1682)，明末清初杰出思想家、学者。初名绛，字宁人，号亭林，曾自署蒋山佣。江苏昆山人。少年参加“复社”反宦官权贵斗争。清兵南下后参加抗清起义。失败后十谒明陵，终身不仕清廷。顾炎武重气节，是当时提倡士人廉耻的重要人物。他治学以“博学于文，行己有耻”相砥砺，尤其重视士人之高节与知耻。本文选自《日知录》卷十三，集中反映了顾氏的这种思想，富有极为深远的历史及现实意义。

《五代史·冯道传·论》曰[1]：礼义廉耻，国之四维，四维不张，国乃灭亡。善乎，管生之能言也[2]！礼义，治人之大法；廉耻，立人之大节[3]；盖不廉则无所不取，不耻则无所不为。人而如此，则祸败乱亡，亦无所不至；况为大臣而无所不取，无所不为，则天下其有不乱，国家其有不亡者乎？然而四者之中，耻尤为要。故夫子之论士，曰：“行己有耻[4]。”孟子曰：“人不可以无耻。无耻之耻，无耻矣[5]。”又曰：“耻之于人大矣，为机变之巧者，无所用耻焉[6]。”所以然者，人之不廉，而至于悖礼犯义[7]，其原皆生于无耻也。故士大夫之无耻，是谓国耻。

吾观三代以下[8]，世衰道微，弃礼义，捐廉耻，非一朝一夕之故。然而松柏后凋于岁寒，鸡鸣不已于风雨[9]，彼昏之日，固未尝无独醒之人也[10]！顷读《颜氏家训》有云：“齐朝一士夫尝谓吾曰：‘我有一儿，年已十七，颇晓书疏，教其鲜卑语，及弹琵琶，稍欲通解，以此伏事公卿，无不宠爱。’吾时俯而不答。异哉，此人之教子也！若由此业自致卿相，亦不愿汝曹为之[11]。”嗟乎！之推不得已而仕于乱世，犹为此言，尚有《小宛》诗人之意[12]，彼阉然媚于世者[13]，能无愧哉！

【注释】

[1] 《五代史》：即欧阳修所撰的《新五代史》。冯道为五代人，仕唐、晋、汉、周“四姓十君”历任宰相，自称长乐老。下段文字即引自《冯道传》序。

[2] 管生：管仲，今传《管子》一书，旧说以为管仲所著，实是战国时人所依托。维：纲，系在鱼网四角的大绳。

[3] 法：制度。节：操行。

[4] 见《论语·子路》。行己：安排自己的行为。有耻：有羞耻之心，即识羞。

[5] “人不可以无耻”两句：见《孟子·尽心上》，意思是说人不可以无羞耻之心。如果能变无羞耻之心为知耻，那就会不受耻辱了。上面两句的“无耻”，指不识羞；最后的“无耻”，指不受耻辱。“无耻之耻”的“之”字，有变易的意思(用赵岐、焦循说)。

[6] “耻之于人大矣”句：见《孟子·尽心上》。机变之巧：指投机取巧的手段。这句是说，干投机取巧事情的人，那就说不上羞耻了。

[7] 不廉：指贪得妄求，追求权势财富的行为。悖礼犯义：违犯礼义。

[8] 三代：指夏、商、周。这里以三代为盛世，是传统的说法。

[9] 《论语·子罕》：“岁寒然后知松柏之后彫也。”《诗经·郑风·风雨》：“风雨如晦，鸡鸣不已。”比喻在恶劣环境中不随波逐流的有志之士。

[10] 独醒之人：见屈原《渔父》，比喻在污浊社会中廉洁自守之人。

[11] 《颜氏家训》：北齐颜之推撰。引文见《颜氏家训·教子》。北齐的统治者主要是鲜卑人，当时流行从新疆等地传入的新音乐，以琵琶为主乐器。本段所指的那个齐朝士大夫，原是汉人，却叫他的儿子学鲜卑语、弹琵琶，向统治者邀宠献媚。

[12] 《诗经·小雅·小宛》的内容，旧说是士大夫遭时之乱，而弟相戒以免祸，又当教其子使为善(见《毛诗序》)。

[13] 阉然：即奄然，少有气息的样子。

黄宗羲

原　君

【题解】 黄宗羲(1610—1695)，明末清初思想家、学者。字太冲，别号梨洲老人，人称南雷先生，浙江余姚人。南明官至左副都御史，入清隐居。《原君》是黄宗羲《明夷待访录》中的首篇。原君，即推原君主职分的起源与演变。鉴于封建君权的过分滥用和集中，文中深刻指出了君主的职分应像三代以上的君主那样为天下兴公利、除公害，批判后世君主把天下作为一己一姓的私产，以天下之公，养一己之私，随意敲剥。文章对君主专制的批判，有着深刻而激进的启蒙思想的光辉。

有生之初，人各自私也，人各自利也[1]。天下有公利而莫或兴之，有公害而莫或除之[2]。有人者出，不以一己之利为利，而使天下受其利；不以一己之害为害，而使天下释其害；此其人之勤劳必千万于天下之人[3]。夫以千万倍之勤劳，而己又不享其利，必非天下之人情所欲居也。故古之人君，量而不欲入者，许由、务光是也[4]；入而又去之者，尧、舜是也；初不欲入而不得去者，禹是也。岂古之人有所异哉？好逸恶劳，亦犹夫人之情也。

后之为人君者不然。以为天下利害之权皆出于我，我以天下之利尽归于己，以天下之害尽归于人，亦无不可；使天下之人不敢自私，不敢自利，以我之大私为天下之公。始而惭焉，久而安焉，视天下为莫大之产业，传之子孙，受享无穷；汉高帝所谓"某业所就，孰与仲多"者[5]，其逐利之情，不觉溢之于辞矣。此无他，古者以天下为主，君为客，凡君之所毕世而经营者，为天下也。今也以君为主，天下为客，凡天下之无地而得安宁者，为君也。是以其未得之也，屠毒天下之肝脑，离散天下之子女，以博我一人之产业，曾不惨然[6]。曰："我固为子孙创业也"。其既得之也，敲剥天下之骨髓，离散天下之子女，以奉我一人之淫乐，视为当然。曰："此我产业之花息也。[7]"然则为天下之大害者，君而已矣。向使无君，人各得自私也，人各得自利也[8]。呜呼！岂设君之道固如是乎？

古者天下之人爱戴其君，比之如父，拟之如天，诚不为过也。今也天下之人，怨恶其君，视之如寇仇，名之为独夫，固其所也。而小儒规规焉以君臣之义无所逃于天地之间，至桀纣之暴，犹谓汤武不当诛之，而妄传伯夷、叔齐无稽之事[9]，乃兆人万姓崩溃之血肉，曾不异夫腐鼠[10]。岂天地之大，于兆人万姓之中，独私其一人一姓乎？是故武王圣人也，孟子之言，圣人之言也[11]；后世之君，欲以如父如天之空名，禁人之窥伺者，皆不便于其言，至废孟子而不立[12]，非导源于小儒乎？

虽然，使后之为君者，果能保此产业，传之无穷，亦无怪乎其私之也。既以产业视之，人之欲得产业，谁不如我？摄缄縢，固扃鐍[13]，一人之智力，不能胜天下欲得之者之众，远者数世，近者及身，其血肉之崩溃在其子孙矣。昔人愿世世无生帝王家[14]，而毅宗之语公主，亦曰："若何为生我家！[15]"痛哉斯言！回思创业时，其欲得天下之心，有不废然摧沮者乎！是故明乎为君之职分，则唐虞之世[16]，人人能让，许由、务光非绝尘也[17]；不明乎为君之职分，则市井之间，人人可欲，许由、务光所以旷后世而不闻也。然君之职分难明，以俄顷淫乐不易无穷之悲，虽愚者亦明之矣。

【注释】

[1] 生：生民，这里指最初的人类。有生之初：自从有人类以来。

[2] 公利：利于天下公众之事。公害：不利于天下公众之事。莫或：没有人。兴：实行。除：去除。

[3] 一己：自己一个人。释：免除。其人之勤劳必千万于天下之人：这个人的辛劳要比天下人多千万倍。

[4] 量：衡量、考虑。入：指为君。许由、务光：传说中的上古高士。《庄子·让王》："尧以天下让许由，许由不受。"又云："汤又让务光……（务光）乃负石自沉于庐水。"

[5] "汉高帝"两句：《史记·太祖本纪》，"高祖大朝诸侯、群臣，置酒未央前殿。高祖奉玉卮，起为太上皇寿，曰：始，大人常以臣无赖，不能治产业，不如仲力。今某之业所就，孰与仲多？"仲，汉高祖之兄。

[6] 博：换得。

[7] 花息：利息。

[8] "向使无君"句：意思是说没有君主，老百姓会自己活得更好。

[9] "而妄传"句：《史记·伯夷列传》云：伯夷、叔齐是殷孤竹君的儿子。武王伐纣，他们曾在马前劝阻。殷亡后，耻食周粟，饿死首阳山。因汉以前没有伯夷、叔齐叩马而谏的说法，故作者认为是小儒编造的荒唐故事。

[10] "曾不异"句：意思是说小儒把百姓的性命看得一钱不值。

[11] 孟子之言：指《孟子·梁惠王下》，齐宣王问曰："汤放桀，武王伐纣，有诸？"孟子对曰："于传有之。"曰："臣弑其君可乎？"曰："贼仁者谓之贼，贼义者谓之残，残贼之人，谓之一夫。闻诛一夫纣矣，未闻弑君也。"

[12] "至废"句：明太祖读《孟子》至"民为贵，社稷次之，君为轻"，便下诏罢孟子从祠

孔庙;又在洪武二十三、二十七年下诏修订《孟子》,凡书中含有"民贵君轻"思想的章节,都予以删除。

[13] "摄缄縢"两句:意思是说用绳绑紧,用锁锁牢。《庄子·胠箧》:"将为胠箧探囊发匮之盗,而为守备,则必摄缄縢,固扃鐍,此世俗之所谓知也。然而巨盗至,则负匮揭箧担囊而趋,唯恐缄縢扃鐍之不固也。"摄:紧收。缄:结。縢:绳子。扃(jiōng)鐍(jué):门闩和柜子的锁。

[14] "昔人"句:《南史·王敬则传》记宋顺帝被逼出宫时,"泣而弹指:惟愿后身生生世世不复天王作因缘。"

[15] "而毅宗"两句:《明史·公主列传》记思宗在起义军李自成进入北京后,挥剑砍他的女儿长平公主,说:"汝奈何生我家?"毅宗:弘光元年改谥思宗曰毅宗。

[16] 唐虞:唐:尧的国号。虞:舜的国号。

[17] 绝尘:超尘绝俗之意。

王夫之

老庄申韩论[1]

【题解】 王夫之(1619—1692),明末清初思想家、学者。字而农,号姜斋,居石船山,人称船山先生,湖南衡阳人。明崇祯十五年举人。明亡抗清失败,隐居发愤著述。著有《船山全书》十六册传世。本文选自《船山全书》第十五册《姜斋文集》卷一,文中对宋代以朱熹为代表的君子儒们"言则圣人而行则申韩"的治术作了深刻的批判,一针见血,发人深思。

建之为道术,推之为治法,内以求心,勿损其心,出以安天下,勿贼天下[2]:古之圣人仁及万世,儒者修明之而见诸行事,唯此而已。求合于此而不能,因流于诐者,[3]老、庄也。损其心以任气,贼天下以立权,明与圣人之道背驰而毒及万世者,申、韩也。与圣人之道背驰则峻拒之者,儒者之责,勿容辞也。

拒其说，必力绝其所为，绝其所为，必厚戒于其心，而后许之为君子儒。言治道者吾惑焉。于老庄则远之惟恐不夙[4]，于申韩则暗袭其所为而阴挟其心，吾是以惑，而甚惑其惑之甚也[5]。夫师老庄以应天下，吾闻之汉文、景矣[6]。其终远于圣人之治而不能合者，老庄乱之也。然而心犹人之心，天下则已异乎食荼卧棘[7]之天下矣。下此则何晏、王戎以弛天下而使乱[8]。然其所为，求之圣人之道而不得，求之老庄而亦不得。虚与诞，圣人之所弗尚；躁与贪，亦老庄之所弗尚；则远之必夙者，正也。[9]老庄之所弗尚，则不得举何晏、王戎之罪罪老庄也。夫申韩而岂但此哉！[10]

韩愈师曰："仁义之言，蔼如也。"[11]圣人之欲正天下也亟，其论治也详。今读其书，绎其言，蔑不蔼如也。其言蔼如也，其政油如也[12]，患天下之相贼，而不以贼惩贼，惩天下之贼，规乎其大凡而止[13]。虽有刀距，而不损其不忍之心[14]。略其毫毛，揜其幽隐[15]，以使容于覆载之间，而民气以静。是故匹夫之蹶然以恶怒[16]，非可逆也；匹夫之蹶然以愉快，非不可获誉也；然而圣人不忍徇之，以致善治之名。有人于此，匹夫之蹶然而怒，其可杀邪？从而杀之，匹夫蹶然而喜。喜怒如匹夫之心，则明断之誉蹶然而兴，而气茀然，而权赫然[17]。静反诸心，而心固怵然；起视天下，而天下纭然[18]。为君子儒者以此为愉快，则抑不得为圣人之徒矣。闻之曰恶不仁者不使不仁加于其身，未闻恶不仁者不使不仁者之留遗种于天下也。悲夫！

自宋以来，为君子儒者，言则圣人而行则申韩也，抑以圣人之言文申韩而为言也。曹操之雄也，申韩术行而敲天下以思媚于司马氏，不劳而夺诸几席。诸葛孔明之贞也，扶刘氏之裔以申大义，申韩术行而不能再世[19]。申韩之效，亦昭然矣。宋之儒者，胡憯莫惩而潜用之以徇匹夫一往之情[20]？吾闻以闺房醉饱之过掠治妇人，以惩士大夫之罪矣。吾闻其闻有赦而急取罪人屠割之矣。非申韩孰与任此！而为君子之儒者以为愉快，复何望夫袴褶之夫，刀笔之吏乎[21]！是其为术也，三代以上，无尚之者也；仲尼之徒，无道之者也；三苗之所以分北也[22]；邓析之所以服刑也[23]。自申韩起，而言治者一不审而即趋于其途。申韩以矫老庄，而拒老庄者揖进之。夫老庄则固蠹然伤心于此矣[24]。老庄非也，其蠹然伤心于此者，未尝非也。仲尼以不徇鲁卫，而老于下位。文王以不徇商纣，而囚于羑里。我知其蠹然伤心者倍甚于老庄，则已知老庄之践名法以蕲安天下[25]，未能合圣人之道，而固不敢背以弛也，愈于申韩远矣[26]。

画之以一定之法，申之以繁重之科，临之以愤盈之气，出之以戌削之词[27]，督之以违心之奔走，迫之以畏死之忧患，如是以使之仁不忘亲，义不背长。不率[28]，则毅然以委之霜刃之锋，曰：吾以使人履仁而戴义也。夫申韩固亦曰，吾以使人履仁而戴义也。何患乎无名，而要岂有不忍人之心者所幸有其名，以弹压群论乎！

易动而难戢者，气也[29]。往而易返者，恶怒之情也。群起而荧人以逞者[30]，匹夫蹶然之恩怨也。是以君子贵知择焉。弗择，而圣人之道且以文邪慝而有余[31]。以文老庄而有老庄之儒，以文浮屠而有浮屠之儒，以文申韩而有申韩之儒。下至于申韩之儒，而贼天下以贼其心者甚矣。后世之天下死于申韩之儒者积焉，为君子儒者潜移其心于彼者，实致之也。

【注释】

[1] 老庄申韩：《史记·老庄申韩列传》将先秦道家和法家的代表人物老子、庄子、申子(申不害)和韩非子四人的合传，说明在汉朝人看来，法家思想乃从道家而来，法家和道家关系密切。

[2] 贼天下：窃取天下。

[3] 诐(bì)：偏颇。

[4] 夙：早。

[5] 甚惑其惑之甚也：对那些谈论修道的儒生，我感到困惑的是他们避老庄唯恐不及，却又暗地里剿袭法家的思想。我更因他们迷失在这样的困惑中而不觉悟，而倍感困惑。

[6] “夫师老庄”句：这句是说文、景帝采用黄老无为而治的政治措施。

[7] 食荼卧棘：吃苦菜，睡荆棘蓬蒿，形容生活极度困苦。

[8] 何晏(? —249)，三国时魏国思想家、学者。其《论语集解》，以玄释儒，大振玄风，开启了魏晋时代的玄学风潮。王戎(234—305)，魏晋间人，清谈名士，“竹林七贤”之一，以“简要”(《世说新语·赏誉》载钟会语“裴楷清通，王戎简要”)闻于时。这里举二人是认为魏晋之乱局与庄老的玄学风潮不无关系。

[9] 词句意谓魏晋玄学家学老庄之虚诞，违背儒家圣人教义，然其人性又躁急，则与老庄亦有暌违，故云“求之圣人之道而不得，求之老庄而亦不得”，因此说，今天求取治道的人抛弃老庄唯恐不早是正确的。

[10] 申、韩等法家的罪过，就不仅仅只是那些学老庄而不达，且又违背儒家教义的人所犯下的过错了。

[11] 蔼如：和气可亲的样子。韩愈《答李立羽书》：“仁义之人，其言蔼如也。”

[12] 油然：宽和的样子。

[13] 圣人治理国家，担忧天下人相互为祸害，但却不会以害制害。惩治天下的盗贼祸害，只是设定大致的规范而已。

[14] 刀锯：比喻严厉的刑罚。圣人虽可用刑罚惩治祸贼，却不会伤害他们还有的那点善心仁念(即还是肯定他们的善心人念)。

[15] 略其毫毛，摒其幽隐：施行仁政，能宽容一般的过错。

[16] 蹶然：突然、忽然。

[17] 茀然：气粗的样子。指为政者杀伐轻率，就像匹夫之怒一样，以此立威名，显权势，并获取人们善决断的赞誉。

[18] 怵然：怜悯、凄惶的样子。芸然：混乱的样子。

[19] 再世：第三世。蜀汉仅传两世皇帝，至刘禅而覆灭，故云。

[20] 胡憯莫惩：为什么竟然不引以为鉴。《诗经·小雅·节南山》：“民言无嘉，憯莫惩嗟。”憯：竟然。惩：鉴戒。

[21] 袴褶(kù zhě)之夫：即武士。袴褶：始为骑服名称，起于汉末，后亦用作常服，朝服。

[22] 三苗之所以分北也：我国古代部落三苗分离的原因。《尚书·舜典》：“分北三苗。”伪孔传：“分北，流之不令相从。”孔颖达疏：“北，背也。善留恶去，使分背也。”

[23] 邓析：春秋末郑国人，与子产同时。创私学，教人治狱。改郑所铸刑书，刊于竹简，称《竹刑》。郑执政，驷歂(一说为子产)以他罪杀邓析而用其《竹刑》。著有《邓析》两篇，早佚。今本《邓析子》系后人托名所作。

[24] 衋(xì)然：悲伤的样子。

[25] 蕲：求。

[26] “未能”句：这句是说老庄虽不合儒家圣人之道，但还不至于背道而驰，违背得太过分，这比起申韩要好得多了。

[27] 戌削(xū xiāo)之词：严厉尖刻的言辞。戌削：一作“恤削”，清瘦耸立的样子。

[28] 不率：不服从、不遵循。《左传·宣公十二年》：“今郑不率，寡君使群臣问诸郑，岂敢辱候人？”杜预注：“率，遵也。”

[29] 戢：收敛。

[30] 荧人：迷惑人。

[31] 文邪慝(tè)：文饰邪恶。文：文饰。慝：奸邪、奸恶。

尤侗

怎当他临去秋波那一转

【题解】 尤侗(1618—1704)，字展成，号西堂，长洲(今江苏苏州)人，明末清初著名的诗人、戏曲家。尤侗少有神童之誉，弱冠即与里中结文社，加入匡社，与彭珑、章在兹等为沧浪会，后又与彭珑等举慎交社，遍交江南名士。康熙十八年(1679)举博学鸿儒，授翰林院检讨，参与修《明史》，分撰列传三百余篇、《艺文志》五卷，二十二年告老归家。四十二年康熙南巡，得晋官号为侍讲。其诗文“多新警之思，杂以谐虐”。戏曲作品有《读离骚》《吊琵琶》《钧天乐》等杂剧、传奇六种，王士祯称“激昂慷慨，可使风云变色，自是天地间一种至文”，代表了戏剧创作在清初进入个性化时代。有《西堂集》《鹤栖堂集》百余卷传世。

本文是以八股形式所做的游戏文字，正是作者为文喜谐虐的一个生动例证，曾为顺治赏识，并传颂一时。虽为游戏文字，却表现出作者的辩惠才思，语言意境之优美，亦颇多可取之处。

想双文之目成，情以转而通焉。[1]

盖秋波非能转，情转之也。然则双文虽去，其犹有未去者存哉。[2]

张生若曰：世之好色者，吾知之矣。来相怜，去相捐也。此无他，情动而来，情静而去耳。钟情者正于将尽之时，露其微动之色，故足致于思焉。[3]

有如双文者乎？

最可念者，啭莺声于花外[4]，半晌方言，而今余音歇矣。乃口不能传者，目若传之。更可恋者，衬玉趾于残红[5]，一步渐远，而今香尘灭矣。乃足不能停者，目若停之。[6]

惟见盈盈者波也，脉脉者秋波也，乍离乍合者，秋波之一转也。吾未之见也，不意于临去时遇之。

吾不知未去之前，秋波何属。或者垂眺于庭轩，纵观于花柳，不过良辰美景，偶尔相遭耳。犹是庭轩已隔，花柳方移，而婉兮清扬，忽徘徊其如送者奚为乎？所云含睇宜笑，转正有转于笑之中者。虽使觏修嚧于觌面[7]，不若此际之销魂矣。

吾不知既去之后，秋波何往。意者凝眸于深院，掩泪于珠帘，不过怨粉愁香，凄其独对耳。惟是深院将归，珠帘半闭，而嫣然美盼，似恍惚其欲接者奚为乎？所云渺渺愁余，转正有转于愁之中者。虽使观羞目于灯前，不若此时之心荡矣。

此一转也，以为无情耶？转之不能忘情可知也。以为有情耶？转之不为情滞又可知也。人见为秋波一转，而不见彼之心思有与为之一转者。吾即欲流睐相迎[8]，其如一转之不易受何！

此一转也，以为情多耶？吾之惜其止此一转也。以为情少耶？吾又恨其余此一转达也。彼知为秋波一转，而不知吾之魂梦有与为千万转者。吾即欲闭目不窥，其如一转之不可却何！

噫嘻！招楚客于三年，似曾相识；倾汉宫于一顾，无可奈何。[9]

有双文之秋波一转，宜小生之眼花缭乱也哉！抑老僧四壁画西厢，而悟禅恰在个中。盖一转者，情禅也，参学人试于此下一转语！[10]

【注释】

[1] 双文：指《西厢记》女主角崔莺莺，因其名"莺莺"二字重叠，故以"双文"代称。情以转而通：因情而目转，目转而通情，情为目转之关键，故目、情因之而相通。

[2] 虽去：指人去、秋波去。未去者：指情留。

[3] "钟情者"句：这句是说言于情之将尽时，恋恋不舍之态最能见出钟情者面目。

[4] 莺声：形容崔莺莺嗓音之悦耳。

[5] 衬玉趾于残红：指在落花小径中行走。玉趾：形容足趾之白洁。

[6] 足不能停者，目若停之：与"口不能传者，目若传之"都是讲目传情之妙，能将莺莺情态表露无遗。

[7] 觏修矑于觌面：在面庞上有修美的眼睛。觏(gòu)、觌(dí)：都是见的意思。矑(lú)：眼睛的瞳仁。

[8] 流睐：眼光流盼。睐：顾盼。

[9] 招楚客于三年，似曾相识：屈原《湘夫人》有"帝子降兮北渚，目眇眇兮愁予"句，这里指双文美目顾盼，如楚辞所写之仙子，有似曾相识之感。倾汉宫于一顾，无可奈何：《汉书·外戚传》载李延年歌"北方有佳人，绝世而独立，一顾倾人城，再顾倾人国"，这里指双文美目顾盼，能倾国倾城。

[10] 所谓"四壁画西厢"，出自明末张岱《快园道古》卷四：邛琼山过一寺，见四壁俱画西厢，曰：空门安得有此？僧曰：老僧从此悟禅。问：从何处悟？僧曰：老僧悟处在"临去秋波那一转"。

郑板桥

范县署中寄舍弟墨第四书

【题解】 郑板桥(1693—1765)，字克柔，号理庵，又号板桥，江苏兴化人。五十七岁作《板桥自叙》说："板桥康熙秀才，雍正壬子举人，乾隆丙辰进士。初为范县令，继调潍县。"有惠政。乾隆十八年因请赈而忤大吏，罢官。后客居扬州，以山水诗文书画自适。乾隆三十年(1765)病卒。

本文是一封家信，写于范县任上，所论家常农事，多用白话，近于今日之现代汉语，朴素而情味真切。正如其自云："板桥十六通家书，绝不谈天说地，而日用家常，颇有言近指远之处。"(《板桥自叙》)从平实的叙述中，体现了作者重农、爱农的民本思想和民胞物与的仁者风范，亦令人景仰。

十月二十六日得家书，知新置田获秋稼五百斛，甚喜。而今而后，堪为农夫以没世矣[1]！要须制碓、制磨、制筛罗簸箕、制大小扫帚、制升斗斛。家中妇女，率诸婢妾，皆令习舂揄蹂簸之事，便是一种靠田园长子孙气象。天寒冰冻时，穷亲戚朋友到门，先泡一大碗炒米送手中，佐以酱姜一碟，最是煖老温贫之具[2]。暇日咽碎米饼，煮糊涂粥，双手捧碗，缩颈而啜之，霜晨雪早，得此周身俱煖。嗟乎！嗟乎！吾其长为农夫以没世乎！

我想天地间第一等人，只有农夫，而士为四民之末[3]。农夫上者种地百亩，其次七八十亩，其次五六十亩，皆苦其身，勤其力，耕种收获，以养天下之人。使天下无农夫，举世皆饿死矣。我辈读书人，入则孝，出则弟[4]，守先待后[5]，得志泽加以民，不得志则修身见于世，所以又高于农夫一等。今则不然，一捧书本，便想中举、中进士、作官，如何攫取金钱、造大房屋、置多田产。起手便错走了路头，后来越做越坏，总没有个好结果。其不能发达者，乡里作恶，小头锐面[6]，更不可当。夫束修自好者，岂无其人；经济自期[7]，抗怀千古者[8]，亦所在多有。而好人为坏人所累，遂令我辈开不得口；一开口，人便笑曰："汝辈书生，总是会说，他日居官，便不如此说了。"所以忍气吞声，只得捱人笑骂。工人制器利用，贾人搬有运无，皆有便民之处。而士独于民大不便，无怪乎居四民之末也！且求居四民之末，而亦不可得也！

愚兄平生最重农夫，新招佃地人，必须待之以礼。彼称我为主人，我称彼为客户，主客原是对待之义，我何贵而彼何贱乎？要礼貌他，要怜悯他；有所借贷，要周全他；不能偿还，要宽让他。尝笑唐人七夕诗，咏牛郎织女，皆作会别可怜之语，殊失命名本旨。织女，衣之源也，牵牛，食之本也，在天星为最贵；天顾重之，而人反不重乎！其务本勤民，呈象昭昭可鉴矣[9]。吾邑妇人，不能织绸织布，然而主中馈[10]，习针线，犹不失为勤谨。近日颇有听鼓儿词，以斗叶为戏者[11]，风俗荡轶，亟宜戒之。

吾家业地虽有三百亩，总是典产，不可久恃。将来须买田二百亩，予兄弟二人，各得百亩足矣，亦古者一夫受田百亩之义也。若再求多，便是占人产业，莫大罪过。天下无田无业者多矣，我独何人，贪求无厌，穷民将何所措足乎？或曰："世上连阡越陌[12]，数百顷有余者，子将奈何？"应之曰："他自做他家事，我自做我家事，世道盛则一德遵王，风俗偷则不同为恶[13]，亦板桥之家法也。"哥哥字。

【注释】

[1] 没世：终身。

[2] 煖老温贫：使老人、穷人温暖。

[3] 四民：旧时指士农工商。

[4] "则孝"两句：语出《论语·学而》。孝：指对父母、祖先尽孝道。弟：亦作"悌"，指顺从兄长。

[5] 守先待后：守先王之道以待后世。

[6] 小头锐面：指钻营不已、无孔不入之人。

[7] 经济自期：以经世济民为自己的志向。经：治理。

[8] 抗怀千古：怀抱远大，上比古人。抗：比。

[9] 呈象：指牛郎织女星的呈形。呈象：一本作"星象"。

[10] 中馈（kuì）：传统社会以为妇女的职务是主持馈食等事，后引伸指妻室。馈：进献。

[11] 斗叶：斗牌。时称纸牌为叶子。

[12] 连阡越陌：同"田连阡陌"，意谓土地很多。阡陌：田间小路。

[13] "世道盛"两句：这两句是说如果遇上太平盛世就和大家一起同心同德为皇帝做事，如果风俗不好也决不和坏人一起去作恶。

袁枚

答彭尺木进士书

【题解】 袁枚(1716—1797),清代诗人、文学理论家、思想家。字子才,号简斋,钱塘(浙江杭州)人。乾隆四年(1739)进士,选翰林院庶吉士。任溧水、江浦、沭阳、江宁等地知县,颇见才能。乾隆十四年时,即33岁时称疾家居。卜筑江宁之小仓山,号随园,崇池饰馆,自是优游其中五十年。嘉庆二年卒。著作今有王英志编《袁枚全集》,江苏古籍出版社1993年出版。彭绍升(1740—1796),号尺木,江南长洲人。清代居士、学者。为学欲通儒释之界,欲释禅净之争。著作有《二林居集》等。彭绍升在来信中,欲仿效楚黄道人点拨文天祥之先例来点拨袁枚,提醒袁枚于生死大事多加留意。袁枚的回信,重点就自己截然不同的生死观作了阐述,同时对佛家自诩的所谓了生死、知去来作了深刻批判。

来书教以禅学,引文文山诗语云云,似乎文山不遇楚黄道人,便不能了生死者。仆以为不然。

古豪杰视死如归,不胜屈指。倘必待禅悟而后能死节,则佛未入中国时,当无龙逄、比干[1]。居士之意,以为必通禅而后能了生死耳,殊不知从古来不能了生死者,莫如禅。夫有生有死,天之道也。养生送死,人之道也。今舍其人道之可知,而求诸天道之不可知,以为生本无生,死本无死,又以为生有所来,死有所往,此皆由于贪生畏死之一念萦结于胸而不释。夫然后画饼指梅[2],故反其词以自解。此洪炉跃冶[3],庄子所谓不祥之金也。其于生死之道,了乎否乎?子路问死,子曰:"未知生,焉知死?[4]"当时圣人若逆知[5]后之人必有借生死以惑世者,故于子路之问,萌芽初发而逆折之。

来书云:"生死去来,不可置之度外。"尤谬。

天下事有不可不置之度内者,"德之不修,学之不讲"是也。有不可不置之度外者，“死生有命，富贵在天”是也[6]。若以度外之事，而度内求之，是即出位之思，妄之至也。虽然，“富而可求也，虽执鞭之士，吾亦为之”[7]。使佛果能出死入生，仆亦何妨援儒入墨？而无如二千年来，凡所谓佛者，率皆支离诞幻，如捕风然，视之而不见，听之而不闻，祷之而不应。如来、释迦与夏畦之庸鬼[8]，同一虚无。有异端之虚名，无异端之实效，以故智者不为也。试思居士参稽二十年，自谓深于彼法者矣，然而知生之所由来，能不生乎？知死之所由去，能不死乎？如仆者自暴自弃[9]，甘心为门外人矣，然而不知生之所由来，便不生乎？不知死之所由去，便速死乎？生死去来，知之者与不知者无以异也。盍亦听其自生自死、自去自来而已矣[10]！

《易》曰：“乾坤毁，则无以见《易》。”言乾坤有时而生死也。《诗》曰“高岸为谷，深谷为陵。”[11]言陵谷有时而来去也。生死去来，天地不能自主，而况于人？居士宁静寡欲，有作圣基；惜于生死之际，未免有己之见存，致为禅氏所诱。有所慕于彼者，无所得于此故也。独不见孟子之论生死乎？曰：“夭寿不贰，修身以俟之。”[12]陶潜之论生死乎？曰：“浮沉大化中，不恋亦不惧。”[13]士君子纵不能学孟子，亦当法渊明。名教中境本廓然[14]，奚必叛而他适！昔曹操聘虞翻，翻笑曰：“孟德欲以盗贼余赃污人耶？[15]”居士招我之意，有类孟德，故敢诵仲翔之语以奉谢。

［附来札］

拙诗承不鄙弃，为正其得失。仰见先生接引后辈惓惓无已之盛心，敢不拜受！经世出世，趣各有在。昔文信公在燕狱时，遇黄楚道人受出世法，始得脱然于生死之际，故其诗云：“谁知真患难，忽遇大光明。”有云：“莫笑道人空打坐，英雄敛手即神仙。”其语具集中，可覆按也。先生英雄根性，所未留意者独此一着耳。生从何来，死从何去，其可以人生一大事而置之度外乎？愿先生之更有以教之也。

【注释】

［1］ 龙逄、比干：龙逄：姓关，夏桀时贤臣，桀为酒池、糟丘，作长夜之饮，龙逄进谏，立

而不去，为桀囚拘而杀之。比干：商纣之叔父，一说为纣庶兄，直言谏纣，被剖心而死。

[2] 画饼指梅：即画饼充饥和望梅止渴，指借空想安慰自己。

[3] 洪炉跃冶：语出《庄子·大宗师》："今之大冶铸金，金踊跃曰：'我且必为镆铘。'大冶必以为不祥之金。"

[4] "子路问死"三句：见《论语·先进》："季路问事鬼神。子曰：'未能事人，焉能事鬼？'曰：'敢问死。'曰：'未知生，焉知死？'"

[5] 逆知：预知。

[6] "德之不修"两句：见《论语·述而》。"死生有命"两句：见《论语·颜渊》。

[7] "富而可求"句：语出《论语·述而》。执鞭之士：持鞭驾车之人，借指从事卑贱差役之人。

[8] 夏畦：语出《孟子·滕文公下》："胁肩谄笑，病于夏畦。"夏畦本意指夏天在田地里劳动的人，此即指无作为的平民。

[9] 自暴自弃：《孟子·离娄上》："自暴者，不可与有言也；自弃者，不可与有为也。言非礼义。谓之自暴也；吾身不能居仁由义，谓之自弃也。"后多指自甘落后，不图上进。

[10] 盍：副词，表反诘，犹何不。

[11] "乾坤"两句：见《周易·系辞上》。"高岸"两句：见《诗经·小雅·十月之交》。

[12] "夭寿不贰"两句：见《孟子·尽心上》。不贰：没有两样。

[13] 引句见陶渊明《形影神·神释》诗。大化：即宇宙万物生息变化，代指宇宙、大自然。

[14] 名教：指以正名定分为主的儒家礼教。此句本晋人乐广语："名教中自有乐地。"（《世说新语·德行》）

[15] 虞翻：字钟翔，三国吴会稽余姚人，吕蒙图取关羽，请以自随，卜筮多中，家传西汉今文孟氏《易》。

姚鼐

《海愚诗钞》序[1]

【题解】 姚鼐（1732—1815），字姬传，室名惜抱轩，人称惜抱先生。安徽桐城人。乾隆二十八年(1763)进士，曾任刑部郎中，充山东、湖南乡试考官，会试同考官。主持梅花、紫阳诸书院讲席共四十年。姚鼐继承方苞、刘大櫆、姚范的古文之学，成为桐城派散文的集大成者。著有《惜抱轩全集》八十八卷，所辑文总集《古文辞类纂》，世以为精当，流传很广。

姚氏论文，主阳刚、阴柔之说，其论诗亦然。本文是为当时诗人朱子颍所作之序。从中可以见出，姚氏于阳刚、阴柔二者，更欣赏阳刚之美。其慨叹“雄才”难得，可见在他心目中，阳刚之美具有极高的境界。

吾尝以谓文章之原，本乎天地。天地之道，阴阳刚柔而已。苟有得乎阴阳刚柔之精，皆可以为文章之美[2]。阴阳刚柔并行而不容偏废，有其一端而绝亡其一，刚者至于偾强而拂戾，柔者至于颓废而阉幽，则必无与于文者矣[3]。然古君子称为文章之至，虽兼具二者之用，亦不能无所偏优于其间。其故何哉？天地之道，协合以为体，而时发奇出以为用者，理固然也。其在天地之用也，尚阳而下阴，伸刚而绌柔[4]，故人得之亦然。文之雄伟而劲直者，必贵于温深而徐婉[5]。温深徐婉之才，不易得也。然其尤难得者，必在乎天下之雄才也。夫古今为诗人者多矣，为诗而善者亦多矣，而卓然足称为雄才者，千余年中数人焉耳。甚矣，其得之难也。

今世诗人，足称雄才者，其辽东朱子颖乎？即之而光升焉，诵之而声闳焉，循之而不可一世之气勃然动乎纸上而不可御焉，味之而奇思异趣角立而横出焉[6]，其惟吾子颖之诗乎？子颖没而世竟无此才矣！子颖为吾乡刘海峰先生弟子，其为诗能取师法而变化用之。鼐年二十二，接子颖于京师，即知其为天下绝特之雄才。自是相知数十年，数有离合。子颖仕至淮南运使，延余主扬州书院[7]，三年而余归，子颖亦称病解官去，遂不复见。

子颖自少孤贫，至于宦达，其胸臆时见于诗，读者可以想见其蕴也[8]。盖所蓄犹有未尽发而身泯焉。其没后十年，长子今白泉观察督粮江南，校刻其集。鼐与王禹卿先生同录订之[9]，曰《海愚诗钞》，凡十二卷。乾隆五十九年四月[10]，桐城姚鼐序。

【注释】

[1] 《海愚诗钞》：朱子颖的诗集。朱子颖(1729—1784)，明孝纯，字子颖，号思堂，一号海愚。工诗善画，与桐城派诸人交好。诗作结集为《海愚诗钞》。

[2] 天地阴阳与文章阳刚阴柔之道的关系，在姚鼐文章中有多次论述。如《复鲁絜非书》："鼐闻天地之道，阴阳刚柔而已。文者，天地之精英，而阴阳刚柔之发也。"

[3] "阴阳刚柔"句：讲阴阳刚柔须并行于文章中，若只有一个方面，而另一方面却完全没有，则偏阳刚者易流于乖张激烈，偏阴柔者易流于颓废昏暗。亡：无。偾(fèn)强而拂戾：紧张激烈而违逆乖张。偾：紧张，兴奋。拂戾：违逆不顺。阉幽：蔽塞，昏暗。

[4] 尚阳而下阴：崇尚阳而贬低阴。下：贬低。伸刚而绌柔：扬刚而抑柔。

[5] 温深：温和深厚。徐婉：从容不迫。

[6] 即：接触。循之：顺着往下看。御：节制。角立：卓然特立。以上四句从辞藻、声律、结构、思想等方面形容朱子颖诗的阳刚之美。

[7] 延：请。

[8] 蕴：积蓄，指诗歌的内蕴。

[9] 王禹卿：王文治，字禹卿，号梦楼，江苏丹徒人，清代文学家，画家；乾隆年间进士，官至云南临安知府。著有《梦楼诗集》《赏雨轩题跋》等。

[10] 乾隆五十九年：1794 年。

梅曾亮

钵山余霞阁记

【题解】 梅曾亮(1786—1856)，清代文学家。字伯元，江苏上元人。少喜骈文，后专力为古文，师事姚鼐，与管同并为桐城派后期重要作家。所作以书序碑传传于世，亦能诗。著有《柏枧山房集》三十一卷。

《钵山余霞阁记》见《柏枧山房集》卷十，记江宁名胜之地及与友人游聚事，并由之联及作文之道。文笔简练，叙述条理清晰，较能体现桐城派的文章风格。

江宁城，山得其半[1]。便于人而适于野者，惟西城钵山，吾友陶子静偕群弟读书所也[2]。因山之高下为屋，而阁于其岭[3]。曰“余霞”，因所见而名之也[4]。俯视，花木皆环拱升降，草径曲折可念，行人若飞鸟度柯叶上[5]。西面城，淮水萦之[6]。江自西而东，青黄分明，界画天地[7]。又若大圆镜，平置林表，莫愁湖也[8]。其东南万屋沉沉，炊烟如人立，各有所企[9]，微风绕之，左引右挹，绵绵缗缗[10]，上浮市声，近寂而远闻[11]。

甲戌春，子静觞同人于其上，众景毕现，高言愈张[12]。子静曰：“文章之事，如山出云，江河之下水，非凿石而引之，决版而导之者也，故善为文者有所待。[13]”曾亮曰：“文在天地，如云物烟景焉，一俯仰之间，而遁乎万里之外，故善为文者，无失其机。[14]”管君异之曰：“陶子之论高矣，后说者，如斯阁亦有当焉。[15]”遂书以为之记。

【注释】

[1] 江宁：今江苏南京。山得其半：谓江宁城一半是山。

[2] 钵山：在南京城西，因山形似钵而得名。即今盋(bō)山，属清凉山脉。

[3] “因山之”句：根据山形的高低造房子，并在岭上建了一座亭阁。

[4] 曰“余霞”句：因在阁上能见到傍晚的余霞，所以叫余霞阁。

[5] “花木”句：花木上下围绕着余霞阁，布满草的小路曲曲折折，一条条都数得清楚，行人在路上就像鸟在树叶上一样。

[6] 西面城：即城的西边。淮水：秦淮河。此句是说秦淮河萦绕着城西。

[7] 江：指长江。青黄分明，界画天地：指天青水黄，就像一条线一样划分得那么清楚。

[8] “又若大圆镜”句：在树林外面的莫愁湖就像一面大圆镜。莫愁湖：南京风景名胜区，在今南京水西门外。

[9] 炊烟如人立：炊烟的形状就像人站立一样。各有所企：每一个都在张望顾盼。

[10] 绵绵缗(mín)缗：指烟雾缠绵萦绕。缗：古代穿铜钱的绳子。

[11] 微风将山下闹市喧哗之声传到山上，近处的听不到，而远处的隐隐约约可以听到。

[12] 甲戌：嘉庆十九年(1814)。觞同人：即宴请同人。高言：激越慷慨之言。

[13] “文章之事”句：写文章这件事，好像山上的云自然升起，又如江河中的水汩汩而流，不是凿开山石就可以引出云，决开河堤就可以引出水来的。所以会做文章的人，一定要有所待。意思是说写文章要先有蓄积，才能很自然地写出来。

[14] “文在天地”句：文章在天地间，也好比云烟景物一般，一会儿的工夫已逃在万里以外。所以善于做文章的人，一定不会失掉时机。意谓写文章要抓住作文之契机。

[15] 管君：即管同，亦为桐城派名家，也写有一篇《余霞阁记》。管同的话是说：陶君的言论很高明，而后面梅君所讲的这番话，对余霞阁来说，两者(写文章的契机稍纵即逝，正如余霞阁之余霞不可久驻)倒是相当的。

汪中

狐父之盗颂

【题解】 汪中(1745—1794)，字容甫，江苏江都人。清代哲学家、文学家、史学家。能诗，工骈文，所作《哀盐船文》，为杭世骏所叹赏，因此文名大显。精于史学，曾博考先秦图书，研究古代学制兴废。所作《墨子序》，对墨学推崇备至，认为墨学在当时为显学，墨子为救世之仁人，力辩孟子辟墨为过枉。本文热烈赞美狐父之盗救人的美德，即体现了作者的仁学思想。文章直抒胸臆，表现出对世道的愤懑和正义感。

《列子·说符》篇[1]：东方有人焉。曰爰旌目，将有适也[2]，而饿于道。狐父之盗曰丘，见而下壶餐以哺之[3]。三哺，而后能视。有感其事，因作此颂。

狐父之盗，厥名曰丘。饱食而嬉，税于道周[4]。东方有人，惟爰旌目[5]。贸贸然来，既馁而踣[6]。于时子盗，盱睢审顾[7]，匪我昏媾[8]，匪我旧故。嗒然七尺，形在神奄，弱息裁属[9]，饥火方炎。致此非我，哀尔无幸。左挈懿筐，右执方壶[10]。得之则生，失之则死，藐尔一箪[11]，倏焉人鬼。芒芒下土[12]，曾无可依，惟盗哺我，慈母婴儿。彼盗之食，于何乃得？外御国门，内意窟室[13]。勇夫寝戈[14]，暴客是御，国有常刑，在死不赦。惟得之艰，致忘其身，既淅既炊[15]，以济路人。舍之何咎？救之何报？悲心内激，直行无挠。吁嗟子盗，孰如其仁！用子之道，薄夫可敦[16]。悠悠沟壑，相遇以天[17]。敦为盗者，我将托焉。

【注释】

[1] 《列子·说符》：《列子》，传为战国列御寇著，八卷。《说符》为第八篇。原文在这个故事后还有爰旌目不愿食狐父之盗的饮食，硬吐死去。汪中只取这个故事的前半，借以抒发自己的感慨。

[2] 适：往。

[3] 狐父：地名。相传在今安徽砀山县南三十里。下壶餐以哺(bǔ)之：取下盛在壶里的饭食喂他。下：取下。哺：喂。

[4] 税：休息。道周：道旁弯曲处。

[5] 惟：发语词。

[6] 贸贸然来：《礼记·檀弓下》："有饿者蒙袂辑屦，贸贸然来。"贸贸：目不明的样子。馁：饥饿。踣(bó)：跌倒。

[7] 盱睢(xū huī)：张目仰视的样子。

[8] 匪：非。昏媾：姻亲。

[9] 嗒(tà)然：失魂落魄的样子。七尺：七尺之躯，一般指男子。奄：气息微弱。裁：通"才"。属：连接。

[10] 懿筐：深筐。方壶：壶，礼器。腹方口圆曰壶，反之曰方壶，这里是盛水食器皿。

[11] 箪(dān)：盛饭的器具。

[12] 芒芒：辽远的样子。

[13] 外御国门：《孟子·万章下》："今有御人于国门之外者。"赵注："御人，以兵御人而夺之货。"内意窟室：《庄子·胠箧》："盗跖之徒问于跖曰：'盗亦有道乎？'跖曰：'何适而无有道邪！夫妄意室中之藏，圣也；入先，勇也；出后，义也；知可否，知也；分均，仁也。五者不备，而能成大盗者，天下未之有也。'"窟室：地窖。

[14] 勇夫：指官兵。寝戈：枕戈而卧。

[15] 淅：淘米。

[16] 薄夫：凉薄的人。《孟子·万章下》："故闻柳下惠之风者，鄙夫宽，薄夫敦。"敦：

敦厚。

[17] 天：天性。

龚自珍

京师乐籍说

【题解】 龚自珍(1792—1841)，清代思想家、文学家。号定庵，仁和(今浙江杭州)人。道光九年(1829)进士，累迁宗人府主事，礼部主客司主事、兼祠祭司行走。道光十九年，辞官南归。道光二十一年八月，暴卒于江苏丹阳。

本文是作者借京师乐籍之命运抒发感慨。文章叙述京师乐籍对士人的牢笼引诱，使之沉湎于温柔乡中而忘臧否国是，担当道义的士人责任，深刻揭露了古今统治者的御人之术，其论深刻尖锐，令人深思。

昔者唐、宋、明之既宅京也，于其京师及其通都大邑，必有乐籍[1]，论世者多忽而不察，是以龚自珍论之曰：

自非二帝三王之醇备，国家不能无私举动，无阴谋[2]。霸天下之统，其得天下与守天下皆然。老子曰："法令也者，将以愚民，非以明民。"孔子曰："民可使由之，不可使知之。"齐民且然，士也者，又四民之聪明喜议论者也。身心闲暇，饱暖无为，则留心古今而好议论。留心古今而好议论，则于祖宗之立法，人主之举动措置，一代之所以为号令者，俱大不便。凡帝王所居曰京师，以其人民众多，非一类一族也，是故招募女子千余户入乐籍。乐籍既棋布于京师，其中必有资质端丽、桀黠辨慧者出焉[3]，目挑心招、捭阖以为术焉[4]，则可以箝塞天下之游士。乌在其可以箝塞也[5]？曰：使之耗其资财，则谋一身且不暇，无谋人国之心矣。使之耗其日力，则无暇以读二帝三王之书、又不读史而不知古今矣。使之缠绵歌泣于床第之间，耗其壮年之雄材伟略，则思乱之志息，而议论图度，上指天、下划地之态益息矣。使之春晨秋夜为奁体词赋、游戏不急之言[6]，以耗其才华，则议论军国、臧否政事之文章可以无作矣[7]。如此则民听壹、国事便，而士类之保全者亦众[8]。

曰：如是则唐、宋、明岂无豪杰论国是、掣肘国是、而自取戮者乎[9]？曰：有之。人主之术，或售或不售[10]。人主有苦心奇术，足以牢笼千百中材，而不尽售于一二豪杰，此亦霸者之恨也。吁！

【注释】

[1] 乐籍：封建时代从事吹拉弹唱供统治阶级取乐的官妓的名籍。古时官妓，属乐部，故称。亦指乐户或官妓。

[2] “自非”句：此言后世帝王常用阴谋权术来统治天下。

[3] 桀黠辨慧：倔强、狡猾、明辨、聪慧。

[4] 目挑心招：语出《史记·货殖列传》：“今夫赵女郑姬，设形容，揳鸣琴，揄长袂，蹑利屣，目挑心招……”挑：挑逗。招：指勾引。眉目传情，心神招引。捭(bǎi)阖：开合。指用手段使联合或分化。

[5] 箝塞：控制、阻遏。

[6] 奁体：香奁体。凡诗词专以妇女身边琐事为题材，多绮罗脂粉之语者，称香奁体，又称艳体。

[7] 臧否：褒贬，评论。

[8] “如此”句：老百姓只听取一个声音，国事也便于处理，而士人因为不论政治，也避免了灾祸。

[9] 掣肘：拉住胳膊。引申为阻挠、牵制。

[10] 售：施展成功。

王韬

讲学牛津

【题解】 王韬(1828—1897)，初名王利宾，字兰瀛，苏州人。少学经史，习举业，然仅中秀才。后游上海，应聘墨海书馆工作，结识沪上诸多传教士，并于1854年受洗，成为基督徒。1862年，上书太平军，为之献策，后为清廷发现，被迫流亡香港，于时改名韬。1867年游历欧洲两年多，遍访欧洲名校。1879年考察日本。受欧日近代化影响，王韬思想进步，旅港期间，集资创办《循环日报》，宣传维新变法，产生广泛影响，是我国近代报刊思想的奠基人，也是新闻史上第一位报刊政论家。其政论文后收录于《弢园文录外编》，在科举、教育、军事、经济等方面，提出一系列进步主张，成为近代著名思想大家。1884年回上海，并于次年主持格致书院，推行西式教育。从此著述讲学于沪上，直至去世。

本文选自《弢园文新编·漫游随录》中一节，为王韬对其旅欧期间，在牛津大学所做演讲的追记。文章阐叙了中英友好交往的历史，并寄希望于新一代学子。王韬演讲还强调了人类文明的共通性，表现出广阔的全球性视野。从中可以看出王氏在中西文化交流沟通中，所起到的重大作用。本文也有助于我们认识中国近代学者，如何从传统经史之学转向具有国际视野的新学者，从而理解那一代人变法图强的背景与初衷。

英之北土曰哈斯佛，有一大书院，素著名望[1]。四方来学者不下千余人。肄业生悉戴方帽，博袖长衣，雍容文雅[2]。每岁必品第其高下，列优等者，例有赏赉[3]。而颁物之先，必先集于会堂听讲。监院者特邀余往，以华言讲学[4]。

余备论中外相通之始，言昔英女王利沙伯遣人至粤，而东方之贸易以开[5]。继有英官斯当东者，始效华言，于是接踵来华者始能通中国语言文字[6]。夫中国在亚境之东方，英国处欧洲之西鄙，地之相去者七万余里[7]。三百年前，英人无至中国者；三十年前，中国人无至英土者。今者，越重瀛若江河，视中原如堂奥[8]，无他，以两国相和，故得至此。惟愿嗣后益敦辑睦，共乐雍熙[9]。尔众子弟读书国墅，肄业成均[10]，其已得考授秀士孝廉[11]，列于前茅者，皆出类拔萃之资，年少而志盛，学博而文富，皆将来有用之才也。他日出而用世，上则翼辅王家，下则流传圣道，必能有益于中国，是所厚望也。

是时，一堂听者，无不鼓掌蹈足，同声称赞，墙壁为震。其中肄业生之年长者，多由国家铨选，授以职官，遣至印度、中国，以备翻译人员之用，特来问余中国孔子之道与泰西所传天道若何？[12]余应之曰：孔子之道，人道也；有人斯有道，人类一日不灭，则其道一日不变。泰西人士论道必溯原于天[13]，然传之者，必归本于人；非先尽乎人事，亦不能求天降福，是则仍系乎人而已。夫天地无私，终归于一。由今日而观其分，则同而异；由他日而观其合，则异而同。前圣不云乎：东方有圣人，此心同，此理同也[14]。请一言以决之曰：其道大同。诸问者俱为首肯。

【注释】

[1] 哈斯佛：即 Oxford，牛津大学的英文发音的汉译。

[2] 方帽：四方形的帽子。博袖长衣：宽大的衣袖，长长的袍服。此句指牛津大学毕业生在毕业举行的仪式及各类活动中所穿之学位服。学位服的历史要追溯到13世纪，最早即起源于由牛津、剑桥大学，在19世纪前都是黑色的方帽加宽袖长袍，此后开始用不同的颜色来区分专业与学位级别，而其式样则基本无多少变化。

[3] 赏赍(jī)：各种形式的奖赏与激励。这里应该是指优等生获得奖学金。赍：接济、自助。

[4] 监院：即牛津下级学院的学监(Proctors)，负责监督各行政会议是否按合法程序进行，检察督促学生遵守校规，负责学生的秩序及福利。

[5] 利沙伯：即伊丽莎白，这里当指英国都铎女王伊丽莎白一世(1558—1603年在位)。在位期间，曾几次派人携国书欲与中国通好，但却因各种原因国书未曾送达，她在位时也没有与当时明朝政府建立正式联系。这里说东方贸易以开，当指1600年英国建立东印度公司，开始在沿海附近的国境外展开中英贸易。

[6] 斯当东：指乔治·托马斯·斯当东(George Thomas Staunton)，1793年，英国马嘎尔尼使团来中国觐见乾隆，斯丹东随父同行，因稍通汉语而大得乾隆皇帝欢心。时年仅十二岁。

[7] 西鄙：西部边境。鄙：边境之地。七万里：古人以三百步为一里，合三百至四百米，与今日大致相仿而稍少。但这里说的七万里，是约数而有所夸大。

[8] 重瀛：重重海洋，泛指海外各地。堂奥：堂屋的深处。

[9] 敦：厚，这里是加深的意思。辑睦："辑"的本意为车舆，"辑睦"乃合作、和睦之意。语出《左传·僖公十五年》：群臣辑睦，甲兵益多。雍熙：和乐升平。雍：和谐；

熙：繁荣。

[10] 国壄：国家大学堂。成均：也是指学校，相传为尧舜等五帝时的学校。这里都是指牛津大学。肄业：本指在学校学习而未能毕业，这里的肄业生应该是已经毕业者。

[11] 秀士、孝廉：分别为察举制下乡大夫所选德才出众及忠孝廉洁者，这里似移指获得的各类学位。

[12] 泰西：近代泛指欧美等西方国家。

[13] 泰西人士论道必溯原于天：指西方从自然规律的角度来思考人类生活及其世界的各类问题。

[14] "东方有圣人"句：出自宋儒陆九渊，原文为：东海有圣人出焉，此心同也，此理同也；西海有圣人出焉，此心同也，此理同也。（见《陆九渊集》卷三十六）

张之洞

《劝学篇》序

【题解】 张之洞(1837—1909)，清末洋务派首领。字孝达，号香涛，晚号抱冰老人，死后追谥文襄。直隶南皮(今属河北)人。同治进士。曾任翰林院侍讲、内阁学士、山西巡抚、两广总督、湖广总督、两江总督、军机大臣等职。有《张文襄公全集》。

本文为《劝学篇》的序言，不仅清楚交待了全书的撰写宗旨、主题思想和写作背景，而且简明扼要地提示了书中各篇的主旨，集中体现了《劝学篇》"旧学为体、新学为用"的思想。

昔楚庄王之霸也，以民生在勤箴其民，以日讨军实儆其军，以祸至无日训其国人[1]。夫楚当春秋鲁文、宣之际，土方辟，兵方强，国势方张，齐晋秦宋无敢抗颜行，谁能祸楚者！何为而急迫震惧，如是之皇皇耶[2]？君子曰："不知其祸则辱至矣，知其祸则福至矣。"今日之世变，岂特春秋所未有，抑秦汉以至元明所未有也。语其祸，则共工之狂、辛有之痛不足喻也[3]。庙堂旰食，乾惕震厉，方将改弦以调琴瑟，异等以储将相[4]。学堂建，特科设[5]，海内志士发愤扼腕。于是图救时者言新学，虑害道者守旧学，莫衷于一。旧者因噎而食废，新者歧多而羊亡[6]；旧者不知通，新者不知本。不知通则无应敌制变之术，不知本则有非薄名教之心。夫如是，则旧者愈病新，新者愈厌旧，交相为瘉[7]。而恢诡倾危、乱名改作之流，遂杂出其说以荡众心。学者摇摇，中无所主，邪说暴行，植流天下。敌既至，无与战；敌未至，无与安。吾恐中国之祸，不在四海之外，而在九州之内矣！

窃惟古来世运之明晦，人才之盛衰，其表在政，其里在学。不佞承乏两湖[8]，与有教士化民之责，夙夜兢兢，思有所以裨助之者。乃规时势，综本末，著论二十四篇，以告两湖之士，海内君子与我同志亦所不隐。内篇务本，以正人心；外篇务通，以开风气。内篇九。曰同心，明保国、保教、保种为一义，手足利则头目康，血气盛则心志刚，贤才众多，国势自昌也。曰教忠，陈述本朝德泽深厚，使薄海臣民咸怀忠良[9]，以保国也。曰明纲，三纲为中国神圣相传之至教[10]，礼政之原本，人禽之大防[11]，以保教也。曰知类，闵神明之胄裔无沦胥以亡[12]，以保种也。曰宗经，周秦诸子，瑜不掩瑕，取节则可，破道勿听，必折衷于圣也。曰正权，辨上下，定民志，斥民权之乱政也。曰循序，先入者为主，讲西学必先通中学，乃不忘其祖也。曰守约，喜新者甘，好古者苦，欲存中学，宜治要而约取也。曰去毒，洋药涤染，我民斯活，绝之使无萌枿也[13]。

外篇十五。曰益智，昧者来攻，迷者有凶也[14]。曰游学，明时势，长志气，扩见闻，增才智，非游历外国不为功也。曰设学，广立学堂，储为时用，为习帖括者击蒙也[15]。曰学制，西国之强，强以学校，师有定程，弟有适从，授方任能，皆出其中，我宜择善而从也。曰广译，从西师之益有限，译西书之益无方也。曰阅报，眉睫难见，苦药难尝，知内弊而速去，知外患而豫防也。曰变法，专己袭常，不能自存也。曰变科举，所习所用，事必相因也。曰农工商学，保民在养，养民在教。教农工商，利乃可兴也。曰兵学，教士卒不如教将领，教兵易练，教将难成也。曰矿学，兴地利也。曰铁路，通血气也。曰会通，知西学之精意，通于中学，以晓固蔽也[16]。曰非弭兵[17]，恶教逸欲而自毙也。曰非攻教[18]，恶逞小忿而败大计也。

二十四篇之义，括之以五知。一知耻，耻不如日本，耻不如土耳其，耻不如暹罗，耻不如古巴[19]。二知惧，惧为印度，惧为越南、缅甸、朝鲜，惧为埃及，惧为波兰[20]。三知变，不变其习不能变法，不变其法不能变器。四知要[21]，中学考古非要，致用为要。西学亦有别，西艺非要，西政为要。五知本，在海外不忘国，见异俗不忘亲，多智巧不忘圣。凡此所说，窃尝考诸《中庸》而有合焉[22]。鲁，弱国也，哀公问政，而孔子告之曰："好学近乎知，力行近乎仁，知耻近乎勇。"终之曰："果能此道矣，虽愚必明，虽柔必强。"兹内篇所言，皆求仁之事也；外篇所言，皆求智求勇之事也。夫中庸之书，岂特原心杪忽、校理分寸而已哉[23]？孔子以鲁秉礼而积弱，齐、邾、吴、越皆得以兵侮之，故为此言以破鲁国臣民之聋聩，起鲁国诸儒之废疾，望鲁国幡然有为，以复文武之盛。然则，无学、无力、无耻则愚且柔，有学、有力、有耻则明且强。在鲁且然，况以七十万方里之广，四百兆人民之众者哉？

吾恐海内士大夫狃于晏安[24]，而不知祸之将及也，故举楚事；吾又恐甘于暴弃而不复求强也，故举鲁事。《易》曰："其亡其亡，系于苞桑。"[25]惟勿亡，则知强矣。

光绪二十四年三月南皮张之洞书。

【注释】

[1] 民生在勤、日讨军实、祸至无日：出自《左传·宣公十二年》。箴：告诫。军实：军用器械和粮饷。儆：警告。无日：为日不久。

[2] 皇皇：惶恐不安的样子。皇：通"惶"。

[3] 共工：古代传说中的天神，据《淮南子》载，共工曾"与颛顼争为帝，怒而触不周之山"。辛有：周时大夫。平王因乱被迫东迁，辛有见状不胜伤悲，所以这里说"辛有之痛"。

[4] 旰食：晚食，指忙于事务不能按时吃饭。乾惕震厉：战战兢兢又自强不息。语出《周易·乾卦》，“君子终日乾乾，夕惕若厉，无咎。”改弦：更换乐器上的弦线。调琴瑟：弹奏琴瑟等乐器。全句比喻变更方法或改革制度。异等：超出一般，即超常擢拔之意。

[5] 特科：清末在原科举以外新开设的取士科目，全称为经济特科，1898年1月27日准设。

[6] 歧多而羊亡：语出《列子·说符》：“大道以多歧亡羊，学者以多方丧生。”比喻头绪繁多(或情况复杂)而使人迷失方向，走入歧路。

[7] 交相为瘉(yù)：相互危害。瘉：病，引申为危害。

[8] 不佞：谦辞，指自己。承乏两湖：指湖广总督之任。

[9] 薄海：海滨地区。薄：近。

[10] 三纲：即君为臣纲、父为子纲、夫为妻纲，是古时主要的道德规范。

[11] 人禽之大防：人与动物间的根本区别。

[12] 胄裔：后代。沦胥：本谓相互牵连，泛指沦丧、灭亡。

[13] 萌枿(niè)：萌芽、产生。枿：通“蘖”。

[14] 昧者：愚昧的人，此处代指敌人。迷者：迷糊的人。凶：危险。

[15] 帖括：泛指科举应试文章。击蒙：发蒙、启蒙。

[16] 固蔽：闭塞不聪，不谙事理。

[17] 弭兵：停止战事。此处指无原则的不战之论。

[18] 非功教：反对攻击西方教会。

[19] 暹罗：即泰国。该国于19世纪后期进行了维新，改良了政治、经济、司法、教育等方面，效果比较理想。故作者讲耻不如暹罗。古巴于1868—1898年进行了民族解放斗争，取得了辉煌战果。中古相比，耻不如人。

[20] 印度、越南、缅甸、朝鲜、埃及、波兰当时都曾沦为殖民地或附属国，丧失了主权地位。本句是说担心中国蹈其覆辙。

[21] 要：关键性的根本性的东西。

[22] 合：符合。

[23] 原心杪忽：从细微处推究本心。杪忽：细小。

[24] 狃(niǔ)于晏安：长期安于安逸平静。狃：因袭，拘泥。

[25] 这句话见于《周易·否卦》九五爻辞。苞桑：丛生的桑，以根柢牢固见称。全句意指若能思危而不自安，国家就能巩固。

[26] 光绪二十四年：即1898年。

康有为

京师强学会序

【题解】 康有为(1858—1927),字广厦,号长素,广东南海人,世称南海先生。甲午海战失败后,开强学会于京师,期间公车千人上书,请求变法,不果。光绪二十四年(1898)变法,旋即失败。先逃往香港,后辗转日本、南洋,立保皇党。民国后从张勋举事,事败返沪。民国十六年(1927)殁于青岛。主要著作有《孔子改制考》《春秋公羊传注》《大同书》等。

强学会,又名译书局,也称强学书局或强学局。所谓"强学",即"鉴万国强盛弱亡之故,以求中国自强之学"(《上海强学会章程》)之意。光绪二十一年(1895)秋,该学会由康有为为首的维新派与帝党的官僚联合组织,旨在宣传维新思想。后遭御史杨崇伊弹劾,仅开四月。这是康有为为强学会成立所写的序言,表明了立会之旨,强国之愿,可视为强学会发起的宣言。

俄北瞰,英西睒,法南瞵,日东眈,处四强邻之中而为中国,岌岌哉![1]况磨牙涎舌[2],思分其余者,尚十余国。辽台茫茫,回变扰扰,人心皇皇,事势儳儳,不可终日[3]。

昔印度,亚洲之名国也,而守旧不变,乾隆时英人以十二万金之公司,通商而墟五印矣[4]。昔土耳其,回部之大国也,疆土跨亚、欧、非三洲,而守旧不变,为六国执其政,剖其地,废其君矣[5]。其余若安南,若缅甸,若高丽,若琉球,若暹罗,若波斯,若阿富汗,若俾路芝[6],及为国于太平洋群岛、非洲者,凡千数百计,今或削或亡,举地球守旧之国,盖已无一瓦全者矣。

我中国孱卧于群雄之间,鼾寝于火薪之上[7],政务防弊而不务兴利,吏知奉法而不知审时,士主考古而不主通今,民能守近而不能行远。孟子曰:"国必自伐,而后人伐之。"蒙盟、奉吉、青海、新疆、卫藏、土司圉徼之守,咸为异墟[8];燕、齐、闽、浙、江、淮、楚、粤、川、黔、滇、桂膏腴之地，悉成盗粮[9]。吾为突厥、黑人不远矣。

西人最严种族，仇视非类。法之得越南也，绝越人科举富贵之路，昔之达宦，今作贸丝也；英之得印度百年矣，光绪十五年始举一印人以充议员，自余土著，畜若牛马。若吾不早图，倏忽分裂，则桀黠之辈，王、谢沦为左衽[10]；忠愤之徒，原、郤夷为皂隶[11]。伊川之发，骈阗于万方[12]；钟仪之冠，萧条于千里[13]。三州父子，分为异域之奴[14]；杜陵弟妹，各衔乡关之感[15]。哭秦庭而无路；餐周粟而匪甘[16]。矢成梁之家丁，则螳臂易成沙虫[17]，觅泉明之桃源，则寸埃更无净土[18]。肝脑原野，衣冠涂炭。嗟吾神明之种族，岂可言哉！岂可言哉！

夫中国之在大地也，神圣绳绳[19]，国最有名，义理制度文物，驾于四溟[20]，其地之广于万国等在三，其人之众等在一[21]，其纬度处温带，其民聪而秀，其土腴而厚，盖大地万国未有能比者也，徒以风气未开，人才乏绝，坐受凌侮。昔曾文正与倭文端诸贤，讲学于京师，与江忠烈、罗忠节诸公，讲练于湖湘，卒定拨乱之功[22]。普鲁士有强国之会，遂报法仇[23]。日本有尊攘之徒，用成维新[24]。盖学业以讲求而成，人才以摩厉而出，合众人之才力，则图书易庀；合众人之心思，则闻见易通。《易》曰："君子以朋友讲习。"《论语》曰："百工居肆以成其事，君子学以致其道。"[25]

海水沸腾。耳中梦中，炮声隆隆。凡百君子，岂能无沦胥非类之悲乎！[26]图避谤乎？闭户之士哉！有能来言尊攘乎？岂惟圣清，二帝、三王[27]、孔子之教，四万万之人将有托耶！

【注释】

[1] "俄北瞰"四句：意思是说俄、英、法、日四个帝国主义国家从四面窥伺着中国，中国岌岌矣。岌岌：很危险的样子。

[2] 磨牙涎舌：磨着牙齿，淌着口水，形容垂涎欲滴的样子。

[3] "辽台、回变"句：辽台：指辽东半岛和台湾。1895 年中日战争中国战败后签定《马关条约》，把辽南和台湾割让给日本。回变：指 1892 年沙皇俄国命约诺夫率领俄军侵入我国帕米尔地区。1895 年，俄国和英国瓜分了萨雷阔勒岭以西的帕

米尔地区。儳儳(chàn)：苟且。

[4] 言印度之亡国：五印：印度分为东西南北中五部，因称为“五印度”，简称“五印”。18世纪中叶，英国殖民主义者克来武创立东印度公司，对印度进行经济侵略，逐步把印度变成英国的殖民地。1858年，英国正式吞灭印度。

[5] 言土耳其之衰亡：1877年，俄国军队攻陷土耳其首都君士坦丁堡，强迫土耳其接受屈辱条约，但遭到英、俄、法、意、德、奥六国的干涉。次年在柏林召开国际会议，重新订约，土耳其丧失了许多领土。

[6] 安南：即越南。1885年6月，中、法代表在天津缔结和约，中国被迫承认法国对越南的殖民统治。缅甸：1885年，英国对缅甸发动第三次侵略战争。11月，英国侵略军占领曼德勒，俘掳国王。1886年，英国正式宣布并吞缅甸。高丽：即朝鲜。1895年7月，日军占领汉城，发动宫廷政变，排除了清朝势力。琉球：琉球本是中国的藩属。明治维新后，日本多次试图并吞琉球。琉球国王向清朝求救，清朝不敢支援。1897年，日本正式吞占琉球，改为冲绳县。暹罗：即今泰国。1885年，英国强迫暹罗签订不平等条约。暹罗沦为半殖民地。波斯：即今伊朗。十九世纪后期，英俄两国瓜分了伊朗。中部和南部是英国的势力范围，北部是俄国的势力范围。阿富汗：1878年11月，英军侵入阿富汗。次年，强迫阿富汗签订不平等条约，使阿富汗成为英国的附属国。俾路芝：一译俾路支。今属巴基斯坦。1880年，英国侵占俾路支。

[7] 孱卧：意谓软弱地处于列强之间。鼾寝：《汉书·贾谊传》：“夫抱火厝之积薪之下，而寝其上，火未及燃，因谓之安。方今之势，何以异此。”本文即用此意。

[8] 蒙盟：喀尔喀蒙古和内蒙古地区。奉吉：奉天省和吉林省。泛指我国东北地区。卫藏：指西藏地区。土司：元明于西北、西南各少数民族地区设置由土人世袭的土官，称为“土司”。这里泛指西南少数民族聚居的地区。圉(yù)徼：边疆。

[9] 盗粮：《史记·范雎列传》：“齐所以大破者，以其伐楚而肥韩魏也，此所谓‘借贼兵，赍盗粮’者也。”意说丰饶之地已落入强盗手中。

[10] 王、谢：即东晋王导、谢安家族，这里作为高门世族的代称。左衽：前襟向左掩，是我国古代某些少数民族的装束，与中原右衽者异。因以左衽为受异族统治的代词。这里说中华贵胄将被异族同化。

[11] 原、郤：原氏和郤氏，春秋时晋国的贵族。皂隶：古代贱役。本文用此典，借喻中国被帝国主义瓜分后，清朝的贵族也将沦为奴隶。

[12] 伊川之发：《左传·僖公二十三年》：“辛有适伊川，见被发而祭于野者，曰：‘不及百年，此其戎乎，其礼先亡矣。’”骈阗：聚集，形容众多的样子。

[13] 钟仪之冠：《左传·成公九年》载：钟仪被晋国俘虏，在狱中始终戴着故国的帽子（南冠）。

[14] 三州：指荆州、江州、阴州。本文借用其语，泛指中国。

[15] 杜陵：地名，在长安城南。唐诗人杜甫曾居此，自号杜陵布衣。安史之乱时，杜甫与弟妹飘零离散，有《乾元中寓居同谷县作七首》诗记其事，极写乱离的悲感。

[16] "哭秦庭"句：用申包胥哭秦庭借兵之事。"餐周粟"句：用伯夷、叔齐不愿餐周粟之事。匪甘：不甘。

[17] 成梁：李成梁，明铁岭卫人。曾为辽东总兵。其部下的家丁如李平胡、李宁、李兴等皆勇猛善战。矢：矢志，誓死之意。螳臂：《庄子·天地》："犹螳螂之怒臂以当车轶。"螳臂当车，比喻在强者面前徒然奋力抵抗。沙虫：《抱朴子·释滞》："周穆王南征，一军尽化，君子为猿为鹤，小人为虫为沙。"因以"虫沙"比喻战死的士卒。

[18] 泉明：即渊明。东晋诗人陶渊明作《桃花源记》，描述一些农民避秦末乱政，来到桃花源，过着与世隔绝的安定生活。

[19] 绳绳：不绝。指中国历史传统的悠久。

[20] 四溟：四海。

[21] "其地之广"句：意指中国土地之大在世界排第三位，人口之多在世界排第一。

[22] 曾文正：即曾国藩，死谥"文正"。倭文端：倭仁(1804—1871)，清蒙古正红旗人。任文渊阁大学士，号称"理学大师"，死谥"文端"。江忠烈：江忠源，清湖南新宁人。安徽巡抚。在庐州三河镇与太平天国军队作战，兵败而死，追谥"忠烈"。罗忠节：罗泽南，清湖南湘乡人。湘军重要将领。曾率湘军右营反攻武昌、汉阳。后在武昌城外被太平军伏击身亡，追谥"忠节"。

[23] 强国之会：指由普鲁士各邦自由派资产阶级分子组成的政治组织民族联盟和进步党。报法仇：指在普法战争中战胜法国。

[24] "日本"句：尊攘之徒，指日本明治维新之前提出"尊王攘夷"口号的改革派人士。

[25] "《论语》"句：语见《论语·子张》。意说各种工人居住在工场中完成他们的工作，而君子则以学习去求得真理。

[26] "海水"句：比喻天下大乱。沦胥：《诗经·小雅·小旻》："如彼泉流，无沦胥以败。"沦胥之义本为"相率"，惟朱熹集传释"沦"为"陷"。后世习用为相率沦丧之义。

[27] 二帝、三王：二帝：指古代传说中的唐尧和虞舜。三王：指夏禹、商汤、周文武。所谓"三王"是三代四王之意。

梁启超

忧国与爱国

【题解】 梁启超(1873—1929),字卓如,号任公,广东新会人,清光绪举人。青年时期的梁启超追随康有为,倡导变法维新,并称"康梁",是戊戌变法领袖之一、中国近代维新派代表人物。变法失败后避难日本,在海外推动君主立宪。思想上开始倾向资产阶级革命党人,与康有为逐渐疏远。辛亥革命后一度入袁世凯政府,担任司法总长,袁称帝后,则严词抨击,对其后张勋复辟亦如是,成为帝制的反对者。后又一度加入段祺瑞政府,任财政总长。在文化上,梁启超倡导新文化运动,对五四运动持支持态度,并曾倡导文体改良的"诗界革命"和"小说界革命",试图以文艺教育、唤起民众。其著作合编为《饮冰室合集》。

梁启超是中国近代史上举足轻重的思想文化巨人,代表了那个时代矢志不渝、追求民族复兴最热烈而又深邃的精神。

本文所论对国家的两种态度,其实都出自爱之深切,不过角度有异而已。而作者更折衷作论,提出应当立足于民族自立之本位,对西方国家取平常心,唯资我用而已,隐约有后代鲁迅"拿来主义"的影子。

有忧国者,有爱国者[1]。爱国者语忧国者曰:汝曷为好言国民之所短[2]?曰:吾惟忧之之故。忧国者语爱国者曰:汝曷为好言国民之所长?曰:吾惟爱之之故。忧国之言,使人作愤激之气,爱国之言,使人厉进取之心,此其所长也[3];忧国之言,使人堕颓放之志,爱国之言,使人生保守之思,此其所短也[4]。朱子曰:"教学者如扶醉人,扶得东来西又倒。[5]"用之不得其当,虽善言亦足以误天下。为报馆主笔者,于此中消息,不可不留意焉。

今天下之可忧者,莫中国若;天下之可爱者,亦莫中国若[6]。吾愈益忧之,则愈益爱之;愈益爱之,则愈益忧之。既欲哭之,又欲歌之。吾哭矣，谁与踊者[7]？吾歌矣，谁与和者？

日本青年有问任公者曰：支那人[8]皆视欧人如蛇蝎，虽有识之士亦不免，虽公亦不免，何也？任公曰：视欧人如蛇蝎者，惟昔为然耳。今则反是，视欧人如神明，崇之拜之，献媚之，乞怜之，若是者，比比皆然，而号称有识之士者益甚[9]。昔惟人人以为蛇蝎，吾故不敢不言其可爱；今惟人人以为神明，吾故不敢不言其可嫉[10]。若语其实，则欧人非神明、非蛇蝎，亦神明、亦蛇蝎，即神明、即蛇蝎。虽然，此不过就客观的言之耳。若自主观的言之，则我中国苟能自立也，神明将奈何？蛇蝎又将奈何？苟不能自立也，非神明将奈何？非蛇蝎又将奈何？[11]

【注释】

[1] 忧国者：因国家的种种不足而为之忧虑的人。爱国者：因国家的种种优长而为之骄傲的人。

[2] 曷为：即为何的意思。

[3] 愤激之气：激愤不平的心理。厉：磨砺，也有激起、强化的意思。

[4] “忧国之言”句：老是看到不足，容易泄气；老是只看到长处，容易自足。颓放：颓废，不振作。

[5] “教学者”句：此话原为程颐所说：“与学者语，正如扶醉人，东边扶起却倒向西边，西边扶起却倒向东边，终不能得他个卓立中途。”（《二程遗书》卷十八）后被朱熹收入《近思录·为学》，略作：“与贤说话，却似扶醉汉，救得一边，倒了一边，只怕人执着一边。”梁氏所引略误。这里是说受众领会道理的偏颇，导致教育走向歧途。陈独秀曾作演讲《现代青年底误解》，也引用过这句话，并发挥道：“现代青年底误解，也和醉人一般……你说婚姻要自由，他就专门把写情书寻异性朋友做日常重要的功课……你说要脱离家庭压制，他就抛弃年老无依的母亲。你说要提倡社会主义共产主义，他就悍然以为大家朋友应该养活他。你说青年要有自尊底精神，他就目空一切，不受善言了……”可参读。

[6] 莫……若：没有能比得上……，即“以……为甚”的意思。

[7] 谁与：与谁，即谁与我一起。踊：跳、跃。

[8] 支那：本为梵语称呼中国的译音。甲午战争后，日本用该词称呼中国，对部分人来说，是含有蔑视之意。但这里日本青年用支那来指中国，应该只是当时习惯的叫法。

[9] “今则反是”句：此句所言当是自鸦片战争至甲午战争期间，中国人对西方国家心态之变化。起先因受到西方列强的侵辱而视其为蛇蝎，转而思考西人强大之因由，用之挽救国家之衰颓，故又起崇拜仿效之意。

[10] “吾惟人人以为蛇蝎”句：此句言在时代风潮中要有独立的判断，保持清醒的辩证态度，做到不偏不倚。

[11] “若自主观的言之”句：此句主要是说要立足自身，而不应将这一切归因于外在。这样的话，对欧人也就不会有许多过于主观的偏见了。

谭嗣同

仁学序

【题解】 谭嗣同(1866—1898)，字复生，号壮飞，湖南浏阳人。戊戌变法的重要领袖之一，维新失败后被杀害，为“戊戌六君子”之一。著作有《谭嗣同全集》，中华书局1981年增补本。

《仁学》作于1896—1897年间，题名“台湾人所著书”。文中将儒家的仁，墨家的兼爱，耶稣教与佛教的教义相互掺杂，再混合自然科学中的“以太说”，来宣扬自己的仁学主张。提出要冲决网罗，推翻君主专制，达到平等的大同世界。本文是《仁学》序言，主要界定了仁学的含义，自述“私怀摩顶放踵之志”，要冲决一切网罗。同时希望民众认同《仁学》主张，一起为脱离“苦厄社会”而奋斗。

仁，从二从人，相偶之义也。元，从二从儿。儿，古人字，是亦仁也[1]。无，许说通“元”为“无”，是无亦从二从人，亦仁也[2]。故言仁者不可不知元，而其功用可极于无[3]。能为仁之元而神于无者有三：曰佛，曰孔，曰耶。佛能统孔、耶，而孔与耶仁同，而所以仁不同[4]。能调燮联融于孔与耶之间，则曰墨。周、秦学者必曰孔墨，(孔)墨诚仁之一宗也[5]。惟其尚俭非乐，似未足进于大同[6]。然既标兼爱之旨，则其病亦自足相消。盖兼爱则人我如一，初非世之专以尚俭非乐苦人也。故墨之尚俭非乐，自足与其兼爱相消，犹天元代数之以正负相消，无所于爱焉[7]。墨有两派：一曰“任侠”，吾所谓仁也，在汉有党锢，在宋有永嘉，略得其一体[8]；一曰“格致”[9]，吾所谓学也，在秦有《吕览》，在汉有《淮南》，各识其偏端[10]。仁而学，学而仁，今之士其勿为高远哉！盖即墨之两派，以近合孔、耶，远探佛法，亦云汰矣[11]。

吾自少至壮，偏遭纲伦之厄，涵泳其苦，殆非生人所能任受，濒死累矣，而卒不死；由是益轻其生命，以为块然躯壳，除利人之外，复何足惜![12]深念高望，私怀墨子摩顶放踵之志矣[13]。二三豪俊，亦时切亡教之忧，吾则窃不谓然。何者？教无可亡也。教而亡，必其教之本不足存，亡亦何恨！教之至者，极其量不过亡其名耳，其实固莫能亡矣。名非圣人之所争[14]。圣人亦名也，圣人之名若姓皆名也，即吾之言仁言学，皆名也。名则无与于存亡，呼马马应之，可也，呼牛牛应之，可也；道在屎溺，佛法是干屎橛，无不可也[15]。何者？皆名也，其实固莫能亡矣。惟有其实而不克既其实，使人反瞀于名实之为苦[16]。以吾之遭，置之娑婆世界中，犹海之一涓滴耳，其苦何可胜道？窃揣历劫之下，度尽诸苦厄，或更语以今日此土之愚之弱之贫之一切苦，将笑为诳语而不复信，则何可不千一述之，为流涕哀号，强聒不舍，以速其冲决网罗，留作券剂耶?[17]

网罗重重，与虚空而无极[18]。初当冲决利禄之网罗，次冲决俗学若考据、若词章之网罗，次冲决全球群学之网罗[19]，次冲决君主之网罗，次冲决伦常之网罗[20]，次冲决天之网罗，次冲决全球群教之网罗，终将冲决佛法之网罗。然其能冲决，亦自无网罗；真无网罗，乃可言冲决。故冲决网罗者，即是未尝冲决网罗。循环无端，道通为一，凡诵吾书，皆可于斯二语领之矣[21]。

所惧智悲未圆，语多有漏[22]。每思一义，理奥例赜，坌涌奔腾，际笔来会，急不暇择，修词易刺，止期直达所见，文词亦自不欲求工[23]。况少有神悟，又决非此世间之语言文字所能曲达，乃至非此世间之脑气心思所能径至[24]。此古之达人，悼夫词害意、意害志，所以宁终默尔也。庄不云乎：千世而一遇大圣人，知其解者，犹旦暮也[25]。夫既已著为篇章，即堕粗迹，而知解不易，犹至如此。何哉？良以一切格致新理，悉未萌芽，益复无由悟入，是以若彼其难焉。今则新学竞兴，民智渐辟，吾知地球之运，自苦向甘。吾惭吾书未餍观听则有之，若夫知解为谁某，为几何，非所敢患也矣。

【注释】

[1] 仁：《说文解字·人部》："仁，亲也。从人，从二。""仁从二，从人相偶"，即人和人之间相互亲近。元：《说文·一部》："元，始也，从一，从兀。"作者按己意改为："从二从儿"，认为其也有"仁"的意思。

[2] 许说：指许慎，字叔重，东汉文字学家，著有《说文解字》。《说文解字·亡部》云："无，奇字。无通于元者，王育说："天屈西北为无"。谭嗣同认为"无"字从"二"，从"儿"，进而通"仁"字，主要是想说明佛、儒一体，都讲仁。但从文字学来看，这些解释很牵强。

[3] 此处"元"作"善"解；"无"作"无我"，全句意谓讲仁的人要知善，善的功用在于无我。

[4] 佛统孔耶：作者认为佛最高，能统率儒、耶。又认为孔与耶或讲仁或讲博爱，有相同之处。但孔子的仁可以分出亲疏，而耶稣的博爱，不分亲疏，这就是孔、耶虽然都讲仁，但具体的内容又有所不同，"所以仁不同"的地方。

[5] 调燮(xiè)联融：燮：谐和。调燮即调和。墨子提倡"兼相爱、交相利"，"兼相爱"能使孔子的分亲疏和耶稣的倡博爱互相调和、相融。"孔、墨诚仁之一宗"：春秋战国时期，儒墨是当时的两大显学。此句中"孔、墨诚仁之一宗也。"多一"孔"字，应为："墨，诚仁之一宗也。"

[6] 非乐：反对提倡音乐。墨子尚俭，提倡生产，而谴责声乐享受。墨子曾著《节用》、《非乐》等篇，表达他尚俭的思想。大同：康有为认为："大同"是太平世，是孔子的理想社会。在大同世界里，人们不用尚俭非乐，可以过富裕生活。"大同"说最早见于《礼记》。墨子"兼爱"的宗旨就是"兼以易别"，"爱无差等"。

[7] 天元：古代算术的一种。以天元来代替未知数，犹如代数中的等方程式。谭嗣同认为尚俭非乐的消极面被兼爱的积极面抵消了。

[8] 党锢：汉宣帝、灵帝时，宦官擅权。一些知识分子好议政治，被指为朋党诽谤朝

廷，列名党籍的被杀被关，永不录用，史称“党锢”。永嘉：指永嘉学派。南宋时以薛季䆄、陈傅良、叶适等永嘉（今浙江温州）籍人士为代表的学派。该学派喜谈政治，研究经济，提倡经世致用的学问。

[9] 格致：即《大学》中的“格物致知”。清末指理、化、博物等自然科学。朱熹强调“致知”在于“格物”，在于“穷其理”。

[10] 吕览：即《吕氏春秋》，书分八览、六论、十二纪，故又称“吕览”。淮南：即《淮南子》，又名《淮南鸿烈》，西汉淮南王刘安及其宾客所著。内容广泛，有天文、地理、时令、兵略等各种知识。

[11] 汰：过分，夸大，此句中有广博之意。

[12] 纲伦：纲：原指网的总绳，此处指三纲。伦：即人伦，又称五伦。涵泳：沉浸。濒死：作者12岁染白喉，不死，25岁渡江遇风浪又不死，故有此说。块然：孤独的样子。躯壳：指身体。

[13] 摩顶放踵：指劳累得秃顶到脚腿无毛。《孟子·尽心上》：“墨子兼爱，摩顶放踵，利天下为之。”

[14] 名非圣人之所争：老庄讲“无名”，作者采用道家说，讲圣人不争名。但孔子很讲究正名，说：“名不正则言不顺。”

[15] “呼马、呼牛”句：《庄子·天道》：“昔者子呼我牛也而谓之牛，呼我马也而谓之马。苟有其实，人与名而弗受，再受其殃。”道在屎溺：言道无所不在，即使在屎溺之中也有道。干屎撅：拭粪的木片。《五灯会元》中讲拭粪的木片中也有佛法。

[16] 不克既其实：言不能尽其实。克：能。既：尽。瞀(mào)：糊涂，昏乱；此处含烦乱之意。

[17] 娑婆：梵语，意能忍，亦称忍土，即须忍受众苦的世界。历劫：经历劫数。度：与渡同义，有出离之意。此处有脱离苦海、出离世俗的意思。强聒不舍：硬把话说给别人听，而不管人家爱听不爱听。网罗：此处指种种束缚。券剂：契据。

[18] 虚空：虚与空都是无的别名。虚无形质，空无障碍，故名虚空。无极：没有穷尽。

[19] 考据：即考证古文字音韵训诂以及经籍史料、名物制度的一种学问。词章：即写作诗赋等有韵(词)和无韵(文章)文的一种学问。清人或继承唐宋八大家文风而成桐城派，或沿袭魏晋六朝之文而成文选派，是散文创作中的两种主要潮流。群学：社会学的旧译。

[20] 伦常：五伦五常，指伦理道德。“五常”指父义、母慈、兄友、弟恭、子孝；一说指仁、义、礼、智、信。

[21] “故冲决网罗者,即是未尝冲决网罗”:说冲决和网罗这两者是相对的,有了冲决证明有网罗,既有网罗证明未尝冲决。道通为一:作者说一个个网罗循环无尽,“道”也是这样永远循环。人冲决了一个网罗又有一个新的网罗出来,循环不止。

[22] 智悲未圆:佛教语。智:智慧,即深明事理。悲:慈悲,即同情救拔他人痛苦的。圆是平等圆满,毫无欠缺。佛教称诸佛“悲智双具”,而凡人的智慧和慈悲未有圆满,还有欠缺。有漏:佛教用语,即有缺点。

[23] 理奥例赜:谨理深奥,例证繁多。坌涌:指汹涌奔起,状思虑繁多。际笔来会:下笔时,道理、例证一起汹涌奔腾而来形成一合力。剌:乖谬。

[24] 脑气:脑力。径至:直达。

[25] 《庄子·齐物论》:“万世之后而一遇大圣,知其解者,是旦暮遇之也。”意谓当世人不能理解,万代后有理解的人,就像早晚当面见到一样。

章炳麟

邹　容　传

【题解】 章炳麟(1869—1936),初名学乘,字枚叔。后改名绛,号太炎。浙江余杭人。清末民初民主革命家、思想家、著名学者,研究范围涉及小学、历史、哲学、政治,等等,著述甚丰。

邹容,清末资产阶级革命派的宣传家,1903 年 4 月于上海结识章太炎,遂为莫逆之交。这时,恰逢拒俄运动发生。他两次在张园拒俄集会上演讲,签名加入拒俄义勇队。5 月,发起组织中国学生同盟会。在此期间,《革命军》由上海大同书局印行,请章太炎作序。全书约两万字,颂扬革命,抨击封建专制主义,号召推翻卖国的清王朝,建立中华共和国,被《苏报》刊文誉为今日国民教育之一教科书。《苏报》案发生后,邹容闻讯,于 7 月 1 日至巡捕房投案,被囚于租界监狱。章氏此文追叙好友生平事迹,重点叙述邹容因宣传革命而入狱及其在狱中情状,塑造了一个不惧危难、敢于担当的革命者形象。

邹容，字威丹，四川巴人。父某，行商陇蜀间，略知书[1]。容少慧敏，年十二，诵“九经”、《史记》、《汉书》皆上口[2]。父以科甲期之，君弗欲[3]，时喜雕刻，父怒，辄榜笞至流血，然愈重爱。容稍长，从成都吕冀文学[4]。与人言，指天画地，非尧舜，薄周孔[5]，无所避。冀文惧，摈之[6]。父令就日本学，时年十七矣[7]。与同学钮永建规设中国协会，未就。学二岁，陆军学生监督姚甲有奸私事，容偕五人排闼入其邸中，榜颊数十，持剪刀断其辫发[8]。事觉，潜归上海，与章炳麟见于爱国学社[9]。是时，社生多习英吉利语，容调之曰[10]：“诸君堪为贾人耳[11]。”社生皆怒，欲殴之。广州大驵冯镜如[12]，故入英吉利籍，方设国民议政厅于上海，招容，容诘镜如曰：“若英吉利人[13]，此国民者，中国民邪？英吉利国民邪？”镜如惭，事中寝[14]。

容既明习国史，学于冀文，复通晓《说文》部居[15]。疾异族如仇雠，乃草《革命军》以摈满洲[16]。自念语过浅露，就炳麟求修饰。炳麟曰：“感恒民当如是。”序而刻之[17]。会虏遣江苏候补道俞明震检察革命党事[18]，将逮爱国学社教习吴朓。朓故惎容、炳麟，又幸脱祸，直诣明震自归，且以《革命军》进[19]。明震缓朓，朓逸，遂名捕容、炳麟。容在狱，日就炳麟说经，亦时时讲佛典，炳麟以《因明入正理论》授之[20]，曰：“学此，可以解三年之忧矣。”明年，狱决，容、炳麟皆罚作[21]。西人遇囚无状[22]。容不平，又啖麦饭不饱，益愤激，内热溲膏[23]。炳麟谓容曰：“子素不嗜声色，又未近女，今不梦寐而髓自出，宜惩忿自摄持，不者至春当病温。”明年正月，疾果发。体温温不大热，但欲寐；又懊烦冤[24]，不得卧；夜半独语骂人，比旦皆不省。炳麟知其病少阴也，念得中工，进黄连、阿胶，鸡子黄汤[25]，病日已矣。则告狱卒长，请自为持脉疏汤药[26]，弗许；请召日本医，弗许。病四十日，二月二十九日夜半卒于狱中，年二十一矣。诘朝日加巳[27]，炳麟往抚其尸，目不瞑。内外哗言：西医受贿，下毒药杀之。疑不能明。然西医视狱囚至微贱，凡病者皆令安坐待命，勿与药。狱囚五百，岁瘐死者率一百六十人[28]。容疾始发，而医不知其剧；比日久，病能已著，顾予以热病常药，亦下毒之次也[29]。

容卒之岁，日本与露西亚始成[30]。

【注释】

[1] 巴：巴县，今属重庆市。父某：父名邹子璠，文中省去。

[2] 九经：通行的五经加《周礼》《仪礼》《公羊传》《谷梁传》，即《易》《书》《诗》加“三礼”、“三传”。这里的九经泛指群经。上口：背得出。

[3] 科甲：科举考试，考试分甲乙等第，所以称科甲。邹容十二岁参加县里的童子试，因求主考解题，发生冲突，愤而退出考场。当时他已受了维新书刊《时务报》的影响，不愿学八股，其父一再教以赴考，他回答道：“衰世科名，得之有何用？”

[4] 吕翼文：字雪华，华阳县(今并入成都市)人，肄业尊经书院，后主讲重庆的经学书院。邹容十六岁前曾在重庆的经学书院学习。

[5] 指天画地：语出《史记·魏其武安侯列传》，这里指有大志，想变革现实。非尧舜，薄周孔：原是晋时嵇康被杀的罪名，这里用来说明邹反对传统思想，也反对清朝皇帝，反对君主制度。

[6] 摈：斥退、排斥。

[7] 父令就学日本：这是一种含蓄的写法，实际上邹容到日本留学，是经过激烈斗争才得到父亲允许的。邹容1901年夏到成都，考上了留学日本的官费生。临行前，以“聪明而不端庄”(主要指他非尧舜、薄周孔的言行)的罪名被开除。邹容便自费留学，1901年冬出川，到上海，次年春出国，到日本。

[8] 监督：清政府在日本东京专门监督官费留学生的官。文中称姚甲，相当于姚某，指时任监督姚文甫。邹容等为惩罚这个破坏学生运动的家伙，借他与另一监督的小老婆发生丑事，剪了他的辫子，悬于留学生会馆以示众，清政府驻日公使蔡均照会日本外务省，准备捉拿邹容等人，邹便回上海。

[9] 爱国学社：蔡元培任上海南洋公学教员时，鼓吹旧民主主义革命，被学校当局辞退，引起学生罢课，并纷纷退学。退学学生百余人，与蔡元培在上海租界组成爱国学社，聘章炳麟作教员，公开宣传反清的民族民主革命。

[10] 调(tiáo)：讥笑。

[11] 贾(gǔ)：商人。当时学英语的不少是洋行买办，故被讥为贾人。

[12] 驵(zǎng)：市侩，此指洋人买办。

[13] 若：汝，你。

[14] 寖：停止。

[15] 《说文》：指东汉许慎作的《说文解字》。部居：指文字偏旁部分，是许慎整理中国古代文字的编排方式，这里指懂得文字学。

[16] 《革命军》是一篇政治论文、旧民主主义革命的宣传品，揭露了清王朝腐朽残酷的罪恶统治，号召"扫荡外来恶魔"，宣传民族民主革命思想。为后来"驱除鞑虏，恢复中华"之革命策略的先声。

[17] 恒民：平民。这句说，鼓动一般群众的普及读物应该这样浅显。章炳麟的《革命军序》刊载在1903年6月10日的《苏报》，未收入《太炎文录》。

[18] 俞明震检察革命党事，指1903年6月《苏报》案。1903年5月章士钊任《苏报》主笔，大量登载宣传革命的文章，特别是章炳麟《驳康有为论革命书》，介绍邹容的《革命军》并刊登有关章节，为清廷所忌，遂与租界当局勾结，查封《苏报》，并于六月逮捕章炳麟，邹容激于义愤，自行投案与章共生死。

[19] 吴朓：即吴敬恒，又名稚晖。惎(jì)：憎恨。自归：即自首。

[20] 《因明人正理论》：佛教的书名。因明本是印度的逻辑学，被佛教利用来作为所谓"考定邪正，研核真伪"的工具，而加以发展。此书为佛级哲学入门书籍。

[21] 明年：1904年。狱决：指中国官员和外国公使共同定案。罚作：指徒刑。原以"谋为不轨"的罪名，判处永远监禁，后迫于舆论，改判章监禁三年，邹二年。

[22] 无状：没有好样子。

[23] 内热：不发烧的热，低烧。见《庄子·外物》。膏：遗精。

[24] 明年：即1905年。大：太。温温不大热：指低烧。懊侬烦冤：指心境不快，痛恨愁烦。

[25] 中工：中医。黄连、阿胶、鸡子黄汤：用黄连、阿胶、鸡子黄和黄岑、芍药配制的方剂，是《伤寒论》里的处方。

[26] 持脉：切脉诊断。疏汤药：开药方。

[27] 诘朝日加巳：第二天的巳时(十点钟前后)。

[28] 瘐死：狱囚因受虐待饥寒发病而死。

[29] 下毒之次：指狱医误药杀人，其罪仅次于用毒杀人。

[30] 1904年，日俄为争夺我国东三省的权利，在东北开战，沙俄占踞我国的旅顺奉天等地都被日本夺去，俄国因战败，承认把占夺东三省的权利转让一部分给日本。成：指1905年日俄订立和约。露西亚：俄语译音，即俄罗斯。